真实身份
しょうたい

〔日〕染井为人 著

洪于琇 译

浙江教育出版社·杭州

图书在版编目（CIP）数据

真实身份 /（日）染井为人著；洪于琇译. —杭州：浙江教育出版社，2023.8
ISBN 978-7-5722-6217-3

Ⅰ.①真… Ⅱ.①染…②洪… Ⅲ.①推理小说—日本—现代 Ⅳ.① I313.45

中国国家版本馆 CIP 数据核字（2023）第 133737 号

《SHOUTAI》
© Tamehito Somei, 2020
All rights reserved.
Original Japanese edition published by Kobunsha Co., Ltd.
Publishing rights for Simplified Chinese character arranged with Kobunsha Co., Ltd. through KODANSHA BEIJING CULTURE LTD. Beijing, China, and Japan UNI Agency, Inc., Tokyo

版权合同登记号 浙图字 11-2023-164

真实身份
ZHENSHI SHENFEN

[日] 染井为人 / 著　　洪于琇 / 译

责任编辑：赵露丹
美术编辑：韩　波
责任校对：马立改
责任印务：时小娟
出版发行：浙江教育出版社
　　　　　　（杭州市天目山路 40 号　电话：0571-85170300-80928）
印　　刷：嘉业印刷（天津）有限公司
开　　本：880mm×1230mm　1/32
成品尺寸：146mm×210mm
印　　张：16.25
字　　数：346 千
版　　次：2023 年 8 月第 1 版
印　　次：2023 年 8 月第 1 次印刷
标准书号：ISBN 978-7-5722-6217-3
定　　价：68.00 元

如发现印装质量问题，影响阅读，请与出版社联系调换。

目 录
CONTENTS

序幕·逃狱第 1 天 / 001

第一章·逃狱第 455 天 / 011

第二章·逃狱第 33 天 / 049

第三章·逃狱第 117 天 / 145

第四章·逃狱第 283 天 / 235

第五章·逃狱第 365 天 / 315

第六章·逃狱第 488 天 / 373

第七章·真实的样子 / 485

终幕·青天 / 511

序幕
逃狱第1天
WANTED
ZHENSHI SHENFEN

"哎哟,你好烦啊!"

舞咬着吐司,伸脚将老狗波奇推到一旁,但波奇立刻又回到舞身边,以"握手"的方式挠着她的脚,表达"给我、给我"的诉求。哼,明明手上没食物的时候都不理人的。

穿着衬衫的父亲打着哈欠来到餐桌旁,拿起遥控器打开电视后,拉开舞对面的椅子入座。与此同时,波奇离开舞身边,在父亲脚边坐下。

"波奇果然最喜欢爸爸吧。"

父亲说着标准台词,一脸满足。因为这只老狗知道父亲会马上给它食物。在波奇眼中,父亲就是服务生吧。

"你不要那样马上给波奇,它会把饲料剩下来。"

厨房的母亲马上指责父亲。

"因为人类的饭比较好吃嘛。"

面对毫不介意的父亲,母亲双手叉腰说道:"如果波奇早死,都是你的责任。"

活了十六年的狗没什么早死不早死的吧。尽管这么想,舞却没有说出口。

再过一个月,舞就要跟这酒井家时时上演的早晨餐桌日常道别了。

　　舞现在上高中三年级，两周后就是毕业典礼，从四月起便会开始她心心念念的东京独居生活。因为，她要去念位于表参道的大型美容职业学校。

　　大约半年前，当舞向父母表明自己未来的就学志愿时，两人毫不隐藏地皱起眉头。父亲还说了"再怎么用化妆掩饰，人类的本质也不会改变，最重要的是心灵的美丽吧？"这种意义不明的话。

　　尝试各种方式进行说服后，舞好不容易才让父母接受自己去念美容学校，但这次换成"一个人生活"这件事遭到反对。他们要舞从家里通勤上学。开什么玩笑？酒井家位于茨城县牛久市，从牛久市到表参道单程要花一个半小时，更何况，从舞家里到最近的车站还得骑十五分钟的自行车。

　　舞拿出计算机向父母恳求，若是拿月票的钱当房租，同时用通勤时间打工的话，在东京生活是可以实现的。就这样，舞终于正式赢得了念美容学校和一个人住的权利。

　　尽管如此，父母似乎还是很伤感。舞虽然没有深想过父母的心情，但独生女要离开家里应该是件大事吧。上周的某个晚上，父亲和母亲还拿出从前的相册，十分怜爱地看着舞小时候的样子。所以，对于去东京这件事，舞还是有点心痛的，不过大概只有一成的比例，剩下九成则被梦想和希望占据。父亲和母亲或许活在过去，但未来在等着自己。

　　此时，电视传来女主播"插播一则快报"的声音，舞嚼着吐司，望向电视。

"昨天深夜,兵库县神户市北区的神户看守所发生一起少年死刑犯逃狱事件。约一年半前,该名少年杀害了居住在埼玉县熊谷市的一家三口,犯案当时十八岁,被法院判处死刑。警方目前尚未逮捕到逃脱的少年,正全面展开追捕。"

"喂喂喂。"父亲一只手拿着咖啡杯低声道。人在厨房的母亲也停下手边的工作,盯着电视看。

"嗯,这真是前所未闻的状况呢。"在主持人引导下,一头白发的男子面色凝重地说,他的头衔写着"前警视厅总监","过去虽然也曾经有死刑犯越狱,却从来没有少年死刑犯这么做的案例。"

"到底为什么会发生这种事呢?现在还不知道原因,对吧?"

"警方目前还没有公开犯人是怎么逃走的。"

"话说回来,死刑犯不是关在监狱,而是在看守所——"

电视里,许多大人表情沉重,说着这样如何、那样如何的话,舞望着那幅景象,感到十分遥远。这或许是件大事,但对她而言却毫无真实感。若那间看守所在附近的话,舞多少会有些害怕,但那名少年逃脱的看守所位于遥远的另一方。别说神户了,舞连兵库县都没去过。

另外,老实说,舞对少年犯下的案子记忆也很模糊,不过也不是没有印象,那起案件大约发生在一年半前,好像是修学旅行前几天的事。

这世上有太多惨案,人们的记忆马上就淡了。说实话,舞对那种杀人案没兴趣。当时,少年犯那个案子也因为她满心都在期待修学旅行而无暇注意。

"在戒备那么森严的地方逃狱，简直就是现代西川寅吉呢。"

一名男艺人大概是为了缓和气氛笑了笑说。然而，身旁没有一个人给予反应，男艺人只好尴尬地低下头。

"——如收到警方后续消息，我们将马上为您报道。接下来——"

新闻告一段落后，母亲皱着眉头低喃："真不敢相信，好可怕啊。"

真的有这么可怕吗？会这么想是因为自己还是孩子吗？舞觉得母亲遇到那名逃狱少年的概率比彩票中一亿日元还低。

"孩子他爸，这个犯人杀的那对夫妇很年轻，对吧？"

听到母亲的问题，父亲眯起眼瞪着前方回答："好像还不到三十岁吧，印象中那个小孩才两岁左右。"

"是很重大的案子吧。"

"很重大啊。完全不认识的家伙跑去人家家里，杀光了所有人。"

"他是用刀砍人的，对吧？"

"对对，我记得是拿厨房里的鱼刀。"

"未成年也会判死刑吗？"舞问了最根本的问题。

"会。"父亲道，"不过要满十八岁，未满十八岁不会判死刑。"[1]

---

[1] 2022年4月起，根据日本《民法》修正案，日本成年年龄下调至18岁，此前为20岁。本书原著出版时日本成年年龄仍然是20岁，因此18岁仍属于未成年。

舞之前都不知道。她以为只要是未成年，法官就不会判死刑。

"说到这儿，那个犯人是不是说过很想称赞自己之类的话？"

母亲忽然回忆起似的说。

"想称赞自己？"舞问。

"是判死刑时他在法庭上说的，说'我想称赞自己'。"

父亲不屑地说。

舞歪了歪脑袋。所谓"想称赞"，是指杀人吗？还是指被判死刑呢？

"话说回来，他为什么要杀那家人啊？"

舞的问题让父亲皱起眉头沉默了一下："可能是想对年轻太太不轨吧。然后，会不会是原本以为不在家的先生也在家之类的。不过，因为这样就杀人，根本是疯了。"

平常总是喜欢开玩笑、说些无聊话的父亲难得动怒。

"你也是，四月以后真的要小心，年轻女生一个人住是最危险的。"

经母亲一说，舞才稍微感到切身的恐惧。一个人住，这一类的危险的确会增加。上上周，舞和父母一起去参观签好约的房子，那是栋装有自动锁大门的大厦，舞的房间位于二楼。要是有人偷偷潜入，亮出刀子什么的话，自己大概会变成软脚虾，光是那样就会吓死了。

舞穿上只剩几次机会穿的制服离开家，骑着自行车前往最近的车站，搭乘下行的常磐线电车。她一只手抓着吊环，另一只手滑着手机，打开社交软件。在上学的电车上确认朋友们的日常是舞每天早上的习惯。

不过，今天社交软件的页面上都是那个少年逃狱犯的事。舞关注的都是同年龄层的朋友，这意味着他们也对这件事很感兴趣吧。想到这里，舞便觉得有些丢脸，顺带一提，她对政治和经济也是一窍不通。

没多久前发生过这么一件事——"埃博拉病毒出血热"在朋友间引起话题，媒体也争相报道，这个恐怖的怪病似乎是由西非向外扩散的，英国的死亡人数超过了二十人，甚至有登陆日本的可能。然而，舞对此却一无所知，被朋友惊讶地调侃："不会吧？你真的是日本人吗？"舞一定在某个地方看过或听过这些消息，只是没兴趣的事她就是会左耳进右耳出。

滑着页面，出现了逃狱少年犯案的新闻懒人包，舞便点进去看。

根据新闻懒人包的说法，案件发生在 2017 年 10 月 13 日，案发现场位于埼玉县熊谷市的一间民宅。遇害的是当时二十九岁的男主人井尾洋辅、二十七岁的女主人千草，以及他们两岁的儿子俊辅。

凶犯少年在下午四点，光天化日下闯入井尾夫妇所住的独栋房屋，先用厨房的鱼刀刺入千草的腹部夺其性命，接着再以相同手法杀死了他们的儿子俊辅。此时，男主人洋辅刚好下班回到家中，少年又刺向他的背部，将他杀害。最后，因为邻居听到争执声，报了警，少年被赶到的警察当场逮捕。

案情大致就像父亲所说，不过，父亲搞错了一点：洋辅的母亲也居住在家中，这位五十多岁的女性没有遇害，所以凶手并没有杀光所有人。

为什么凶手没有杀这位女性呢？报道没有写出原因。舞花了三秒钟想象，却毫无头绪。

不管怎样，凶手都是可怕的杀人魔。且不说那对夫妻很可怜，他对两岁的婴孩怎么下得了手呢？

就在舞满心愤慨时，坐在前方的人站了起来，舞感到十分幸运地坐下。接着，一名年长男性补位站到了她跟前。舞不着痕迹地观察对方的脸，推测男子的年纪在七十五岁左右。"请坐。"她在心里叹了一口气，起身让座。"谢谢你。"收到感谢让舞的心情稍微好转。

舞关掉新闻懒人包，再次看起社交软件。逃狱少年的照片和名字已经迅速曝光，有些内容甚至已经被转发了一万次以上。这种东西到底是谁从哪里找出来的呢？不过，这些照片大概是案子发生后散布出来的吧。

舞从几张照片中点开从正面拍摄的一张，放大的画面变得清晰。

照片里是一名理着光头的年轻人，他抿着嘴巴，有深邃的双眼皮和又挺又直的鼻梁。哦，意外地很帅嘛，感觉很受女生欢迎，为什么要犯罪呢？这是舞看完照片的感想。

这个人叫作镝木庆一，犯案时十八岁的话，现在是……十九或二十岁，比舞大一两岁。

看他的经历，这名少年似乎是在儿童福利院长大的，也就是说没有父母吗？虽然值得同情，但不能因为这样就杀人。

舞思考着这些问题，突然抬起头。电车停下，不知不觉间已经抵达舞要下车的车站。

　　舞奔向车门，在最后一秒成功下车。

　　好险好险，差点儿就坐过头了。

　　像这样通学的日子也不多了。舞即将展开全新的生活。

第一章
逃狱第455天

WANTED
ZHENSHI SHENFEN

1

"啊。"午后,穿着薄毛衣和牛仔裤的佐竹一脸疲惫地走进办公室。他昨天一定又喝多了吧。这位四十九岁的老板只要喝酒,隔天脸一定会水肿,所以一看就知道了。

"你喝到几点啊?"

四方田保停下敲键盘的手,挖苦地问。

"我又不是想喝才喝的。"佐竹先搬出借口,一脸"我也有很多苦衷",要四方田体谅的表情。

"嘿,"佐竹坐到保身边,盯着他瞧,"你才是,都有黑眼圈啰。"

"因为我才刚值完夜班啊。"

"什么,这样啊。那就早一点回……不去呢。"佐竹看向墙上的时钟说,"再一个小时,加油!"

这间办公室等一下会有一场兼职员工的面试,身为面试官,佐竹和保两个人都要在场。现在的兼职员工都是经过他们两人面试采用的,虽然从来没有人不被录取。

"你会去值班,是代表有人突然请假吗?"

"没错。昨天傍晚我才想要说回家,结果就直接上起夜班了。

第一章
逃狱第455天

我已经超过三十个小时没睡觉了。"

昨天傍晚,原本值夜班的兼职员工说念小学的儿子身体不舒服、发高烧,所以想请假。当然,对方也拜托了其他兼职员工代班,却都被拒绝了。日班的话还好,但若是要找人代会被长时间绑住的夜班,并不是件容易的事,大家都对夜班敬而远之。如此一来,只能由自己这个正式员工去值班了。

"今天来面试的男生啊,才二十一岁。"

佐竹拿起放在桌上的简历,说道。

"我知道,我事先也看了资料。"

年轻男生来应聘,是非常罕见的。实际上,现在的兼职员工有一半都是中高年龄的家庭主妇。

"能做得下去吗?"

"我进公司的时候是二十岁啊。"

"你的话怎么说呢,是因为很特别,而且一开始就是进来做正式员工。一般的年轻男生就有点……"

"嗯,可能很难吧。"

"是吧?"佐竹叹了一口气,将简历放回桌上,"啊——都花钱招人了,只有一个人来应聘吗?我们跟附近的公司比起来时薪应该不差啊。我还写了无经验也可以呢。"

"人家附近的公司,也是一年到头都在招人,应该没有人手充足的照护机构吧?"

佐竹担任老板的青羽有限责任公司,坐落在千叶县我孙子市,是一家住宅式老人团体家屋[1]。保是公司唯一的正式员工，今年二十九岁。本来到去年年底为止还有另一位正式员工，但这位比保大五岁的前辈以"要从看护业金盆洗手"为由辞职了。前一阵子，前辈才刚跟保联络，报告了自己的近况。前辈现在似乎在家电量贩店工作，虽然有很多事不习惯，十分辛苦，但他说大概比照护老人好多了，至少内心不会生病。顺带一提，当前辈问保打算做到什么时候时，他回答不出来。

保曾经想象过其他行业的工作，现在却没打算离开这家工作了九年的公司。虽然薪水微薄又会长时间被绑住，但基本上他很相信佐竹，再加上他每年都有加薪，一年也确实能够收到两次奖金——虽然少得可怜。

最重要的是，这份工作很有意义。保本来就喜欢照顾人，所以高中毕业后自然而然就进入了能够取得社工资格证的短期大学。

找工作时，他在儿童福利业和老人养护业之间犹豫，最终选择了后者，单纯是因为他觉得，未来会更需要照护老人的人。

不过，第一线的工作就算客气点说，也绝对称不上轻松，实际上则是非常严苛。"协助生活"说来好听，但实际上照顾老人，尤其是患有痴呆症的老人的日常生活，对身心都是难以忍受的负荷。挨骂是家常便饭，承受身体暴力的次数也多得数不清。虽说已经习惯，但不时还是会有令人伤心、生气的事，而这些都会在偶尔收到的一句感谢中一笔勾销——这样说或许太华而不实了，

---

1. 团体家屋（Group Home）是一种以社区形式照顾失智老人的服务模式，在北欧及日本地区已推行多年。

不过，保喜欢入住者们的笑容，也喜欢青羽像家一样温馨的空间。最重要的是，这里需要自己，这样像是担任社会中一个齿轮般的骄傲支撑着现在的保。

"距离面试还有大概十分钟吧，我赶快去打声招呼。"

佐竹从椅子上起身，走出办公室。"哎呀，须田奶奶，您的身体怎么样啊？"佐竹的声音马上从门外传了过来。"你——是——谁？"须田慢吞吞地说。九十岁的须田文子是这间机构中年纪最大的重度痴呆症患者。保每天都会跟须田自我介绍。话说回来，这里几乎没有不患痴呆症的入住者。

青羽团体家屋一共有十八名入住者，一楼和二楼分别有九名老人，大家一起生活。青羽为每位入住者准备了面向走廊的个人房间，中间有十坪[1]左右的客厅，二楼也是一模一样的配置。当然，这里还有完善的无障碍设施，每面墙都设有扶手，卫浴也采用特殊设计。

佐竹是经营者，大约一星期会来机构一次，只要露面，就一定会一一向入住者打招呼。只是，以刚才的须田为首，能准确认出佐竹的人并不多。

顺带一提，据说佐竹自己也在家里照护父亲。佐竹的父亲虽然没有痴呆症，却是帕金森病患者，几乎卧床不起。保还记得有一次佐竹曾透露过："我有时候会想，对老爸而言是不是干脆变痴呆比较好。"

"呜——"此时一声短鸣响起，有人来访了。平常青羽的对讲

---

[1] 日本传统计量面积的单位，一坪约为3.3平方米。

机是关起来的，访客通知只会像这样传到办公室。

保拿着钥匙走向玄关，从内侧打开门锁。不这么做的话，入住者会擅自跑到外面，因此，内锁是照护机构不可或缺的设备。

保拉开门扉，门外站着一名高挑的年轻男子。这名年轻人就是来面试的人吧。身高一百七十厘米的保看对方时需要略微抬头，因此男子的身高似乎超过一百八十厘米。他上身穿了一件白T恤，套着薄西装外套，下身着米色卡其裤。保事先在电子邮件中跟对方说过，服装不需要拘谨，穿平常的衣服来即可。

"我叫樱井翔司，约好了今天要面试。"

对方低头说道，声音比预想的还要低沉。男子黑色的刘海儿微微盖住了他细长的单眼皮眼睛，右眼下方有颗显眼的大泪痣，鼻梁歪成"く"字形，下唇略微外翻。

"是，我们在等你，请进。"

保带樱井入内，来到办公室。"请在这里稍等一下。"语毕，保穿过走廊，往客厅里看，佐竹正与入住者和兼职员工谈笑风生。

"面试的樱井先生来了。"

"啊，时间刚刚好呢。第一关合格。"

明明就算迟到他也会录取。保虽然心里这么想，却没有说出口。

保和佐竹一起前往办公室。"感觉怎么样？"佐竹在走廊上问，保只说了"很普通，身高很高"，再次走进办公室。

保准备了茶水，和面试者隔着办公桌坐下，准备好面试。"边吃点心边说吧。"佐竹朝看似很紧张的樱井说。

"樱井翔司，二十一岁，一个人住在取手吗？"身旁的佐竹拿着简历，说出已知的内容，"取手离这里有点远，你今天是开车来的吗？"

"不，我是坐电车到我孙子站，从那里走过来的。"

"从车站走过来吗？很远吧，大概要走三十分钟？"

不，要更久。保也从青羽走去车站过好几次，需要四十分钟以上。

"嗯，挺累的。"樱井难为情地说，"因为我没有汽车驾照。"

"啊，这样啊。那如果录取的话，你打算怎么通勤？不可能每次都走路吧？"

"我孙子站有自行车停车场，我想买辆自行车停在那里。"

"嗯，这样也很辛苦，但也没办法。"佐竹微微沉下脸来。在青羽工作的员工，除了当地居民，都是开车上下班。"取手那边的话，应该有好几间更近一点的老人照护机构吧？你为什么会想来我们这里呢？"

"我虽然没有照护经验，但事先调查过，知道照护机构也分好几种类型，觉得其中团体家屋可能是最适合自己的形式。我们家附近虽然有养护型长照中心或是提供日照服务的地方，可惜却没有团体家屋。"

"原来如此。"大概是很满意樱井的回答，佐竹露出笑容，将摆了茶点的餐盘推到樱井面前，"你吃吧，在我们这里，和入住者一起边吃点心边聊天也是工作的一环。"

"那我就不客气了。"樱井虽然有些不知所措，但还是伸手拿了一块巧克力，放进嘴里。

"话说回来，你为什么会想从事照护工作呢？你这么年轻，工作有很多选择吧？"

樱井喝了一口茶，说："因为我想帮助别人。我在工作经历上也写了，高中毕业后，我是靠着好几份兼职在过生活，其间一直烦恼要去哪里上班。我不适合业务型的工作，也不太擅长体力活，想着既然这样，那大概只能从事服务业了。其中，我认为最有意义的应该就是照护工作。"

樱井表情沉稳，侃侃而谈自己应聘的理由。虽然没有可疑之处，保却无法坦然地接受。

因为他感觉，不管是业务工作还是体力活，眼前的这位年轻人都能胜任。樱井能这样条理分明地描述自己，听他说话也完全不会不舒服，不如说根本是一副好青年的模样。此外，尽管他身材的确偏瘦，但仔细一看，不但T恤下的胸膛挺拔，双手也指节分明，十分结实，似乎也不讨厌劳动的样子。

唯一让人在意的是，他是来面试的，如果刘海儿能再稍微短一点会更好，但这也不是什么大缺点。大概是觉得保在信中指示穿普通衣服来面试即可，那么头发也不会被啰唆吧。

"你刚刚说上班，你希望将来能成为正式员工吗？"

佐竹的目光紧紧锁住樱井。

"是的，如果能获得录用，我想兼职一年看看，要是觉得自己未来也能继续下去的话就正式进入看护业。"

不用等一年，只要持续两个月佐竹就会紧缠不放，问他要不要当正式员工了。当然，对保而言，正式员工若能增加，实在是感激不尽。

"嗯，我很满意，你被录取了。"

第一章
逃狱第455天

佐竹迅速宣布录用,向樱井伸出手。"请多多指教。"樱井害羞地回握那只手。

真是的,佐竹每次都这样。明明还有很多必须问的问题吧?"那具体的工作内容就由四方田来说明吧。"每次也都像这样甩给他。

"在这之前——"保起了个头,"你一星期大约能工作几天呢?"

"啊啊,对了,没问到最重要的事。"佐竹说。

"我现在没有其他工作,基本上随时都可以过来。"

"很好啊很好,很有帮助。"

保向身旁吵闹的佐竹投以冰冷的视线。"我们有夜班,这点你也可以吗?"面对这个问题,樱井也给予了肯定的回复。

"你说你事先调查过,我想你或许知道,所谓的团体家屋是高龄老人共同生活的地方。网络上有很多说入住者在某种程度上能够生活自理的,但实际上也有因为重度痴呆连走路都很困难的人。这些人饮食和排便也都必须依靠协助才能完成,当然,你也需要帮他们换尿布。你有想过是这样的工作吗?"

"是的。当然,我没有经验,也担心自己能不能胜任,但我会努力。"

"我们的入住者平常都很和蔼可亲,但一陷入不稳定——我们这里以这种方式称呼入住者精神状态不稳定——一旦变成那种状态的话,他们有时会恶言相向或是攻击人,这些你也都能忍耐吗?"

"喂喂喂,你不要太吓唬人家啦。"佐竹皱眉道。他向樱井露出灿烂的笑容说："只是偶尔会有这种情形啦。"

"是的，我也期许自己能慢慢习惯这一类的事。"

"对，什么事都需要习惯，习惯。做着做着就渐渐不会在意了。"

之后，保大致说了一遍工作内容。在青羽工作必须做菜，樱井表示这方面他也能做到一定的程度，佐竹已经乐昏头了。因为三年前有个年轻的兼职男生完全不会做菜，结果这件事成为那个人的压力，他就辞职了。

"好，那这个，请你写一下。"

谈话告一段落，佐竹将简单的身份证明文件交给樱井。

樱井右手持笔，一项项填写。保不着痕迹地看了一眼，心中暗讶。樱井写字速度非常慢，但那些字实在很难说是写得好，就像蚯蚓一样歪七扭八。

"紧急联络人呢？"

同样看着文件的佐竹说。纸上只有那里空白。

"其实——"樱井垂下视线，"我是父亲一个人带大的，一直都是父子俩一起生活。前阵子，父亲过世了……我没有可以联络的亲戚。"

"啊，这样啊。"佐竹敛起表情，点头道，"那没关系，没关系。这种东西只是形式而已。"

"令尊是因为生病吗？"

"嗯，是心脏衰竭过世的。"

樱井的父亲大概跟佐竹差不多年纪吧。无论如何，这个年轻人似乎有着令人同情的身世。

之后，保准备向樱井介绍环境和入住者。虽然佐竹顾虑值完夜班的保,令人感激地说:"我来就行了,你快点回家睡觉吧。"但保拒绝了他的提议。保想再多了解了解这位年轻人,毕竟今后要和他一起工作的人是自己。

"哎呀,你去哪里捡了一个这么年轻的男孩子啊?"

保向樱井介绍第一位入住者多梅时,七十九岁的老太太打趣道。多梅是一楼的入住者,几乎没有痴呆症的问题,日常生活起居都可以自行打理,身体方面完全不需要人费心。不过相对地,多梅非常爱抱怨,一会儿不满意这个人,一会儿又很讨厌那个人,事事都要抓着员工絮絮叨叨个没完。因此,也有人觉得陪多梅比较累。

"有困扰的地方都可以来找我商量,这个工作累积压力的话是做不久的。"

多梅把自己当成半个员工,因此有时也会念叨兼职员工的做事方法。

樱井细心有礼地应对这样的多梅。多梅的话持续了十五分钟,樱井回应附和,脸上没有一丝不悦。多梅看来也很满意樱井。

"辛苦了。"离开后,保在樱井耳边说,"介绍完多梅奶奶以后,就只剩下一位叫鹫生的爷爷了,这两位是痴呆症程度比较轻微的。其他人我虽然也会介绍一遍,但明天、后天也都必须介绍,因为他们马上就会忘了。"

"这样啊。"

"嗯,这点你也很快就会习惯了。"

两人来到鹫生的房间介绍樱井。"什么嘛,不是女生啊?"八十三岁的老人坐在轮椅上豪爽地笑道。鹫生虽比多梅硬朗,却左半身瘫痪，拄拐杖的话虽然可以缓步前行，但基本上还是要靠轮椅移动。顺带一提，他和多梅是水火不容的关系。

"鹫生爷爷，您要有点分寸，不可以摸别人屁股。兼职的人都很生气啊。"保挽起手臂说道。

"我不摸的话，谁会去摸那些老太婆的脏屁股啊？"

鹫生嘴巴很坏，又是个色老头，因此令女性兼职员工很反感。不过，这个老人有时也会若无其事地对兼职员工展现体贴的一面，大家也不是真的讨厌他。

"对了，你会下将棋吗？"鹫生朝樱井做出拿棋子的动作。

"会，大致上知道规则。"

"只是这种程度吗？"鹫生遗憾地摇摇头，"四方田，既然要招人，就给我雇将棋下得好的人啦。"

鹫生的兴趣是下将棋，还拥有段位。保偶尔也会被迫陪他下棋，但即使鹫生拿掉了飞车和角行，保还是赢不了。鹫生下将棋，是货真价实的本事。

离开鹫生的房间，这次他们来到客厅，保依序向樱井介绍聚集在这里的七位入住者。除了多梅与鹫生，大部分人都会像这样呆呆地在客厅看电视。他们看的是平日录下来的历史剧。虽然工作人员偶尔会不小心连续两天放一样的内容，但没有入住者会抱怨。

"咦？阿茂？你不是阿茂吗？"

八十五岁的中川悦子——通称悦子的奶奶，看见樱井后瞪大双眼。当然，樱井十分无措。

"阿茂是悦子奶奶的儿子，你不要否认。"保迅速在樱井耳边说道。否认的话，悦子会发脾气。

顺带一提，悦子真正的儿子阿茂今年六十四岁，每个月会来青羽看一次母亲，却从来没有被母亲当成儿子看待。

"呃——好久不见。"樱井僵硬地说。

"一阵子没看到你，你是不是又长高啦？"

"嗯，大概吧。"

"你已经比爸爸高一个头了，果然是因为吃的食物不一样呢。"

"是吗？如果是这样的话，都是托您的福啊。"

"不要呆站在那里，过来坐啊。"悦子拍了拍自己身旁的椅子。

樱井朝保发出"该怎么办"的眼神，保点点头。樱井坐下后，悦子骄傲地向其他入住者介绍："这是我儿子，阿茂。"

八十五岁的悦子不可能有这么年轻的儿子，然而，却没有人对这一点发出疑问，更别说保前一刻才跟他们介绍樱井是新来的员工了。这就是痴呆症，青羽的日常。

尽管如此，樱井现在的应对却十分值得称许，完全看不出来是第一次接触痴呆症患者。

大概是很高兴和儿子聊天吧，悦子滔滔不绝。由于谈话看不到结束的迹象，保便伸出援手说："悦子奶奶，我们差不多该去上厕所啰。"保扶悦子起身，牵着手引导她前往洗手间。保趁隙看向樱井，用唇语表示："回办公室。"让他逃离现场。

"今天就到这里，辛苦了，你刚刚的应对很优秀啊。"保向在办公室等待的樱井说。"我们不用跟二楼的住户打招呼吗？"樱井瞥了一眼天花板说道。二楼也有九名入住者。

"嗯，不用。因为我打算让你负责一楼。"

"……啊啊，这样啊。"

樱井瞬间露出失望的神色。"怎么了吗？"保问。"不，没什么。"樱井勾起嘴角笑着回答。

"虽然想送你回家，但我家在反方向，不好意思。"

保握着马自达卡罗尔的方向盘，向副驾驶座的樱井说。他们正前往离青羽最近的我孙子站。因为顺路，保刚才便对樱井说："搭我的车过去吧。"

由于睡眠不足，保止不住地打哈欠。道路两旁是一整片无际的翠绿稻田，这幅景色则更加引人发困。

我孙子市位于千叶县西北部的东葛地区，紧邻手贺沼湖和利根川，盛产稻米和蔬菜，盎然的绿意是这里的宣传重点。我孙子市的人口有十三万多人，其中超过三成是七十岁以上的高龄人口，和邻近的县市相比，比例也算高。可想而知，医疗费也不断增加，是地方政府烦恼的一大根源。话虽如此，也不只是我孙子市，高龄化的问题在哪里都很严重。日本正不停加速往超高龄社会前进。

"对了，车站北口有一间自行车店。如果是女士车，一万日元就买得到了吧。"

面试时樱井说想买自行车，保便告诉他相关信息。

"那我等一下去看看。"

两人说着这些话，没多久便被红绿灯拦了下来。拄着拐杖的老人以龟速穿越马路。

"樱井，你为什么会想做这样的工作啊？"保斜眼看着副驾驶座问，"啊，虽然面试时问过你应聘原因了，但你个性开朗，刚刚

第一章
逃狱第455天

和悦子奶奶相处虽说是第一次，应对却十分灵活。老实说，觉得你做这样的工作是不是有点可惜。我们这里偶尔也会有年轻男生来面试，但大家的感觉都跟你不太一样。怎么说呢，感觉就像是没有其他能做的事，不得已才会来，像是不擅长跟别人沟通之类的。所以我才疑惑为什么像你这样的人要来看护业，而且还是我们这样的地方。啊，希望你别误会，对我这个正式员工而言，能有优秀的人才加入，我非常感激啊。"

"不——我一点都不优秀。"樱井惶恐地举起手在脸前挥舞，接着反问，"四方田先生为什么会做这份工作呢？"

"我吗？因为我好像挺喜欢照顾人的。高中的时候，我甚至是唯一的棒球社男经理。我母亲也从我小时候就一直跟我说，我长大不是当保育员就是护理师。唉，大概是被催眠洗脑了吧。"保耸着肩膀道。

"那我也一样，我也觉得自己好像很适合照顾人。"樱井微笑着回答。

虽然觉得自己被很有技巧地敷衍了，但保决定照单全收。或许，这个年轻人会成为青羽的救世主。因为他们的现状就是人手不足，忙得不可开交。

"啊，这间拉面店很好吃啊。"保指着斜前方说，"他们的面油亮油亮的，大蒜也很多，偶尔会想去吃上一碗。你喜欢拉面吗？"

"拉面是我的最爱。"

"那下次一起去吃吧。"

谈话间没多久便抵达了我孙子站。保将卡罗尔车停在圆环一隅，樱井打开车门。

"谢谢,明天请多多指教。"樱井深深鞠躬。

"嗯,也请你多多指教。"

"那么,开车小心。"

语毕,樱井关上车门。

保再次驶着卡罗尔,边打哈欠边转动方向盘。

开车小心……吗?自己二十一岁的时候,能在这种场合说出这种体贴的话吗?

樱井翔司。有点神秘的超级好青年。不过,究竟能不能帮上忙,开始前是不会知道的。

2

一楼的入住者,七十七岁的三浦勇从刚才便在走廊来来回回,一副静不下来的样子。"还没开始吗?"这句话他已经重复好几十次了。

"三浦爷爷,您再忍耐一下,限时特卖还要半个小时才开始。既然要去买,便宜一块也好,不是吗?"

樱井轻声安抚。

樱井等一下要和三浦一起去附近的超市购物。三浦很喜欢出门,是最喜欢购物的一位入住者。他放进手中的,一定是他最爱的麸质点心,青羽的员工每次为了阻止他都伤透脑筋。机构里已经存了一堆三浦购买的麸质点心了。

顺带一提，樱井口中的"限时特卖"是权宜的说法，超市在傍晚以前并没有那种活动。只是到达超市时三浦不会记得这件事。

数十分钟后，身上挂着水壶的樱井和三浦手牵手离开了青羽。"我出门啰。"三浦露出笑容，心情非常愉快。为什么到附近的超市购物要带水壶呢？因为以三浦的脚程要花二十分钟以上才会抵达超市。

保送两人出门后和多梅一起到外头收晒干的衣服。屋外是初夏时节，保和多梅头戴草帽，脖子上挂着毛巾。

"那个老先生真的很麻烦欸，真的是每次都这样，你们也很辛苦。"多梅叠着亚麻床单说道。纯白的床单反射阳光，熠熠生辉。

"因为三浦爷爷最期待的事就是买东西啊。"

"就算是这样，但被那样催，你们也不舒服吧？"

"没这回事，我们已经习惯了。"

"你们可以跟他说一次'是谁在照顾你啊'。"

保露出苦笑，将入住者的内衣裤放进篮子里。像这样，他们已经习惯多梅的抱怨了。

"四方田，"多梅停下手边的工作看向保，"你们雇用樱井是正确的。我也很佩服那个孩子，年纪轻轻，事情却做得很好。"

"我也有同感。樱井来这里真的帮了我们很大的忙。"

保真心地说道。

樱井翔司以兼职员工的身份在青羽工作，到今天已经是第二周了。保为樱井的理解力和适应力之强惊讶不已。前天，樱井第一次体验单独值夜班，也就是要独自负责一楼九位入住者一个晚上。基本上，入住者晚上都在睡觉，因此夜班也有闲暇的时候，但有时候要量体温，有时要为失禁的人更换弄脏的衣物、带梦游的人回到房间让他们再度入眠，必须做的事格外多。既要在半夜先准备好早餐，还得根据入住者不同，给他们服用不同的药。而樱井一个人完美地完成了这些工作。

冷静一想，将负有这些职责的夜班交给一个刚开始工作没多久的年轻人，保也不太赞同，但这就是看护业的现实情况、青羽的现状。

之后，多梅也说了好几句称赞樱井的话。"不过啊——"多梅眯起眼睛道。

"我觉得他叫我多梅奶奶有点不太对。我和那孩子认识没多久，他也才二十岁出头吧？我是不太想讲这些小事啦，但总觉得不够尊重呢。"

啊啊，开始了。多梅在不停捧人之后，一定会多嘴一句无益的话。无论对象是谁都一样，连保也是。多梅似乎对其他兼职员工说过："那个人有时候会让人觉得太亲昵了。"

"因为我们都称呼您多梅奶奶，他一定也只是跟着喊吧。我知道了，待会儿我跟他说一声，请他注意，以后喊您金井奶奶。"

"哎呀，也不用做到那个地步啦。"

那你想怎么样呢？真是的，这位老太太也很让人伤脑筋。

"您差不多该进屋了，剩下的我来就可以。"

大致收拾好后，保向多梅说道。

"没关系，只剩一点了。"

"您已经待在屋外超过五分钟了，这种日头，要是中暑就糟了。"

"是吗？那我就恭敬不如从命，剩下的就拜托你啰。"

"谢谢您帮忙，请马上补充水分啊。"

多梅回到屋里，保一个人收下剩余的衣服。此时，一辆白色的丰田普锐斯驶来，是老板佐竹。车子经过石子路，扬起一片沙尘。

"我刚刚在那边的路上遇到了樱井和三浦爷爷。"佐竹一下车便说道，"我停车跟他们打招呼，结果三浦爷爷对我说：'你是谁？'一副'我很可疑'的样子，真是败给他了。"

佐竹哈哈大笑地走到保身边。"你今天有什么事吗？"保问。佐竹没有什么特别的事不会在这个时间来青羽。

"我是老板，什么时候来都可以吧？"

"可是你是有事才来的吧？"

"是的。我是为了樱井来的。那小子今天是早班吧？这样的话，等他买完东西回来应该就直接下班了吧？"

"对，没错。你找樱井有什么事吗？"

"我打算邀请他吃饭，我请客。"

保抱着洗衣篮和佐竹一起回到屋内，进入办公室。他倒了一杯冰乌龙茶递给佐竹。

"去吃饭是可以，但请对其他兼职员工保密啊。"

佐竹不会邀其他兼职员工吃饭，即使邀了他们也会觉得困扰吧。不过，这种事要是传出去，难保不会有人觉得只有樱井受到特殊待遇。保身为管理第一线工作场所的人，忍不住会顾虑这一类的事。

"我知道，我也会要樱井别说出去。"佐竹说。他咕咚咕咚一口气喝完乌龙茶，用手背抹抹嘴唇后说："其实，我打算吃饭的时候问他要不要转正式员工。"

"咦！"保不小心爆出音量，"他才做两个星期欸。"

"这种事不用你说我也知道。可是不管问谁，大家都给他高度好评吧？就连你，不也总是对樱井赞不绝口吗？"

"是这样没错。"

"干吗，你反对吗？"

"我不反对。只是，樱井应该也还在摸索，我们不知道他内心是怎么想的吧？"

"所以我打算包含这部分在内，问问他各方面的事。成为正式员工工作内容不会有太大变化，又能领到比较多的薪水，还有奖金可以拿，对樱井来说也是好事啊。"

这么说是没错。能获得肯定，樱井也不会不高兴吧。而且，选择权在他身上。

其实，如果樱井能成为正式员工的话，保不知道会有多感激。大概是几年前吧，保计划利用休假进行两天一夜的温泉之旅。旅途中，一位入住者跌倒，撞到头，公司紧急将他召回，结果温泉之旅变成当天往返，徒留疲惫。当时如果有其他正式员工在的话，结局应该会有所不同。如果有自己以外，其他能分担责任的人在，再也没有什么比这更值得高兴的事了。

之后，佐竹一如往常前去问候入住者，保则处理起计算机文书作业。保已经没有在轮班了，这类的业务才是他本来的工作。将十八名入住者每天的身体和精神状况输入计算机，研究他们各自适合何种照护，并借由回顾这些资料掌握患者痴呆症的进程。

保也拥有看护师的资格。

过了一会儿，负责二楼的兼职员工田中上气不接下气地来到办公室，劈头第一句话就是："不好了，不好了，你快点来。"

这位四十岁出头的兼职女性总是这么说话，有时让保很厌烦。因为在回报发生什么事之前，她总是会像这样夸张地喊着"不好了"或是"发生大事了"。

"怎么了？"保竭力保持冷静问。

"井尾太太在床上哭，还在发抖。"

只是这样吗？尽管这么想，但这的确必须由自己出面。

井尾由子，大约一年前来到青羽的这位女性，在入住者中是很特别的。她才五十五岁，比保的母亲还年轻。

保和田中一起离开办公室。由于佐竹在一楼的客厅，保便向他说一声："我上去二楼。"

两人走上二楼，穿过走廊。井尾由子的房间位于最里面的位置。叩敲了门后，保说着"我进来了"，拉开房门。

如田中所说，井尾由子双手贴在胸前坐在床上。"接下来交给我吧。"保对身后的田中道，关上房门。

"井尾太太。"保靠近对方，弯腰轻声道。"啊啊，呃……"井尾由子看着保，表情有些痛苦。

"我是四方田。"

"对对，四方田。"井尾由子露出僵硬的笑容说，"我刚刚睡了一下午觉，结果做噩梦了。"

"这样啊。"保不问是什么样的噩梦，因为他心里有数。"你现在感觉怎么样？"

"稍微冷静下来,已经没事了。对不起,给你添麻烦了。"井尾由子歉疚地说。

"没这回事。我去拿杯冰咖啡来好吗?"

"不用了,没关系。"

"别客气,我也一起喝。"

"那么就麻烦你了。"

保暂时离开房间,从二楼厨房的冰箱里拿出冰咖啡和牛奶,分别在两只玻璃杯中放入三颗冰块,倒入咖啡和牛奶。他在一杯咖啡中加入糖浆,插上吸管。田中走过来问:"井尾太太怎么样?"

"应该已经没事了。"保回答。

"又是那个梦?被拿刀的男人攻击的那个梦。"

"大概吧。"虽然点头同意,但那其实不是井尾由子自己遇袭的梦,而是她隔着一扇拉门望着自己的儿子、儿媳和孙子遭到攻击的梦。

不,这么说也不正确。那不是梦,而是现实中发生过的事。

保双手拿着冰咖啡,再次进到井尾由子的房间。他借了张椅子,和床上的井尾由子相对而坐。

眼前喝着冰咖啡的井尾由子,外表和一般的五十几岁女性没有太大区别。她是早发性阿尔茨海默病患者,发病是六年前,她才四十多岁的时候。

"明明最近都没做那个梦了,一定是因为睡午觉的关系,真不好。"井尾由子失落地说,"我啊,当然很怕那个梦,但醒来之后更可怕。啊,原来这是真实发生过的事,洋辅、千草,还有俊辅,真的都不在了。发现这些事的那一刻更可怕。"

保出声应和。

"我变笨了对吧？所以偶尔会无法分辨梦境和现实的界限。"

"您没有变笨。"保立刻否定，"您很清楚地意识到自己的这些事。"

"没关系，我就是笨。"

井尾由子总是这样贬低自己。基本上，她对自己罹患阿尔茨海默病是有意识的。会说"基本上"是因为她偶尔也会忘了这件事，有时会不晓得自己所处的环境，惊慌失措。

"而且，还很胆小懦弱。"

没错，说自己笨后，接下来就一定是胆小懦弱，然后——

"啊啊，我好想赶快去见洋辅他们。"

这是保第几次听她这样说了呢？

直到六年前，井尾由子都在故乡新潟县的某间高中任教。她负责的科目是日本古文，也担任导师。

据说，一开始发现她异常的人是学生。井尾由子会搞错所负责班级的学生的名字，有时甚至连名字都叫不出来。一开始学生开玩笑说："老师，你要痴呆也太早了吧？"但发生次数频繁后，感到有些奇怪的学生们便向年级主任报告了这件事。年级主任命井尾由子去医院接受检查时，她非常愤慨。

然而，收到检查结果后她变得绝望。虽然知道早发性阿尔茨海默病的存在，却做梦也没想过会降临到自己身上。"我觉得眼前一片黑暗。"井尾由子这样描述自己当时的心境。

井尾由子辞去教师的工作。经营建筑公司的丈夫减少工作，经常带妻子外出，想尽量减缓病程的进展。

然而，悲剧又再次向井尾由子袭来。她的丈夫比她更快因病倒下。医生在井尾由子丈夫的肺部发现肿瘤，察觉时，癌细胞已经转移到全身。不到三个月，井尾由子的丈夫便撒手人寰了。

之后，井尾由子离开故乡，与住在埼玉的儿子儿媳一同生活。独生子洋辅的妻子千草是个很好的女孩儿，对生病的婆婆温柔体贴。

同居没多久，千草怀孕了，孙子诞生到这个世界。那是个和洋辅非常相似的男孩，他们为他取名为俊辅。

此后，俊辅的成长成为井尾由子的生存意义。她一方面顾及千草，另一方面也积极投身照顾孙子的行列。"有婆婆在真的帮了我很大的忙。"千草不经意说出口的这句话，令井尾由子开心不已。

不久，俊辅学会了说话，会喊她奶奶了。明明被母亲千草抱在怀里也哭个不停，但只要井尾由子一哄，不知为何孩子便会瞬间止住哭泣。井尾由子心想，所谓"捧在掌心怕摔了，含在嘴里怕化了"就是这种心情吧。

在这样一天天幸福的日子里，病魔却一点一点侵蚀着井尾由子。有时，她出门买东西却忘了该买什么，也曾经连自己为什么要出门都忘了，结果又回到家里。虽然对这样的自己感到失望，但她还是鼓励自己，至少她还能好好回家。生病算什么？阿尔茨海默病算什么？

自那之后，井尾由子决定将每天该做的事一一写在笔记本上，也开始写起日记。自己只是有点健忘，只是这样而已。她以祈祷般的心情对自己这样说。她拼命告诉自己，她绝对不会输，以此净化潜伏在体内的病魔。

2017年10月13日——现实中的恶魔降临到她身边。

那天，井尾由子从早上便一直躺在和室的被窝里。她前一晚突然开始发烧，卧床不起。

傍晚时，井尾由子昏沉沉的，似乎听到了女性的尖叫声。她心想是怎么回事，撑起无力的身体，微微拉开和室的拉门往客厅的方向看——一名陌生男子不知从何处、如何跑进来的，就站在家里。

肩膀上下起伏的男子手中拿着鱼刀，刀尖滴着暗红色的液体。千草和俊辅浑身是血，像断了线的娃娃般倒在男人脚边。

比起恐惧，井尾由子心中最先出现的是疑惑。她不知道发生什么事了，脑袋像是短路了。

对了，是梦吗？这或许是场噩梦，井尾由子这么想着。不，是这么祈祷。

然而，她还没有老糊涂到真的把这些当成一场梦。她渐渐意识到，眼前的惨状或许是现实。井尾由子迅速躲到了壁橱里。

她在黑暗中压低气息，受到前所未有的自我厌恶的攻击。

如果这是现实——自己现在不是该马上出去做些什么吗？不是该去救千草和俊辅吗？

可是她办不到。不是理智，而是压倒性的恐惧吞噬了她的勇气。

"我回来了——"接着，门外传来儿子洋辅的声音，洋辅下班回来了。不可以！然而，身体无法动弹，她无法从这片黑暗离开，甚至出不了声。

随后，是扭打的声音。井尾由子捂住耳朵，狠狠地、用力地捂住耳朵。

然后，她就变成孤零零的一个人了——

这些是井尾由子亲口告诉保的。虽说她的确患有阿尔茨海默病，却能循序将这些事情告诉他人。话虽如此，她能诉说痛苦过往的对象只有保。保不知道为什么井尾由子只对自己敞开心扉，或许是因为自己跟她的儿子年纪相仿吧。"我儿子刚好跟你差不多大。"第一次见面时，井尾由子用忧郁的眼神看着保。

保大概是同情井尾由子的。她的人生遭遇太多悲剧了，他甚至愤愤不平地想，老天爷为什么这么不可理喻、这么不公平？

所以，就算是绵薄之力也好，保打从心底想要帮助这位女性。

"四方田，"井尾由子突然喊他的名字，"如果啊，我之后要是变得更、更奇怪的话，到时候——"

"不可以。"保口气强硬地打断井尾由子的话，"后面的话绝对不可以说出口。"

井尾由子呼出鼻息，将目光移向木桌。木桌上摆着相框，照片上是一对年轻夫妇和小婴儿。每当看着这张照片，看着上面幸福的笑容，保的胸口就会像被勒住般纠结。

"稍微让空气流通一下吧。"

保起身半拉开窗户。土壤的气息随着暖风轻柔抚过鼻间。青羽附近一带都是农田，因此，刮大风的日子无法打开窗户。

此时，放在胸前口袋的手机响了起来。一看，是保让樱井随身携带的个人手持电话打来的。

"我先离开一下，有什么需要的话请别客气，喊我一声。"保离开房间。

在走廊接起电话后,樱井说他们人在超市,三浦按照惯例又闹着无论如何都要买麸质点心回去。

"我跟他说家里已经买了,但三浦爷爷今天可能心情不好,不愿意听我说。我不知道怎么做比较好,所以才打电话。"

"那也没办法了,就买吧。不过,只能买一包。三浦爷爷在篮子里放了一堆吧?"

"是的。他说难得来一趟,所以想多买点放着。"

"你试着用可怜的口气跟他说,你会被他女儿骂。只要搬出女儿,三浦爷爷就会乖乖的了。如果还是不行的话就买吧,之后再拿收据去退货。"

"好,我挑战看看。"

结束通话,保叹了一口气。此时,佐竹走了过来。大概是听田中提起吧,他问:"井尾太太怎么样?"

"到办公室再说。"保回答。因为田中和另一位兼职员工就在旁边。

两人回到一楼的办公室。保传达了刚才的情况。

"这样啊,她又那样说了。"

佐竹挽着手臂瞪向空中说。

保的脑海里重播着井尾由子的话——

我之后要是变得更、更奇怪的话,到时候请杀了我。

因为,如果我忘了先生、儿子、儿媳和孙子的话,活着也没意义了。我啊,认为有尊严的死亡是必要的。人因为有记忆才有未来,如果记忆不能留存,未来就不会来。未来不会来的话,我也不想活了。总有一天，我会变得连这些事也无法思考，忘掉一切……

"可能要加强井尾太太的看护啊。"

"是啊。所以，我认为也差不多该跟兼职员工坦陈她的过去了。大家都觉得很可疑，而且是否知道那些事，照护她的方式也会有所不同。"

"嗯。我也觉得这样比较好……"佐竹皱起眉头，"我知道了，下次井尾太太的妹妹来探望的时候，我跟她商量看看。"

在青羽，清楚地了解井尾由子过去的人只有佐竹和保。不过，由于井尾由子做的噩梦太过具体，加上她的儿子和儿媳年纪轻轻便离开了人世，因此，兼职员工现在都各自展开了某些想象，处于最不上不下的不利状态。偶尔，还会有些人来探保的口风。

至于事情为什么会变成这样，都是因为井尾由子入住青羽时，与她同行的妹妹笹原浩子希望他们能对命案保密。毕竟是那样的事件，佐竹也不得不表示接受。

顺带一提，年纪尚轻的井尾由子之所以会入住团体家屋，是因为妹妹浩子的丈夫是佐竹的远房亲戚。不过，佐竹过去从未见过浩子的丈夫，甚至连名字都没听过，说穿了，就是陌生人吧。

命案发生后，井尾由子便由住在山形的妹妹接走，暂时在那里生活。然而，浩子家里也有需要照料的公公，没有余力照顾姐姐。

在为姐姐寻找入住机构时，浩子知道了丈夫的远房亲戚在经营团体家屋，便前来拜访。

听了内情后，佐竹这个重人情的老板便开特例，接受了井尾由子。其实，希望入住青羽的老人大排长龙，对那些等待顺位的人——准确来说是他们的家人——而言，应该难以接受吧。不过，考虑到井尾由子的处境和遭遇，保觉得佐竹的做法也情有可原。

话虽如此，年纪尚轻并清楚拥有自己意识的井尾由子在高龄痴呆症患者的包围下生活，实在非常可怜。这里对她而言绝不是一个舒适的地方。然而，关于怎么做对她才是最好的，保没有答案。

有时，保会陷入沉重的思绪里，兴起不好的念头——或许，按照井尾由子的期望，让她快点离开这个世界，对她而言才是幸福吧？可是，为什么能肯定这是不好的念头呢？只要设身处地思考，这种念头就会更强烈。

"喂！"

佐竹唤道，保回过神。

"你的表情干吗那么恐怖啊？不要连你也这样啦。"

"我是在想晚餐的菜单。今天难得轮到我煮饭。"

此时，门铃响起。大概是樱井和三浦回来了吧。保拿着钥匙到玄关开锁，樱井与三浦就并肩站在门外。樱井双手拎着塑料袋。

"三浦爷爷回来啦，买东西怎么样啊？"

"很开心。外面好热啊。"三浦绽放出笑容说。

"因为夏天来了啊。快进去喝杯冰的，凉快一下吧。"

三浦换上拖鞋，穿过走廊。

"怎么样？"保问樱井。

"总算是用一包解决了。跟你说的一样，我提到女儿，爷爷就让步了。"

"是吗，太好了。"

樱井说塑料袋里是饮料。透过塑料袋，可以看到里面还有酱油。

"我印象中酱油还有呢，已经快没了吗？"

保和樱井一起走在走廊上，保问道。

"是二楼的。田中太太请我顺便买回来。"

樱井很神奇地跟二楼的兼职员工和入住者感情很好。会这样说是因为，虽然他们的确同处一个照护机构，但一楼和二楼几乎没有什么交流。实际上，除了自己负责的入住者，也有很多员工不知道其他人的名字。保有时会看到樱井去二楼。

之后，保在厨房准备晚餐，樱井则在客厅和入住者聊天。此时，佐竹过来说道："樱井，你要下班了吧？"

佐竹指指墙上的时钟："等一下要不要跟我一起去吃饭？"

"啊，我答应了鹫生爷爷等一下要和他下将棋。"

"是吗？"人在厨房的保说，"没关系，这是工作外的时间，我去跟鹫生爷爷说。"

"可是——"

"没关系啦，你每天都陪他，下班后不用做任何事。"

"你不要随便决定。"坐在轮椅上的鹫生出现在客厅，用右手灵活地操作轮椅，"我现在正在锻炼翔司，应该说是他要给我学费呢。"

"您在说什么傻话啊？樱井已经下班了。"

面对鹫生用不着客气。这个老人是青羽最不用顾虑的入住者。八十三岁的鹫生真的比井尾由子还要硬朗。

第一章
逃狱第455天

"鹫生爷爷，今晚可以把樱井借给我吗？"佐竹说。

"就算老板拜托也不行。翔司现在正处于快速进步的阶段。"

自从樱井来到青羽后，鹫生每天都生龙活虎。因为这个年轻人会陪鹫生下将棋。用鹫生的话说，樱井比保有潜力一百倍。

虽然樱井还得照顾其他入住者，不能好好坐在鹫生对面下一盘棋，但他会不时前往鹫生的房间走一步，以这种方式对弈。因此，一局结束总是要花半天的时间。

结果，最后变成樱井从现在起陪鹫生到晚上七点，接着再和佐竹去吃饭。真是的，大家都在抢樱井。

之后约莫过了一小时，樱井朝厨房里探头。

"我来帮忙吧。"

"你和鹫生爷爷的棋已经下完了吗？"保停下手中的刀子问。

"他现在正难得陷入思考。"

"好厉害啊，把鹫生爷爷逼到那个地步。我记得他是三段欸。"

"因为他让了我两个银将[1]。他认真起来的话，我才不是对手。"

保想，明明自己和鹫生下棋时，就算鹫生拿掉飞车和角行，也能轻轻松松把自己杀得片甲不留。

虽然不用樱井帮忙也没关系，但既然来了，保便请他切菜。这么说来，这是保第一次看到樱井在厨房里的样子。当然，他曾吃过樱井做的菜检查味道。虽然为了给老人家吃，将调味料减量了，菜肴却依然很有滋味，十分可口。

咚、咚、咚。樱井手中的刀子在砧板上有节奏地发出声响。

---

1. 日本将棋中棋子的一种。

为了避免噎到,将食材切细是青羽料理的基本要求。樱井的刀功也十分出色。这个年轻人真的是做什么都干净利落。

不过,保突然兴起疑惑。

"樱井,你是左撇子吗?"

因为樱井以左手握刀。

面试时,保记得樱井是用右手拿圆珠笔写身份证明文件的。平常吃饭时,他应该也是用右手拿筷子。

樱井的手突然停下。"我基本上用右手,只有拿菜刀是用左手。"他没有看保的脸说。

"哦,该说你双手灵活还是什么呢,好特别啊。"

樱井静静地将菜刀放在砧板上。"鹫生爷爷差不多想好下一步了吧,我回去了。"

"嗯,谢谢你帮忙。"

又过了一会儿,结束棋局的樱井跟着佐竹出去吃饭了。保和一楼的入住者一起在客厅用晚餐。一名叫作服部的入住者用餐时总是无法保持干净,想把掉在地上的菜捡来吃,保赶紧阻止。在他安抚生气的服部时,有偷窃癖的悦子似乎趁机从隔壁入住者的小碗中摸走了南瓜,之后演变成争执。二楼也传出类似的骚动声响。

青羽的餐桌总是很热闹。

用完晚餐,保上到二楼,双手拿着热咖啡来到井尾由子的房间。她正坐在椅子上看杂志。

"呃……"井尾由子凝视着保皱起眉头,露出微微痛苦的表情。

"啊，你不要说。"保正打算开口时遭到了制止。

等待了大约十秒后。

"四方……田？"

"答对了，我是四方田。"

井尾由子开心地拍起手。

没错，她本来就是位个性开朗迷人的女性。

井尾由子一边喝着咖啡，一边讲述了几个她做教师时的回忆。"古文充满了浪漫啊。"她愉悦地说。

看来，她似乎已经忘了白天做的噩梦。或许正是因为这样，她才能每天活下来吧。

愿她今晚能一夜好眠。保带着祈祷的心情离开了井尾由子的房间。

3

樱井来到青羽一个月了。工作上，他的表现就像是已经待了很久一样，甚至让人想不起来他还没来时这里是什么模样。

虽然对樱井感到抱歉，但现在的状态是连周六他都会来工作。由于本人说想多赚点钱不用介意，保他们便承了樱井的情。

结果，听说樱井暂时保留佐竹的提议，说希望再工作一阵子再考虑。保认为这是明智的判断。这份工作有些东西不做久一点是看不到的。

佐竹打算找机会再提一次。他眼神闪闪发亮地说："我越来越喜欢那小子了。"另外，那场饭局似乎也有令人不解的事。当佐竹建议樱井去考养老护理员职业资格时，樱井说这部分他也想再等一下。考资格证的费用由青羽负担，此外，一旦取得资格，时薪也会提升。"我真搞不懂。"佐竹纳闷道。

这的确很不可思议。考证照能够拓展职业生涯，有益无害，为什么连这件事都要推迟呢？不过，由于樱井要考证照的话就得分身去听课，保一定会为了确保足够的工作人手伤透脑筋。因此，即使觉得自己很卑鄙，保还是决定不跟樱井提这件事。

"好，接下来轮到服部爷爷了。"

樱井来到坐在客厅沙发上的服部身边，弯身说道。

"不要，我不洗。"服部用力摇头。

"别这么说，去洗嘛，很舒服的。"

"不要，我不想洗。"

今天是一周两次的沐浴日，入住者会在员工的帮助下一个个轮流洗澡。不过，排在最后一个的服部却在闹脾气。服部有时会乖乖洗澡，有时会像现在这样顽强抵抗，今天似乎属于后者。服部的心情就像抛硬币猜正反面一样，谁也摸不透。顺带一提，服部泡澡时脸上的表情十分幸福，其实是个非常喜欢洗澡的人。

"本人都说不要就算了吧，别管他。"

在一旁拿毛巾擦头发的多梅不耐烦地说。

也不能这样。服部经常打翻食物，又常大小便失禁，虽然这么说有点失礼，但他确实是一位不讲卫生的入住者。必须请他好好清洗身体，泡一泡澡才可以。

之后，尽管保和樱井两人试图用各种方式劝说，但这天的服部比平常更加顽固。

"没办法了，稍微请河合'代打'吧。"

今天负责二楼的兼职员工——河合，是位才三十五岁左右的女性，像服部这样固执的人，有时若是由她邀请去洗澡的话便会乖乖顺从。

结果，河合一提出邀请，服部马上一口答应，从沙发上起身。刚才那些辛苦到底算什么呢？保和樱井互看一眼，不禁露出苦笑。

"樱井，你帮我看一下二楼的入住者。"

樱井代替河合前往二楼，暂时改变负责楼层。幸好，今天是河合值班，加上樱井也很熟悉二楼的入住者。

十五分钟后，服部心满意足地从浴室出来。问他觉得如何时，他上下晃动着假牙说："太棒了。"

洗澡的工作平安结束，保便去二楼找樱井。樱井正坐在客厅沙发上和入住者边看电视边聊天。

"服部爷爷说太棒了。"保笑着对樱井说。

"如果我是女生就好了。"

"哈哈，只有这件事是无可奈何的。"

樱井压低声音说："二楼的人果然比较温和呢。"

"嗯，跟一楼相比，或许吧。不过，二楼也有很辛苦的时候。"

谈话间，电视传来电视主播的声音："到今天为止，已经逃狱四百八十五天，至今仍行踪——"

保慌慌张张地环顾四周寻找井尾由子，不见她的身影后松了一口气。看来，她似乎在房里。

保把手伸向桌上的遥控器，樱井的手却比他早一步拿起遥控器转台。

"我们回一楼吧。"

保和樱井一起下楼，对樱井刚才的举动感到困惑。樱井应该不知道井尾由子的过去才对。那他刚才的举动是怎么回事呢？不过，他也有可能只是不想让入住者接受太刺激的信息才这么做的。

杀害井尾由子儿子一家的凶手从收押的看守所逃狱，已经是一年多前的事了。这件事引起全国哗然，媒体争相报道。

毕竟，这是前所未有的大事件。越狱戏码虽然令人震惊，但主要还是因为犯人是未成年，而且还是被判处极刑的死囚。

而那样穷凶极恶的罪犯至今尚未落网，持续逃亡中。警方拼了命地追踪他的去向，却总是在临门一脚的时刻让他惊险脱逃。前几天，警察厅官房长官[1]又贯成一郎一脸严正地说："赌上日本警察的威信，我们绝对会逮捕犯人归案。"然而大众的反应却很冷淡。因为国民很难理解，为什么警方不但惹出让死刑犯逃狱的乱子，甚至还抓不到犯人。

有一种说法是，警方对犯人下的一千万日元悬赏金讽刺地吸引了许多目击情报，警察穷于应付而妨碍了侦查，本末倒置了。也就是"玉石混淆"——石头太多，没有余裕的时间寻找真正的玉。

此外，还有人成立了"支持镝木庆一"这种胡闹的社群网站。

---

1. 官房为日本警察厅内部的一个部门，其长官称为"官房长官"。

不知是不是因为犯人拥有好看的外貌，网站聚集了不少支持者又再度引发议论。后来当外界知道网站成立者是一名诉求废除死刑的女性思想家时，该名女性获得了锐不可当的人气，上了许多电视和网络节目。保觉得这一切都好疯狂，整个世界都不正常。

顺带一提，虽然犯人逃狱后很多地方立刻出现了犯人的名字与照片，但警方正式公开信息是在事件发生了一段时间后。这是有理由的，因为凶手当初犯下命案时还未成年，连成功逃狱时也还未达二十岁成人的标准。保愤慨地心想，所谓法律，是多么不知变通啊。

没错，保的愤怒十分强烈。毕竟受害者家属井尾由子就在自己眼前。

日本警察很没用，束手无策。愚蠢也要有个限度啊。

不过，再怎么痛骂也无济于事，保只期待警察能早一刻捉到犯人服刑。然后，衷心期望井尾由子能获得平静。

"四方田先生，请问，我会一直这样负责一楼吗？"

傍晚，保在办公室使用计算机时，结束工作的樱井突然问道。

"嗯，我是这么打算，怎么了？"

保停下放在键盘上的手，问道。樱井提出请求，希望可以改成负责二楼。

"因为个人原因实在很不好意思，但可以的话，我想陪在园部爷爷身边。"

园部是二楼一位八十二岁的男性入住者，处于痴呆症的晚期阶段，却是青羽最温柔和蔼的老人。

不管怎样，保先询问樱井所说的个人原因是什么。

"园部爷爷长得跟我父亲有点像，一些不经意的言行举止隐隐约约会让我想到，如果父亲还活着，老了以后大概就会变成那样的爷爷吧。"

樱井有些难为情地说着理由。

"父亲生前，我没能尽任何孝道。虽然这样讲好像有点奇怪，但我还是想协助、支持园部爷爷，当作一种补偿。"

原来如此，所以樱井才会常常去二楼吗？

保不是不明白樱井的心情。几年前，保也曾对青羽的一位女性入住者感到很亲近，对方很像自己过世的祖母。当那位老太太咽下最后一口气时，保很自然地落下了眼泪。

"我知道了。因为还有一些配合上的问题，虽然没办法立刻调动，但我会先考虑看看。"

樱井听到保的回答后，绽放出灿烂的笑容。

第二章
逃狱第33天

WANTED
ZHENSHI SHENFEN

4

　　汗水从安全帽缝隙落下，沿着额头流入眼睛。野野村和也停下手推车，用污黑的工作手套擦拭眼角。时值初春，尽管还有些凉意，和也却总是汗流浃背。工作鞋里极度闷热，他甚至觉得鞋子因此变得更重了。

　　都已经这样了，一辆砂石车却还是像找麻烦似的经过和也身旁，掀起漫天尘土。和也用工作手套遮住嘴角，把脸转到另一边。

　　"喂，牛保，不要停在那里！"

　　工地主任金子马上发出怒吼。和也啧了一声，推着堆满砖头的手推车离开。

　　工地主任所说的"牛保"，指的是和也所属的牛久保土木，简称牛保。说是所属，和也也只不过是个打零工的，这项工程一结束，合约就马上终止，要再去找其他公司，前往新的工寮。和也从十七岁开始过上这样的生活，到如今已经五年了。

　　顺带一提，工地主任金子是稻户兴业公司的人，牛久保土木是稻户兴业的下游公司。其实，无论是稻户还是牛久保，在现场的工作并没有什么区别，但稻户那群家伙却因为是业主，就总是摆出一副了不起的样子，让和也很看不过去。其中，工地主任金子是和也最讨厌的人。这一点，牛久保的其他同事都一样，经常嚷着"哪一天大家要一起给他好看"。

太阳下山，晚上八点，和也终于结束了这一天的工作。工地二十四小时全天候运作，和也是早上八点上工，所以扣除休息时间，总共要劳动十个小时。这里的时薪是1250日元，一天的工资是12500日元。不过，中间要扣掉两餐价格为420日元的便当钱，还有每天宿舍的住宿费1700日元，实际到手的钱不到1万日元。

"啊，天堂。"

身旁泡着澡的平田发出感叹。平田六十六岁，是这间工寮里年纪最大的人，上排牙齿缺了一颗门牙，总是把烟插在那个洞里吸。几个伙伴都叫他平爷。

和也起居的地方，是感觉风一吹就会飞走的组合屋宿舍，分成十八间一坪的房间。一群像和也、平田这样居无定所或是来外地打工的男人，就在这里过着团体生活。在那栋简易组合屋宿舍旁，有一座独立的简陋大众浴池，和也他们每天就像这样在这里洗掉身上的脏污。这座大众浴池俗称"泥汤"，因为浴池的水总是很混浊。

另外，和也他们有明确规定的入浴时间，要是过了那个时间，那么当天就无福消受热水澡了。因为这儿附近盖了好几栋类似的宿舍，住在那些宿舍里的男人也全都使用这座泥汤，所以泥汤总是人满为患。

"说到这儿，白天啊，好像有几个很厉害的人过来视察，东搞西搞的。这下子，这里可能真的会停建啊。"

把毛巾放在头上的前垣说。前垣四十六岁，似乎离过两次婚，总共有五个异母的孩子。虽然他本人常常跟身旁的人说自己要付赡养费，很辛苦，但没人相信他。这种盖房子的工作光是养活自己就已经是极限了。

"事到如今不可能啦，都盖到这边了还说停建的话，他们哪儿能接受啊？"千川笑着说。

千川是个眼睛像狐狸一样细长的男人，比和也大五岁，二十七岁。这位前辈教了和也许多事。不过不是关于工作，而是些吃喝玩乐的事。

"不，垣哥刚刚说的也有可能吧。"表情严肃地说出这句话的人是谷田部。这个男人今年三十九岁，嗜酒成性，赚的钱几乎都花在酒上了。

"他们好像还没找到接手的公司。这样下去如果没人想做，可能真的会停工。"

"要停的话早就停了吧？不然网球场要怎么办？"

"网球那种东西，不在这里打还有很多其他地方能打啊。"

"嗯，我是觉得没有网球也无所谓。"

"这样说的话，我们全部的人都是啊，连球拍都没握过呢。"

大众浴池里回荡着男人们的笑声。

没错，和也他们正在盖的就是网球场。说详细点，和也他们的工作是位于江东区的"有明网球森林公园"改建工程，这里是2020年东京奥林匹克运动会、残奥会的网球竞赛场馆。然而前几天，直接负责这些工程的 N-Tec 建设公司遭东京地方法院判决"废除再生程序"，也就是实质上的破产。根据小道消息，他们的负债金额是二百五十亿日元这种会吓死人的数字。

这间 N-Tec 的下游是林科技公司,林科技公司下面是稻户兴业,稻户兴业之下是牛久保土木,呈现这样一个金字塔形关系。

尽管源头垮掉后工程中断也不奇怪,但不知为何工地现场仍照样施工,没有间断。关于这一点,别说是和也,其他同事也都不知道缘由。虽然大部分的人都认为奥运会是赌上国家威信的大活动,应该会有什么解决方法,但老实说,和也觉得怎样都无所谓,只要能一分不少地拿到当天的工资就好。一切都跟底层的自己没关系,复杂的事请交给上面的大人物去谈。奥运会就算不办也无所谓。

接着,众人的话题变成网球选手大坂直美至今累积的奖金,当大家知道金额似乎已经超过十亿日元的时候,全部的人同时发出了惊叹声。

"大坂还很年轻欸,那她退休前不就差不多可以赚个三十亿日元吗?"

"不,更多吧?她拍了广告,还拿了赞助费之类的。"

"她那么红,退休后也会很抢手吧,生活费要多少有多少。"

"什么啊,那她一辈子的收入会超过一百亿吗?好梦幻啊。"

和也也说:"真希望她雇用我,就算在旁边帮她拿包也没关系。"逗得众人哈哈大笑。

谈话间,年纪最长的平田说:"我是觉得不怎么样呢。"这话引起了大家的注意。

"大坂在美国长大,也不太会讲日语,只是国籍刚好是日本而已。以她为荣这种事啊……"

"什么嘛,平爷的看法太小家子气了。"

"没办法,人家是江户时代的人,还没开国吧。"

"就是因为这样才会一把年纪了还在这种地方推推车。"

众人纷纷调侃平田,和也也喊着"锁国老头",朝他泼水。平田不会生气,所以总是这样被大家欺负。和也很喜欢这个年纪大到可以当自己祖父的男人。

他也喜欢这里的伙伴。这项改建工程结束后,大家就会各自前往新的工寮,毫无疑问,他们只是一时的朋友,但这点对和也来说刚刚好。人和人相处的时间一长就会产生争执和摩擦,这样一来,甚至有的人会被排挤。

和也是在石川县的一座渔村中出生和长大的,那是个靠海近的、完全没有娱乐的地方。人口稀少,所有人都互相认识,一出什么事情马上就会传遍全村。和也就是在那样的小团体里成长的。

硬要说的话,和也小时候属于乖巧的孩子,是个内向害羞的男孩。虽然不太擅长读书和运动,双手却很灵巧,工艺课作业总是受到老师表扬。由于身旁全都是些调皮捣蛋鬼,和也偶尔也会成为别人欺负的对象,但并不会持续太久,算是度过了一个平稳的幼年时代。

这样的和也上初中后,也跟着身旁的人成为不良少年集团的一员,一毕业便顺势加入了当地的暴走族[1]。其实,和也一直很羡慕那些混混朋友,觉得他们身上拥有自己所没有的特质,暗自希

---

[1] 日本亚文化之一,通常由喜欢改装汽车或摩托车的年轻人所组成,经常会做出妨碍他人利益的行为,如刻意发出巨大的噪声或违反交通法规。

望自己有一天也能变成那样。

话虽如此，和也在力气上却根本不行，对阵叫嚣时脸上会露出天生的胆怯，完全派不上用场。但相对地，他擅长运用讨好人的个性和自嘲式的幽默，学会了逗人开心的技巧，前辈们都很疼他，他也受到后辈们的景仰。和也白天打工，晚上就和同伴骑摩托车驰骋，尽管每天都过着一无可取的日子，却也很幸福。

和也的父亲对儿子的这种生活睁一只眼闭一只眼，不知道是害怕儿子还是对儿子没兴趣。和也觉得应该是后者，但他至今还是不明白。

和也的母亲在他快上初中时就离家出走，再也没回来。虽然父亲从没告诉过他理由，但根据村里的谣言，母亲似乎是跟其他男人有私情。虽然被抛弃这件事令和也感到一丝孤单，他却不曾为此流泪。和也从来没有在母亲身上感受到母爱，也是后来才知道自己不是母亲的亲生儿子。母亲是他还小时父亲再婚的对象。

不久，在和也迎来十七岁时，他参加的暴走族和邻近的暴走族之间起了些小冲突。事情的开端是和也他们到对方的地盘嚣张地飙车，以此为由头，对方也经常远征到和也他们的眼皮底下威吓挑衅。不知从什么时候开始，事情发展成出动武器的对抗，二十四小时洋溢着紧张感，每天都神经绷紧。你惹我，我就讨回来。由于双方都是基于同样的信念在行动，使得事态难以收拾。

一天，和也骑着摩托车载着后辈时，突然遭到敌对势力的猛攻。和也把油门踩到底，拼命逃跑，坐在后方的后辈背部却被铁棒击中，从摩托车上摔了下来。和也虽然犹豫，但最后还是头也不回地跑走了。和也很害怕，要是被逮到，等着他们的将会是惨烈的私刑。

结果，这起事件演变成了刑事案件。因为那名后辈从摩托车上摔落时头部遭到猛烈撞击，失去意识，性命垂危。几天后，后辈虽然恢复意识，却留下了后遗症，年纪轻轻就得在轮椅上过日子。

受到责难的人是和也——为了明哲保身，抛弃同伴、不要脸地逃跑的懦夫。甚至还有人窃窃私语，像煞有介事地说和也是不是故意将后辈甩下车好借机逃走。

前辈方面，连队上的老前辈都现身了，把和也批得一无是处。后辈们也对他大肆声讨，群起围殴。

和也哭着道歉，却并没有因此洗清自己的过错。在那之后，没有一个人愿意跟和也说话。周围的大人也都觉得和也是自作自受，不理他。和也那时才知道，原来村里的大人一直很讨厌自己。

最后，村里开始传递调查表，内容是向大家调查是否能让和也留在村子里生活。和也不敢相信，就算村子再怎么封闭，出现这种东西实在是太蠢了。

结果，他们搜集到了不少认为和也应该出去的联名书，丢到和也面前。

就这样，和也受到"村八分"[1]处分，遭村民排挤离开了故乡，

1.古代日本村庄的一种私刑，即村民对于破坏村庄规矩秩序的人进行集体排挤。古代日本人将集体生活分为十个重大事件，即成人礼、结婚、生产、生病、房屋改建、水灾补助、祭拜法事、旅行、埋葬尸体和灭火。"八分"指的是除埋葬尸体和灭火两件事以外，其他八件事情村民均不予帮助。

只得一个人生活。和也开始在全国各地陌生的土地上工作,过着领一天工资吃一天饭的生活。五年后,他流浪到了东京。

和也不曾深思自己的人生。不,其实是不想深思。因为,和也有种俯瞰事物的特质,当他用那样的视角看自己时,完全不觉得自己有光明的未来。

不过,这样的和也过去也曾有一次下定决心想改变人生。他前往从招聘杂志上看到的保险公司面试。那是和也二十岁的时候,刚好是他开始对白领阶级投以钦羡目光的时期,也好奇自己是否能变成那一边的人,于是便付诸行动。和也把身上仅有的钱全拿去量贩店买廉价衬衫和皮鞋,有生以来第一次穿衬衫打领带。

"初中毕业啊。你会用 Word 和 Excel 吗?应该说,你用过键盘吗?"

和也至今仍忘不了面试官当时脸上的冷笑。

明明招聘启事上写了学历不限、欢迎无经验者,为什么还问自己这种问题呢?"我会努力学习的。"虽然火大,和也还是低下头,从头到尾客客气气地完成了面试。

不过,结果还是没被录取。和也后来跟曾在保险公司工作的人谈起这件事,似乎是和也老实地把自己和家人、亲戚关系疏远这点说出来,导致留下了不好的印象。据说,保险业务员都是从收下家人的保单开始起步的。既然这样,一开始就先写出来啊,这不是犯规吗?和也虽然生气,却也觉得天真过头的自己很可悲,领悟到他不该做自己不熟悉的事。和也不想将衬衫和皮鞋留在身边,马上在网络上拍卖掉了,为自己平添一段难过的回忆。

洗好澡,大家顶着夜色并肩踏上回去宿舍的路时,远远瞧见一个男子慢悠悠地从宿舍出来。尽管四周无光,看不到对方的脸孔,但从他高高瘦瘦的身材和毛帽来看,可以知道那是勉三。

"那家伙,真的很不想让我们看到那里啊。"

前垣说道,众人哈哈大笑。

勉三要去的不是泥汤,而是距离宿舍三十分钟左右路程的一间民营澡堂。

一周前来到这间工寮的新人勉三,不知道是有洁癖还是怎么回事,每天晚上都会像这样悄悄出门,湿着头发回来。

关于这点和也他们的见解是,勉三大概是因为那里很糟糕,不想让其他人瞧不起。不过,勉三虽然是个怪人,但不会给其他人添麻烦这点算好的了。宿舍里有个连澡都不洗的懒鬼,因为那个人的左手小拇指没有指尖,所以大家都不敢当面向他抱怨,但在走廊擦肩而过时都得憋气才行。

顺带一提,说到为什么会叫那个新人勉三,是因为他戴着度数似乎很深的眼镜,以及住他隔壁房的前垣跟大家说,有次自己不经意向新人房里瞄了一眼,看到里面放了法律相关书籍。不过和也自己也不认识那个叫勉三的穷学生动画角色。

"勉三那家伙,该不会根本没那玩意儿吧?"

满脸通红的谷田部看着手中的扑克牌说道。在和也房间围成一圈喝酒打牌是他们的睡前活动。由于全员都抽烟,房间里烟雾弥漫,就像处在浓雾中一样,因此眼睛也一直睁不太开。

"你是说被拿掉了吗?"和也叼着烟说,"来,八切。"

"啊,不要在我之前切啦。"谷田部喷了一声,"应该是说,他是不是本来就没有啊。你仔细看他的脸,很像女人吧?"

"咦？你是那个意思啊？可是那家伙不是有胡桃儿吗？而且，女生个子没有那么高吧？"

"那种事不重要啦，重点是这周末去哪儿？"前垣说，"锦糸町也差不多腻了。"

"可是，离这里交通方便又便宜的地方，还是锦糸町吧？"

一个月两次，大伙结伴去风俗店是和也他们最大的娱乐。虽然一整天劳动的钱会在一瞬间消失，但只有这件事戒不掉。要是有女朋友就不用去什么风俗店了，但现实就是没有才没办法。

大约一年前，和也搭讪认识了一个读短期大学的女生，彼此交换了联络方式，有段时间感觉还不错，但当对方知道和也是个领日薪的工人后就再也联络不上了。因为和也之前假装自己是大学生。

"也是啦。平爷，你这次怎么样？"

"啊，我 pass、pass。我不会再去了。"平田挥着手说，"我去那里就像把钱丢到水沟里一样。"

大家爆笑出声。年过六十的平田听说上回被迫听乡下出身的小姐说长长的辛酸经历直到时间结束。这是二十二岁的和也无法想象的事。

"可是这样就不能用团体优惠了。"前垣说，"还差一个人。"

五人同行的话就有团体优惠，一个人能便宜两千日元。

"那和也，你去跟勉三说，邀他代替平爷。"

千川打趣地说。

"他连澡都不跟我们洗，不可能会理我们这种事吧？而且，你们不觉得那家伙像个处男吗？"

"就是这样才好玩啊。拿那种家伙的初体验下酒,特别好喝。"

"哎呀,我才不想靠近那种有沟通障碍的家伙。我之前跟他说话,结果他用超级冷淡的态度敷衍我。"

几天前,和也看勉三因为不熟悉的工作进度缓慢便给了句建议,结果对方只是点点头,连声谢谢也没有。和也心想或许是自己外表看起来很年轻,让人误以为自己年纪比较小,便端起前辈的架子说:"我叫和也,二十二岁,你二十岁吧?有不懂的地方尽管问我。"对方却只回了句:"谢谢。"和也决定再也不要和这个家伙说话了。

"好啦,你就尽量约约看,你和他年纪最接近啊。"

正当和也觉得纠缠不清的千川很烦时,一旁的平田开口道:"别这样。"

和也以为平田在帮自己说话,结果不是。平田是要他们别去闹勉三。

"怎么啦,平爷?突然这样。"

"远藤是很细腻的孩子,跟你们不一样。"

这么说来,和也曾看过好几次平田和勉三在工地说话。这个男人基本上是个好人,大概是看勉三总是一个人,无法放着他不管吧。话说回来,和也现在才知道勉三姓远藤。

"那孩子连对我这种老头都很温柔,跟你们不一样,懂得体贴老人。"

这句话遭到众人挞伐:"我们也很温柔好吗?""你以为平常是谁在给你当看护啊?""去死吧,臭老头!"大家毫不留情地攻击。

"所以平爷，那家伙是那种半工半读的穷学生还是重考生？"

"我不知道。"

"搞什么，你不知道啊。你问他不就好了吗？"

"我才不做那种不识相的事，他看起来不想说的样子。"

众人沉默地点头。因为这里的每个人身上都各有苦衷，所以不会执着地探究彼此的过去。这在每间工寮都一样，也就是所谓的潜规则。和也也没跟别人深谈过自己的成长背景，相对地，也不是很清楚其他人的过去。

"嗯，我自己觉得他可能是想当律师吧。"平田说。

"目标当律师的人怎么可能在这种地方挥十字镐啊？"前垣嗤之以鼻。

"可是，是你说那孩子在念法律的吧？"

"我没说他在念，只说看见他房里好像有很难的书。"

"这样啊。可是，远藤讲话很了不起啊。怎么说呢，有种读书人的感觉，跟你们完全不一样。"

"臭老头，你还说。"

"哎呀，那种事怎样都无所谓吧？"和也出来圆场，"重点是，注意啰。"

"啊，不会吧？"

"锵锵——革命。"

和也从手中丢出四张牌。原本手牌很好的千川和前垣大骂："你在搞什么啊！"相反，本来牌很差的平田与谷田部则称赞："干得好，干得好。"

和也最近似乎很走运，玩扑克牌的手气很好。他们一局赌几百日元，一晚动用的钱不是什么大数字。不过，正所谓积少成多，最近，打扑克成为和也重要的第二收入来源，如果这个月能靠扑克牌赚个两万日元的话就好了。

5

几天后，平田在工作时受伤了。平田穿过鹰架时钢筋从上方掉落，恰好击中他的右肩。顺带一提，同伴中撞见那个场面的只有和也一人。当时，他正走在平田身后。"危险！"听见不知从哪里传来的呼喊后，和也倏地抬头，正好看到钢筋从平田头上的鹰架滑落的瞬间。

和也奔到蜷缩在地的平田身旁，平田的脸皱成一团，不断呻吟："断了、断了。"

和也马上带平田去医院，医生检查后判定是骨裂。平田受伤的右肩不能用了，不得不暂时停止工地的工作。

为此伤透脑筋的不只是平田，和也他们也是。因为，平田拜托和也他们借自己这几天的生活费。这就是临时工的辛酸，绝对不能受伤，因为不会有什么工伤补偿。

此外，最糟糕的是平田没有社保卡。据说，初诊和照 X 光加起来的看诊费高得不像话，平田光是付那些就用光身上所有的钱了。

夜晚，大伙按照惯例聚在和也房里。不过，今晚没有平田，因为他们正在讨论要不要借钱给平田。

"我就说我不可能了，我才没有钱借别人。"

说话的是千川，他从以前到现在都是这样主张。因此，大概是连这个讨论都不想参加吧，直到和也他们去房里叫他为止都没有出门的意思。

"臭小子，你从刚才就一直说这种冷淡的话，还真好意思啊。"生气的人意外的是酒鬼谷田部，他现在也还拿着一罐酒，"你平常也受到过平爷的照顾吧？"

"我们感情好是好，但他可没照顾我啊，也从来没请过我。而且，平常工作上是我们在照顾他吧？"

千川说得一点也没错。平田年纪大，工作量不可能跟和也他们一样，平常大家都不着痕迹地补上他做不够的份儿。

"平爷什么时候能回来工作啊？"前垣改变了讨论的角度，"如果一星期左右的话还好，但至少也要休个两星期吧？"

"他那把年纪，复原也很慢吧？搞不好要休一个月以上。我骨头没裂过，不知道啦。"

千川已经一副事不关己的样子了。

"宿舍费和饭钱，还有烟吗，这些加起来……一天三千元的话应该能想办法过活。三千元四个人分的话是多少？"

谷田部看向和也，和也心算后回答："呃……一个人大概八百块。"

"欸，不要随便把我加进去啦。"千川翘着嘴巴说。

"啰唆，我只是在假设。"谷田部吐出一口酒臭，"假设持续一个月的话……一个人是多少？"

谷田部的视线再度落到和也身上，他想了三秒后回答："大概两万五千日元。"

"两万五千元吗？很大一笔数字啊。"前垣夹杂着叹息道，"欸，不要只是我们几个，去拜托宿舍其他家伙怎么样？这样负担就不会那么大了吧？"

"怎么可能，三两下就会被拒绝了。"

和也也这么认为。其他人不像和也他们跟平田这么亲，还有人觉得年老的平田碍手碍脚，露骨地表现出瞧不起平田的态度。但要问这五个年龄差距大的人为什么会聚在一起，他们也说不出个所以然。因为是不知不觉间，自然而然就变成这样的组合了。

"而且啊，要是平爷要休两个月以上的话怎么办？五万欸，五万。他会好好还钱吗？谁都不能保证他不会跑掉吧？"

的确如此。在这种工寮里，某个人某天突然消失并不稀奇。和也以前也曾经在拿到薪水的当天就从工寮里消失。

虽说和也觉得平田人很好，不会干这种事，但也没办法完全相信他。因为，你绝对无法完全了解另一个人。

讨论完全没有结论，只有时间不断流逝。千川好几次起身却每次都被谷田部的一句"还没结束"大声制止。

"差不多该睡了啦。"事到如今，千川已经不打算隐藏他的厌烦。时间已经来到午夜时分。"再怎么说服我都不会出钱。那么想帮平爷的话，你自己一个人出就好了啊。"

"就是因为我一个人负担不了才会像这样找你们讨论啊。是吧，垣哥？"

"咦？啊，嗯。"

"垣哥，你从刚刚起就没怎么说话，但你的想法跟我一样吧？"

"不，嗯……"前垣一脸为难地交叉手臂，"我心情上虽然是想帮平爷，但你看，我跟你们不一样，还有孩子们的抚养费，考虑到这个就有点……"

前垣以外的三个人都觉得很没意思，因为他们没有一个人相信前垣每个月在付什么抚养费。

借钱派的谷田部和不借派的千川，还有两边都不是的前垣。

"和也，你怎么想？"谷田部把话题丢到和也身上。

"那个，我想说跟着多数人的决定吧。"

"什么啊，你没有自己的意见吗？真丢人。"

但那是和也的真心话，他打算遵从大家的决定。只是硬要说的话，他也觉得或许可以借吧。因为平田是在自己面前受伤的。

重点是，和也对自己感到失望。钢筋从平田头上掉落的瞬间，和也无法动弹。虽说是不到一秒的时间，但只要和也伸手，或许就能把平田往前推开。这样一来，平田或许就不会受伤了。

不，那是刹那间的事，大概办不到吧。尽管这么认为，但仔细一想，他又觉得那瞬间似乎有思考的余地。如果是这样的话，那就是和也怕自己被牵连，舍弃了平田。一旦被困在这样的思考中，和也便忍不住想起自己逃跑、对后辈见死不救的过往，痛苦的心情翻涌而上。

我果然是个卑鄙胆小的人吗？我的本性就是这样吗？

和也的思考陷入了这样的死路。

"那我们现在来投票。"谷田部环顾三人说道,"认为可以帮平爷的人举手。"

举手的只有谷田部一人。

"喂,你们怎么回事?"谷田部瞪大眼睛吓了一声。

"好,定案。解散,解散。"千川站起身。

谷田部用力抓住千川的手腕。

"放开啦。是你自己说用投票的吧?"

"等一下——喂,垣哥,你背叛我吗?"

"不是什么背叛啦,这种问题说到底还是该由公司解决吧?"

前垣转移矛头说。

"都这种时候了你在说什么啊?就是因为那样行不通我们才会在这边讨论吧?牛保才不会帮平爷这种老头儿。他们现在只会对平爷说一句'请保重'。"

不只是平田,和也觉得不管是谁,牛久保土木都不会帮他们申请工伤补偿。而且,他们也没有和牛久保土木签正式合约。刚来的时候,也只是在牛久保土木给的纸上用铅笔写下姓名和出生年月日罢了。

"可是,不应该试着去商量看看吗?你看,工作中受伤,一般都是公司要擦屁股吧?"

"我们的工作又不是一般工作。欸,垣哥,事到如今才说这样的话根本没用。而且,你觉得平爷有办法跟公司谈这种事吗?我是办不到啊,你也不可能。"

"我可以。"似乎是被激怒了,前垣脸色一沉说道。

"那你去谈啊,去跟公司说救救平爷!"

"可是，这种事别人来做不太对吧？"

"你看，你态度又变了。"

至此，前垣和谷田部已经互相扯着胸口了，和也赶紧劝架。

"啊啊，烦死了，你们够了啊。都多大的人了，在干吗啊？"千川以一种打从心底厌烦的口吻说道，"总之，只能平爷先去跟公司说了吧？不管结果怎么样我都不会出钱就是了。因为到头来，我们都是不相干的人。"

千川留下这句话，离开了房间。谷田部也不拦他了。

千川一离开，留下的三个人低头不语了一段时间。千川说的那句"不相干的人"不停在和也耳畔回荡，挥之不去。前垣和谷田部大概也一样吧。

"人家说，现在是劳方比较强。"

前垣讷讷地说。和也和谷田部同时抬头，看着前垣。

"你们看，有企业伦理这种东西，就是要对劳工的权利——"

"我们是工人，工人没有什么权利。"

谷田部打断前垣。三人再度无语。

和也也知道，近来，血汗企业人人喊打。就像前垣所说，企业伦理的观念得到加强，日本的劳动环境或许因此正在改善。但那终究是中等规模以上公司的事，现实是，底层没有任何改变。

如果和也他们有知识的话，情况或许会有所不同，但那种人不会在这种地方拿十字镐、推推车吧。

和也"啊"了一声，其他两人看向他。

"我们死马当活马医，去找勉三那家伙商量怎么样？"

"为什么现在会出现勉三这个人啊？"谷田部嗤之以鼻。

"因为那家伙懂法律吗？"前垣说。

"没错，没错。"虽然准确来说，和也只是听说勉三有法律相关的书籍罢了，"如果他在念那些的话，应该也很了解劳工权利吧？"

尽管如此，其他两人却不甘不愿地说："那种人靠不住啦。""所以我说是死马当活马医啊。"和也道。无论什么都好，和也希望打破这个停滞的局面。

"那，和也，你现在去把勉三带过来。"

"咦？"

"这种时候，也就是你了吧？"

"没错，我们这种大叔三更半夜闯过去的话他会吓死。你去。"

和也被赶到走廊上时，他已经开始后悔了。虽然他在走投无路后提出那种建议，但仔细一想，他不认为那个有沟通障碍的勉三会愿意帮他们。首先，他连勉三是不是真的熟悉法律都持有怀疑。要是人家随便应付自己的话，他一定会忍不住一肚子火吧。

和也穿过每走一步就发出嘎吱声的走廊，站到勉三的房间前。他从鼻子里喷了一口气，笃笃笃地敲门。

接着，隔着薄薄的门板传出了"是谁"的回应。虽然已经过了十二点，但勉三似乎还没睡。

"啊——我是野野村和也，可以说一下话吗？"

"……请稍等。"

房里传来窸窸窣窣的声音，对方似乎很慌张的样子。话说回来，说什么"请稍等"，这家伙果然很怪。

过了一会儿，房门打开了几厘米，勉三从房里探出头。他果然戴着平时那顶毛帽。这个人工作时戴安全帽,其他时间都戴着毛帽。此外,在那副镜片仿佛牛奶瓶底似的眼镜后面,勉三的眼睛明显带着戒备。

"这么晚了,抱歉啊。你该不会是在打手枪吧?"和也的右手上下摆动说道。"你有什么事吗?"对方不理会他的玩笑。

"哎呀那个,有点事想跟你商量。你知道平爷吧?就是两天前受伤的爷爷。关于这件事,我们想要借用你的智慧。"

"啊?为什么是我?"

"你在读法律什么的吧?因为垣哥说你有很难的书。"

勉三沉默了一阵子,只有眼珠微微晃动,一副不晓得如何判断眼前情况的样子。

"总之,你先听我们说啦。"和也捉住勉三的手臂,半强迫地将不太乐意的他拉到走廊上。当和也带勉三来到自己房里时,或许是因为前垣和谷田部在里面的关系,勉三倒抽了一口气,瞪大了眼睛。

勉三坐下,将高大的身躯缩得小小的,其他三个人围着他说明状况。

"——事情就是这个样子。我们这种人像这样受伤的话,有没有什么方法可以从公司那里拿到补助啊?"

然而,勉三却没有回答。他一声不吭,连个表示听到的回应都没有。

"喂,你是没长耳朵吗?"谷田部推了一下勉三的肩膀,大概是酒劲儿上来了吧,口齿不清地说。

"先说好,如果要借钱的话,也会要你出一份啊。我们知道平爷都在关心你。"前垣也倾身，语带威胁地说。尽管觉得那是个很烂的理由，和也却没说什么。

不久，勉三轻轻呼了一口气，开口道：

"与其说是公司，不应该是国家吗？"

"国家？"前垣和谷田部异口同声道。

"对，我想，是不是直接跟劳动局申请就可以了？"

"可是，那是要像正式员工那种的才能申请吧？"

"不，不管是派遣员工还是临时工都可以申请。"

"像我们这种的也可以？"

"对，可以。"

勉三的音量虽不大，却说得肯定。

"可是，牛保会不高兴吧？就算工伤补偿发下来，平爷也会被公司欺负，让人赶出去。"

牛久保为什么讨厌申请工伤补偿？说到底是不想有人去调查作业员是在什么情况下受伤的。因为那样一来，就会被指出其他各种违规的地方，最糟的情况还有可能被勒令停业。

"我想，那样的话公司就会提出和解。这样，平田爷爷是不是就可以拿到一些慰问金了呢？"

勉三垂着头说。

"原来如此。"前垣眼神闪闪发亮，"不愧是勉三。"

勉三歪着头表示不解。他不知道和也他们这样称呼他。

"很好很好，这样好像行得通啊。"前垣露出一口发黄的乱牙笑道。与他相反，谷田部苦着脸说："不……仔细想想，那样果然还是不好……"

"不管用哪一种方法都会被欺负。这种麻烦的家伙，公司不会放着不管。平爷是个老头儿了，被这里赶走的话，再想要找愿意雇他的人没那么简单。也就是说，不能跟牛保吵。"

"喂，田仔，你那样说的话什么事都做不了吧？"

"唉，是没错啦。"

就这样，话题又回到了原点，房里弥漫着比先前更沉重的气氛。

就连和也也觉得不耐烦了。前垣和谷田部的脸上透露着疲惫，正当和也想提议要不要大家一起借钱的时候——

"没办法了。"谷田部说，"和也，你去跟牛保谈判看看吧。"

"什么？"

"我说，叫你去跟公司谈。"

"那个，我不太懂你的意——"

"意思就是，平爷如果去搞什么工伤补偿、把事情闹开的话，牛保就会不高兴，找他麻烦。但如果是你讲这件事的话就不会那么严重，因为你目睹了意外，也陪平爷去了医院。你就用这层关系去跟牛保请示一下说：'那平爷受伤公司会怎么补偿呢？'"

"什么关系啊？而且那种事我怎么——"

"不，你可以。"前垣抓着和也的肩膀，"我想了一下，或许就跟田仔说的一样，你很适合这个任务，应该说，只有你能办到。"

"等一下，你们都把麻烦事推给我——没有这样的道理，很过分欸。"

"你不要误会，我们不是要你去擦屁股，只是要你去试探牛保会有什么反应。"

"就算我去也不可能顺利吧？他们会随便打发我。"

"可是顺利的话，他们或许会帮忙申请工伤补偿，又或是像勉三说的那样，能够捞些慰问金。"谷田部放下打算拿酒的手说，"啊，可是不能说是平爷叫你去的，要当作你只是好心，所以去问问看。不能让平爷变成坏人。"

事情怎么会发展成这样啊，开什么玩笑。"这样的话，垣哥、田哥，你们也一起，三个人一起去说吧。"

"我们三个人去的话，牛保也会有戒心吧？这种事呢，就由你这样的小伙子用稍微提出疑问的方式去问最好。"

尽管和也之后面红耳赤地表达不满，谷田部和前垣还是充耳不闻，坚持"总之，能做的都做做看"。接着两人一起说着"差不多该睡了吧"，各自离开了和也的房间。

和也哑口无言。太过分了，什么大人啊，把麻烦的事情丢到年纪最小的自己身上——

"那么，我也该告辞了。"

勉三静静地准备离开，和也抓住他的肩膀说：

"你也要在。"

"……"

"我是说，我去跟牛保谈的时候你也要在那边。都是因为你提出了奇怪的建议，事情才会变成这样，你要负责。"

和也知道自己说的话乱七八糟，但他不管了。事情演变成这样的话，也要拉这家伙做伴。要一个人去跟公司谈判，和也怕得不得了。

勉三叹了一口气："知道了，我们就尽力而为，试试看吧。"给了和也一个意外的答案。

大概是看到和也一脸出乎意料的表情吧，勉三补了一句："因为平田爷爷也对我很好。"

"而且，我也目击了意外发生的那一瞬间，不是完全没有关系。"

"咦？你也看到了吗？"

"嗯，在比较远的地方。"

"难道，那个喊'危险'的人是你？"

勉三点头："那毫无疑问是工作时发生的意外，作业员没有获得补偿，太奇怪了。虽然我不是很了解这种第一线工地的实际情形，但如果作业员忍气吞声被视为理所当然的话，我认为那是错的。平田爷爷应该获得救助，不是吗？"

"啊、啊。"

"那么，明天午休的时候我们去跟公司说吧。晚安。"

勉三离开了房间，和也一个人呆站在原地。

一回神，时钟的指针已经来到了两点。和也赶紧铺好棉被，关灯躺下。他多少得睡一下，因为太阳升起后又要开始严酷的劳动。

然而，和也无法马上睡着。黑暗中，他一直在思考。

原来，当时那叫声是勉三喊的啊。那小子，可以发出那么大的声音嘛。

意外发生时——人在远处的勉三大喊出声，身在近处的自己却连声音都发不出来。和也决定不去深究其中的意味，却也无法将这件事从脑海中甩开。

翌日，结束上午的工作，和也速战速决吃完了午餐便当后，和勉三一起前往位于工地现场的组合屋办公室。这栋办公楼虽然是稻户兴业的，但牛久保土木跟他们租了其中一角，和也他们平常都是在这里领当天的工资。

"平田？啊啊，那个爷爷吗？他的情况怎么样？"

名叫柳濑的牛久保土木员工一边在笔记本电脑上打字，一边问道。这个四十几岁的男人是牛久保土木的会计，也负责管理和也他们这些作业员。听说，这个男人以前也在现场做工。

"好像还不能回来上工，下周还要去医院拆石膏什么的。"

"嗯，毕竟他也上年纪了。"

平田今天还是独自在宿舍休息，右肩和右臂被石膏牢牢固定住，连饭都是用左手拿汤匙吃的。他哀怨地说："这个样子连味噌汤都变难喝了。"顺带一提，今天早上，平田对和也说了句："抱歉，给你添麻烦了。"和也冷冷地回他："你不要抱期待。"其实，和也心想：既然是你自己的事就自己去跟公司说啊。平田怎么能拜托年纪连他岁数的一半都不到的年轻人这种事？平田人虽然不坏，却很没用，所以才会没有社保卡，而且到了该当爷爷的年纪了还在这种地方混。

"那，关于平爷的补偿——"

"帮我转达一声，请他务必保重，希望他能快点回到工作岗位。"

柳濑打断和也，连瞧都没瞧他一眼，手指嗒嗒嗒地敲着键盘。

"请问，公司是不是会帮忙申请工伤这一类的补偿？"

"为什么？"

"为什么……一般不都是这样吗？虽然我不太清楚细节。"

"我们没做过那种事。"

这种态度连和也也火大了。

"那，你的意思是，平爷自己去劳动局申请也没关系啰？"

柳濑停下手中的工作，正面转向和也，狠狠瞪着他。

"我说，我们本来是可以赶平田先生走的，现在却让他这样留在宿舍。他也无处可去、没有固定的住所，对吧？也就是说，这是我们的一片好意。既然如此，为什么会提到工伤补偿呢？是平田先生拜托你来说这些的吗？"

"只是他受伤的时候我刚好在旁边而已。"

"那你就带平田先生本人过来，我会仔细解释给他听。如果他还是不能接受的话，要去劳动局还是哪里都可以，只是我们不会承认。这样一来，就要上法院了，那个人有那种钱吗？诉讼费是要自己付的哦。"

"不是，我没有说平爷想那样……"

"那就更没什么好说的了，是你在多管闲事。不要再跟我提这件事了。"

和也握紧双拳。混账，一副弱鸡样还摆什么了不起的架子。和也虽然对力气没有自信，但真要打起来的话应该不会输给柳濑吧。

现在在这里揍他一顿然后辞职吗？和也突然闪过这个念头。就算不在这里工作，工地要多少有多少。和也跟平田不一样，他是二十二岁的小伙子。

正当和也的手准备伸向柳濑的衣领时——

"我想确认一件事。"

身旁的勉三默默开口。

"贵公司没有支付作业员加班费吗?"

柳濑瞬间停下动作。大概是勉三说话的口吻跟其他人太不一样了,连一旁稻户兴业的员工也都看向他。

"你是谁?"

"我叫远藤。上上星期五开始在这里工作。"

"哦,这样啊,才两个星期啊。"柳濑看向勉三的脚边,以瞧不起人的视线一路扫到他的头顶,"你说什么?加班费?"

"是的。原则上,针对正常工时八小时以上的劳动,公司应该多支付25%的加班费,我不清楚其他作业员的情况,但我自己从来没有拿到过。"

柳濑轻笑:"你真有趣,你这种说话方式是怎么回事?在模仿谁吗?"

"能请您回答我的问题吗?"

大概是被勉三冷静的态度激怒了吧,柳濑的眼神变得不一样。

"我们公司啊,一直以来都是这样做的,从来没有人抱怨。重点是,本来的时薪1250日元,以这种地方来说并不差吧?"

"这不算回答。"

"那好啊,你不做也可以。无法接受的话也不能工作吧?请请请,东西收一收,现在马上就离开这里。"

"喂,牛保——"一道尖锐的声音从远处传来。看过去,稻户兴业的金子正顶着他的大屁股坐在门口附近的座位瞪向这里。刚

第二章
逃狱第33天

才进来时他应该不在,大概是在和也他们之后进来的吧。

"牛保,你们那边从刚才就闹哄哄的,是在吵架吗?"

"没有,不是。"柳濑苦笑,"已经解决了。"

"听好了,不准你们连累我们啊。还有,柳濑啊,我知道你现在就已经人手不足了,还那样随随便便开除作业员,是有人可以补吗?"

"不,那个……我们一直在招人。"

"你每次都讲一样的废话。2020年7月,来不及的话怎么办?你有办法负责吗?"

柳濑皱起眉头。

有明网球森林公园的改建工程进度确实严重落后。照这样下去,怎么想都不可能赶在奥运会开幕前完成。所以,和也他们这些作业员没有一天能在规定时间下班。

"我先说好,上头训我们,话可不是这么轻松啊,开口就是:'不准睡!给我工作!死命赶工!'开什么玩笑!"金子啧了一声,恐吓四周的人,"听好了,我们是被逼到连牛手都想借来帮忙了。牛呢,就别起什么小冲突了,闭嘴工作,然后给我增加数量。"

柳濑低头说:"是,我知道了。"那是一种令人觉得可悲的姿态。和也无法让自己卑微到这个地步。

"看,休息时间结束了,你们回去工作,刚才的话就当没说。"

柳濑用下巴示意,要他们离开。

和也看向一旁的勉三,勉三朝自己点点头。总之,他们先走向门口。

经过金子身边时,和也暗暗瞪了他一眼。"喂,站住。"结果,背后传来这句话。

和也回头。

"小鬼,你刚刚那是什么眼神?"金子怒目问道。

"啊?什么?"

"啊什么啊?"金子的手突然伸过来揪住和也的头发,"臭小子,你刚刚在瞪我吧?"

"好痛,放开啦。"

"小鬼,不要得意忘形啊。"

壮硕的手臂粗暴地摇晃和也的头。尽管愤怒凌驾了疼痛,和也却对要不要反击感到迟疑。跟体格像职业摔跤选手一样的金子打架没有胜算。

"喂,给我道歉。"金子把和也拉到眼前威胁,"看着我的眼睛道歉!"

"……对不起。"和也撇开视线,别扭地说。

"臭小子!"突然,和也的肚子吃了金子一拳。和也一弓身,这次换背部挨了一记肘击。

剧烈的疼痛向和也袭来,他无法顺利呼吸,连呻吟的力气也没有。和也就像被喷了杀虫剂的虫子一样在地上翻滚。

"金子主任,差不多就可以了。"听到柳濑的声音后,金子撂下一句:"哼,给我好好教一教牛规矩。"走了出去。

"你站得起来吗?"过了一会儿,当疼痛渐渐减轻后,勉三扶起和也。

"总之,我们先回去工作吧。"

勉三打开办公室的门。

和也停下跨出去的脚步,回头一看。柳濑对着电脑,一副什么事都没发生的样子。

结束工作后,一回到宿舍,和也和勉三就去了勉三房里。和也和勉三身上仍是肮脏的工作服,在狭小的房间里相对而坐。

"如果他们那边装蒜的话,你要帮我做证啊。"

和也拿着手机,气势汹汹地对勉三说。

和也打算打电话报警,他要跟警察说一个叫金子的人不讲理,揍了自己,请他们以伤害案件来处理。

下午,和也几乎无法专心工作,他机械地移动身体,脑海里想的都是该怎么向金子报仇。然而,和也想到的方法都很幼稚,就算实行了,好像也抹不掉附在心头的耻辱。

最后,和也决定选择正经的手段,向警察报案,对金子施以社会制裁。既然如此,本来他应该在挨揍后直接报警的。之所以没有那么做,只是因为和也讨厌拜托警察。和也过去被警察欺负过好几次,不过那是因为自己以前是不良少年。

"我绝对要从那家伙身上扒钱过来。勉三,一般来说,这种情况的赔偿金大概是多少?"

然而,勉三却一脸严肃地挽着手臂没有回答,似乎在思考什么事。

"喂,你在听吗?"

勉三看向和也,以一贯冷静的口吻说道:"野野村,我认为跟警察报案不是上策。"

"啊？为什么？"

"就算报案，警察也不会受理吧。现在距离施暴已经过了一段时间，加上这类工寮里的争执也不稀奇，我觉得他们应该不会当一回事。"

"搞什么啊，我挨了两拳呢。你看这个！"和也掀起工作服，露出后背，"看，瘀青了吧？我有证据。"

"可是，只有这个作为施暴痕迹可能不太有力。"

"你的意思是如果我断了颗牙就好了吗？开什么玩笑。"

和也丢出这句话，怒意越来越盛，转眼间便涨满了整个身体。

和也拿出烟点火。虽然这里是勉三的房间，但他忍不了了。勉三拿了个空罐推到和也脚边。

"我顺便问一下，你曾经被警察关照过吗？"

当香烟快烧到尽头时，和也回复了这个问题。

"辅导次数是数不清了，那又怎样？"

"这样的话，警察大概更不会听你的话了。"

尽管想反驳，但这点或许就像勉三说的一样，和也不得不闭上嘴巴。说到底，像和也这种有多次不良记录的人，警察才不会认真处理他们的诉求。后辈遭到铁棍攻击时，和也明明是受到攻击的一方，却像加害者一样被狠狠追究。不管是警察还是同伴都一样。

但是，这几年和也什么坏事都没做，这次这件事他更是一点错都没有，只是单方面被找碴儿、施暴。

他绝对无法就这样忍气吞声。

"我知道情况对我不利。"和也将烟灰掸进空罐里，"就算这样，我还是要报警。我们在说这些话的时候，时间一直在走，这样才是耽误了。"

和也朝手机按下110，勉三的手旋即覆上去。

"干吗？我只是能做的都做做看啊，跟你没关系吧。"

勉三眯起厚重眼镜后的眼睛："要拿多少你才能解气呢？"

"解气是指什么啊？不要说那么难理解的词啦。"

勉三以中指推了下眼镜："要拿到多少钱你的心情才能平复？"

虽然有一堆想说的话，和也还是回答了："一百万。"

"这很不切实际呢。"结果遭到勉三的否定。

"那十万，虽然就算这样我还是不能接受，但如果能拿到十万的话我就忍。"

"我知道了。那么，请给我三天，我会尽力将十万元交到你手中。"

"啊？你在说什么啊？你要从哪里用什么方法拿钱啊？"面对和也的质疑，勉三打起太极"我会努力去交涉"，似乎不打算具体说明他要怎么做。

"虽然不太懂，但如果三天内拿不到十万块的话你怎么负责？你要付我十万元吗？"

"我没办法付钱，也没办法负责，只是打算尽最大的努力尝试，这就是现在能用的最佳方法。反正都这样了，你也觉得拿到钱比较好吧？"

总觉得勉三以一种诱导的方式在问话，但和也还是点头说："嗯，是那样没错啦。"跟这个人在一起好像就会变得不正常。

就这样，和也暂时妥协，回到自己屋里，把内衣裤和毛巾丢到盆里后急急忙忙前往泥汤。还有十五分钟，规定的沐浴时间就结束了。和也绝不是个爱干净的人，但身体这么脏也睡不着。

夜空中浮着一轮下弦月，和也在月光下奔跑。嗒、嗒、嗒，四周响起他带着节奏的脚步声。

和也突然想到，勉三那小子今天也去那间很远的民营澡堂吗？自己要不要陪那家伙去一次那边的澡堂呢？

不过，那要等勉三那小子真的实现约定之后再说了。

过了两天，勉三忽然在入夜后来到和也的房间。当勉三突然递出十张一万元的钞票时，和也惊讶得忍不住问："这些钱是怎样来的？"

一问之下才知道，这些钱是从牛久保土木身上挤出来的。据说，勉三先跟柳濑说和也打算向警察报案，再进一步逼问他："请问，贵公司打算怎么应对呢？"经过几番周折，最后柳濑便拜托勉三拿这笔钱让和也打消报警的念头。

也就是说，这是和解金。对牛久保土木而言，稻户兴业是客户，要是自己这边的作业员让对方没面子的话，可能会影响未来的生意。牛久保土木不是怕警察受理和也的案子，而是怕金子和稻户兴业不高兴。

更让人惊讶的是，勉三也让牛久保土木吐出了十万日元当平田的慰问金。据说，是顾虑到前几天勉三说的那个加班费的事情。勉三跟柳濑说，他打算跟牛久保土木雇用的作业员募集联名书，也就是表明要正面和公司对抗的意思。对牛久保土木而言，被勒令向其雇用至今的作业员支付加班费，是件不得了的大事。若是溯及既往这几年，公司甚至可能会破产。起初，柳濑对勉三的话嗤之以鼻，但当他知道勉三是认真的时候，便露出一副快哭出来的表情拜托他："等一下，你不要冲动。"

勉三便在此收兵。相对地，提出了给平田十万日元慰问金的要求。柳濑欢喜地接受了这个条件。连和也都知道哪一边比较划算。

其实，和也自己知道加班费用的知识，但其他很多工寮都不支付，根据这条经验，他认为牛久保也是那种地方，便毫无抵抗地接受了。但是，仔细一想，像牛久保土木这样的公司实在非常冒险，因为难保某天不会有人冒出来说跟勉三一样的话。

"结果，因为过去都没有人有异议，公司也就没有深思这个问题吧。"

勉三淡淡地说。

在这种工地的确有许多不合理的事，人人只会抱怨，却无人采取实际行动。大家没有那些知识，最重要的是，他们大概觉得那样做很麻烦，不想和公司对抗。

在这点上，勉三这个男人很不一样，而且并不简单。

老实说，同样的事和也去做应该没办法从牛久保身上挤出一毛钱吧。柳濑也是因为面对勉三察觉到了危险，才会哭哭啼啼地应下他的要求。

二十岁的小鬼，年纪轻轻就去找企业的麻烦，还凯旋而归。和也不敢相信这个人比自己还小。

"我觉得，说要募集联名书似乎是最有效的。因为搜集到大量联合署名的话，无论是公司还是行政单位就都无法忽视了。"

这件事和也有最切身的体悟，他就是因为这个失去了故乡。

"对了，勉三，你拿到多少？"

和也问出自己一直很介意的问题。

"我什么都没拿。"结果得到极为云淡风轻的答案。

"为什么啊，不是你去战斗的吗？"

"我的确去交涉了，但我既没有像你一样挨揍，也没有像平田爷爷一样受伤，没有立场收钱。"

这个人在说什么啊？

"硬要说的话，如果可以拿到之前的加班费也好，但我来到这里的时日尚短，金额并不多吧。而且，我答应柳濑先生以后要默认没有加班费的事。"

和也不敢相信，哪里有这么好的人啊？如果是他的话，一定要拿回被克扣的加班费的一半。

而且——

"平田爷爷的十万日元就麻烦你交给他，但请你保密，不要说是我争取的。"

"为什么？"

"我会害羞啦。可以答应我吗？"

"可以是可以，我无所谓。"

勉三微笑，起身道："那我回去了。"

"等一下。"和也看着勉三的背影叫住他。勉三在门前回过身。

勉三毛帽里露出的刘海儿盖着眼镜，因为那层厚厚的镜片，他的眼睛看起来特别小，就像小动物一样。

"这个给你。"

和也从手中的十张一万日元钞票中抽出两张,拿给勉三。

"我不能收。"

"收下,这是手续费。"

"你的心情没有十万日元就平复不了吧?"

"已经没关系了。"

其实,身为加害人的金子没有受到任何惩罚让和也有些郁闷,但勉三实现了和自己的约定,那么,这件事就只能一笔勾销了。如果这样和也还去做什么的话,就是不给勉三面子。

在双方各执己见一阵后,勉三终于说了句:"那就谢谢你了。"他收下钱,将钞票整齐地折成四折,收进裤子口袋。

"欸,勉三,你为什么会在这种地方工作?像你这样的人,应该有更好的地方会用你吧?"

勉三摸了摸长着胡楂儿的下巴说:

"我一直想试试看这种体力活。"

"就算这样,牛保也是这里面最烂的地方啊。虽然像我和平爷这种没有家的人能住进来是很省事没错。"

"那我也一样。"

"怎么,你也没有固定的住处吗?"

"我前一阵子被家里赶出来了。"

一问之下,和也才知道勉三为了念大学已经重考两年了,可是今年似乎还是没考好。勉三的父母实在无法接受儿子要重考三次,便跟他说想念大学的话就自己赚生活费念书,把他丢到一旁。尽管看起来不像在撒谎,和也却也无法完全相信勉三的话。他还摸不清这个男人的底细。

"那就晚安了。"

勉三离开房间后和也躺在被窝里,望着天花板。他将八张一万日元的钞票对着日光灯,钞票中间的圆框透出隐藏的福泽谕吉的脸孔。看来,这似乎不是假钞。

和也愣愣地盯着伟人的脸好一阵子。《劝学篇》吗?什么"天不生人上之人"之类的名言,和也也听过。他记得,意思好像是人人平等之类的吧。

如果是这样的话,福泽谕吉这个人大概是个相当乐天的大叔吧。就算会念书,也不了解社会。

和也虽然没有学问,但至少知道,人类完全不平等。无论是头脑的差异还是出身都是。人生被设计得非常不公平。

和也把福泽谕吉的脸捏弯,变成一个又哭又笑的滑稽表情,忍不住咧嘴笑了开来。这样玩了一会儿后,这次,他又为了发现自己一个人在玩什么东西而笑了起来。大概是不劳而获的关系吧,和也的心情非常愉快。

和也将八张一万日元钞票撒到空中,八个福泽谕吉翩翩落下。

这世上有像这个钞票男一样名垂青史的人,也有像和也一样生活在底层的平凡人。然后,也有像勉三那样的家伙。

那家伙将来或许会成为了不起的人。和也隐约有这种感觉。

隔天,和也从工地回到房间稍作休息时,勉三来了。
"平田爷爷刚刚跟我道谢。野野村,你说出去了吧?"
勉三站着,劈头就这么说。
"啊啊,那个啊。因为把这件事当作我的功劳果然有点那个,所以我就老实跟平爷说了。"

和也立着一只膝盖盘腿坐着,吐着烟回答。勉三从鼻子里叹了一口气。

"干吗啦,你因为这种事生气啊?我虽然答应你了,但讲一下无所谓吧?"

"那其他人呢?"

"我没讲,真的。"

"明智的决定。否则可能会变成这个人也要,那个人也要,一发不可收拾。"

和也稍微想象了一下,感觉那样的确会变得很麻烦。

"那也要跟平爷说才行。"

"刚才这些话我已经跟平田爷爷说过了,也麻烦你重新叮咛他千万不要说出去。那我走了。"

"喂喂,难得过来,坐一下嘛。"

和也拍拍自己身边的地板。

"有什么事吗?"

"是没事,但又没关系,稍微聊个天啊。"

勉三摆出稍微沉思的动作,接着在和也身边坐下。

"你真的很怪啊。常常有人这样说你吧?"

"偶尔。"

"感觉像机器人一样。"

和也这么评价后,勉三沉默了片刻,接着有些难为情地说:"但我意外地很粗心大意啊。"

"粗心大意?你吗?"

"嗯。"

"例如？"

勉三再次沉默后说：

"像是……雨早就停了，却只有我一个人还继续撑伞。"

和也扑哧笑了出来。他大概能想象勉三那个样子。

"对了，你为什么不跟我们去同一个大众浴池啊？你都去很远的地方洗澡吧？"

勉三不去盖在宿舍旁的泥汤，而是去距离这里大约三十分钟路程的澡堂。

"我想伸展四肢，好好泡澡。这里的浴池总是很多人，而且卫生上也有点……"

"在意那种事的家伙不适合在这种地方工作哦。"和也轻推了一下勉三的肩膀，"所以，你今天晚上也要去吗？"

"我是这么打算。"

"嗯，辛苦你啦。"

"那我差不多该离开了。"

勉三站起身，和也抓住他的裤子说："就叫你等一下嘛。"

"还有什么事吗？"

"不是，至少陪我抽完这根烟嘛，急急躁躁的家伙。"

真是的，和也想和勉三变得更熟。这小子可以和自己再亲近一点吧？

"那你洗澡回来后是要念书吗？"

"是啊。"

"念到几点？"

"每天不太一样，大概到凌晨一点。"

"什么啊，意外地很早结束嘛。我还想说你是不是都念到天亮。"

"没有足够的睡眠没办法做这份工作吧？身体会受不了。"

"嗯，也是。"眼看着烟灰就要落下，和也小心翼翼地把指尖移到烟灰缸旁，"欸，念书开心吗？"

"我很喜欢。不管学什么，学习都是件很开心的事。"

"那我是不是也来念念看啊。"

和也不禁试着说出口，他真的只是说说而已。

"你说点什么啊，你是觉得我这种人念书也是白念吗？"

"没这回事，世界上没有白念的书。"

"那，即使像我这种人，只要努力的话也能上大学吗？"

"如果你高中没毕业的话，在这之前必须先通过高中学业水平考试。"

"我没问你那么具体的东西啦！"

指尖感受到热度，火源就快烧到滤嘴了，但和也不熄烟。熄掉的话，勉三就会走了。

"你知道《劝学篇》吗？"

"福泽谕吉吗？"

"是说人类都是平等的吧？"

"大意上是这样，但严格来说意义有点不一样。"

"是吗？"

"嗯。"

和也吸了口变短的香烟："勉三，你觉得人类是平等的吗？"

"完全不觉得。"

毫不犹豫的回答。

"人生是无法理解和不可理喻的。若要用'命运'这个词去解释的话，非常残酷。"

勉三突然说出这种话让和也吓了一跳，他吐着烟，目不转睛地盯着勉三的脸看。

"野野村，你的烟熄了。"

和也一看，烟头的火的确熄了。

"那我出去了。"

勉三迅速起身，离开房间。真是的，这个彻头彻尾冷淡的男人。

五分钟后，千川他们来到和也房间，喊了声"走啰"，约他去洗澡。

和也思考一下后说：

"啊，我今天不去。"

"啊？"

"那个，我等一下跟人有约。"

"不会是女人吧？"千川他们狠狠瞪过来。

"怎么可能？哎呀，不要管我，你们去吧。"

见大伙离开后，和也走向勉三的房间，但门锁着，人不在里面。似乎是已经出发去澡堂了。

和也离开宿舍，在夜晚的马路上奔跑。今晚，他想和勉三一起泡澡。之所以没有向其他人坦承，是因为他不想被探究自己和勉三的交情。而且，和也隐隐约约有种感觉，想为自己和那家伙的关系保密。

跑了几分钟,和也在前方的夜色里发现了勉三的身影。

和也一追上前,勉三便止住脚步表情戒备地问:"什么事?"

"今晚我陪你去澡堂洗。"

"……"

"干吗?"

"抱歉,我想一个人去洗澡,实在很不好意思。"

抱怨瞬间到了嘴边却被和也咽下。他改说:"好吧。"

"知道啦,那回见。"

和也转身,沿来时的道路返回。

朦胧月光下,和也思考着勉三的事。既然那家伙讨厌就没办法了——他不可思议地产生这种想法并且接受了。

那小子心中一定有块他人无法进入的领域吧。不仅仅是勉三那样的人,无论是谁,就连他自己都有那样的地方。不过,如果将来哪一天,勉三能带和也走进他内心的话就好了。

6

从那之后,和也便下意识地观察起勉三。勉三还是老样子,沉默寡言,从来没有主动开口过,但和也找他说话时他变得偶尔会对和也展露笑容。和也一次也没有看漏勉三舒缓脸颊的瞬间。

这样说或许很奇怪，但只要看见勉三的笑容，和也就会感到安心，觉得那家伙和自己一样都是人类。

除了工作，勉三大部分时间都关在房里。和也好几次没事跑去看他，勉三却说"我想念书"，把他当成碍事的家伙。至于偶尔的假日，勉三会一大早出门直到深夜才回来。虽然他说他泡在家庭餐厅里念书，但不知道实际上怎样。和也不是怀疑勉三，只是他说的一切听起来都像是随口胡说的。一次，平田提到自己邀勉三去吃饭却被"不想花钱"这个理由回绝了。即使平田说他打算请客，勉三还是拒绝了他。那么，理由就不是钱了。"我原本是想跟他道谢的。"平田露出寂寞的表情喃喃自语。

另外，说到平田，他在受伤两个星期后回到了工地。虽然似乎还没痊愈，但只要右肩不过度负荷就能工作的样子。

因此，这一天工作结束后，众人前往锦糸町，在便宜的居酒屋庆祝平田回归。成员有平田、前垣、谷田部、千川与和也，都是平常的老面孔。勉三不在这里，因为和也没有跟同伴们说事情的始末。勉三要他保密，和也自己也不想说。前垣他们要是知道了，可能会觉得他们也能跟公司拿钱，这样的话就麻烦了。

"平爷今后的人生不会再有好事了，不然我不能接受。"

前垣单膝跪在坐垫上说道。这句话他已经不知道说第几遍了。

"废话，他最近还会出车祸啊。"千川把筷子伸向腌渍小菜，开玩笑地赞同。

"可是啊，世界上真的有救人的神欤，这种幸运不常见哪。"

谷田部也一边为自己倒酒一边说道，他的脸红得像煮熟的章鱼。由于居酒屋无限续杯，谷田部便像是逮着机会般放肆豪饮。

平田拿到的钱被众人当成他平常休闲去赌自行车竞赛时赢到的奖金了。当然，平田本人知道事情真正的始末，但和也要他绝对不准跟前垣他们说。

"平爷，你真的是得救了呢。"

"啊，得救了，得救了。"平田笑呵呵地说，"可以不用给你们添麻烦了。抱歉，跟你们商量钱的事。"

"没什么，你帮我，我帮你啊，有困难的时候就是要互相帮助。"前垣说道。

和也嗤了一声。明明不打算借钱的人还真敢说啊。谷田部和千川也露出冷笑。

"对了平爷，你赢的是哪一场啊？"千川不经意地问。

平田的脸渐渐僵硬。

"呃……那个吧，高松宫纪念杯吧。"

"啊？你在说什么？那场下个月才比吧？"

"咦，啊，对啊。呃……是哪一场啊……"

喂喂喂，给我好好说。和也皱起眉头。

"啊，对了，是函馆的星光杯。"

"嗯。"千川朝平田投出怀疑的眼神，"那跟我说说那时候的顺位。"

"……那种东西我不记得了。"

"怎么会？是你赢钱的比赛吧？"

"就算我说选手的名字你也不认识吧？你不是只玩赛马吗？"

"多少知道一些啦，我偶尔也会买轮子的。"

到了这个地步，前垣和谷田部也怀疑地看着平田。

平田看向和也求救，和也以眼神威胁平田"绝对不能说啊"，起身道："我去个厕所。"

真是的，平田真的是彻头彻尾没用的老头儿。为什么连个不会矛盾的谎话都不事先想好呢？

和也在厕所如泄洪般撒尿时想到了勉三。那家伙现在也在房间里读着很难的书吗？说到这儿，那家伙会喝酒吗？哪天真想看看勉三喝醉的样子。最近，和也在意勉三的事在意得不得了。

上完厕所回到座位上后，除了平田，所有人都用冷冷的视线看着他，平田则是尴尬地垂着头。

"怎么了？"

"和也，你是不是有事情瞒着我们？"

前垣这样一说，和也便瞪向平田。看来，这个老头都招了啊。

"也不是瞒啦。"和也佯装冷静地坐下，"只是照实说的话很麻烦。"

"重点不是这个吧？"

"等等，为什么要骂我啊？"

"不是在骂你。"千川说，"不过，你是怎么讲赢牛保的啊？好强啊。全都是你一个人做的吧？"

"啊，我也想听。"谷田部探出身体道，"听和也的英雄事迹。"

原来如此，现在英雄不是勉三而是自己吗？平田抱歉地举起一只手朝和也做出道歉的手势。和也叹了一口气。

无奈之下，和也将事情始末全盘托出。当然，隐瞒了勉三的部分。

由于其他三人不停吹捧着"好强、好厉害"，再加上酒精的催化，和也的心情也跟着好转，一不小心连自己拿了十万日元的事也说了出来。

"两拳十万块啊？可以拿那么多的话，我当金子的沙包都没问题。"

前垣以分不清是玩笑还是认真的口吻说。

"垣哥，话不是这样说的。"和也笑道。

"不过和也，你很了不起啊。没想到你真的从牛保身上抢到钱了。"

"才不是抢，只是拿回本来就该拿的。嗯，就是主张自己理所当然的权利吧。"

"什么啊这小子，说的话好像也很帅啊？"

和也不小心说了勉三会说的那种话。这样一说，不可思议地觉得好像真的是自己的功劳一样。

"说到底，牛保是小公司啦，要钱的话很简单。"

如果知道真相的平田不在场的话，和也或许会吹嘘得更厉害。他的脑袋渐渐麻痹，今晚喝的酒是平常的两倍。

谷田部出了个声，揪前垣和千川一起去厕所。

"也不用三个人一起去尿尿吧。"

平田哼笑一声，点了根烟，和也也跟着一起。平田还是老样子，把香烟插在缺了一颗牙留下的牙洞里，不用手拿。他是因为方便才不装假牙的吧。

"喂，和也，要怎样才能跟远藤道谢呢？"平田从鼻子里吐了口烟说，"连邀他吃饭也被拒绝了。"

"我是给了他两万元。"和也竖起两根手指。

"这样啊？"平田瞪大眼睛，"这样的话，我也该给钱哪。"

"已经无所谓了吧？都过去这么久了。而且，我觉得那小子不会收你的钱。"

"可是，还是要道个谢啊。"

"平爷意外地很讲义气嘛。"

"意外是什么意思？我从以前就最讲道义了。"

"那等那小子有困难的时候再帮他就好了吧？虽然不知道有没有那种时候。"

"这个我也说了。我跟他说，如果有我做得到的事，我什么都愿意做，让他不要客气。"

"他一定说没有要拜托你的事吧？"和也笑道。

"不。"平田说。

"他问我知不知道个人经营的便利屋[1]之类的。"

"便利屋？"

"他好像想托人家什么事。我跟他说如果是那样的话我来帮他，但他没当一回事。我想是我能力不够，可他好像又不是要拜托那么难的事，说是谁都能做。"

"谁都能做，但平爷不行的事吗……很多欸。"

虽然和也调侃了平田一下，但平田不理他。

"那你向他介绍谁了吗？"

"没有，我不认识那种人。"平田摇头，"不过我跟他说，听说

---

1. 日本一种为各项杂事提供服务的行业，服务领域十分广泛，有些服务需要取得资格证。

在 WINS 附近晃荡的那些人，如果给点小费的话他们什么忙都愿意帮。"

WINS 指的是后乐园那边的场外投注站吧。和也曾经跟着喜欢赛马的千川去过。顺带一提，不论是赛马、自行车竞赛还是柏青哥[1]，和也都不玩。因为他虽然试过几次，但从来没赢过。

话说回来，勉三要拜托的事是什么呢？和也有些在意。

不久，三人回来后，众人重新开始饮酒作乐，边喝酒边抱怨工作，把酒当水喝。和也也尝试喝了不熟悉的日本酒，第一次喝觉得还不错。

最后，店员拿着账单过来，他们早已经超过了用餐规定的三小时。靠近店员的千川收下账单，接着不知为何，账单像传物品一样一个传一个，来到了和也手上。和也看向账单，总共是一万八千九百元。刨除平田，四个人平摊的话，一个人不到五千元。喝了这么多，这个金额十分令人满意。

"谢谢和也大哥款待。"

千川低下头，前垣和谷田部也跟着行礼。

"喂喂喂！"

和也作势生气，三人却只是一个劲儿地奸笑，没有拿钱包出来的意思。

"喂，饶了我吧。"

"因为你现在是最有钱的大爷啊。"千川说。

"我怎么可能是大爷？"

---

1. 日本一种用于赌博的弹珠游戏机。

"你打牌手气也很好，偶尔请我们一下才不会遭天谴啊。"

"怎么连垣哥都这样，不要闹了。"

你们有请过我一次吗？而且，自己是在场年纪最小的欸。

"和也。"不同于其他两人，谷田部用醉醺醺的眼神定定地看着他，"我有个想法，你拿到的那些钱我们应该也有份吧？"

"啊？"

"听我说，是我们把交涉的任务交给你的，也就是说我们是一个团队。可是，却只有你一个人得到好处，这样有点不太对吧？"

"你在说什么呀？我拿的是挨金子揍的和解金。"

"这个嘛。可是，平爷的慰问金是你用我们的加班费当理由跟牛保勒索来的吧？然后你还擅自跟牛保约好绝对不再提这件事。我不太认同。"

前垣和千川也频频点头。

和也错愕地环顾眼前的三个人。这些家伙说这些话是认真的吗？连流氓都不会找这种碴儿。

"哎呀，等一下，等一下。今天晚上我出钱。"平田插话安抚大家，"我平常都让你们照顾。"

"平爷，那不一样。今天是庆祝你回来。"

"那正常不是应该大家一起出钱吗？"

"就说了啊和也，因为我们没有拿本来应该跟你拿的钱，所以这摊由你来出，这样就扯平了。"

和也已经不是生气而是傻眼了。他知道这几个人会在条件恶劣的工地，而且还是其中最底层的牛久保做工的理由了。无耻也要有个底线吧。

和也打从心底为自己和他们处在同一个立场感到丢脸。和这群家伙是同类这件事让他难堪到了极点。

和也从钱包里抽出两张一万日元的钞票，用力拍在桌面上，不发一语离开了居酒屋。

路上充斥着喝醉的客人，大家都往车站的方向流动。走了一会儿，一名貌似大学生的男子与和也擦肩而过，轻轻碰了一下。双方各自转头，同时投出锐利的视线。然而，对方看了和也的样子后撇开目光，朝地面吐了一口口水后大步离开了。

没多久，背后传来"喂，和也"的声音。和也一看，黑暗中平田踏着碎步小跑着过来。

"抱歉啊，让你不高兴了。"平田气喘吁吁道。

"又不是你的错。"

"那些家伙也是发酒疯闹过头而已，原谅他们吧。"

"不，我已经不会再和那些人来往了。"

"别这么说，大家不是同伴吗？"

"我原本也是这么想的，但刚刚发现我错了。那些家伙真的是垃圾。"

"好了好了，这给你消消气。"

平田将两张皱巴巴的一万元钞票塞到和也手里。

"我不要。"

"没关系，拿着。"

和也嗤了一声。

"平爷，这样就变成你用自己的钱庆祝自己回来了啊。"

"不是啊。刚才是你请客，这个是你为我做了这么多事的回礼。"

做这么多事的不是他，是勉三。

"平爷，你这样又要没钱啰。"

"别担心，我还剩一些，而且从今天开始我就回去工作啦。拿这个钱去找个女人吧。"

平田留下这句话，再次小跑着往居酒屋的方向去了。和也目送那小小的背影，直到再也看不见。

反正机会难得，和也打算真的去趟风俗店。感觉直接回宿舍会因为心情太差而睡不着。

走在霓虹灯杂乱闪烁的街道上，和也寻找熟悉的皮条客。

"今天一个人吗？真难得呢。"

皮条客亲切地说道。这个和自己同年龄层的金发男子总是很有礼貌。不这样就做不了生意吧。

因为讨厌等待，和也告诉对方要找马上可以玩的女生。

"现在马上的话——这个怎么样？"

对方将平板电脑拿给和也看，屏幕上是个摆着煽情姿势的棕发辣妹。二十四岁，脸和身材都不差。不过，这张照片看起来像是大头贴，大概修图了。所以还是要到现场才能定生死。

和也接受提议付了订金后，对方递给他一张名片大小的卡片，请他先去附近的旅馆。

"那么，请尽情享受。"

和也和皮条客分开。

踏入大概几乎只会被用来做这档事的廉价简陋旅馆后，和也发现尽管是工作日的晚上，候客区却坐满了男人，或是翻看杂志，或是看手机打发时间。每次看到这种光景，和也都会觉得男人的天性很可悲。

和也向柜台阿姨出示皮条客给自己的卡片。有了这张卡片便能优先取得房间。

柜台阿姨连正眼都没瞧和也一眼，将"701号房"的钥匙递给他。和也拿着钥匙进入电梯，用钥匙开了房门，拨打卡片上的号码。接电话的是刚才的皮条客。和也简短地告诉对方房号后，挂掉电话。

和也坐在床上打开电视，嘴里叼着烟。电视正在播放综艺节目，型男演员和人气搞笑艺人正在进行卡牌游戏对决，战况激烈。尽管不晓得规则，和也却不禁看得入迷。宿舍没有电视，偶尔看一看感觉很新鲜。

大约十分钟后，响起敲门声。和也捻熄烟头，站了起来。

一打开门，提供服务的小姐马上自我介绍"我是雏乃"，笑盈盈地走了进来。和也看着对方的长相在心中苦笑。这根本是欺诈吧？谁会相信这个女人跟刚才屏幕上看到的是同一个人？而且，她绝对不是二十四岁。

"对不起，让你久等了。"

大概是和也年纪看起来明显比较小吧，雏乃亲昵地说："小哥工作结束啦，辛苦了。"雏乃双手紧贴身穿工作服的和也，触碰他。只是这样，和也两腿间便立刻鼓起。

"啊，好有精神啊。"雏乃温柔地抚摩。

"你要先洗澡吗？"

"我先去洗。"

"好,那这个给你。"

雏乃将牙刷和装了漱口水的杯子交给和也。

和也在浴室脱光衣服,冲热水澡。他用力搓了搓脖子,身上马上流下污浊的水。今天,他又浑身沾满沙尘地工作了一天。

和也仔细刷牙,用漱口水漱口。一种难以言喻的苦味在口腔里泛开,鼻间蹿过一股独特的气味。

冲好澡,和也离开浴室,雏乃没有来接他。平常应该拿毛巾等着他才对,自己可能挑到服务很差的女人了。

和也望过去,雏乃正坐在床上,身体凑向前方凝视着电视,似乎在看新闻谈话节目。

和也出声,雏乃吓了一跳,嘴里说着"抱歉抱歉,我没注意到",慌慌张张起身。

"你在看什么?"

"就是那个逃狱的家伙啊,电视上说悬赏金涨到三百万了,很厉害吧?"

"啊啊,那个啊。"

和也望向电视。画面右上方的字卡标着"逃狱犯,依然下落不明",主持人在中间以说明的口吻说着什么。

"三百万欸,三百万。"雏乃兴奋地说。

主持人正在解释"公费悬赏金"这个制度,好像又叫作"搜查特别奖金"。据说,因为警方增加悬赏金向民众募集过往命案的情报后成功逮捕过犯人,日本才正式引进这个制度。

悬赏金的金额似乎涨到了三百万。然而和也并不清楚之前是多少。

"这个逃狱犯会不会来当客人呢？如果他来的话我就报警。"
"报警前你可能就会被杀了哦。"
"不会的，因为我会马上让他累得瘫在那里再偷偷去报案。"
雏乃以开玩笑的口吻说道，和也不禁笑了出来。
"那我也进去冲个澡，等我一下啊。"雏乃给了和也一个吻。
不久，浴室传出水声。和也站着点了根烟，随意看向电视。
"——这个人已经逃狱六十六天了吧？为什么都两个月了警察还无法掌握犯人的行踪呢？实在太不可思议了。老实说，我是觉得，警察在搞什么啊？想叫他们给我振作点！"
节目里，名叫坂野、近几年以辛辣敢言风格重新走红的男艺人皱着眉头说道。坂野年轻时好像是演员，但和也从来没看过他演的戏。本来应该是只会出现在综艺节目上的人，似乎在和也不知道的时候变成类似新闻评论员的身份了。
"您说得非常正确。我想，全国人民都是这样想的。不过，正因为这样，警察才会采用这种悬赏金制度，请求全国民众的协助。"
说话的是一个前警界的大人物，就连不太看电视的和也也对那张脸有印象，所以他应该是上了各种节目吧。
"我想问一个简单的问题，难道真的是不给钱就得不到帮助吗？要是我的话，如果犯人在我面前，就算拿不到钱也会报案。"
说这句话的，是在十几岁的青少年间享有绝对人气的年轻女模特。这个女人什么时候也开始上这种严肃的新闻谈话节目了？一定是想让年轻人也看新闻才找她的吧。
"不，我想，只要眼前出现有可能是犯人的人，任何人都会通报。不过，如果不事先把犯人的长相、特征记在脑海里的话，关键时刻可能没注意就过去了。所以，警方才会利用这种制度引起社会大众的关心。"

"啊啊，原来如此。果然这个世界就是看钱呢。"

女模特过于自然的发言让和也扑哧笑了出来。

"那么最后，我们来复习犯人的特征吧。"

主持人说道，电视画面显示出了年轻男子的脸孔。这是一个月前警方公开的照片，最近无论在网络上还是在大街上，像是洗脑般到处都看得到，就算厌烦也记住了。大概全国人民都有这种感觉吧。

顺带一提，这名犯人是在两个月前逃狱的，照片公开却是在他逃狱的一个月之后。产生这样的时间差是有理由的，因为犯人逃狱当时——现在也是——尚未成年。一名知名记者抨击警方，认为就是这样慢半拍的处置帮助了犯人逃逸。记者犀利地指出，警方本来可能没有认真看待此事，觉得不需要公开照片也能马上抓到犯人，有这种大意自满的心态。

和也觉得抓不到犯人应该跟这没有关系。虽然警方的确慢了一步，但照片本身早在更久之前就在网络上散播了。在犯人确定被判死刑前，犯下那起命案几天后，他的照片就在网络上曝光了。

犯人看起来实在不像会杀了三个人的家伙呢。再次看着电视上出现的同年龄段的男子，和也心想。不过，或许这种人才更危险吧。所谓人格障碍者，指的一定就是这种人吧。

镝木庆一，十九岁。深邃的双眼皮、直挺的鼻梁和棱角分明的脸型。说白了，就是不论谁从什么角度看都会认同的美男子。大概是因为肤色极为白皙的关系吧，让他即使理着光头看起来也不像是高中棒球少年。这个人的脖子也很纤细，要说的话，就像是歌舞伎中饰演女角的演员。

"——此外，左边嘴角有颗直径三毫米左右的痣——"

和也原本想把烟举到嘴边的手因为主持人的这句话停了下来。

脑袋里好像有个什么在意的点，是什么？

和也瞪着空中，略微思考后得到了答案——是勉三。这么说来，那家伙嘴角也有类似的痣。和也还记得，因为这颗痣让他觉得勉三明明一身硬邦邦的打扮，看起来却有点像女生。

自己观察得还真仔细啊。不过，这样的心情只维持了几秒，和也瞬间将视线转回电视上。节目已经切换到下一则新闻了。

和也立刻将香烟丢进烟灰缸，冲向自己脱下的工作服。他从口袋中拿出手机，急急忙忙打下"镝木庆一照片"搜寻。

他放大搜索出来的图片。手中的画面显示着镝木庆一的脸，那是跟刚才电视上一样的图片。和也定睛凝视。

他一动也不动地僵在那里一段时间。不，是动弹不得。

很像。

勉三——跟逃狱犯长得很像。

要问和也哪里像，他也没有明确的答案。硬要说的话，是鼻子的形状吧。但是，的确有那个影子在。

和也咽下一口口水。该不会……不，不会吧。不可能有那种事。

和也迅速闭上眼睛，脑海中映出勉三平常的脸孔。

果然……不像吗？不过，若问自己印象中的勉三是不是他本来的面貌，感觉又不太对。勉三就像他的绰号一样，总是戴着厚厚的眼镜，和也从来没看过他拿下眼镜的样子。因为那副眼镜，和也并不知道勉三本来的眼睛是什么样子。

脸型也是。可能是胡楂儿连着两颊鬓角的关系，很难掌握勉三的脸部线条。

最重要的是，勉三工作时戴安全帽，工作外的时间则都戴着深蓝色的毛帽。从帽缘垂着会盖到眼镜的长刘海儿——对了，和也睁开眼睛。

勉三和犯人果然不是同一个人。

犯人逃狱的时候应该是光头，逃狱是在两个月前，头发不可能留那么快。

想到这里，和也再次倒抽一口气。那个会不会是假发呢？所以那小子才会总是戴着帽子。这么一来，也就可以解释为什么勉三不跟他们一起去大众浴池了。如果那是假发的话，他就绝不能泡澡；为了不显露出真面目，他也不能拿下眼镜吧。

"啊，香烟，你忘记熄灭了。"

身旁出现声音，和也的肩膀微微震了一下。不知不觉间，雏乃似乎冲好澡了。和也完全没注意到。

"发生火灾的话，就要光溜溜地跑出去啰。"

雏乃戏谑地说着，帮和也捻熄香烟。和也发现雏乃的左肩有刺青，是只有点恶心的紫蝴蝶。

"久等了。"

雏乃牵起和也的手让他仰躺在床上，自己则坐在和也身上。

平常面对女人的身体，和也都是饿虎扑羊，今天却没那种心情。勉三和犯人的长相在他脑海里挥之不去。

他一定是想太多了。没错，绝对是这样没错。

可是，勉三的确不是一般的年轻人。和也忍不住觉得，如果他是那个轰动全国的逃狱犯，这一切似乎就合理了。

对了，和也突然想到，他们两人的体形一样吗？

勉三非常高，一定有一百八十厘米以上。犯人呢？和也之前完全不在意这种事，所以不记得。他好像听过犯人是高个子，但真的只是"好像"而已。如果逃狱犯是矮子的话，一切就是和也多虑了。

只要伸手去拿手机马上就能查到了吧，但和也现在很犹豫。这个结束后就马上查查看吧。

时间过多久了呢？和也的状态跟投入完全不沾边，甚至觉得烦躁。勉三的事占据了他的脑海。

"今天已经够了，抱歉。"

雏乃的眉头瞬间皱了一下又马上摆出笑容开朗地说："那剩下的时间我们就开心地聊聊天吧。"她内心或许觉得很幸运吧。

和也光着身子下床，拿起摆在桌上的手机，手指迅速输入"镝木庆一 身高"搜寻。结果马上就找到了。

一百八十二厘米——

有生以来，和也第一次感到心悸。

7

和也开始了比先前更紧盯着勉三举手投足的日子。不过,他一次也没和勉三接触。和也不是故意不接触,而是办不到。

这一天,和也表示自己身体不舒服,要休息。虽然柳濑试探他能不能折中,只上午来也好,和也还是说不行,硬是请了假。"我们平常人手就已经不够了……"尽管柳濑最后语带讽刺,但和也并不在意,他才不管奥运会怎样呢。而且,他已经连续工作九天了,实际上,身体已经濒临极限。不过,身体不舒服只是说辞罢了。

今天是勉三的休息日。每次放假,勉三都会一大早出门,直至深夜才回来。和也打算查清楚那家伙这段时间到底在哪里做什么。

八点半,勉三走出宿舍。他头戴深蓝色毛帽,穿着灰色连帽T恤和牛仔裤,身上背着鼓鼓的黑色背包,一副从乡下来的土气大学生打扮。和也从自己房间看他离去后,也急急忙忙离开了宿舍。

在行道树林立的人行道上,和也和勉三隔了大约五十米的距离,稍微垂下视线尾随其后。和也曾听说,跟踪时不要直视目标,将对方放在间接的视野里比较好。

第二章
逃狱第33天

今天是万里无云的大晴天，艳阳将柏油路照得闪闪发亮，宛如宝石一样。温和的风沁人心脾。

看样子，勉三是朝距离宿舍最近的有名车站前进。他充分利用长腿，阔步前行。神态大大方方，至少看不出有在意他人视线的样子。

不久，来到有名站后，勉三买了百合海鸥线的车票，穿过闸门。还好不是搭公交车。要是勉三搭公交车的话，和也实在无处藏身。

由于不知道勉三要在哪一站下车，和也便花了三百八十元，买了其中最贵的车票。虽然是很浪费的支出，但和也已经打算今天要不惜成本，屁股口袋里的钱包放了高达三万元的巨款。

和也追着勉三上去站台后马上转身——因为站台十分空旷。和也不得已，躲在楼梯一半的位置等待列车。

不久，列车安静地抵达站台。事到如今，和也才发现，单轨列车和一般电车相比非常安静。

和也迅速攀上阶梯，从跟勉三乘车的车门有些距离的地方上车。车内又是没什么人的状态。和也移动到可以看见勉三的位置坐了下来。

尽管有空位，勉三却没有坐下，而是站在车门附近呆呆地望着窗外。远远地可以看到，他不时会压下眼镜往上觑。

或许，勉三的视力其实很正常，只是为了改变长相才会戴镜片那么厚的眼镜。但若是这样的话，他的眼睛在日常生活中应该相当疲劳吧。

电车过了一站、两站，勉三没有要下车的样子，只是一个劲儿地望着窗外。

和也心中一天比一天相信"勉三就是逃狱犯"的假设。自从上周在旅馆看了电视以后，和也便一直在网络上调查关于镝木庆一的资料。镝木庆一引发的话题毕竟造成社会轰动，因此网络上也有好多情报——当然，里面杂七杂八什么东西都有——只要有时间，和也就会点开来看。

2017年10月13日，残忍杀害埼玉县一家三口的凶恶罪犯，成为平成最后的少年死刑犯。这样的男人在2019年3月3日，距今两个半月前，从被囚禁的神户看守所成功逃狱。镝木庆一，一个化不可能为可能的男人。因为他不是一般的囚犯，而是绝对的死刑犯。

关于镝木庆一的成长背景，和也也有了大概的了解。据说，镝木庆一是在儿童福利机构长大的。那是一间位于埼玉县埼玉市岩槻区，名叫"人之乡"的儿童福利机构，也就是孤儿院。镝木庆一的父母在他出生没多久便因车祸过世了。

据代替双亲养育镝木庆一长大的保育员说，镝木庆一小时候是标准的模范儿童，是个个性温和、内心善良的孩子。保育员说，镝木庆一长大后也一样，对院内比他小的孩童和员工总是亲切有加，从来不惹麻烦。此外，他还喜欢看书，学业成绩优秀得惊人，还说他连运动神经都很好，根本就是神童。

正因为如此，保育员才完全不能接受镝木庆一犯下的命案。从保育员接受媒体采访时频频使用"是不是哪里搞错了"的措辞，也可以清楚地看出这一点。顺带一提，这间叫"人之乡"的儿童福利机构受到猛烈抨击，社会大众向他们追究培养出一个怪物的

第二章
逃狱第33天

责任。当然，福利机构本身应该不负什么刑事责任，但和也也记得，由于机构负责人花井由美子对缠人的媒体表露愤怒，说了"完全没有关系"这句话，让舆论演变成大规模的挞伐。不过，仔细调查后才知道，那是一名记者根据镝木庆一拥有几本关于人体细胞生物学的书籍，进而询问镝木庆一内心是否对人体有异常的兴趣——也就是猎奇的一面——时负责人的回答。然而，媒体却不是这样报道的，而是反复播放花井说"完全没有关系"的画面。

然后，过了一年半的时间，在骚动平息下来之际，镝木庆一以逃狱的形式再度被放回社会中，"人之乡"再次受到媒体执拗的访问攻击。负责人花井因为说了"你们做的这些事才更像犯罪吧？"再度失言，引起民众反感。这是两个月前的事。

而比起福利机构，成为更大指责目标的当然是警察。毕竟，他们让罪大恶极的死刑犯从看守所逃走了。

警方正式公布了犯人关键的逃狱方式。事情的经过如下：

那一天，镝木庆一吃完晚餐，九点过后，呼唤监所管理员到房里，提出自己身体不舒服。管理员从镝木庆一的脸色判断他并非做戏，便带镝木庆一前往看守所内的医务中心，由常驻医生看诊。由于确认镝木庆一处于超过三十九摄氏度的高烧状态，他们便让镝木庆一躺下再观察，结果镝木庆一突然吐血，加上是前后吐血多次，在场的医生和管理员都惊慌失措。就这样，三名监所管理员紧急开车将镝木庆一送往市内的综合医院。此时，镝木庆一处于铐着手铐并绑着腰绳的状态。

在综合医院重新诊察时，镝木庆一提出去厕所的要求。由三名监所管理员中的一名陪同他前往——此时，镝木庆一实施了暴行。他突然以头部撞击该名管理员的脸。

由于镝木庆一迟迟未归，两名管理员觉得可疑便前往厕所一探究竟，发现同僚竟昏倒在坐式马桶隔间，而镝木庆一已失去了踪影——

一连串的经过大致上就是这样。尽管有许多问题点，但世人最想知道的是，这桩越狱戏码究竟是偶发状况还是一开始就计划好的。

首先，警方认为镝木庆一身体出问题、发烧应该是毋庸置疑的。这点，诊察镝木庆一的看守所常驻医生也表示肯定。然而，这名医生的专长是外科，只有在值夜班时会为专科外的患者看诊，这一点不能忽略。所以，他才会深信镝木庆一是真的吐血。不，镝木庆一实际上的确吐血了，但事后警方知道那并非食道、胃或十二指肠溃疡出血，而是他自己咬烂口腔黏膜所引起的出血。

监所管理员会毫不犹豫做出带镝木庆一到所外综合医院的决定，是因为两个月前福冈看守所发生的某件事引发了问题。一名遭到羁押的四十多岁男子表达身体不舒服，所方却没有带他去医院，结果该名男子死在狱中。死者家属认为所方若早点带男子就医，男子就能免于一死，因此根据《国家赔偿法》第一条第一项诉请国家赔偿。法院初审时认定如果当初看守所职员和医生迅速办理转诊手续的话，死者很有可能保住一命，认同死者家属的诉求，判决国家有责任赔偿。不难想象，监所管理员将镝木庆一的状况和之前发生过的事重叠在了一起。

此外，最为人诟病的问题就是，镝木庆一去厕所时只有一名管理员同行这件事。警方打死也不会说出来，但人们认为，真相

第二章
逃狱第33天

或许是两名管理员害怕被传染，便将这个任务推给了其中最年轻的管理员。至于监所管理员为何这么害怕传染，都是因为当时媒体报道埃博拉病毒出血热也进到了日本，过度渲染该病的惨况，煽动国民产生不必要的恐慌所致。虽然这些都只是猜测，但从三名管理员都戴上口罩和塑胶手套这点来看，他们的确对此有所戒备。此外，看守所中有刚结婚的职员，该名职员前往英国度蜜月的事也推动了事态发展。当时，英国境内因为埃博拉病毒出血热死亡的人数高达十人，管理员怀疑该名职员将病毒带回来，也是很自然的事。

然后大家说，少年死刑犯镝木庆一是不是将这一切都列入计算才成功逃狱的。因为，镝木庆一在看守所生活时每天都看报纸、杂志，明显知道埃博拉病毒出血热连日来引起世人骚动，此外，他也从监所管理员的对话中得知有一名职员去英国旅行。证据就是镝木庆一吐血时，也不着痕迹地说出自己或许是患上那种病的暗示。据说，他悄声对监所管理员说："你们同事去旅行的地方是不是英国？"而建议管理员戴上口罩和塑胶手套的不是别人，正是镝木庆一。

如果镝木庆一真的是将这一切列入计算才逃狱的话，他就是个令人害怕的智能型罪犯。为了在演技中多少加入些真实性，他是不是一直在虎视眈眈，盼望自己的身体出问题呢？或许，他甚至每天都在"努力破坏自己的身体"。

为了让这个计划成功，他必须尽快破坏身体状况。因为，他是个死刑犯。若是优哉游哉等待机会来临，自己可能会先被拖上死刑台。当事人无从得知自己的死期何时会降临。

此时，和也用力忍住一个哈欠。虽然紧张，但车窗外照进来的阳光暖洋洋的，令人忍不住昏昏欲睡。和也最近连深夜都在调查镝木庆一的事，导致睡眠不足，简直像个考生。

而在这些夜晚，和也深切感受到了自己的无知。此外，虽然这样讲很奇怪，但他也从获得知识这件事上感到了些许喜悦。和也好像对一无所知的世界朦朦胧胧打开了视野——这样说或许夸张了，但和也了解到他的脑袋原来没有自以为的那么差，渐渐萌生了自尊心。了解过去不知道的事情对和也而言是件快乐的事。

例如，看守所和监狱的不同。死刑犯是被关在看守所的死刑囚房里，和也之前却一直以为是关在监狱。此外，他也对死刑犯在看守所里过于自由的生活惊讶不已。死刑犯可以看书籍、杂志，也能看电视、听广播，还能买东西，相较之下，处在牢房外的游民生活悲惨多了。

另外还有一个大前提，就是死刑犯不用劳动。监狱里的犯人以"服劳役"这样的刑罚来赎罪，死刑犯则是以自己的性命作为犯罪的代价，因此不用接受强制劳动。

这些事，和也过去完全都不知道。若问这是不是生存必要的知识，答案或许是否定的，但知道这些一定比不知道来得好。

而这一切，勉三恐怕都知道。当然，如果勉三就是镝木庆一的话。

和也也不晓得为什么自己不直接问勉三。只要说一句"你是不是那个逃狱犯"就好了，或是跟警察说"同事里有个家伙很像逃狱犯"，这样或许还能拿到悬赏金。

自己一定是想要确定吧——和也在缓缓前行的单轨列车里想

第二章
逃狱第33天

着。不是"有可能",而是想确定后再行动。总觉得这样才是对勉三最基本的礼貌。而且,如果搞错人的话,和也觉得自己会陷入深深的自我厌恶中。

不久,车子抵达丰州站,勉三在这里下车。和也也赶忙起身。他看着勉三走下阶梯,穿过闸门,十几秒后,和也想跟上去时却停下了脚步。他找不到车票。为什么?和也一瞬间陷入了焦虑,勉三的身影渐行渐远。明明应该放在口袋里的车票为何不在?啊啊,对了,因为担心弄丢,所以和也把车票从口袋收到钱包零钱夹中了。

就这样,穿过闸门后,勉三的身影消失了。和也一阵惊慌,才冲出车站,勉三便突然出现在正前方的阴影处,他紧急停下脚步。两人之间的距离只有几米。和也迅速转弯,走了几步回头,发现勉三往反方向移动。好险,看来自己没有被发现。

不过,自己到底在干吗啊?!如果是侦探的话,马上就会被炒鱿鱼了吧。

勉三走向有乐町线,这次,他搭上了前往池袋的电车。一如往常,他还是站在车门前眺望着窗外。那小子到底要去哪里呢?

就这样跟着电车摇摇晃晃了十五分钟,于市谷站下车,接着又换乘总武线坐了两站,在水道桥站下车。看来,勉三的目的地就是这里。

不过,勉三来水道桥做什么呢?今天巨蛋[1]又没有巨人队[2]的比

---

1. 指东京巨蛋,位于东京市文京区,能同时容纳55000人的体育场。
2. 读卖巨人队,日本职业棒球中央联盟的球队,主场是东京巨蛋。

赛，也绝不可能是去游乐园。难道，勉三要赛马吗？虽然感觉勉三没在赌博，但也有这个可能。

勉三前往的地方，真的是WINS。和也有种扑空的感觉。

工作日上午，WINS聚集了许多人，而且全都是大叔，每个人都散发着跟平田一样的气息，令人忍不住想问"你们是怎么糊口的"。

勉三潇洒地穿过那些男人前行。虽然身材修长的勉三高出旁人一个头，替和也省了不少事，但万一在这里跟丢的话，感觉要费很大的劲才能找到人。和也也拨开人群前进。

原以为勉三要买马券，但他却不知为何走过贩卖窗口，绕到投注站后方。投注站背侧的道路，人群密度稍微小了一些，到处都看得到围成一圈饮酒作乐的小团体。路上四处散落着垃圾和烟蒂，如果身旁有女伴的话，走到这里肯定会掉头。

勉三慢悠悠地走在这条路上，左顾右盼，是在找什么人吗？此时，勉三突然转身，和也迅速躲进暗处。严禁大意。如果此时被勉三撞见，说是巧合应该行不通吧。

之后，勉三还是一直像个在寻找失散孩子的父亲似的东张西望。和也则从他的视线死角持续观察。

要持续到什么时候呢？勉三已经在这里停留二十分钟以上了。和也捂着肚子，今天早上起床后，他一口东西也没吃，早知道就先吃一个饭团了。

和也叹了一口气。此时，勉三有所行动了。他走近一名从对侧马路走过来的男子。男子戴着一顶米色鸭舌帽，勉三朝对方开口。

两人就这样谈了许久。看来，似乎是彼此认识。男子摸着后脑勺，露出淡淡的笑容。

男子的年龄大约五十，不，大约六十岁，下巴上留着长长的胡子，头发绑在脑后，身穿一件单薄的短夹克和肮脏的卡其裤。衣着寒酸，感觉像个游民，不过倒是很适合这个地方。

两人站着深谈了两分钟后，勉三率先离开。

此时和也犹豫了，他该不该去找鸭舌帽男呢？和也想知道他和勉三谈了什么。不过，稍微思考后，和也最后决定跟着勉三。这个鸭舌帽男一定一直都待在这里吧。既然如此，现在不去找他应该也没关系。

就这样尾随勉三几分钟后，他穿过白山路，走进对侧紧邻马路的唐吉诃德[1]。尽管觉得危险，和也还是踏进了这家平价商店。

幸好，店里看起来人很多，只要别大意，应该不用担心被发现。说到购物这个重点，勉三将一套西装、一件衬衫和一双皮鞋塞进篮子里，在走向结账柜台的路上，又在卫生用品区拿了把类似刮胡刀的东西。

和也感到讶异。难道勉三等一下打算去哪里面试吗？

勉三拿着篮子排队结账。终于轮到勉三时，他拿出钱包付款。虽然不知道金额，但一定都是些便宜货吧。

就这样，勉三双手提着黄色塑料袋离开唐吉诃德，又回到了刚才鸭舌帽男所在的地方。

一找到那名男子，勉三便将他带到没有人的地方，将整个黄

---

1. 日本大型连锁便利店、折扣店。

色塑料袋交给对方。看来，西装、衬衫和鞋子都是为这个男人买的。勉三比手画脚地对男子下达某些指示，只见男子上下点头应声。最后，勉三拿出钱包，把钱交到男子手上。

此时，和也想起来了。这么说来，平田前几天说过，勉三问过他认不认识经营便利屋的人。然后平田跟他说，只要在WINS附近抓个晃荡的人付点小费，他们应该愿意帮忙做任何事。

没错。勉三一定是在拜托这个鸭舌帽男什么事。

不过，是什么事呢？拜托这种人的话，一定是见不得光的事吧。

不久，勉三和男子分开，往神乐坂方向前进，和也跟在他身后。

途中虽然有派出所，勉三却神色自若地通过，没有一点害怕的样子。反而是和也更容易让巡警起疑。因为和也把帽子压得极低，还戴着口罩。

步行十分钟后，勉三走进了位于马路上的连锁拉面店——一兰拉面，似乎是要在这里解决午餐。勉三喜欢豚骨拉面吗？

不，或许不是这样。一兰虽然以售卖汤头浓郁的豚骨拉面著称，但最值得一提的是他们的个人座位。一兰的座位将客人一个个隔开，别说是其他客人了，甚至可以在连工作人员都看不到的情况下用餐。对不想让人看见脸的人而言，应该没有比这里更令人感激的餐厅了吧。

和也在大约二十米外的马路上瞪着拉面店，想象不断膨胀。脑海里出现勉三拿下因热气而起雾的眼镜，光明正大吃着拉面的身影。或许因为热，连毛帽都会拿下来。

和也忽然咽了一口口水，他自己也饿扁了。看看手表，时间就要来到中午。

和也左右张望，发现一百五十米外有间便利店。要不要冲刺过去买个甜面包呢？可是，如果勉三在这期间出来的话怎么办？男生只要三分钟就能吃完一碗拉面。不过，一直这样饿着肚子能继续跟踪吗？和也是打算今天一整天监视勉三的行动而请假的。

就在和也东烦恼西烦恼之际，勉三从店里走了出来。他快速离开店面，再度往前走。和也叹了一口气，也跟着迈出步伐。

勉三接着进入一栋距离一兰拉面颇近的商住楼。从直立排列的招牌来看，这里有居酒屋、按摩SPA、美甲店和漫画网咖店。确定勉三搭进电梯后，和也跑向前，确认电梯的楼层。电梯停在四楼，看样子，勉三似乎去了漫画网咖店。

这家漫画网咖也是街上到处都可以看到的全国连锁店。好几次和也错过末班车的时候也曾把这里当睡觉的地方。

由于不能被撞个正着，和也先在大楼下等了几分钟才走进电梯。他搭乘到四楼，打开漫画网咖店的门。

门前没有看到勉三的身影。他已经办完手续，进入包厢了。

"欢迎光临。"

店员出声招呼。

"请问有会员卡吗？"

对，这家店要有会员卡才能进。但如果是这样的话，勉三是怎么办会员卡的呢？没有能证明身份的社保卡或是驾照就办不了会员卡。

如果勉三用的是自己的证件，那他就不是镝木庆一了吧？如果是镝木庆一,也不会冒险暴露自己的行踪,况且逃狱的人应该根本没有什么身份证。

正当和也陷入思索时——

"请问——"

店员以怀疑的目光看向和也。

"啊啊,我要三小时。"

语毕,和也从钱包里拿出会员卡交给店员。

"请问要躺椅还是卧垫包厢呢?"

"呃……"和也答不出来。"那个,其实我和前面来的那个高个子男生是一起的,他是去哪一间?"

"这样啊,"店员似乎没有怀疑,点头道,"前面那位客人是在卧垫的 C7 包厢。"

"那旁边的 C6 或 C8 有空位吗?"

"C6 已经有人了,可以帮您安排 C8。"

"那就那间。"

和也收下计费说明,在饮料吧接了杯可尔必思苏打,就前往 C8 房。他看向隔壁的 C7,外面的确有双熟悉的布鞋,是勉三的布鞋。

和也走进包厢,心跳微微加速。他坐下嘘了一口气,瞪着勉三房间那侧的墙壁。勉三就在这道薄隔板的后面。

和也凝神细听,微微听见嗒嗒嗒的声响。勉三似乎在敲键盘,是在查什么东西吗? 一定是这样吧。

漫画网咖店的包厢没有天花板,只要起身探头,就能一窥隔壁间的样子,但和也做不到那种程度。

第二章
逃狱第33天

话说回来，会员卡。和也用可尔必思苏打滋润喉咙后重新思考。

勉三果然不是逃狱犯镝木庆一吧。虽然漫画网咖店会员卡之类的是小东西，但没有会员卡就不能像现在这样进来使用。和也觉得，跟别人借身份证应该很难吧。

不，不对。勉三一定是拿了别人的会员卡吧。如果是常驻WINS的人，这种东西应该能轻易得手。要是和也自己的话，什么漫画网咖的会员卡，五百日元他也卖。

嗒嗒嗒、嗒嗒嗒。隔壁房果然断断续续传出敲击键盘的声音。不过只是待在这里的话，就不知道勉三用电脑在干吗。

和也双手枕在脑袋下面躺了下来。现在要怎么办呢？和也看着暗淡的日光灯思考。由于不知道勉三什么时候会离开，和也只能这样等待，傻傻地等。

和也拿出香烟叼着，正打算点火时停下了动作。这么说来，这里是禁烟包厢。要是勉三抽烟就好了。

和也啧了一声后起身。总之，先填饱肚子再说。和也穿上拖鞋暂时离开包厢。他跟柜台买了泡面和三个饭团，往泡面杯加入热水，再次回到包厢。

他左手拿着饭团，右手握着筷子。肚子饿的时候，即使这些东西也是豪华大餐。因为就算发出声音也没关系，和也豪迈地吸着面。

就这样，和也毫不间断地动着双手和嘴巴，脑子一直在思考。和也查的资料说镝木庆一是左撇子，勉三也是左撇子。那小子吃便当时用左手拿筷子。和也看过好几次，应该不会错。

长得像，身高也几乎一样，同样是左撇子，再来是左边嘴角明显的黑痣。

勉三果然是镝木庆一。但是，和也想找到决定性证据，这样他才能毫无顾虑地报警。

除了他，大概没有人怀疑勉三。因为大家平常过日子不会注意其他人。和也也是，若不是对勉三有兴趣，也不会注意到这些相似点吧。

和也一口气喝完汤，结束了午餐。他忍住想抽烟的心情，躺下来。隔壁包厢的键盘声依然持续着。哪里有小洞可以偷看吗？

话说回来，为什么勉三——镝木庆一——会杀了三个人呢？镝木庆一不认识被害者一家，彼此当然无冤无仇，所以才更可怕。

和也认识的勉三叫作远藤雄一，虽然是个阴郁少言的青年，头脑却很聪明，行动大胆。平常的工作都会认真完成，对平田这样的老年人也很温柔。

说到这儿，前几天，和也在工作时目击了勉三偷偷将自己的推车和平田交换的场面。因为勉三用的那台推车的轮子气充得很满，平田的车轮则没什么气。光是这样搬东西时承受的负担便完全不同。亲眼看到那种不经意的温柔后，和也为世上有这样的人存在而感慨不已。

那么温柔的男人杀了三个无辜的人。和也一时间无法相信。

和也眯着眼凝视隔板，像是要把板子看穿似的。

勉三，是你吗？你是镝木庆一吗？你杀了人吗？

和也在心中问道，深深叹了一口气。

第二章
逃狱第33天

勉三来到工地才一个多月。到头来,和也或许对那小子一无所知。

这些都不重要,勉三打算在这里待到什么时候?说到这儿,那小子跟柜台说要用几个小时呢?他打算就这样一直待到晚上吗?

和也张大嘴巴打了个哈欠。大概是吃饱了的关系,睡意渐渐袭来。稍微睡一下吧?待在这里也无事可做,睡个三十分钟应该没关系吧?毕竟跟踪是场耐力赛。

然而,这是个败笔。和也睁开眼已经是两个小时后的事了。他惊起后从包厢门探出头,看向隔壁包厢的地板。勉三的布鞋消失了,他已经离开了网咖。

和也急急忙忙离开包厢,奔到柜台。

"我朋友什么时候回去的?"

和也向刚才的店员问道。这下店员也觉得奇怪了吧,向和也投以怀疑的眼神。

"您是他朋友吧?"

"别废话,跟我说。"和也语气凶了起来。

"大概十到十五分钟前吧。"

这样的话,应该还没走远。

和也急忙付了钱离开网咖店,冲下楼梯。他环顾巷子,没有看到勉三。

和也搔了搔脑袋。多离谱的失误啊,他想骂神经大条的自己。

那小子接下来去哪里了呢?勉三休假时都很晚才回宿舍,因为他会在某个地方做事。

在附近绕一圈找找看吗？可是，在这种大城市找到人的可能性很低吧，就像在森林中找一片树叶一样。

和也深深地叹了一口气，不过，他在途中屏住了呼吸。

对了，有一个地方。

和也前往的地点，是刚才的场外投注站。勉三可能会再回去找那个鸭舌帽男。

和也来到那条小巷子，和上午看到的光景一样，四处都是兴高采烈、饮酒作乐的大叔。他们一定每天都这样吧。这样的人生开心吗？

和也走了一会儿，四处寻找，却找不到勉三和鸭舌帽男的踪影。和也没有忽略任何一个角落，两人应该不在这里。

和也稍微思考了一下，决定向一群聚在一起喝酒的人搭话。才一说出鸭舌帽男的特征，大家好像马上就知道是谁了。"啊，是冈哥啦。"被叫作冈哥的男人据说姓诸冈。

"他刚才跟一个很高的小伙子不知道去哪里了。"

绝对是勉三。看样子，他果然回来过。

"请问知道他们去哪里了吗？"

"谁知道。"

"那他会再回来这里吗？"

"冈哥一星期大概有一半的时间都在这里，不过，今天不会再来了吧。"

这样的话，只能下次休假再过来了吗？但是，在那之前，勉三或许就会从自己眼前消失了。和也还是想今天和诸冈接触。

和也询问了诸冈的住所,据说是在上野公园。诸冈果然是游民。

不过,这群人似乎不清楚诸冈以上野公园的哪里为据点。他们向和也介绍了一个混在隔壁喝酒的人,据说此人和诸冈比较熟。

"冈哥家在我家附近。"

一看就像游民的男子张着只剩一半牙齿的嘴说道。和也对这个说法露出苦笑。

当和也拜托对方告诉自己详细的地点时,男子毫不掩饰地眯起眼睛说:

"你为什么想见冈哥?"

"我有事想问他。我不是什么可疑的人。"

"可是,我不能随便把别人家告诉你。"

"能不能帮个忙?"

"不行,办不到。尤其是你这种年轻人,大家都很小心。"

一问之下才知道,最近常常发生年轻人"猎捕游民"的事件。据说,男子的同伴上周也遭殃了。

"为什么要做那种事呢?欺负我们这种人能干吗?啊?"

"不是,你跟我说也没用啊。而且,我不会做那种事的。"

"就算这样我还是不能跟你说。不好意思啦。"

"这样也不能告诉我吗?"

和也不抱希望地递出一千日元。男子瞥了一眼后,甩开头道:"不能。"

"那,这样的话呢?"和也这次拿出了三千日元。男子说了声"真拿你没办法……",爽快地告诉了和也地点,甚至还画了详细的地图。这让和也想到前几天电视上女模说的话——"果然这个世界就是看钱呢。"虽然三千日元的支出很惨痛，但也没办法。而且，如果勉三是镝木庆一的话，就会有三百万元从天上掉下来。

和也将男子画的地图收进口袋，离开了小巷。

由于时间很充裕，和也决定走路到上野。在太阳下山前，诸冈大概不会回去吧。

和也靠着手机地图定位，专心地走在东京街头上。其间，他一直想着勉三的事。

约莫三十分钟后，和也来到了上野公园附近。从这里开始，便靠着刚刚拿到的地图前进。男子画的地图虽然简略，相对位置却很正确，因此和也没有迷路。

在稍微偏离不忍路的岔路上，可以看到好几间纸箱屋均匀地分布在那里。其中一个恐怕就是诸冈的屋子了。

"不好意思，请问诸冈先生的屋子是哪一间？"

和也从缝隙中看到了人，朝最靠近自己的纸箱屋出声问道。

"诸冈？你说冈哥吗？"

一名穿着脏兮兮羽绒外套的男子走出来，身上的臭味令人忍不住想掩鼻。

"对，冈哥。我听说他住这儿附近。"

"你找冈哥干吗？"

真是的，这里也一样吗？和也正打算拿出钱包，对方便问："你是他儿子吗？"

"我不是他儿子，是稍微认识的人。"

男子从头到脚将和也打量了一遍。

"冈哥家在那里，那一个。"

和也顺着男子指的方向看去，一棵茂盛的树下有间能容纳一人左右的纸箱屋，旁边插了把黑伞，另外还有衣服吊在绳子上，大概是在晒衣服吧。

和也道谢离开，朝诸冈的纸箱屋觑了一眼，如他所料，诸冈并不在。

没办法，不知道他什么时候回来，现在也只能等了。和也坐在离屋子稍微有些距离的树下，等待诸冈回来。

大约过了两个小时，和也的手机响了起来，他看向屏幕，是千川。

自从居酒屋那件事以后，和也便完全不和千川说话了，前垣和谷田部也是。一方面是和也已经看透他们，另一方面他的脑海里全都是勉三的事。

和也原本不想理会，最后决定先接电话看看。不过，电话那头的人不是千川，而是平田。平田没有手机，所以才跟千川借的吧。现在似乎是工地的休息时间。

"你身体怎么样？"

"嗯，没事。"

和也没有跟平田说自己是装病，虽然让平田发现也没关系，但如果他问自己为什么要装病的话感觉会很麻烦。

"我要买点东西再回去，你有想要什么吗？"

"我没关系。我休息一下后恢复精神了，现在人在外面。"

"什么啊，是这样啊。因为你很少请假，我还以为你倒在床上，很担心呢。你现在在哪里？"

和也稍微思考一下后，老实回答。

"上野？去上野干吗？"

"我来看香香。"和也随便说。

"那是谁啊？"

"你不知道？香香是熊猫啦，熊猫。"

"熊猫？那种黑白颜色的熊有什么好看的？"

平田的话令和也忍不住扑哧笑出声。

"今天你和远藤都请假了，不是吗？一点都不好玩，我好孤单啊。"

平田只有这句话压低了声音，千川他们大概在附近吧。

"我明天就会去了。对了平爷，你不是和勉三很好吗？我有些事想问你。"

"什么啊，你们不是也很好吗？"

"没有你们好啊。就是，你会不会觉得勉三有哪里怪怪的？"

"怪怪的？什么意思？"

"怎么说呢？就是行为很可疑之类的。"

"可疑……没有吧。"

"是吗，那就好。"

"你干吗问这种事？"

"没有啦，总觉得那小子来历不明，不是吗？我在想他是不是有前科什么的。"

平田沉默，停了一下后说："有也没关系。只要他现在是好人就行了，不是吗？就算他真的有前科，如果想重新来过的话不是件好事吗?"

"平爷好成熟啊,不愧是老头子。"

"我自己之前的人生也不是什么能跟别人炫耀的事情啊。"

"的确是这样没错。"

"你能说这么多话,看来是真的好一点了。那我晚上去你房间啊。"

和也挂断电话。真是的,平田真的是彻头彻尾的滥好人。

之后,时间一分一秒过去了。太阳早已下山,夜空中星星闪烁。时间来到晚上八点,空气也稍微变冷了。

正当和也开始搓起手臂时,有个男人渐渐走近诸冈的纸箱屋。和也凝神细看,但因为有段距离加上四周黑漆漆的,无法判断对方是谁,只能知道男人穿着西装。既然如此,就不是了吧。

不对,那是诸冈。他戴着鸭舌帽。西装大概是勉三给他的。

和也起身,走向男人。当男人弯腰准备进入纸箱屋时,和也从背后出声道:"你好。"男子肩膀明显震了一下。他回头,看到和也后戒备地问:"怎么,干吗?"

"我是勉三——远藤的朋友,可以问你一些事吗?"

"远藤?谁啊?我不认识。"

"你是诸冈先生吧?我看到你跟远藤在一起。"

诸冈瞪大眼睛。和也觉得他跟白天看到时有哪里不同,认真想了一下才发现,原来是留得长长的胡子已经剃干净了。这样一看,意外地,诸冈或许还算年轻,大概快五十岁吧。

"你为什么知道我的名字?"

"我问别人的。"

"我不是很清楚你要干吗,但我真的不认识什么远藤。"

怎么回事?感觉诸冈不像在说谎。不过,和也马上想到了:"就是给你西装的那个人。"

"啊,你说佐野啊?"

果然。勉三对诸冈用了假名。不过,就连远藤这个名字也很可疑。

"没错,是佐野,佐野。个子很高,镜片度数很深的家伙。远藤是他以前的姓。"

"以前的姓?啊啊。"

诸冈不知为何想通似的点点头。

"所以怎样?就算你是佐野的朋友,找我又有什么事?"

"你不用那么戒备啦,我不是危险人物。"

"别废话,我问你有什么事。"

"其实——"

"啊,还是等一下。"诸冈匆匆环顾四周一圈后说,"我们换个地方。"

语毕,诸冈跨出步伐,和也便跟在他身后。

两人一言不发,在不忍路上走了两分钟左右后,诸冈靠在隔开车道和人行道的栏杆上。这里行人虽少,却有车子来来往往。原来如此,诸冈是想移到有人看得到的地方吧。

"所以你要说什么?"

诸冈斜眼看向和也问。

和也是这么说的——佐野是自己从小就认识的朋友,但他最近怪怪的,让和也很担心,最后也联络不到人了。和也因此开始调查佐野的周边，想搞清楚他到底发生了什么事。

"可是，如果是这样的话，你直接问佐野不就好了吗？为什么要来找我这种人？"

"我问过他了。但那家伙什么都不说，还避着我。所以我该说是跟踪吗，就是跟着他，结果恰巧看到他和你好像感情不错的样子，想说你可能会知道些什么。"

"感觉还真复杂。不过，我什么都不知道。重点是，我是上周才认识佐野的。"

"你们是在哪里怎么认识的呢？"

"是……"诸冈吞吞吐吐，接着就那样陷入沉默。

"白天时，那小子和你说了什么啊？我看他好像拜托你什么事的样子。"

听见和也的问题，诸冈用力撇过头："这也不能说。"

"为什么？"

"我答应佐野了。"

"拜托。"

"不可以。"

在双方一阵各持己见、互不相让后，和也拿出了钱包，但诸冈看见钱也不屈服。即使和也说要把身上所有钱都给他也还是不行。这个男人意外地很讲义气。勉三那么聪明，应该是看准这一点才决定拜托诸冈的吧。

不过，和也不能半途而废。

"你很缠人欸，我明白你的立场，但这是两码事吧？而且你还想掏钱来买情报，果然很可疑。你真的是佐野的朋友吗？"

"是真的。"

"不,你很奇怪。我虽然头脑不好但也没那么好骗,先走啦。"

诸冈丢下这句话便离开了,和也当然跟在他身后。与来时的路不同,两人前后走在穿过公园的小路上。

"你下次什么时候会见那家伙?"和也从背后抛出问题。

"都说了我不会告诉你的。"

"讲一下什么时候也没关系吧?"

"不要。"

和也冲上前,绕到诸冈面前。

"干吗?让开。"

"拜托你,我也很伤脑筋啊。拜托。"和也弯腰,深深鞠躬。

诸冈叹了一口气说:"我连佐野住在哪儿都不知道,也不知道他的联络方式,真的和他不熟。给我滚。"

诸冈厌烦地说,避开和也再次迈开步伐。

和也迅速看了周围一圈,确认四下无人后右手探进口袋,再次跑向前。

诸冈对再次出现在眼前的和也啧了一声,"你够了啊,我什么都——"他的话说到一半。

因为和也拿刀片指着他的脖子。

诸冈屏住气。和也抬眼瞪着诸冈,威胁道:

"不想被刺的话就照我说的做。过来。"

会带刀片出门是担心万一和勉三起冲突的不时之需。如果那家伙真的是重罪罪犯的话,不可能让知道他身份的和也活着吧。

和也制住诸冈的要害,跨过及膝的栅栏,把诸冈拖到周围看不到的草丛死角。诸冈任凭和也摆布,没有抵抗的意思。

两人重新对峙,和也将刀尖对准诸冈。诸冈脸色苍白,嘴唇颤抖。

"老实回答我的问题我就什么都不会做,但如果你不讲话或是说谎的话,我就刺下去。听懂了吗?"

诸冈轻轻点头。

"首先,你和那家伙是什么时候、在哪里、怎么认识的?"

"上、上个星期二,在 WINS,他主动找我说话的。"

"说了什么?"

"他说给我一万元,问我能不能帮他跑腿。"

"跑什么腿?"

"你先把这个收起来啦。"诸冈看向刀子。

"不行,快说。"和也扬了扬下巴。

诸冈犹豫了几秒。

"……他要我去征信社[1]。"

"征信社?"

——我想请你帮我委托征信社找个人。

据说勉三是这样讲的。也就是勉三要诸冈代替自己当委托人。诸冈当然也想过为什么对方要做这么兜圈子的事。但诸冈一开始答应了不探究任何事才收下钱,因此没有将疑问问出口。

"所以那家伙说了要你找谁吗?"

诸冈从西装内口袋拿出一张折成四折的便条纸交给和也。

---

1. 承接外遇、工商征信、寻人等各类调查委托的公司,类似于私家侦探社。

和也继续举着刀，一只手打开便条纸。

纸上写着：笹原浩子。今年四十九或五十岁。新潟县见附市人。

看来勉三正在找这名女性。虽然看不出什么特别之处，但和也实在想不到这个人会是谁。

"我也不知道那是谁，是有想过会不会是他失散的母亲。"

所以诸冈先前才对"以前的姓"这句话有反应吗？

不管怎样，只要做这些事就能拿到一万日元的话，诸冈自然开开心心去了征信社。据说，勉三指定了一家位于上野御徒町的小征信社。勉三给诸冈的找人理由是，笹原浩子是诸冈年轻时同居过一阵子的女性，当时因为诸冈没出息所以分手了，现在想再见对方一面，向她道歉——

然而，征信社没有接受这份委托。

"不知道征信社的人是不是怀疑我是跟踪狂，找了一堆理由拒绝我。今天，我就老实跟佐野说了这件事。我说：'我照你说的做了，但征信社不愿意接。'然后，他就要我换上这套衣服，再去另一家征信社。"

诸冈又收下一万日元，再次前往征信社。结果对方说，只有这些信息的话无法担保真的能找出来，但会试着调查看看。调查费用估计为二十万到三十万元。

"你跟那家伙说了吗？"

"嗯嗯，马上就说了。"

诸冈说，他们讲好以后每报告一次调查进度，佐野都会给诸冈一万日元。

"这些就是全部了,其他我真的什么都不知道。"

和也盯住诸冈的眼睛,诸冈的确不像在说谎。

"欸,佐野到底是什么人?为什么会被你这种人追踪啊?"

正当和也要回答时——

"算了,你还是不要说,我不想听,我不想被卷进麻烦里。"

"你以后和那家伙——"

"不会见了,我也不会跟他联络。欸,拜托你把这个收起来啦。"

和也吐了一口气,将便条纸塞到裤子口袋里,放下刀片。

"很抱歉对你做这种事,我只是想问你话而已。你可以走了。"

诸冈似乎想抱怨什么,最后又咽了回去,轻轻点头。他一离开原地便放声大喊:"救命啊——"

那个浑蛋。和也啧了一声,急忙离开现场。

8

和也回到宿舍已经是午夜十二点以后了。他瞄了一眼鞋柜,看到了勉三的布鞋,那小子似乎已经回来了。这样的话,也就是自己的跟踪没有露馅吧。

和也在自己房里暂时休息了一下后,下定决心,前往勉三的房间。

"有什么事吗？"

跟平常一样戴着毛帽的勉三出来应门。

"你什么时候回来的？"

尽管佯装冷静，和也的心脏却扑通扑通地在胸腔间剧烈跳动。因为，现在他眼前的这个男人其实是个怪物。

"刚刚回来的。"

"你去哪里了？"

"去平常去的家庭餐厅读书。"

"……家庭餐厅？"

"怎么了吗？"

"欸，要不要去我房间喝一杯？我从便利商店买了酒和下酒菜回来。"

"抱歉，我想再看一下书。"

"一个晚上不看也无所谓吧？偶尔喝醉也很重要啊。"

"我不会喝酒。"

"那就陪我喝。"

勉三眯起了厚重镜片后的眼睛。

"我们不是朋友吗？"

"……"

"欸，来啦。"

勉三露出困扰的表情："那我五分钟后过去。"最后还是答应了。

和也先回到自己房里等待勉三。他从塑料袋中拿出罐装啤酒，打开拉环，一口气喝了半罐。

第二章
逃狱第33天

他点了根烟,平复无法冷静的心情,慢慢吐出烟雾。

你跟那个逃犯有点像——一句话。只要从头到尾用一种开玩笑的、轻松的口吻说出来就好。

那小子会有什么反应呢?老实说,和也已经把勉三当作镐木庆一了。不,他很肯定。

既然如此,就该马上报警,别做多余的事。只要打通电话就能拿到三百万元——三百个福泽谕吉,不得了的一大笔钱。

而且,和也无法保证自己不会因为施加不必要的刺激而遭到攻击。勉三可是杀过三个人的重罪罪犯,很有可能突然变一个人。

然而——和也为什么要为自己和勉三制造这样的时间呢?他越来越不懂自己的心情了。这就是所谓的心口不一吧。

不久,敲门声响起,勉三来了。

"抱歉,我先开喝了。"和也举起啤酒罐说。

勉三点头,在和也身旁坐了下来。

"你要喝什么?"

"有水吗?"

"水?谁会拿钱买那种东西啊?来,喝这个吧。"和也递出罐装气泡酒,"这种酒就像果汁一样。"

勉三稍微犹豫了一下,拉开拉环。

两人举罐干杯。这是他们第一次干杯,以后一定不会有第二次。这是和也第一次也是最后一次和勉三喝酒。

和也不停地说话。

"——所以啊,我很神奇地接受了那个女人抛弃我离开的这件事。"

"你爸爸呢？"

"我老爸一定还在老家吧，他只认得那个地方。"

"那，如果你回老家的话就能见到他吧？"

"是啊。但事到如今我也没有想见他的心情。"

"将来还是去看看他比较好吧。"

"为什么？"

"你爸爸是亲生爸爸吧？"

"跟那个没关系。我不在，我老爸应该松了一口气吧。"

"是这样吗？"

镝木庆一出生后不久就再也没见过自己的父母，因为他是在儿童福利机构长大的。

"——已经是乱揍一通了啊，你没被人围殴过吧？"

"我很庆幸没有这种经验。"

"中途我想说干脆杀了我吧，要一直持续这种痛苦的话，还不如死了算了。"

"可是，还好你没有被杀掉。"

"那是现在这样想，但那一瞬间我真的很想死。以前都是同伴的那些家伙毫不留情地对我动用私刑啊。就算我哭着道歉也不肯原谅我，没有一个人相信我说的话，也没人愿意帮我说话。"

"这大概就是群众心理吧。人们一旦陷入这种状况，好像就会无法合理思考。"

"我不知道那种东西，但总之就是很惨。啊，我先说，我才没做把后辈甩下车这种事。"

"嗯，你不是会做这种事的人。"

和也不知道该怎么回答。

你也不是会杀人的人吧——不是吗？

或许是借着酒劲，和也事无巨细地吐露了自己从未对人说出的过往。从自己的成长背景到为什么现在会在这里，将一切都说了出来。

不过，和也其实一点也没醉，无论怎么喝，酒精都发挥不了作用。

话说回来，和也为什么要说这些话呢？他本来没有这个打算的。和也想听的不是自己的话，而是勉三的、镝木庆一的话。他为什么要逃狱？为什么要杀人？和也想听一个能接受的理由。虽然或许不可能有那种理由，但和也想听勉三的真心话。

"对了，你还挺能喝的嘛。"

勉三已经喝完第二罐气泡酒了。

"我好像意外地可以喝。"

和也对这个说法很介意。

"你不会以前都没喝过酒吧？"

勉三点了一下头。

和也又惊讶，又似乎能理解。仔细一想，镝木庆一到现在也还未成年。

"欸，勉三，"和也望着低矮的天花板道，"我们是朋友吗？"

"你自己刚才是这样说的吧？"

"你是怎么想的？"

"我觉得是朋友。"

"你觉得。"

勉三顿了一下后说:"我们是朋友。"

"我——"和也起身,"去撒个尿。"

和也离开房间,快步穿过走廊,进入公共厕所。厕所里有两个小便器,两间坐式马桶间,里头空无一人,昏暗不明,唯有从小窗外照进来的微弱月光。厕所的日光灯很久以前就坏了,却没人换,所以大家晚上都得摸黑上厕所。

和也走进厕所深处,在小窗前拿出手机。手机屏幕发出光芒,窗户上映着和也被照得苍白的脸孔。

和也慢慢地按下110。

这么一想,金子那件事和也想报警的时候,勉三要自己缓缓是为了别的原因吧?因为他不方便让警察介入。

虽说是找个地方当工人,但很少有像牛久保土木这种完全不问来历的地方。勉三不想失去这份工作。所以,为了让和也打消报警的念头才会使出那种手段。

只是这样而已,没有什么恩情可言。那种家伙才不是朋友,他们什么都不是。

和也按下绿色通话图标。

他把手机放到耳边。嘟、嘟、嘟。

"这里是警视厅,您好,请问是交通事故还是其他类型报案呢?"

男人用冷静的口气说道。

然而,和也的嘴却没发出任何声音。他不知道要说什么,又该怎么说,仿佛失去了言语功能。

就这样过了几秒后——

"那边听得到吗?请问是交通事故还是其他类型报案呢?"

"……没事。"

和也挂掉电话。

为什么,为什么,为什么——那个逃狱犯在这里。只要这样说就好,明明只要这样说就好了。

自己会拿到钱,那家伙则会再次回到牢里,然后被杀掉。

没错,那家伙是必须杀掉的人,国家已经决定要处死他了。

和也不经意抬起视线,瞬间,全身的汗毛竖了起来。眼前的窗户映着自己的脸孔,在那之后还有一道人影。

和也慢动作转身。勉三就站在几米外的黑暗中,他那厚重的镜片反射了些许淡淡的月光,在和也看来,就像肉食性动物面对猎物时发光的瞳孔。

和也没有出声,指尖颤抖,拼了命不让手机滑落。

"电话,拨出去了吗?"

勉三踏出一步问道。

和也摇头。此时,手中的电话发出旋律,铃声在狭小的厕所里扩散开来。和也看向电话,是110打来的。和也马上知道原因。报案会有来电记录,警察应该是觉得刚才那通电话很可疑才回拨的吧。

和也关掉电源,然后说:"我没说。"

声音十分沙哑。

"我什么都没说。"

勉三面无表情地盯着和也。和也读不出他的情绪。

最后,勉三不发一语,转身离开了厕所。和也瘫软在地。

瓷砖传来刺骨的寒意。直到屁股冻僵、习惯那股寒意前，和也都没有离开那里。

最后，和也离开厕所，回到屋里。勉三并没有在里面。

之后，和也再也没有见过勉三。

9

勉三消失后大约过了十天，一个下午，警察来到了工寮。起初，来的是一台警车和两名穿着制服的警察，但紧接着有十倍之多的刑事侦查人员蜂拥而至。那天，工地强制停工，警察针对牛久保土木和稻户兴业的所有工作人员进行了单独问案。

和也不晓得警察是如何得知勉三的踪迹的。可能是有人告密，也可能是警察在侦查中掌握到他藏身在这里。无论如何，这下子勉三就是镝木庆一的事已经百分之百确定了。尽管本来就知道了，但不知为何，和也的内心就像是比赛连连失分再也不可能逆转一样，非常不痛快。

警察对和也的审问长达两个小时。身为和勉三最亲近的人，警察对和也的态度不同于他人。

"我完全没发现异常。"

和也从头到尾都这样主张。警察虽然没有怀疑，提问却遍及各个层面，一一记录和也说的话，似乎想尽可能从中掌握一些蛛丝马迹。

几名刑警里，又以一名叫又贯的年轻警官最为执拗，眼神透露出异常的野心，观察和也的一举一动。和也忍耐着那样的视线，继续主张自己"没发现异常"。

和也也不是很理解自己的这种心态。他并不是想袒护那小子，只是有种很奇怪的感觉——他无论如何都无法将勉三和杀人魔联系在一起。

不过——

那家伙真的杀人了吗？

直到最后，和也都没能问出这句话。

警察离开后，傍晚，和也被柳濑叫去，前往工地的组合屋办公室。

"我问一下，你是真的不知道吧？"

坐在电脑椅上的柳濑看着眼前的和也问道。柳濑身边还有个身穿西装，年约五六十岁的男人。虽然和也从没见过这个人，对方也没说一句话，但他猜测，那或许是牛久保土木的老板吧。

和也将回答警察那套"完全没发现异常"搬出来后，柳濑有气无力地说：

"是吗？那你可以走了。"

柳濑抬了抬下巴示意，脸上散发一股悲壮感。牛久保土木会被追究雇用逃狱犯的责任吗？虽然他觉得不会有这种事，但或许会出现某些间接伤害吧。因为这间公司一直以来都无视劳动法的存在。

和也离开办公室，无精打采地走在路上。此时，有人从背后喊道："喂，小鬼！"

一回头，是稻户兴业的金子。他用憎恨的眼神瞪着和也。

"浑蛋，你连我揍你的事都跟条子说了吧？"

"都到这个地步了，不可能不说吧？"

"又没关系的事你嚷嚷个屁！"

"因为警察要我把和那小子发生过的事都说出来啊。"

金子咂嘴："托你的福，公司罚我减薪，你要怎么赔？"

和也哼了一声，转身再度迈开步伐。

金子再度朝和也的背影喊：

"你其实知道他待在哪儿吧？"

和也停下脚步。

"知道的话就老实说出来，我会亲手干掉那个杀人魔。"

和也紧握双拳。

然后转身冲向金子。

第三章

逃狱第117天

WANTED

ZHENSHI SHENFEN

10

安藤沙耶香死瞪着笔记本电脑发出沉吟："嗯……"经过她身后的花凛停下脚步，在她耳边揶揄："学姐，你的表情好像鬼啊。"沙耶香举起手作势要打人，赶跑了快三十岁的后辈。

沙耶香目光再次看向笔记本电脑。已经可以了吧——沙耶香说服自己，把邮件发给坐在她视线边缘的室长——稻本美代子。

几分钟后，稻本喊了声："安藤。"沙耶香望过去，看见稻本在头上做出"OK"的手势后，松了一口气。

沙耶香马上将获得批准的文章上传到自家公司的新闻平台，发布时间设定在两个小时后——下午六点。由于这篇文章锁定的目标是办公室女性，下午六点是最适合的时间。

"安藤。"

稻本再度呼唤她。这次，稻本在头上比了个"三"的手势，意思是还要交三篇文章。

沙耶香笑着低头，悄悄叹了一口气。

沙耶香大约是八年前开始在这家办公室设于涩谷的风尚媒体股份有限公司工作的。

当时，稻本是沙耶香任职的广告代理公司的客户，经常出入他们公司。稻本比沙耶香大七岁,长得漂亮又精明能干,只是有些难以亲近,是沙耶香心存敬畏的存在。因此,当稻本约自己吃饭,说有事想跟她谈谈时,沙耶香非常惊讶。

稻本向沙耶香表明,自己的朋友创立了一家以提供生活信息为业务的新媒体公司,问她要不要过去。

"安藤,你要不要一起来?"

也就是所谓的挖墙脚。沙耶香并没有多么出众的能力,从没想过这种事会发生在自己身上。

沙耶香虽然对当时的工作没有不满,却也感受不到它的魅力,至少她并不是每天都充满干劲儿。既然如此,去冒险试试也不错——

就这样,沙耶香来到现在的公司,在稻本手下工作。

公司草创时以涩谷区松涛的一间平房为工作空间,接着搬到越来越靠近车站的地方,现在已经成长为在宫益坂一栋二十四层的大楼里独立租下一层楼的公司。

员工有九成是女性,虽然总人数不到五十人,但所有部门的业绩都蒸蒸日上。其中,沙耶香所属的营销部在六月中旬便已经快达到上半年的目标营业额了。

与此相应的,沙耶香的工作十分辛苦。虽说上班时间是十点半,早上可以很悠闲,却很晚下班。下班时已经过了零点,搭出租车回家也是常有的事。加上沙耶香从今年起头衔变成了营销总监,负责的下属也随之增加,因此她每天都在跟时间战斗。

这种种的回报,是沙耶香拥有令人满意的高薪。去年,她的年收入是九百万日元,今年应该会再上升吧。沙耶香身旁的朋友没有人赚得比她多，然而，她们却拥有沙耶香所没有的东西——家庭。

沙耶香今年即将三十五岁，这几年越来越少出席朋友的婚礼，喝酒也都是和工作上的同事一起。

我还有工作——沙耶香没有办法看开到这种程度，以做一名职业女性为目标。她是个追求一般人幸福的平凡女子。

沙耶香瞄了一眼工作用的通信软件，这个月新进来的男写手传来了一篇原稿。内容是以博客形式撰写的美妆新品使用心得。谁能想到这种东西是男生写的呢？冷静一想，是件会让人起鸡皮疙瘩的事。

稿子本身不好也不坏。以博客文章而言，文体太生硬了，用词也有些不漂亮。不过，一想到作者是男生，还是个新人的话，算是篇佳作了吧。必须出现的关键字倒是达到了沙耶香指定的次数，又像这样遵守交稿时间，就算称赞一下也不过分。

沙耶香众多的业务之一就是管理公司外包写手。把主题交给这些公司雇用的兼职写手，让他们写文章，再由沙耶香修改润饰，上传平台。

虽说内容极为简单，却非常需要对文章品位和潮流趋势的把握。撰写原稿的外包写手能力固然重要，但整合文章的编辑工作也很费力。话虽如此，连续八年做一样的工作，沙耶香也掌握了相应的诀窍。

尽管公司平台经营的主题五花八门，但基本上以女性为主。多数文章都是关于美妆、流行服饰、减肥瘦身和性爱的。虽然每年潮流会随着时代有些变化，但本质没有任何区别。沙耶香他们就是一次又一次地提供相同的东西。

有时，沙耶香会感到很空虚，怀疑自己到底在做什么，而最近这种想法变得很频繁。

"骗人！你们已经分手了？"

沙耶香不小心拉高音量，迅速看了周围一圈。公司附近的这间意大利餐厅虽然位于热闹的涩谷，店内却总是很安静。

对面的花凛一脸若无其事地喝着红酒。

沙耶香记得，这位二十九岁的后辈说自己开始和一个美术大学讲师交往应该是上个月底的事。

"你会不会放弃得太快了？又不是高中生。"

花凛跟上一个男友也是不到三个月就分手了。

"学姐，跟你说的刚好相反。正因为这个年纪了，才必须一发现不合就马上换下一个。"

"就算是这样……所以，你们为什么分手？"

"上星期放假他邀我去看电影，那部电影超无聊的。怎么说呢？就是一股微妙的抽象感，还有很丰富的隐含信息。可是他说电影很棒，非常感动。"

"啊？就这样？"

"简单来说是这样。可是，我认为这种价值观的差距是很大的问题。他跟我说：'你先从了解意识形态的概念和定义开始吧。'我就觉得不可能了，就像什么都不曾开始一样。"

花凛的玻璃杯已空，沙耶香笑着帮她斟酒。

"对了，学姐，你下星期要不要和我去联谊？"

"不要，我已经受够了。"

大概是今年初春时的事吧，花凛缠着她一起去参加五对五的联谊，结果实在糟糕透顶。沙耶香虽然对于男生那边渐渐频繁的黄腔还能忍耐，但当他们到 KTV 续摊[1]提议要玩国王游戏时，她实在觉得很恶心。沙耶香说要去洗手间，离席后，就直接搭出租车回家了。

"那次真的很失败，而且钱还是平摊。不过我们要相信，这次一定会遇到很棒的人！"

"不用了。"

"学姐，"花凛猛地朝沙耶香探出身子，"只有新恋情才能填补失恋的空洞。"

"别用一副了不起的表情说这种每个月都出现一次的话。"

"我在今天登的专栏上也这样写了。"

尽管不同组，但花凛每天的业务几乎跟沙耶香一样。

沙耶香很喜欢这个比自己小六岁的后辈。花凛表里如一，喜怒哀乐直接表现在脸上，那是注重形象的自己完全做不到的事情。

不，正确来说，是"现在的自己"做不到。沙耶香过去也像花凛一样——对朋友毫无保留，心理状态不好时能够坦率地说自己"不好"，是个秉持"没有秘密"的人。

不知何时，她神奇地开始会做表面功夫了，难过的时候会笑，有了秘密。

---

1. 聚会结束后换一个地方再继续喝酒玩耍。续摊文化在日本、韩国等国家很流行。

"学姐，你现在还会想到前男友吗？"

"完全不会。"

看吧，就像这样。

"可是你们交往了八年欸。"

"因为是我甩了他嘛。"

"啊，这样啊。不过我觉得分手是对的，竟然隐瞒自己欠债，不可原谅。"

在知道交往八年的男人有巨额债务后，果断分手了——半年前，沙耶香以这个理由告诉身边包含花凛在内的所有人。实际上却不是这样的。沙耶香交往的对象，那个大自己十岁的男人有妻子。他们是婚外情。

沙耶香是在交往两年后知道男人已婚的。知道真相时，沙耶香惊愕、气得抓狂，觉得自己这么久都没发现，实在太蠢了。

然而这之后的六年，沙耶香继续相信男人"会跟妻子离婚"的说辞，总共和他持续交往了八年，真的是无药可救。

结果，这段感情结束得极为草率，因为男人的妻子查出丈夫有外遇。沙耶香请律师居中调停，最后付了两百万日元的赔偿金。尽管损失惨重，却没有男人妻子使出全力对沙耶香打的那一巴掌来得冲击大。"你这种女人一定会一辈子不幸！"即使现在想起来，沙耶香的心头仍会涌上一股难以言说的苦涩。

然而，即使历经这么惨痛的遭遇，沙耶香至今仍忘不了那个男人，对自己无可奈何。最近，她甚至已经自我厌恶到可怜起自己了。

"你再这样优哉游哉下去的话，会变得跟室长一样哦。"

花凛将芝士放入口中，说出失礼的话。

室长稻本是单身。本人无畏地公开说自己"已经放弃结婚生子了"。

"学姐不是那样吧？你想结婚吧？"

"嗯……"

"那就不要等待，必须主动出击。"

"我觉得你出击过头了。"

变得跟室长一样——这句无心之言令红酒变得极为苦涩。

沙耶香以前曾问过稻本为什么会邀自己来这家公司。稻本这样回答：

"你写的文章很有品位，而且——"

稻本用带着愁绪的眼神看向自己。

"你跟年轻时候的我，很像。"

之后，沙耶香和花凛又去了她们常去的惠比寿酒吧，喝到凌晨两点。每个星期五的晚上都是如此。

在回家的出租车内，沙耶香呆呆地望着依旧人来人往的街道，心想，大家活在世上都在想些什么呢？

隔周起，雨便下个不停。尽管时值梅雨季也是无可奈何的事，但通勤时间潮湿不透气的电车实在让人吃不消。虽说住在三轩茶屋的沙耶香只需要在挤满人的电车里晃个五分钟，但那五分钟就是地狱。

与烦闷的心情相反，办公室这周每天都很热闹。因为外包写手会在这星期来公司拿薪水，由负责的员工将稿费以现金的形式交给住在关东圈的写手。风尚媒体是从三年前开始采用这种方式的。

本来顾名思义,外包写手就是在公司外部、在家里工作的人。写手中有许多家庭主妇,也是基于这个原因。不过,在每个月一次领稿费时,公司会特地请他们来一趟。

这么做不论是对写手还是对沙耶香他们而言,都是一件很麻烦的事。

尽管如此,会采取如此人工、不现代化的方式有两个理由。一个理由是希望编辑能和平常不会见到面的写手面对面沟通,直接聆听他们的期望或不满,让工作进行得更顺畅。

另一个理由则是预防写手跑掉。简单来说,所谓的外包写手说失联就失联。写不出稿子直接断绝联络的情况多得叫人吃惊。以比例而言,大概有三分之一的人会在半年内以这种方式消失。尽管觉得都已经是出社会的人了怎么还会这样,但沙耶香不是不了解他们的心情。这些写手有的有别的工作,有的是家庭主妇,说到底只是把写手的工作当成副业。当被要求写截稿时间紧迫、内容又困难的文章,或是还要遭到沙耶香他们催促时,会产生"算了"的心情可以说是很自然的事。因为连见都没见过和自己接洽的人,良心也不会那么痛。

不过,若想到是从见过面的人手中直接收下稿费的话,放弃前便会有一瞬间的犹豫吧。尽管会跑掉的人还是会跑掉,但自从采用这种方式后,写手闹失踪的情况确实减少了。顺带一提,想到这个做法的人是稻本。

傍晚时,沙耶香接到一楼柜台小姐的内线电话:"您约好的那须先生已经来了。"沙耶香离开座位。

那须是这个月加入的外包写手，今天第一次拿稿费，所以今天也是沙耶香第一次见对方。基本上，外包写手不用面试，单纯以网络上的谈话决定是否录取。

那须是一名二十三岁的男生，在以三四十岁女性居多的写手群体中非常稀有。虽然沙耶香现在还只派给那须简单的文章，但他严守截稿时间，回消息也很快。这种似乎能在未来成为主力的人才得好好打招呼才行。

沙耶香在电梯前等候。不久，一名高挑的金发男子走了出来。男子右手持黑伞，左手拉着一只小型行李箱，白色七分袖衬衫搭配简约利落的卡其裤，裤管反折，穿着浅蓝色懒人鞋，戴了一副时下流行的方框眼镜。眼镜后的眼睛和沙耶香对上视线。

"是那须先生……对吧？"

男子的胸前挂着写有"访客"的大楼出入证。

"您好，我是那须隆士。"男子垂下金色的脑袋。

"我是安藤，谢谢你特地过来一趟，这边请。"

沙耶香佯装冷静，内心却十分惊讶。因为他年纪轻轻就当外包写手，沙耶香原本想象他是更阴沉的青年。但眼前的男生气质清新，帅气时尚，一副像在当模特儿的打扮。

沙耶香带对方来到仅由屏风围起来的简易接待室，递给他一杯冰咖啡。

"怎么样，工作习惯了吗？"

沙耶香以这个切入点开启对话。

"完全没有。我还抓不到方法，因此非常烦恼。"

"大家一开始都是这样。不过，你写稿速度很快，又很认真遵守规定，也帮了我们很多忙。"

"很高兴能听到您这样说。"

那须害羞道，整齐洁白的牙齿闪闪发亮。他今年好像二十三岁，但看起来更年轻，说他二十岁也不会有人感到奇怪吧。

沙耶香还注意到那须戴着美瞳。方框眼镜后是一对暗蓝色、微微扩大的瞳孔。那样的眼瞳和那须深邃的五官十分相配，营造出淡淡的欧美气质。那须也很中性，是现在流行的那种"无性别男子"吗？仔细看，他还化了一层淡妆。

不过，为什么这样的年轻人会想当外包写手呢？他简历上的应聘理由是怎么写的？

沙耶香一问，那须便有些难为情地回答：

"其实，我的梦想是当小说家。"

沙耶香想起来了，他的简历的确是这样写的，还说想以这份工作训练自己。

那是个让沙耶香露出苦笑的应聘理由。

公司的外包写手里，有几位不畅销的小说家、编剧这样的专业作家。不过，若问这些人就这份工作而言是否优秀，答案是否定的。事实是，他们的文章会透露出作者的个性和主张，很难采用。这份工作只要以公司交代的方式写下公司交代的主题即可，完全不追求原创性。

谈话接着进入确认稿费明细的阶段。包含来涩谷的交通费，总金额将近三万元。话虽如此，很少有第一个月就拿这么多稿费的外包写手。

"那么请确认，在这里盖章。"

那须取出印章，在收据上压下红色的"那须"字样。

接着，沙耶香询问那须的期望，他说，总之希望能工作赚钱。

"请问，贵公司顶级的外包写手一个月大概赚多少钱呢？"

"每个月会不太一样，敝公司的顶级外包写手大约是五十万日元。"

不过，那样的人是将外包写手当作正职，一天至少写五篇文章。如果要沙耶香做一样的事她大概会疯掉吧。那样的人是所谓的"专家"，写手等级按照公司规定是A级。即使写的文章相同，根据等级不同，酬劳也会有所差异。

"那须先生现在的等级是E级，只要再写十二篇文章就会自动升级为D级。之后我们每次都会考量文章技巧，给予审查。"

尽管如此，升到C级的人并不多，成为A级和B级的人更是凤毛麟角。

"我知道了，我会努力的，请多派工作给我。"

那须露出爽朗得令人几乎无法直视的笑容道。

最后，沙耶香请那须拿出身份证让公司留取复印件时，那须抱歉地抓了抓后脑勺。

一问之下才知道，那须没有能证明身份的证件。因为长期欠缴保费，他甚至连社保卡都没有，所以很伤脑筋。

"去医院的话会很麻烦吧？"

"嗯，所以我才必须赶快赚钱。"

既然如此，找个地方上班不就好了吗？沙耶香在心里嘟囔。不过，如果那须去上班的话，伤脑筋的人是沙耶香。因为他们永远都缺写手人才。

沙耶香想到，那须会不会也没有家呢？所以才会在这样的雨天拖着个行李箱。

年轻的外包写手中，有不少人过着一种像是难民般的生活。那已经不是"在家"工作了，因为他们都住在漫画网咖之类的地方，埋头写稿。

不过那须的简历上写了地址，现在这样看着他本人，也实在不像是不得不过那种难民生活的年轻人。

最后，关于身份证明的事，沙耶香暂时表示："那就请你尽快给我吧。"老实说，就算没有身份证明复印件也没有问题，但规定是规定。

沙耶香送那须去搭电梯，就此分别。

真是个奇怪的男生。沙耶香下意识扬起嘴角。不过，似乎不是个坏人，讲话也很有礼貌，而且，长得很可爱。

之后，沙耶香一口气做完了剩下的工作。或许这种日子她更能集中注意力。感觉今晚可以比平常早回家。

沙耶香最后打开通信软件，看到有一条那须传给沙耶香的私人消息。原本以为是为今天的会面道谢之类的内容，结果并不是。那须似乎把写有"访客"的大楼出入证带回去了，所以询问沙耶香处理方法。

这是访客常发生的事，尤其是像那须这样傍晚来公司的人。因为他们来访时，是从大厅的前台小姐手中拿到出入证的，离开时，前台的位置已由中年警卫取代，他们不愿意一个一个招呼访客。

沙耶香回信，请那须下一次发薪日时带过来。

结果，她马上收到回复"我现在在大楼前面"，吓了她一跳。仔细回头看对话，第一条消息是一个小时前发的。大概是因为沙耶香没有回复，那须又回来涩谷了吧。

沙耶香回信："我去接你，请在楼下稍等。"让人家特地为了这种事回来公司，反倒是沙耶香觉得抱歉了。

既然如此，沙耶香决定顺便下班，迅速整理东西后离开座位。

"学姐，你要回去了吗？"花凛的口吻似乎在责备她抢先一步。

"我先走啰！"沙耶香刺激意味十足地回了花凛一个大大的笑容。

电梯来到一楼后，沙耶香在玻璃门入口外侧看见了那须的身影。雨幕中，他撑着黑漆漆的大伞，衣服和雨伞一点都不搭的样子十分有趣。

沙耶香用口型和肢体动作向那须表示"到后门去"。这扇正面的自动门已经锁起来了。

沙耶香来到后门外等待，没多久，那须便小跑着过来。

"抱歉，我没来过这样的大楼，一不小心就把东西拿走了。"

那须带着十二万分抱歉的表情将出入证交给沙耶香。

"不会，我才抱歉，而且还是在这种雨天。谢谢你特地送回来。"

之后，两人自然而然地撑着伞，并肩走向涩谷站。街道上，来来往往的雨伞彼此交错。那须个子很高，张开的伞面稍微覆盖了沙耶香的伞。

"你是回家以后才发现出入证的吗？"

那须没有回答这个问题，苦笑道："我这个人很粗心大意。"

第三章
逃狱第117天

"我也一样,常常出糗。"

"原来大家都一样吗?"

"对啊,人类就是会把事情搞砸的生物。"

两人以同样的频率发笑。

"你常常来涩谷吗?"

"不常来。我有点怕人多的地方。"

"我也是。虽然每天都来,但马上就会觉得很累。"

"那我们真的很像呢。"

"对啊。不过,我觉得很少有人会喜欢拥挤混杂吧。"

"也是呢。"

在这样几句不痛不痒的谈话间,下行至电车站内的楼梯已然在眼前。

如果那须住在相模大野的话就不会搭地铁,要在这里说再见了。

还想再多聊一会儿呢——沙耶香内心突然涌现这个想法。

"那须先生,你吃过晚餐了吗?"

话语自然地脱口而出。

"没有,还没吃。"

"那,要不要简单去吃个便饭再回去呢?"

语毕,沙耶香的脸"唰"地烧起来——自己讲了很不得了的话。

那须停下脚步,露出不知所措的表情。这是当然的吧?年纪大了一轮的阿姨邀自己去吃饭。

没有什么特别的意思,我偶尔也会跟感情不错的外包写手去吃饭，只是工作的延伸——沙耶香虽然在心里这样想着，但那听起来却更像借口，她说不出来。

那须一言不发。四周只听得到雨水敲打雨伞的声响。

沙耶香将已经空空如也的竹扦收成一把，丢进竹扦筒里。身边坐着嘴里塞满鸡心的那须。

沙耶香不着痕迹地看着那须的侧脸。

最后，那须答应了沙耶香吃饭的邀约。虽然很后悔自己强人所难的邀请，但那须后来的话却让沙耶香心跳加速了一下。

"有包厢的地方都可以。"

这是当沙耶香问那须想吃什么时他的回答。为什么？沙耶香无法问出心中的疑问。

无论如何，年轻男生都会喜欢的、有包厢的涩谷餐厅——沙耶香的名单中只有一家位于道玄坂的鸡肉烧烤店。从前，她偶尔会和那个外遇男一起去。

店家很自然地将他们领进情侣座包厢时，沙耶香有些不知所措。尽管一般的座位比较好，她却没有说出口。沙耶香心里有一丝窃喜，因为她和那须明明年纪差这么多却被看作是那种关系。

"你已经确认几次了啊？"

沙耶香笑道。

每次烤串送上来，那须就会看向店家在座位前方为客人准备的小卡，确认那是鸡的哪一个部位。

"因为这是很珍贵的经验。"

听那须这样说，沙耶香忍不住笑出声。为了平复激动的心情，沙耶香今晚喝酒的节奏比平常快了一些。就算那须觉得自己是很会喝酒的阿姨也无妨，反正她以后又不会和那须有什么发展。

知道那须是第一次来鸡肉烧烤店，沙耶香吓了一跳。

"真的是第一次来吗？"

那须点头。

一般二十三岁的男生应该会和女朋友或是朋友来吧？

"那你平常都去哪里喝酒呢？"

那须也喝了酒。已经是第四杯了，应该是个能喝的人。

"我不出去喝酒。"

他还说，今天是人生中第二次喝酒。

"骗人！"沙耶香忍不住提高音量，"你该不会是为了配合我勉强自己喝的吧？"

"没有，我喝得很开心。"

这孩子果然很奇怪，好不可思议的青年。

"那顺便问一下，值得纪念的第一次喝酒是什么时候，在哪里呢？"

"第一次是……"瞬间，那须的目光变得遥远，"几个月前，和朋友一起喝气泡酒。"

之后，沙耶香借着酒劲对那须抛出了好几个私人问题，像个对外甥多管闲事的阿姨。

然后，她知道了那须现在没有女朋友。不只是现在没有，而是至今都没有交过女朋友。沙耶香惊讶不已。

"为什么？怎么会？"

沙耶香急忙问道。明明是二十三岁的美男子……啊，那须该不会是——

"我没有断袖之癖。"

似乎是看穿了沙耶香的内心，那须抢先开口。尽管如此，用"断袖之癖"这种说法也很好笑。沙耶香知道这个年轻人有趣在哪里了，因为他的外表和遣词用字很不协调，所以才滑稽。

话虽如此，但自从来店里之后，自己就一直在笑。

之后，在沙耶香依旧接连不断的问题攻势后，那须制止她道："我的事就说到这边，接下来换安藤小姐说了。"

"阿姨的恋爱故事又不有趣。"

其实她不想叫自己阿姨，但在这个男生面前却能毫不勉强地说出口，真的很不可思议。

"我喜欢听别人的故事。"

那须说着，将身体转向她。沙耶香只好起了个头，"那，这是我朋友发生的事"，接着娓娓道来。

有个女人和有妇之夫持续八年的感情都已经结束了，却还逃不出束缚，对人家念念不忘——

途中，沙耶香开始以第一人称的口吻叙述。

真不可思议。我为什么会说这些话呢？明明她连对亲密的同事、朋友，还有家人都不曾说过这些话。明明这是绝对不能让人知道的秘密。

能够毫不勉强说出凄惨难堪、见不得人的过往，她感到好神奇。讲到分手时火爆的场面，她还笑着说"根本是地狱"。

因为那须是个跟自己年纪差很多的年轻男生，是外人的关系吗？还是因为这个人身上有种脱离世俗的气质呢？

"这世上也会有这种乱七八糟的女人,学到了吧?"

沙耶香的话自然地偏离了轨道。那须搔着太阳穴说:"我该怎么回答呢?"

"笑一笑过去啊。"

"我想这应该不是能笑出来的事。"

"那你觉得很恶心吗?"

"不,我绝无此意。"

沙耶香放声大笑。那须的这种说话方式实在太令人愉快了。

这种夜晚很适合喝酒。然而,沙耶香瞄了一眼手表。身为大人,得帮对方注意末班电车才行。相模大野的话,十二点离开应该回得去吧。

不过,这个年轻人的住处是否真的在那里,她对此有些怀疑。如果是现在,沙耶香似乎问得出口。

"欸,那须,你其实没有家吧?"

沙耶香看了那须脚边的行李箱一眼道。

那须的表情暗了下来。

"没事,外包写手里也有这样的人。而且,只要好好帮我们写文章的话,没有家也没有关系。"

"……我正在找可以待的地方。"

"那就来我家啊。"

沙耶香本来只是想开个小玩笑,那须回她的却是:"可以吗?"

啜着烧酒的沙耶香将玻璃杯放回桌上,看向身边的人。

那须一脸严肃,方框眼镜后,戴着深蓝色美瞳的瞳孔直直地盯着自己。

仿佛被抛弃的小猫——这种形容，就是用在这种时候吧。

"晚安。"

沙耶香第一次用这么奇妙的感觉说这句话。

她离开客厅，走进卧房，关灯躺在床上。

但是，她怎么可能睡得着？沙耶香的内心翻腾着难以言喻的罪恶感。

不管内情如何，沙耶香把一个第一次见面，而且还比自己小一轮的男生带回了家。沙耶香在过去的人生中从未做过这种事。

沙耶香侧耳聆听，什么都没听到。不过，那须的确睡在这道墙后的客厅。

沙耶香家里有备用棉被，是以前为偶尔会来住的花凛买的。那套被子除了花凛，没有人用过。外遇男是跟沙耶香一起睡在她现在躺着的这张双人床上的。这是充满回忆的一张床。沙耶香也曾想过换一张新的床，却办不到。不仅如此，房子里依然摆着那个男人留下来的清洁用品和内衣裤。

回想起来，这间公寓也是为了跟那个男人一起生活才租的。房租不含管理费是十八万日元，虽然对现在的沙耶香而言不算负担，但以当时的收入来看，租这样一室一厅的房子实在过于奢侈。沙耶香是为了一周只来一次的男人逞强租的。

如今，有别的男人来到这个"小窝"。

沙耶香告诉自己，她又不是做什么坏事。不过，她无法对别人说出口。就这样，自己又有了新的秘密。

11

沙耶香在化妆间的镜子前擦着粉底时,稻本走了进来。她站到沙耶香身边,也开始补妆。尽管年过四十,但明明又漂亮又能干,却公开说自己放弃结婚生子。稻本这么说的话,一定就是她的真心话吧。沙耶香无法理解为什么稻本能这样想。虽说每个人的价值观都不一样。

"安藤,你交新男朋友了吧?"

涂着口红的稻本看着镜子,突兀地问。

沙耶香停下手中的动作:"为什么这样问?"

"因为你很好懂。"

"我没交。"

"哦,是吗?"

"真的没交。"

稻本透过镜子给了沙耶香一个意味深长的微笑。

"我先走了。"

沙耶香逃也似的离开化妆间,快步回到自己的座位。

她没说谎,没有男朋友,只是同居人。

今天是和那须一起生活的第十三天。七月已经过了一半,梅雨下得比往年还久,如今已经放晴,迎来热烈的太阳。沙耶香的心情也跟着这样的气候变化有了改变。

她变得很期待回家。

打开家门说"我回来了"时,有个会对自己说"你回来啦"的人。吃饭时双手合十说"开动了",睡觉时道声"晚安"。早晨从"早安"开始,在"路上小心"的叮咛中离开家门。然后,再次回到"我回来了"——

这样的日常生活令沙耶香幸福得不得了。黑白的黯淡日常有了色彩,绽放出光芒——说夸张一点的话就是这样。

当然,那须不是她的男朋友,两人之间没有任何亲密接触,卧室也是分开的,他们之间根本没有恋爱情愫。至少,那须心里应该一丁点儿那种想法都没有。

不过,这些都是小事。沙耶香只希望,这样的生活能再持续久一点。

晚上,沙耶香将下次竞稿用的企划书印出来后,花凛从背后抱住她说:"学姐,听我说——"

一袭白色蕾丝上衣搭配鹅黄色喇叭裙的花凛,说的是昨晚联谊失败的故事。她用其他人听不到的音量,连珠炮似的滔滔不绝。

虽然说了许多,但重点似乎是她和一个合得来的对象过了一夜。

"可是,他刚刚在社交软件上对我说:'我结婚了,你可以接受吗?'接受个头,开什么玩笑?"

"工作上常常跟你说吧?事前确认不能偷懒。"

"才不是,他昨天说自己单身。这根本是诈骗吧?"

"那就是你没看穿他说谎,算你输。"

第三章
逃狱第117天

花凛意志消沉地叹了一口气:"学姐,今晚要陪我借酒浇愁啊。"

"抱歉,我有约了。"

"为什么——"花凛皱起脸,"不会是男人吧?"

"是啊。"

"咦?真的假的?"

"只是招待而已啦。"

"什么嘛。"

沙耶香收好印出来的企划书,回到座位。她检查邮件,将收到的原稿看一遍。是这个时期常有的脱毛美容广告文。沙耶香修改文章,斟酌了几次后请稻本确认,马上得到批准。

之后,她没有停下来,一心一意地处理业务。哪怕只是一分钟,她也想早点回家。

最近沙耶香都很早回家,也不再工作到超过晚上十二点了。事到如今她才深刻体会到,原来工作进度会因为心情有如此大的不同。

——算你输。

脑海闪过自己刚刚说的话。

没错,是我输了。刚才那些话全都是对过去的自己说的。

不过,现在已经没事了。伤口愈合得很好,连疤痕都消失得干干净净。

——只有新恋情才能填补失恋的空洞。

那句话果然是对的。不过,这应该不是恋情。

他们轻击彼此的红酒杯,"当——"餐桌上响起清脆的音色。"是发出这种声音啊。"那须表露出极大的兴趣。像这样用红酒杯干杯对他来说一定也是第一次吧,沙耶香现在已经不会惊讶了。眼前的青年看起来成熟,却也有比同年龄层年轻人更像孩子的一面,就是他不知道一些即使缺乏了解也不会对生活造成影响的事。

"不过,听说红酒杯本来是不能碰杯的。"

"这样啊。"

"这在正式场合好像不礼貌。将杯子举到视线高度才是正确的干杯方式。"

"真可惜,明明互碰的声音那么好听。"

"是吧?所以我们每次喝都来碰杯吧。"

餐桌上有生火腿沙拉、西班牙蒜味虾搭配长棍面包、日式意大利面,这些全都是那须做的,每一道菜都很美味。

沙耶香一如往常地称赞那须很有做菜天分,那须也一如既往地谦虚"我只是照着食谱做而已"。

自从同居后,烧菜做饭都是由那须一手包办。不过,他似乎从小学家政课后就没下过厨了,手法姿势看起来都很危险,但味道是真的很好。结果那须像是体会到做菜的乐趣一样,现在每天挑战不同的菜色。顺带一提,沙耶香也很喜欢做菜,不过平常没时间做。

"我今天擦了阳台玻璃。"

"太感谢了,我自己一直提不起劲儿擦。"

没错,那须每天也会帮忙打扫房间,他说"你让我住下来,做这些是理所当然的"。家事里唯有洗衣是沙耶香的工作,她实在

第三章
逃狱第117天

不想让那须洗自己的内衣裤。

"你今天完成了很难的文章,辛苦了。"

"整体成果怎么样?"

"嗯——七十分。"其实是六十分,因为那须的文字不够柔软。

"这样啊,我会努力,总有一天能拿到满分的。"

那须就像之前一样继续做外包写手,和其他众多写手相同,沙耶香白天也和那须发了好几次短信沟通,掌握他的工作状况。

那须的一天从做早餐开始,送沙耶香出门后打扫家里,接着着手工作。傍晚过后,他开始准备晚餐,等待沙耶香回家。他一直持续这样一成不变的日子,几乎不太外出。

"隆士,周末要不要去哪里转转?"

一听到沙耶香的问题,那须停下拿着叉子的手:"哪里是指?"

"你没有想去的地方吗?"

"老实说,没什么。"

"我们去远一点的什么地方嘛。"

虽说只能是电车之旅。虽然家附近有租车公司,但那须没有驾照,沙耶香则是空有驾照,无驾驶能力。

"比起出远门,我比较想跟上星期一样。"

"反对。"

"安藤小姐,你好像也说过那是你理想中的假日。"

"是没错。"

上个周末,沙耶香和那须一整天都在看外国连续剧。那是部很长的系列电视剧,原本他们每个晚上看一集,周末却一口气连看了好几集。傍晚,两人一起去了超市,外出仅限于此。

"啊,如果是为了钱的话,你可以不用在意。"

"不是因为钱,我很想知道后面的剧情。"

"隆士,你不太喜欢出去对吧?"

"对,我不喜欢。"

那须意外直截了当地说。沙耶香"呼"地叹了一口气。

"换个话题。'安藤小姐'这个称呼,你差不多该换了吧。"

"那么,要怎么叫比较好呢?"

"自己想。"

那须眯起眼睛:"沙耶香小姐。"

"没创意。"

"沙小姐。"

"听起来好像在骂人,不准加小姐。"

"……沙耶。"

"这个好。"

那须一脸苦恼,挽着手臂说:"我喊得出来吗……"

"这是习惯,习惯。来,练习。"

"沙耶。"

"干吗,隆士?"

"我果然还是……可以不这样喊吗?"

"不可以。以后你叫我安藤小姐我也不会理你。"

今晚的晚餐一样笑声不断,非常愉快。

碗盘是由那须清洗的。尽管沙耶香说这点事她自己来,但那须不接受。大概是觉得身为借住者没有立场吧。

之后,他们按照惯例一起看了外国连续剧。原本觉得回不了

第三章
逃狱第117天

本的月租在线影音平台,如今派上了大用场。不过,这部剧还有很多集,他们现在看的还不到总集数的三分之一。

看完剧后是洗澡。沙耶香先洗,然后在她仔细地用脸部滚轮按摩仪和蒸脸机做脸部保养时,那须再进浴室。这也是每天的例行。

洗好澡的那须脖子围着毛巾走进客厅。他身上的名牌睡衣是沙耶香前几天送的礼物。当时他非常惶恐。

"我喝一杯水。"

那须说道,打开冰箱。明明可以不用什么事都跟她报告的。

"隆士,你一直都戴着眼镜,视力这么差啊。"

"嗯,很差。"那须背对着沙耶香说。

除了睡觉,那须不会拿下眼镜。虽然他洗澡后会摘下美瞳,但早上就已经佩戴完毕,甚至连妆都化好了。有次沙耶香说:"你明明又没有要出门。"结果他回答:"不这样我不放心。"真是的,所谓的无性别男子,比女人还女人。

"晚安。"

互道晚安后,沙耶香回到卧房。

沙耶香关灯,躺在床上。幸福的余韵化为暖意,在被窝里扩散开来。今晚,她也能酣然入睡吧。

12

这样的日子持续了一阵子，不久，来到了八月。阳光日益猛烈，不只是那须，连沙耶香也会对出门感到犹豫，感觉一个大意就会瞬间变成小麦色肌肤。年轻时的自己到底在想什么，怎么会过度暴露自己的肌肤，不停往街上跑呢？那是现在的沙耶香无法想象的事。

"跟你小时候一模一样。"

撑着阳伞站在身旁的母亲眯着眼睛说。母亲视线前方，即将满四岁的柚莉爱戴着草帽，摇头晃脑，蹦蹦跳跳地在公园里跑来跑去。柚莉爱是沙耶香弟弟——笃人的女儿，也就是她的侄女。

沙耶香今天一早回到名古屋的老家探亲。虽然中元节连休是下周，但笃人因为工作的关系下周无法休假，因此全家才早别家一步团圆。顺带一提，沙耶香今天住一晚，明天傍晚便搭新干线回东京。

"这样的柚莉爱也马上要当姐姐了呢。"

笃人的妻子裕子现在正怀着第二胎，预产期是今年十一月。也因为这样，裕子现在在家里休息。其实，裕子原本也想来公园，但在玄关被沙耶香的父母阻止了，二老说"现在的日头对身体不好"，吩咐她留下来看家。顺带一提，笃人自己则是跑去找老朋友了。

"啊，受不了了。老伴儿，换班。"

父亲满身大汗，一张脸红通通地回来。母亲把阳伞交给沙耶香，代替父亲前往柚莉爱身边。柚莉爱拥有无限的体力，如果不这样轮流当她的玩伴，身体实在吃不消。顺便说一下，沙耶香也是从早上便被迫陪柚莉爱玩，饱受折腾，现在已经筋疲力尽。

"什么啊，都不冰了。"

父亲喝了一口一个小时前买的运动饮料，皱起眉头。

"这种天气没办法啊。"

一回到老家，沙耶香自然就会讲起方言。不，或许她是有意识的。有一次，沙耶香说了标准日语，母亲就用轻蔑的眼神看着她说："已经变东京人啦。"

"爸，听说你要再出去上班？"

这是母亲刚才说的。父亲今年年满六十，从工作了四十多年的市政府届龄退休。

"不工作没饭吃啊。"

"想好要去哪里了吗？"

"我正在跟美浓姑丈那边谈。"

那是父亲的妹婿。沙耶香也曾见过那位姑丈几次，记得对方的长相。

"我记得美浓姑丈好像是开建设公司的？"

"对，不是什么大公司。"

"他能雇你吗？"

"大概吧。"

"可是爸，你在他们公司要做什么？"

"他说想请我帮忙会计的工作。"

原来如此,大概是没有工作可以给父亲吧。简而言之,就是当小尊的"门神"。又或许,对方有意从前公务人员的父亲身上取得公共工程的招标情报也不一定。

大概是由于地方特性,在名古屋,地缘和血缘关系好用得夸张。沙耶香从小到大见识过各式各样那种场面。老实说,弟弟笃人上班的食品公司也是因为母亲的堂兄弟在里面担任管理层,托他介绍进去的。笃人的学历是高中毕业,在二十五岁前热衷于乐队,梦想破灭后也不去上班,整天游手好闲。

那样的笃人现在有了家庭,即将成为两个孩子的父亲,工作似乎也很顺利的样子,听说还有个区域经理的头衔。

成绩优秀又懂事的女儿和品行不良的任性儿子——这是他们十几岁时呈现的局面,如今则是大逆转:抛弃故乡,一个人在东京随心所欲过日子的放荡女儿,和住在父母身边,让父母得见孙子容颜的孝顺儿子。这种说法或许太极端,但从父母的角度来看就是这样的。"我这样也是一种人生"这种话对沙耶香的父母不管用,他们直截了当地说:"我们想抱你的孩子。"

快三十岁时,父母瞒着沙耶香擅自帮她在结婚介绍所注册,沙耶香实在忍无可忍,第一次正面指责父母:"我的人生是我自己的,不要做那些我不需要的事!"然而,父母并没有因此退却,经常以"虽然你可能不喜欢我们多管闲事"为开头,再度跟沙耶香提起相亲的事。沙耶香一点儿都不想知道对方是谁。她不是讨厌相亲,而是当时有交往的对象,不过,父母并不知晓。要是告诉父母,他们一定会说要见面。谁能带有妇之夫回自己老家啊?

如果知道女儿跟别人在谈婚外情的话，父亲和母亲不是马上昏倒就是会抓狂吧。

沙耶香抬头仰望晴朗的天空，想到了在同一片蓝天下的那须。

他现在正一个人在东京的大厦里看家。当沙耶香跟那须说自己要回老家，有两天不在家时，那须稍稍露出了寂寞的表情，沙耶香很开心。

如果把那须介绍给父母的话，他们会有什么反应呢？无论如何，一定会很不知所措吧。要不要用整人节目的方式试一次看看呢？当然，沙耶香只是想想，并没有实行的勇气。

不过，如果能真那样做的话一定很痛快吧。而且，也一定很幸福。

和那须在一起生活才一个多月，然而，对沙耶香而言，那须隆士这个年轻人已经成为重要的存在了。

沙耶香几乎每天都在问自己，她对那须有恋爱的感情吗？或许，这个行为本身就已经是萌生情愫的证据了。沙耶香是在前往名古屋的新干线上察觉这件事的。

这个瞬间，那须在做什么呢？是在吃中饭吗？还是在打扫？或是在工作呢？无论做什么，一定不是在写小说。

那须说，自己应聘外包写手的动机是训练写作能力，成为小说家。但那一定是骗人的。

问那须的话，他会说自己白天在写作，但其实他根本没在写吧。证据就是，即使沙耶香缠着那须让自己看看内容，那须也以害羞为由挡了下来。就算问他是在写哪一类的小说、故事内容是什么，那须至今也仍是说得不清不楚。决定性的关键是，他没有接受沙耶香要介绍编辑给他的提议。沙耶香的大学同学在出版社担任文艺书编辑，她曾建议那须，要不要把原稿给对方看看，那须却说自己的文章还不到可以给人家看的程度，拒绝了沙耶香。

如果想当小说家是权宜的借口，那真正的理由是什么呢？如果只是想要钱，更应该去上班。那须的确有些奇怪，但并没有个性阴沉或是不擅长人际关系这类的沟通障碍。

不过，沙耶香没有追究这点。虽然无论问那须什么事他都会大略给个答案，但每次那种时候他的表情都很黯淡，笼罩着阴影。

所以，沙耶香故意避开探究那须的过去或内心。她在等那须自己敞开心房的那天——虽然这样说很好听，但沙耶香其实是在害怕。不知为何，沙耶香总觉得，当自己知道那须的一切时，他一定会从眼前消失。

来到方格攀爬架顶端的柚莉爱朝他们这里挥手，沙耶香和父亲也挥手回应。

对了，沙耶香突然想到，那须喜欢小孩吗？

"啊，对，姐你也一起去吧。"

在坐垫上立起一只脚，狼吞虎咽吃着鸡翅膀的笃人说。

笃人说的是下周举办的犬山烟花大会，那是自沙耶香儿时起便有的活动。过去，他们每年都会全家一起去看烟花，这是安藤家的传统。漂浮在木曾川上的船只连续施放大型烟花，将守护犬山城的夜空点缀得绚烂夺目。

"你下周不是忙吗？所以我这周才会回来团聚啊。"

"晚上没关系啦。只有那天的话我可以早点下班——柚莉爱也想和姑姑一起看烟花吧？"

"想看。"

柚莉爱看着手边说道。她正拼命学习用筷子夹面条。

沙耶香将柚莉爱那笨拙的手法跟那须重叠在一起。那须也还不太会用筷子。吃饭时，常把食物撒得到处都是。而且，那须的字也很丑。

"那就决定了，姐也一起去吧。"笃人说。

"抱歉，我下星期已经有安排了。"

"你又要去欧洲吗？"母亲皱起眉插嘴。

"不是啦，只是跟朋友见面。"

"只是那样的话不能回来吗？有个年纪相仿的女生在，对裕子来说应该也会有些帮助，对吧？"

被点名的裕子露出苦笑。因为怀有身孕，只有她坐在椅子上。

"姐姐如果愿意回来的话我的确会很高兴，但不要勉强啊。"

笃人的妻子裕子才二十六岁，所以年龄和沙耶香并不相近。不过，裕子是个个性很好的女生，年轻又贴心，沙耶香的父母很快就喜欢她了。

"我帮你出新干线的钱，你下星期再回来一趟。"

"不是钱的问题。那是我邀别人的，没办法取消。"

"说这种话，你还不是说好跟我吃饭又临时说不来吗？"

又在说那件事。几年前母亲来东京时她们约好一起吃饭，沙耶香却在当天临时取消。原因是外遇男的任性。对方说"我今晚无论如何都想见你"，让沙耶香无法拒绝。自己当时为什么会对那个男人言听计从呢？现在想起来，实在觉得不可思议。

"跟妈妈早就约好的饭局可以取消,和朋友玩就——"

"妈。"笃人说,"念叨够了吧,姐难得回来,不要惹她不开心。"

尽管遭到指责,母亲还是气冲冲地说:"都几岁了,还跟什么朋友玩。"转身去了厨房。

"对了姐,你现在一个月薪水是多少?"

笃人突兀地问着失礼的问题。不过,其实他是在体贴姐姐吧。他想拿沙耶香领高薪当话题,把姐姐捧到高位。曾几何时,那个调皮捣蛋又以自我为中心的弟弟学会了体贴别人。时间真是令人成长。

"普普通通吧。"正当沙耶香闪烁其词时,柚莉爱仿佛看准时机般打翻了装着橙汁的杯子。"啊——"众人齐声大叫。

孩子,是多么令人感激的存在啊。其实过年的时候,他们也是托柚莉爱的福躲过了严肃的话题。由于一切都以柚莉爱为中心,周围的大人因此得救。

没多久,柚莉爱睡着了,洗好澡的父亲加入进来,客厅成了只有大人的空间。

大家边喝日本酒边聊些无关紧要的话题,谈论的尽是某个人现在如何如何之类的。当这些话题也用罄后,沉默降临,大家自然而然地打开了电视。不过,没有一个人认真看。最后,笃人趴在地上玩起了手机。

"阿笃,这种时候不要玩游戏。"裕子说。

"不是游戏,我在看网络新闻。"笃人一副"所以没关系吧"的样子。

第三章
逃狱第117天

这么说来，裕子以前曾经找沙耶香商量，说笃人每个月花两万元在手机游戏上，请沙耶香让他别这样。沙耶香以姐姐的身份打电话给弟弟，给了一番忠告。

过了一会儿，看着手机的笃人一个人喃喃自语："又不一定只会在日本。"

"什么不一定？"父亲回应。

"逃狱犯。专栏写着：'镝木庆一现在潜匿在日本某处。'"

"哦，有可能不在日本了。"

"我倒是觉得他还在。"母亲说，"他又没有护照，没办法逃到国外吧？"

"妈，那种人都是搭船逃的吧，走私船之类的。"

"那样的话，已经逃走了吧？"

"不知道。"

"重点是，谁会帮他啊？"

"就说不知道了嘛。"

"我在想他是不是已经死了。"裕子也加入讨论。

"你说自杀吗？不可能。"笃人一笑置之，"会自杀的家伙才不会逃狱。害怕死刑逃走的人结果却自杀了，太好笑了。"

"可是，一直找不到人啊。也有可能是他的精神被逼到极限就选择死亡了吧。"

"一般人会这样吧，但这家伙不是正常人，不会这样想。他没多久就会犯下一起杀人案吧。"

"可是我看电视，觉得他或许不是那么坏的人呢。"母亲探出身子说，"有个没有门牙的男人接受采访的时候，哭得一把鼻涕一把眼泪，说他工作认真，人也非常亲切。拼命讲，我看了都好心痛。"

"啊，那个老伯啊。"笃人咧嘴笑道，"那个老伯自己也有前科啊。"

"啊，是吗？"

"对啊，网络上都在讨论呢。"

"什么啊，原来是这样，这样不行。"

"话说回来，没想到他会在东京的哪里。"父亲将酒杯里的酒一饮而尽，"该说他很大胆还是神经很大条呢？"

成为平成最后一个少年死刑犯的杀人魔——那个少年在五个月前从神户看守所脱逃，至今仍在继续逃逸中。他的名字是，镝木庆一。

大约三个月前，大家发现镝木庆一曾待在有明的工地现场。不只警方，这件事令所有人惊讶不已。

镝木庆一似乎自称"远藤雄一"，每天混在其他作业员中工作。附带一提，有部分媒体没有报道镝木庆一参与建造了明年奥运会网球会场一事，引发议论。虽说是小事，但那些媒体不想将逃狱死刑犯与神圣的奥林匹克扯上关系的事报道出来。

"姐姐，你们公司也会写这种社会新闻吗？"

"不会，我们都是写美妆和瘦身减肥那一类的。"

"姐，你住在东京，搞不好曾在哪里跟犯人擦肩而过呢。"

"好怕啊。"沙耶香假装发抖。

"他或许意外地还在东京呢。"

笃人以这句话结束了这个话题。

沙耶香在久违的老家的浴缸里泡澡,出来后父亲还在独自饮酒。时间将近十二点,母亲和笃人都睡了。

"爸,你是不是喝太多了?"

"我没喝那么多。"

"你要注意啊,你已经不年轻了。"

"嗯。"

沙耶香坐到父亲对面,打开装了基础保养品的小包,把镜子立在桌上。首先,让皮肤吸收化妆水。在父亲面前完全不会害羞,在那须面前就会有些不好意思。

"沙耶香。"

父亲突然喊自己的名字,沙耶香抬起视线。

"你的皱纹变多了。"

"我要生气啰。"

真的很破坏心情,那种事沙耶香自己最清楚。

稍微沉默后——

"我不是说要再去上班吗?"

"啊,嗯。"沙耶香回应,双手继续忙碌。

"其实不去也是可以生活的。当然,要省着点。"

"嗯。"

"而且那样的话也会一直待在家里。我又没什么兴趣。"

"钓鱼呢?"

"钓鱼偶尔去一次就够了。"

"是啊。"

父亲每两个月有一天会一大早出门去钓鱼。即使成果并不丰硕,本人也似乎很开心的样子,从以前一直持续到现在。

"明年我就要开始第二人生了。"

父亲突然说的这些话令沙耶香停下动作,看着父亲。

"你过你自己的人生就好。"

"干吗突然说这些?"

"对不起,以前一直跟你啰唆。"

"……"

"只要不给别人添麻烦,什么生活方式都好。爸爸永远站在你这一边。"

"嗯,谢谢。"

还有,辛苦了。沙耶香在心底说道。

父亲工作超过四十年,一直以来守护着家人。沙耶香到了这个年纪,稍微能理解那是件多了不起的事了。

自己得孝顺父母才行呢——沙耶香坦率地想。

不久,父亲也睡下了。夜阑人静里,沙耶香拿着手机走到庭院,坐在廊檐下。夏天的夜风十分舒爽,挂在天空中的那轮满月仿佛夏蜜柑般,柔和了四周的黑暗。

"你那边也看得到满月吗?"

"看不到,拉着窗帘。"电话另一端的那须回了沙耶香一个无聊的答案。

"你打开来看嘛,很漂亮的。"

"你等一下。"电话里传出移动的声响,"嗯,看得到。"

"怎么样?很漂亮吧?"

"嗯……对啊。"

沙耶香忍不住扑哧一笑。

"有什么好笑的吗?"

"隆士,你不是个浪漫的人呢。"

和梦幻的外表不同,这个青年的内在完全是根木头。不过,那样也好。那须隆士这个人就是有各种地方不协调,这就是他的魅力。

"你今天一个人做了什么?"

"做工作。"

"不只有工作吧?"

"当然不是只有工作。"

"那你仔细跟我说说你这一天怎么过的。"

就像小女生缠着男友一样,沙耶香试着那样说道。自从和那须同居后,长久以来退到内心深处的少女心频频探出头来。

"我打扫房间、洗衣服、做饭。做一人份的食物意外地很难——"

"等一下,你洗衣服了?"

"嗯,洗了。"

洗衣机里应该放了很多沙耶香的内衣裤才对。

"那是我的工作。"

"可是,因为积了很多。"

"没关系。我就是为了可以积很多才故意买大洗衣机的。"

一个人住的上班族只有假日能洗衣服,所以沙耶香才特地买了这款巨大的直立式洗衣机。

"对不起，你不高兴了吗？"

"与其说不高兴……"其实是不好意思，只是这样而已，"以后注意就好。"

之后，他们聊了些无关紧要的话题。沙耶香其实没什么重要的事，两人明天就能在家里见到面了，想说多少话都行。但只是这样分开一天就好想听他的声音，自己真的变回少女了。

最后，他们以平常的"晚安"结束对话。不这样，这一天就无法结束。

自己果然喜欢上他了吧。

沙耶香仿佛被吸引似的盯着满月，感慨地想。

13

沙耶香抵达品川站，从车站搭上出租车。虽然也担心这样是不是太奢侈了，但她决定放纵一下。每次回名古屋都是一身疲惫地回来，加上这次又有大量的行李。

这些行李大部分是伴手礼。虽然也有给公司同事的份，但有一半是为那须买的。那须说自己没去过名古屋，沙耶香因此想让他吃些名产，东拿西拿把东西放进购物篮里后，没多久购物篮便塞满了。

时间快到晚上八点了。由于是星期天，路上的车子没有那么

第三章
逃狱第117天

多。出租车行驶在花房山大道上，不时被红绿灯拦下。

沙耶香靠着座椅，从包中拿出手机打开社交软件。果然还没看到信息。从名古屋出发时，沙耶香发了"我现在要搭新干线了"的信息给那须，他虽然回复了，但"我到品川了"的这条信息却连已读都没有。沙耶香按下通话键，结果也没打通。大概不是因为电话没电，而是那须现在处于没有网络的环境吧。

那须的手机没有跟任何一家电信公司签约。也就是说，他只有空机，只能在可以连到 Wi-Fi 的环境下使用网络，当然也没有电话号码。不过，用那须的话说，只有公共 Wi-Fi 似乎没有哪里不方便。还真像现在的年轻人的风格啊。

无论如何，可以确定那须外出了。他到底去哪里了呢？

不久，出租车抵达沙耶香住的大厦。年约五六十岁的司机帮沙耶香从后备厢拿出大量行李。话说回来，她买的东西真多，连自己都不禁傻眼。

好！沙耶香打起精神，双手提起行李走向大厦大厅。为了开大门自动锁，沙耶香暂时将行李放到地上，从包里取出钥匙，不过她没有马上把钥匙插进锁孔，而是按了自家的 403 号室门铃。

五秒、十秒。看来，那须还没有回来。什么嘛，本来希望他能开门迎接自己的。沙耶嘟起嘴巴。明明平常不出门，这种时候不出去也没关系吧？等那须回来沙耶香要跟他抱怨。

沙耶香插入钥匙，旋转。大门解锁打开时——

"沙耶香。"

有人从后方喊道。一回头，沙耶香杏眼圆睁，倒抽了一口气。

沙耶香的眼前站着一个男人。矢川直树，沙耶香交往，不，是陪他婚外情八年的男人。

"好久不见,你还好吗?"

沙耶香出不了声,取而代之后退了一步。

"你不要那么戒备嘛。"

"……你来干吗?"

半年不见的矢川外表十分憔悴。曾经,身上散发的年轻活力让他充满魅力,如今的他却像是一口气衰老了一样,看起来就像实际年龄的四十五岁。

"你回老家了吗?"矢川看了一眼沙耶香手上的行李说。

"……请问你来有什么事吗?"

"干什么啊,别用这么客气的方式讲话。"

"请回去。"

"听我——"

矢川打住,因为有住户从外头进来。自动锁大门打开着,对方道了句"晚安",穿过沙耶香他们身旁。

"我只是来拿东西。"待住户的身影走远后,矢川再度开口,"我的东西一直放在你家没拿。"

"你的东西我全都丢了。"

"你说谎。你现在戴的耳环是以前我送的吧?"

"……"

沙耶香耳朵上挂着的这对耳环的确是矢川送的礼物。她没多想就戴了……不过,她之前想过这副耳环已经可以丢了。

沙耶香本来真的打算近期内将矢川放在家里的东西丢掉。神奇的是,当对矢川的感情消失后,那些东西是不是放在家里对沙耶香而言都成了琐碎的小事,反而一直放着没管。

"我之后寄给你。请你回去。"

"我难得过来,不要这样不理人嘛。我一直在这里等你欸。只要打包了必要的东西,我马上回去。"

又有住户过来了,这次是从里面出来。对方讶异地看着沙耶香他们,离开了大厅。

"拿完东西请你马上离开。"

语毕,沙耶香提起行李跨出脚步,和矢川一起穿过自动锁大门。"我帮你拿一半。"矢川伸出手说。"不用了。"沙耶香拒绝。

他们走进电梯。电梯门关上,向上攀升。

"好怀念啊。"

矢川喃喃自语,沙耶香没有回应。

这个男人是拿什么脸过来的呢?半年前,当矢川的妻子发现他外遇时,这个男人毫不犹豫地抛弃了沙耶香,当着沙耶香的面明明白白地说自己"只是玩玩而已"。

当矢川的妻子朝沙耶香破口大骂时,他没有为沙耶香说话。在沙耶香挨了一巴掌时,矢川把头撇开。

出了四楼电梯,穿过走廊,站到自家门前时,沙耶香发自内心地觉得还好那须不在家。

沙耶香回过头。

"请跟我说你需要什么,我去拿来。"

"意思是你不让我进去?"

"当然。"

矢川叹了一口气:"那你帮我拿我的一套西装过来。"

沙耶香解开门锁，打开家门。她一踏入玄关，矢川便跟在她身后也一起进来了。

"喂！"沙耶香转身吼道。

"不要这么冷淡。我自己打包。"

矢川说完迅速脱掉鞋子，擅自走进客厅。

矢川打开客厅电灯，看了一圈说：

"没怎么变呢。"

接着，他在沙发上坐下。

"不要坐。"

沙耶香马上说。

"至少听我说几句话嘛。"

"你不是来拿东西的吗？"

"好了，冷静点。你什么时候变得这么歇斯底里了？你不是这种人吧？"

矢川的这种说法令人无比恼火。

"没事的话，现在马上给我出去。"

"我就说有事啊。我希望你听我说。"

"说什么？如果是什么'很抱歉伤害了你'的话，不需要。我已经忘记你，不想再想起来了。"

这是真心话。更进一步说的话，是"连想都没想起来"。自从那须来到家里后，沙耶香真的渐渐不再想起矢川。对她而言，眼前这个男人属于遥远的过去。

"那之后啊，发生了很多事。"

矢川手指交叠，自顾自地说了起来。尽管并非本意，情况却变成沙耶香站着听他说。

矢川长篇大论,重点似乎是他和妻子离婚了。

"我觉得如果没有正视自己的心意,我会后悔一辈子,即使抛下妻子和孩子也要这么做。"矢川凝重地看向她。

沙耶香无动于衷地俯瞰矢川。

直觉告诉她这是谎话。离婚或许是事实,但矢川一定不是抛弃,而是被抛弃的那个人。

"作为一个了断,我的工作也辞了。因为我转念一想,想与你共度人生。"

这恐怕也是谎话。他大概是被开除了吧。

矢川从前在外资金融公司担任职务。在婚外情曝光前,他工作上陷入了麻烦。矢川跟沙耶香说,他的直属上司长年盗用公款,有可能会连累到无辜的自己。沙耶香当时很同情矢川,但如今想起来,连这件事都很可疑。其实,盗用公款的人是矢川自己吧?

像这样分开,冷静观察矢川这个人,沙耶香开始觉得他是个用虚伪的外观掩饰一切的人。追根究底,他也对沙耶香隐瞒了有妻子的事。

"沙耶香,你要不要和我重新来过?"

就连这种话也不会再令沙耶香的内心掀起任何波澜了。因为交往时被施下的魔法已经全部解除。

"抱歉,我办不到。"沙耶香语气冷静并且十分明白地说,"知道你有太太和小孩仍然继续和你交往是我自己的决定,所以,我不恨你。不过,也请你以后不要再跟我接触了。"

大概是沙耶香的回答让他出乎意料吧,矢川显得狼狈无措:

"我现在没有太太也没有小孩,我们能光明正大地一起生活啊。"

"重点不是这个,我已经对你没有留恋了。"

"……你有其他男人了吗?"

"跟你没关系。"

"告诉我,你有男人了吗?"

沙耶香顿了一下,点点头。

"……么玩笑。"矢川视线垂地,启唇低喃。他是说"开什么玩笑"吗?

"我和你已经结束了,请回去。"

沙耶香再次宣告。

不过,矢川没有起身的意思。他咬住下唇,一直瞪着眼前的虚空。

"我拜托你回——"

"分手费。"

"啊?"

"我叫你付分手费,要分手的话。"

沙耶不知道该怎么回答,她无法理解矢川在对自己说什么。

"我失去家庭和工作,为什么只有你一个人像是什么事都没发生过一样重新开始啊?"

"我付了你太太赔偿金。"

"我没拿吧?"

"开什么玩笑,我为什么要给你?"

怒意涌上沙耶香的心头,身体顷刻被愤怒填满。

"你给我快点出去,不要再出现在我眼前了。"

沙耶香一说完，矢川马上奋力起身。

沙耶香后退，却立刻撞到墙壁。

"你什么时候能这样跟我说话了？"

矢川步步逼近沙耶香。

"你别过来。"

"沙耶香，你其实还对我——"

矢川把手伸向沙耶香，沙耶香拨开他的手。

矢川脸色一变，露出憎恨。

沙耶香双手手腕被矢川以一股极大的力道擒住。

"放开。"

沙耶香绊了一跤，和矢川一起倒在地上。矢川像摔跤比赛般压在沙耶香身上。

"放开我！"

"你以前喜欢我激烈地上你，对吧？"矢川在沙耶香耳边粗喘着。

"不要——！"

矢川的唇在沙耶香脖子上游走，沙耶香拼了命地抵抗。然而，力量的差距不可动摇。在男人的暴力面前，女人无能为力。

身上的T恤被掀起来，然后是牛仔裤的扣子被解开，紧接着裤子被扯下。沙耶香扭动身躯拼命挣扎，不让裤子被脱掉。

就在彼此不断展开攻防中，矢川突然僵住，停下所有动作。

沙耶香战战兢兢地从下方抬头，只见矢川以立起上半身的姿势将脖子转向一旁，瞪着走廊。

沙耶香顺着矢川的视线看过去，倒抽了一口气。

戴着棒球帽的那须正站在玄关,手上拿着画了熟悉标志的塑料袋。那是附近超市的袋子。

矢川松开沙耶香,站起身。沙耶香马上整理凌乱的衣服。

"你们住在一起啊?"

矢川没有特别在问谁,嘴角浮现浅笑。

"你快出去!"

瘫坐在地的沙耶香大吼。

"好好好,打扰了。"

矢川愤愤不平地说,走向玄关。沙耶香瞪着他的背影。

最后那须在玄关和矢川相对而立。他迅速往旁边一站,给矢川让路。

"你还真年轻呀。你喜欢年纪大的吗?"

矢川问,那须没有回答。

"跟这种女人生活没什么好事,这女人是瘟神。啊,反正你也是玩玩——"

矢川的话突然中断。

他目不转睛地盯着那须的脸看。那须像是避开矢川的视线般转过身,脱鞋走向沙耶香。矢川眯起眼,怀疑地看着那须的背影。

"你赶快给我出去!"

沙耶香再次大喊。矢川终于开门走了出去。

几乎在门关上的一刹那,泪水从沙耶香的眼里溃堤而出。

那须什么话都没有说,只是跪在沙耶香身旁,一直轻抚她的背。

14

隔天下午,沙耶香和花凛一起离开办公大楼,准备去吃迟来的午餐。头顶上的阳光还是老样子,她们尽可能地走在有阴影的地方。

因为花凛想吃中华凉面,两人便走进一家店门口摆出"开始售卖!"招牌的简餐餐厅。大概是下午两点过后的缘故,店里相对空旷。

"咦?学姐,你今天眼睛是不是肿了啊?"

入座后,两人面对面时花凛说。

"我睡眠不足,看了之前攒的连续剧,结果不小心太晚睡了。"

沙耶香把手伸向装了水的杯子道。

"连续剧吗?我这季一部都没看。"

两碗中华凉面上桌,她们边吃边聊。花凛说她用七月发的奖金买了一个高达九十万元的爱马仕包。虽然花凛的薪水也很高,但沙耶香觉得这样还是超出了她的能力。当然,沙耶香不会说这种类似找碴儿的话。

"我想当作给自己的慰劳,发狠买了下来,结果好像错了。"

"为什么?"

"因为带来上班会不好意思,但带去联谊或约会的话,感觉会被认为是爱花钱的女生。"

"那你干吗买啊?"

"我是后来才想到的啊。"

花凛皱起脸叹了一口气。

"你光明正大拿着就好了吧?因为那是你努力的证明。而且我觉得,男人就算认得出来爱马仕,也不至于知道那个包多少钱。"

"说的也是。"

花凛虽然看起来这样,却不是想要麻雀变凤凰的女孩。当然,她似乎不喜欢对象的年薪比自己少,但花凛说过,那是因为要考量男方的立场,若自己的薪水让对方畏缩的话对方好像很可怜。花凛说,只要对方做着一般的工作,好好爱自己就好。

"我是没有在等什么白马王子啦。"

花凛抱怨着,"咻咻咻"地用光泽的嘴唇吸入面条。

白马王子……吗——

那须的形象跟白马王子很接近,是那种若介绍他是新生代帅哥演员,别人也会毫无异议认同的外貌。不过,其实那须没有固定工作,是个游民。

尽管如此,那须对沙耶香而言果然还是王子吧。

昨晚,矢川离开后,沙耶香整整哭了一个小时。那须没有要问任何事的表示,只是默默无言,静静地在一旁陪伴、支撑着自己。沙耶香不知有多么感激。最后,她觉得自己是为了那须的温柔而哭。

之后,沙耶香将事情的经过一五一十地全部告诉了那须。那须只问了一句:"你要报警吗?"虽然没想过这一层,但那的确是性侵未遂。不过,沙耶香回答说不会。她不是忍气吞声,而是死也不想再和那个男人有任何瓜葛了，那只会让她自己觉得很悲惨。虽然不能抹去八年的岁月，但她也不愿再玷污曾有的回忆。当沙耶香这么说后，那须理解地频频点头。

然后，昨晚沙耶香第一次和那须一起睡觉，是沙耶香自己要求的。两人在床上并没有发生什么事，连手都没牵。

然而，只是感受着那须的温度，沙耶香便能入眠，便能结束糟透了的一天。

"好久没去学姐家住了，这周末要不要去住一下呢？"

先吃完面的花凛说道。

"这周末……不行。"

"为什么？"

沙耶香慌了，她没有准备好理由。

"好可疑。"花凛向沙耶香投以怀疑的眼神，"小姐，你最近不但很早下班，拒绝跟我去喝酒，还说不能去你家，怎么想都很可疑啊。"

花凛以警察逼问犯人的口气说。

"老实招来，你交新男朋友了吧？"

尽管沙耶香试图敷衍，花凛却紧缠不放。招架不住的沙耶香最后放弃，将家里有个同居中的男人的事坦诚相告。

"不过，不是男朋友那种感觉。"

"住在一起不可能不是男朋友吧？所以他多大？做什么工作？你们怎么认识的？"

花凛连珠炮似的发问。沙耶香告诉花凛对方和自己同年，在证券公司上班。她实在说不出同居中的男人是自家公司雇用的外包写手,还有年纪很轻,比自己小一轮的这些事。

"住在一起却不上床有点糟吧?学姐,他是不是没把你当女人啊?"

花凛直接发问,而且还很大声。

"要你管。"沙耶香食指抵着嘴巴道。

"是学姐你拒绝他吗?欲擒故纵?"

"啰唆。这样又没什么不好。"

花凛进一步询问各种各样的问题,沙耶香没有理她。

"话说回来,你也没找我商量就偷偷做这种事……"花凛闹别扭地看向沙耶香,"总之,短期内要介绍给我认识啊。"

"以后吧。"沙耶香含糊地回答。虽然觉得如果是花凛应该没关系,但那须一定不喜欢吧,感觉他会说"请容我拒绝那种场合"。

餐后,沙耶香她们点了冰红茶,正在喝时,沙耶香工作用的手机响了起来。是不认识的号码。沙耶香想着大概是某个客户,接起了电话"喂,是我"——结果电话另一端出现了她认识的男声,她的身体瞬间冻结。

打电话的人是矢川。沙耶香说不出话。花凛奇怪地看着沙耶香的样子。

沙耶香向花凛比了个道歉的手势,起身快步离开简餐店。蒸腾的热气包围着身体,沙耶香曝晒在刺眼的阳光下。

"昨天很抱歉。"

"你怎么知道这个电话号码的?"

"我打电话到你公司,他们说你不在,我就拜托对方告诉我你的手机。"

第三章
逃狱第117天

沙耶香嗔了一声。矢川一定假装自己是工作相关的人了吧。

"你再纠缠不清的话我就要报警了。"

"意思是你还没报警吧？"

"对，但要看你的表现。"

"别担心，我答应你不会再做什么了，所以昨天的事就让它过去吧。"

原来如此，矢川是害怕警察会介入昨晚的事吗？

"我没有打算报警。相对地，也请你不要再出现在我面前。"

"嗯嗯。真的很抱歉。"

沙耶香将手机拿离耳朵准备挂断电话时，矢川说道："那个金发的高个子是什么来历？"

"跟你无关吧？"

"我看他的外表才二十岁左右吧。是那种在玩乐队，红不起来的人吗？"

"我说了跟你没关系吧？"

"那家伙到底是哪里来的？"

"我要挂了。"

"你不觉得那家伙很像一个人吗？"

"……像谁？"

"那个逃狱犯啊，镝木庆一。"

沙耶香想回答"别说蠢话了"却说不出口。

因为，那一瞬间沙耶香脑海里勾勒的逃狱犯长相，跟那须很像。

"托你的福，我现在很闲，每天都在看电视。昨天白天，电视节目刚好在谈那个逃狱犯,可能是大脑不知不觉留下他长相的缘故,昨天看到那个金发男的脸时,我就有种'嗯?'的感觉。后来我重新在网络上查了一下,觉得他们果然有种很类似的感觉。乍看虽然是不同的人,但连身高都差不多吧?"

"……"

"喂,沙耶香,你在听吗?"

"……你不要开玩笑。"沙耶香声音颤抖。

"我也不是认真的啦。所以,你好好了解过那家伙的来历吗?"

"当然啊。他的驾照和护照我都看过。"

"什么啊,这样啊。"矢川像是瞬间失了兴趣,"我还想说就算不是逃狱犯,你这个人一定是被很糟糕的家伙利用了。"

这个男人也不看看自己,在那里说什么?

"嗯,都这个地步了,那个逃狱犯也不可能潜匿在东京了吧?"

"……这是当然的吧?"

最后,矢川做作地说了句"祝你幸福"后,挂掉了电话。

沙耶香无法动弹。明明暴露在强烈太阳光的直射下却无法从原地踏离一步。

沙耶香其实没看过那须的驾照和护照。因为那须没有任何能证明身份的证件。

难道说?不可能有那种事。那种离谱的事——

沙耶香提着一颗心。

她看向手中的手机,慢慢移动手指,打下"镝木庆一",用谷歌搜索。

接着，她点击图片，画面马上显示出好几张镝木庆一的照片，都是沙耶香曾经在某个地方看过的。即使不想看，现在无论走到哪儿，也都会看到这个重罪罪犯的长相。

可是——完全不像吧？起初，沙耶香虽然这么想，但她的脸庞渐渐失去血色。因为，与矢川相同的感想正在沙耶香心底扩散开来。

乍看完全是不一样的人，然而仔细看的话，的确很像。例如鼻子，还有嘴唇。只要把焦点锁定在一个地方就会很清楚。眼睛也是。印象中，那须拿下美瞳时的样子跟手中的这张图片极为神似。

之后，沙耶香呆站在那里多久呢？尽管思绪不停打转，却始终没有向前，一直在原地踏步，大脑仿佛在拒绝思考。

"学姐。"

背后传来声音。一回头，花凛就站在身后。

"因为你一直都不回来我就出来了。"

"……结账多少钱？"

沙耶香好不容易挤出这句话。

"我请你啦，当作小小的庆祝。"花凛抛了个媚眼。

沙耶香没有道谢，和花凛一起迈出步伐。

"快点回室内避难，要烤焦了，烤焦了。"花凛说。

沙耶香拼命摆动双脚，身体仿佛不是自己的，感觉只要稍有放松，就会倒在这加热后的柏油路上。

回办公室的路上，花凛好像一直在说些什么，但沙耶香一个字也记不起来。

沙耶香将手放在 T 字形的门把手上停了下来。她第一次这么害怕进去自己家，甚至觉得呼吸困难。感觉就像是有毒蛇猛兽在门后等她一样，沙耶香跟这份恐惧战斗着。

午后的工作一团混乱，沙耶香简直像新人一样，连续犯了好几个粗心大意的错，她很久没有像今天那样挨室长稻本的骂了。

沙耶香深呼吸一口气，下定决心，压下门把手。

她比平常更用力地打开家门，努力开朗地说：“我回来了——”

那须从屋里的走廊现身，他每次都会这样出来迎接沙耶香回家。

"沙耶，你回来啦。"

听到那声音的瞬间，沙耶香不寒而栗。汗毛直竖指的就是她此时此刻的状态。

沙耶香看着地板拖鞋，穿过那须身边走向客厅。

途中，她在洗脸台洗手、漱口。镜子里自己的脸庞僵硬得很明显。沙耶香有意识地试着微笑，笑容歪七扭八。

沙耶香移到卧房，换上家居服，走向客厅。那须背对着自己站在厨房。沙耶香坐进沙发。

"因为你之前说喜欢吃辣，所以我今天就挑战了一下甜辣味噌炒苦瓜冬粉，不过味道可能有点太重了。"

"感觉很下饭啊。"

"我试了好几次味道，结果味觉好像渐渐麻痹了……听起来很像借口吧？"

第三章
逃狱第117天

"做菜常会这样嘛。"

连这样的对话沙耶香都是拼了命才说得出口。她不知道假装若无其事是这么难的一件事。

不久,她坐到餐桌旁开始用晚餐,然而,沙耶香却完全吃不下食物,明明肚子空空,却没有一点食欲。

"味道果然有点太重了吗?"那须抱歉地问。

"不会,刚刚好。"

沙耶香微笑,机械式地移动筷子,一边不时看着那须的手。

那须右手中的筷子还是老样子,夹漏了好几次食物。

沙耶香原以为是那须的手不灵巧,但或许不是这样。那须会不会其实是左撇子呢,跟那个逃狱犯一样。

接着,沙耶香不着痕迹地将视线移向那须的嘴边。那里没有痣。逃狱犯镝木庆一的左边嘴角有颗直径三毫米左右,很明显的黑痣。那须没有。

然而,沙耶香知道,只有洗好澡时,那须左边的嘴角才会出现一颗痣。

他平常都用化妆品隐藏。只要涂上深色遮瑕膏,简简单单就能盖掉一颗痣。

沙耶香原本以为那须大概是对痣有些自卑,以为那违背他的审美观所以才想隐藏。

用完晚餐,他们按照每晚的习惯一起看了外国电视剧。只是,唯有今天的内容沙耶香怎么都看不进去。她在脑海中不停对身旁的那须问:你到底是谁?你是什么人?

沙耶香心中仍然半信半疑。没有任何明确的证据显示在这里的那须隆士就是逃狱犯镝木庆一。他们只是长得像，只是这样而已。据说，世界上存在着三个和自己长相一样的人。即使是那些明星，也有人跟他们像得分不出谁是本尊。沙耶香像是在鼓励自己，反复举出那些迷信和特例。

然而，她内心深处或许早已放弃了。或许，她已经认定了。

因为，如果那须隆士就是那个逃狱犯的话，沙耶香平日里感到奇怪的地方就全都有了解答。

那须没有住的地方也没有身份证。他不想出门以及总是化妆。要说小细节的话，其他还有很多。像是那须不在家里收寄来的东西。这栋大厦设有快递寄存柜，收件人不在时东西就会放到那个箱子里。尽管那须一直在家，他还是会去快递寄存柜收沙耶香的物品。

此外，他年纪轻轻却开始做外包写手的事也能解释得通了。因为可以不用露脸赚钱。为什么是沙耶香他们公司呢？大概是因为能亲手领取稿费的关系吧。对没有银行账户的人而言，没有什么比这更值得庆幸的事了吧。

沙耶香在浴缸中也一直在思考这些问题。她越思考，那"只是刚好长得像"的一丝希望便越稀薄，"两人是同一个人"的答案不容撼动地重重压向她。

不知不觉间，热水变凉了。沙耶香按下加热键，从浴缸里起身。

"你今天泡了很久呢。"

沙耶香边拿毛巾包头发边回答："我好像不小心在发呆，大概是累了。"

"是中暑吗？"

"嗯，感觉是。"

之后，那须拿着换洗衣物走向浴室。不久，浴室传来冲水声。原本一如往常在做脸部保养的沙耶香停下了手中的动作，站起身。

她迅速打开衣柜。里面收着那须的行李箱。沙耶香一拿出行李箱便感受到相当的重量，里面塞得满满的。然而，行李箱上却装了一个小型挂锁，这样就没办法打开了。

沙耶香把行李箱放回原位。她的手改伸向那须摆在客厅角落的背包。她战战兢兢地看向里面，包里除了衣服、钱包、化妆包，还放了好几本书。沙耶香抽出其中最厚的一本，原以为是字典的那本书原来是《六法全书》。那须为什么需要这种东西呢——

此外则是些痴呆症、阿尔茨海默病的相关书籍。沙耶香越来越不明白了。

接着，沙耶香拿起钱包。那是个像是在量贩店买的便宜货。打开来，里面有三万元左右的钞票和一些零钱，一张卡都没放。仅仅如此便知道这是个异常的钱包。

接着打开的是化妆包。里面装了粉底、遮瑕膏、修容粉饼、高光粉饼、腮红、定妆喷雾、眼线笔、睫毛夹，品项齐全得连女孩子都汗颜。

沙耶香之后又彻底调查了包的每一个角落，却没有发现特别值得提起的东西。重要物品和不能被看到的东西一定都放在了行李箱里。

沙耶香抱着试试看的心情也去碰了那须摆在桌上的手机和笔记本电脑，果然全都设定了密码。那须的手机和笔记本都是好几年前的型号，大概都是二手货吧。这种东西到处都有在卖，任何人都能轻易获得。

沙耶香之后继续按照顺序、毫无遗漏地拿起那须为数不多的私人物品，甚至还翻了垃圾桶。

她双手一边忙碌，一边想着自己为什么要做这种事。明明只要直接问那须就好了。如果害怕的话，只要跟他说一句"我希望你离开"就好，那须一定会一句话也不说就离开吧。不，重点是沙耶香应该报警才对，跟警察说"逃狱犯在我家"——

沙耶香大概在寻找吧，不是"那须隆士就是镝木庆一"的证据，而是"事情并非如此"的证据——

最后，冲水声停了，没多久，脸颊红通通的那须走了出来，和往常一样戴着方框眼镜。

沙耶香不着痕迹地靠近那须，观察他的脸、他左边的嘴角。

沙耶香再度绝望。那里果然有着沙耶香不希望它存在的东西。

沙耶香称自己身体不太舒服，比平常更早上床睡觉。"保重。"那须的这句话听起来也还是有种可怕以及凄凉的感觉。

沙耶香裹着棉被，在黑暗中品尝深层的绝望。她没有流泪，只是静静地用身体感受绝望。最后，一种内心似乎有什么地方渐渐在崩坏、失去的感觉向她袭来。她像沙堆承受着风，形体随风消散，越来越小……

半夜，沙耶香仿佛梦游症病患般爬出被窝。她悄悄打开门，凝视着黑暗中的那须。那道在客厅中央、躺在被子里的清晰身影，发出"呼——呼——"的规律的鼻息。

沙耶香就这样站着，一直听着他的鼻息。

第三章
逃狱第117天

由于睡眠不足，第二天沙耶香一整天都充满了倦怠感，完全无法投入工作，又被稻本训了一顿，惨不忍睹，身旁的人都感到奇怪，但她毫不在意。那种事一点也不重要。

回家后，沙耶香跟平常一样度过。她和那须普通地聊天，一起吃饭、看连续剧，过着与之前并无不同的夜晚。反而是待在公司时有更大的不安。

当然，沙耶香的脑海里想过——这个男生杀了人吧——他是个被判处死刑后逃狱，十恶不赦的罪人吧。然而，她总觉得那一切和自己眼前的人以及现实有种脱离感。沙耶香的心很神奇地不会产生恐惧。

是因为麻痹了吗？沙耶香迎着莲蓬头的热水自我分析。自己的内心一定打了麻醉药吧？那或许是剂让她远离恐惧与道德伦理的猛药。

"总觉得你今天好奇怪。"

那须点了出来，沙耶香自然地露出笑容。

这晚，沙耶香再次邀请那须睡自己的床。尽管那须很为难，沙耶香还是推着他，将他强拉到床上。

沙耶香紧紧拥着那须入眠。为什么呢？只要这样，沙耶香便能安心。明明一分开就会害怕，但只要贴在一起就不怕了。只有自己知道这种矛盾的心情和感觉。然而，其中的本质连沙耶香自己也不是很明白。

之后，沙耶香变得很没动力去上班。从踏出家门的那一瞬间起，忧愁便紧紧缠绕心头，直到回家前绝不松开，一直令她感到沉重、烦闷，难以呼吸。

尽管沙耶香费尽力气每天去上班,但她不知道何时会中断。只要缺勤一次,自己一定就再也不会去公司了吧。

沙耶香觉得很没意义。无论是工作还是日常生活,一切都很没意义。只有在家里的非日常,是沙耶香认真面对的空间。

15

这一天,工作结束后,室长稻本邀沙耶香去吃饭。沙耶香当然拒绝了,但稻本不接受。她拉着沙耶香的手臂说:"就算你得流感我都要带你走。"大自己七岁的女上司前所未有地强硬。

沙耶香被强行带上出租车,来到一间位于猿乐町、地点十分隐秘的日式餐厅。稻本似乎预约了,店员带她们走进一间雅致的包厢。

稻本和沙耶香各自点了啤酒和乌龙茶,举起干杯。

稻本咚的一声将玻璃杯放到桌上后开响第一炮。

"你知道我为什么邀你来吃饭吗?"

沙耶香垂着头说:"因为我最近工作一直出错。"

"你现在的工作状态不是出错这种程度。"稻本叹了一口气,探出身子盯着沙耶香的眼睛,"不过,工作什么的并不重要。安藤,你能把现在跟你同居的人介绍给我认识吗?"

第三章
逃狱第117天

沙耶香抬起头。

"是楠木告诉我的。"

是花凛。

"是我逼问她的,你不要怪楠木。她说你是跟新男友同居后开始变奇怪的。"

"跟那没有——"

"楠木哭了。她说她想帮你,你却躲着她,问你什么都不答。那孩子很仰慕你,担心得不得了。"

没错,沙耶香一直无视花凛。就算花凛找自己说话,除了工作上的事,沙耶香也一概不回答。好几次花凛打电话和用社交软件发消息,沙耶香也都没有回。

"我也一样。邀你来这间公司的人是我,你也是我的属下。可是,你对我而言不只是这些。"

"……谢谢。"

"道谢就不用了。所以,发生什么事了?"

"……"

"连我也不能说啊。"

"没什么特别的事。"

"那就介绍你男朋友给我认识。"

"……"

"不行吗?不能让我们见面吗?"

沙耶香很生气。这种质问的口吻算什么?我怎么可能让那须见你?

"难道说,你和之前那个人复合了吗?"

"不是。"

沙耶香马上否认。稻本露出微微沉思的表情。

一阵沉默后。

"你之前一直跟别人在谈婚外情对吧？"

沙耶香很惊讶。稻本为什么会知道？自己明明没有跟任何人说过。

"果然。"稻本了然般地叹了一口气，"我一直有这种感觉。"

这位女上司的直觉有多敏锐啊！

"我之前也说过，因为你跟我很像。"

也就是说，稻本过去也谈过婚外情吗？虽然事到如今这种事已经不重要了。

稻本直视着沙耶香，再次开口：

"接下来是稍微有点年纪的女人的说教——明知会不幸的恋爱，请自己结束。请去谈会被周围祝福的恋爱，去爱那样的人。"

稻本口气坚定。

"……我知道了。"

"你真的懂了吗？"

"嗯，懂了。"

"那就好。"

"抱歉，让你担心了，我会好好做的。"

"嗯，好好做。"

"好。"

"好，吃饭吧。"

之后，她们在餐厅里待了两个多小时。高级的餐酒和稻本的话全都让沙耶香感到厌烦。

我这个人什么时候变得这么扭曲了呢？对为自己好的人说的话充耳不闻，甚至一丝感激的心情都没有。

沙耶香不禁觉得，设身处地为自己着想的稻本和花凛终究是外人。

她一直抱着"好想赶快回家啊"的想法。

或许，稻本也察觉到了自己的这种心情。不过，那样也无所谓。沙耶香不需要别人担心，拜托不要管她。

"对了，隆士，第一次见面的时候，你为什么愿意和我一起吃饭？感觉你会对和初次见面的人吃饭这种事敬而远之。"

沙耶香在被窝中问道。虽然嘴上说什么"对了"，但其实她一直很想问这个问题。好想问，好想问，却不敢问的问题。

因为可以利用你——尽管沙耶香知道那须不会那样说。

"因为我那时候肚子很饿。"

"你是认真的吗？"

"嗯，认真的。"

"什么啊，原来是这样。"

虽然不知道是不是真的，但沙耶香决定接受这个答案。

"还有——"那须停了一下，喃喃地说，"或许是，我想和人亲近……吧。"

沙耶香没有回应，她的心揪成一团。

那须察觉到了吧？察觉到沙耶香发现了。但无论是那须还是沙耶香，都绝不会碰触这个问题。

只是，那须最近不再戴眼镜也不化妆了，那颗独具特征的痣一直浮在他左边的嘴角。还有，他开始用左手拿筷子。也就是说，是那么一回事吧。

和那须隆士一起生活就快三个月了，炎热的夏天也终于看到了尽头。

不久，人们就要迎接秋天，冬天也会在不知不觉间来访。迎来冬日后，便盼望温和的春天，任思绪驰骋在遥远的夏天。

她会和那须握着手，描绘这样的循环。明年一样，后年也一样，永远……

我必须守护他。就算自己没用又不可靠，但不可以示弱。

因为要是被抓到，这个人就会被杀死。

16

这一天从早上开始就有哪里不对劲。妆也不知道该怎么化，电车上的拉环也黏黏的。才刚换不久的电脑说不上来怎么回事，一直卡，让人很焦虑。

因为昨晚发生了好事，老天爷才要平衡一下吗？

昨晚睡觉前，那须喃喃了一句："只要和沙耶在一起我就能放心。"沙耶香高兴得泛泪。她从来没想过那须会对自己说出这种话。虽然不明白他的心境产生了什么变化，但感觉那是他下意识说出来的。如果是这样的话，就更令人高兴了。

话虽如此，那须对自己一定没有男女间的情感吧。证据就是，即使他们这样待在一起，那须一次也没有对沙耶香出过手。虽然悲哀，但这也是没办法的事。比自己大一轮的女人一定不在他的考虑范围内。现实不会像浪漫喜剧那样发展。

即使是这样也没关系。如果沙耶香是他的精神镇静剂的话，她乐于接受这个角色。

傍晚，沙耶香声称要和客户开会，一个人离开了公司。当然，她和客户没有约，只是想直接回家。最近，沙耶香老是做这种事，同事们大概发现她在说谎了吧，但没有一个人跟她说什么。感觉稻本很快就会念叨她了，但反正到时候再用"我以后会注意"敷衍过去就好。

沙耶香现在只做最低限度的工作。虽然包含属下在内，多少给周围的人添了麻烦，但自己是这间公司的元老，可以稍微任性一点。

不过，要注意不能任性过头。要是太过分的话，有可能被开除。

沙耶香原本觉得工作怎样都无所谓，但最近改变了这样的想法。要生活下去的话，就需要钱。自己必须赚两人份的钱才行。

沙耶香从涩谷搭上电车，于两人小窝所在的三轩茶屋下车，穿过已经来回好几百次的闸口，走在熟悉的街道上。就连这样平凡的光景，沙耶香也隐隐觉得哪里怪怪的。到底是什么呢？摸不清这种感觉的来源令人不安。是所谓的第六感吗？希望不是坏的第六感就好。

回家途中,沙耶香瞄了一眼自己常去的酒馆。今天是她和那须小小的纪念日。两人一起生活后开始看的外国连续剧只剩一集了。今晚,他们预定终于要来看最后一集。

昨晚,他们在被窝里互相预测结局。"要是大团圆结局就好了。"黑暗中,那须吐露的这句话令沙耶香印象深刻。

沙耶香豁出去,在酒馆买了绪帝罗庄园葡萄酒。那是款带着蜂蜜香甜的白葡萄酒,感觉很适合今晚。

啊,说到这儿,冰箱里还有芝士吗?沙耶香从酒馆出来时猛地停下脚步。虽然感觉还有剩,但也有前几天已经吃完了的印象。

沙耶香决定打语音通话跟那须确认。

"切达芝士和蓝纹芝士还剩一点点。"

"一点点大概是多少?"

"对啊。"那须停了一下说,"大概跟橡皮擦差不多大小吧。"

沙耶香笑了:"那我买回去比较好吧。其他还有什么要买的吗?"

"不用了,因为今晚有很多菜。"

"哦?真的吗?"

"嗯,预计比平常还丰盛。"

"哇,好期待。那我再有五分钟就到家。"

沙耶香挂断电话。光是这样小小的对话,心头就能泛起幸福。

不久,自家大厦的那栋水泥建筑出现在眼前。远方的夕阳成为背景光,为大楼镀上一层橘边。

是不是该搬家呢?沙耶香突然想到。她想稍微远离城市,和那须安静、低调地生活。虽然考量到通勤时间会有些烦恼,但或

第三章
逃狱第117天

许可以认真考虑一下。

就这样，沙耶香来到大厦附近时，发现两个身穿西装、体格壮硕的男人站在大厅外。一个大约五十岁出头，另一个大概比沙耶香再小一点吧。沙耶香继续前行，经过两人身边时，察觉到他们的视线。

就在沙耶香走进大厅，把手伸向信箱上的密码锁时——

"不好意思。"

身后有人开口。沙耶香一回头，原本应该在大厅外的两人走了进来，年长的那个男人露出了和蔼可亲的笑容，年轻的男人则是面无表情。

"请问是住在403号室的安藤小姐吗？"年长的男人问。

"啊，我是。"

两个男人对视了一眼，用眼神表示肯定。

"请问——"

"啊，抱歉。我们是警察。"

沙耶香的心脏立刻像遭电击般跳了一下。年长的男人从胸前亮出类似警察证之类的东西给沙耶香看了一眼。

"请不用戒备，我们只是——"

"你们要做什么？"沙耶香打断对方。

"我们有事想询问您的同居人。"

"啊？我一个人住啊。"

两人再次看了对方一眼。

"您真的一个人住吗？"

"嗯。"

心脏像是要冲出胸口般地剧烈跳动。为什么？为什么被发现了？

"奇怪。"年长的男人皱起眉头，"这样的话，那个通报果然——"

"我们稍早前就在这里了——"年轻的男人打断同伴说道，"我们刚才从外面看到房间的窗帘是拉起来的，对吧？"

年轻男人把话题丢给年长的男人。

年长的男人瞬间露出措手不及的表情，之后点了两下头。

骗人。他们想引自己上钩。

"你们不要说那么可怕的事，我真的一个人住。"

"那就是看错间了吧。毕竟这么豪华的大厦有很多房间。"

摆明了是在演戏。

可是，为什么会被发现，难道是矢川？不，那个男人遇见那须已经是一个月以前的事，不会现在才去告密。那是为什么？是某个在路上看到那须的人报警的吗？虽然那须几乎足不出户，却不是完全不出门。前几天，他才刚和沙耶香一起去买东西。是那时候有人看到那须的长相，觉得可疑吗？不，既然知道我们家，就有可能是这栋大厦的住户。

尽管现在想这些也无济于事，但沙耶香还是忍不住思考。

"不好意思，请问您现在有交往中的男性吗？"年轻男人问。

"没有。"

"真的吗？"

"我为什么要说谎？"

"那么，有没有像是会到府上的男性友人呢？"

"……也不是没有。"

沙耶香这么回答后,年长男人便搔着下巴说:"啊,那是不是那个人啊?"

"你们到底要做什么?"沙耶香露出怀疑的表情。

"请让我们到外面解释。"年轻男人示意。他们离开大厅,走到大厦旁的小路。

确认四下无人后,年长的男人揉了揉脖子道:

"那个,其实啊,希望您听了不要不高兴——局里的同事接到通报,说出入府上的男性——我们原本猜会不会是您男友的那位,好像跟我们在追查的嫌犯长得有一点像,所以才会这样来询问。"

沙耶香拼命忍耐,不让自己当场瘫下。

"什么啊?请不要开玩笑。"沙耶香愤愤地说。

"是的,我们当然也明白不可能有这种事。不过您看,我们这种工作既然接获市民通报,基本上是不可能不调查的。"

"到底是谁说了那么过分的话?"

"很抱歉,这点我们没办法透露。"对方摆出抱歉的手势,"那么,可以请您配合调查吗?"

"要配合什么?"

"如果能让我们稍微去一下府上的话,实在感激不尽。"

"怎么这样?你们突然说这种话我很困扰。"

"能不能拜托您帮个忙呢?"

"可是我已经说过里面现在没有人了吧?"

"话是这么说——"

年轻男人插嘴道:"但我们也不能让步。"

年长的男人惊讶地看向身旁的同伴，想要说些什么却被年轻的男人伸手制止。这两个人，该不会年轻的这一个才是长官吧？

"你们的意思是我藏匿了那名嫌犯吗？"

"不，绝对没有这回事——但还是请您配合。"

这么强势算什么？真正的刑警调查时都这么粗暴吗？

"我身体不舒服，可以请你们之后再来吗？"

一听到沙耶香这么说后，年轻的男人眯起眼睛，指着沙耶香的手说："身体不舒服却买酒？"

"这是我的自由吧？"沙耶香面露愠色道。

"是这样没错。"年长的男人用力点头，"又贯课长，我们先——"

"闭嘴——安藤小姐，能请你帮忙吗？"

又贯？好奇怪的姓，但沙耶香最近好像才在哪里听过。不过，这些事现在都不重要。

"抱歉，我要走了。"

语毕，沙耶香快步走向大厅。"安藤小姐，能请你帮忙吗？"背后传来声音。

"请你们不要跟着我，邻居会觉得我很奇怪吧？"

"只要几分钟就好。"

"这种情况应该看当事人意愿，不是强制的，对吧？"

"是的，当然，所以我们才会这样努力拜托。请务必协助我们调查。"

"不要，我拒绝。"

又贯突然脸色一改，双眼变得冰冷无情。

"这样啊,您不能配合吗……神警官,我想我们今晚似乎不能回去了。"

又贯对年长的男人叹了一口气。

"你打算做什么?"

"保险起见,我们会埋伏在外面,以防嫌犯溜走。"

"什么保险起见,你们在开玩笑吧?"

"我们会避免造成困扰。"

"这样一定会造成困扰啊。"

"我们会尽量保持低调。"

"重点不是这个,你们这样会让人很不舒服吧?"

"我们也是拼了命在工作。"

"我要叫——"

警察啰——沙耶香差点儿脱口说出蠢话。

冷静!冷静!沙耶香在心中提醒自己。

因为顽强抵抗而被盯上的话或许更危险。相反,若能度过这道危机,就可以撕掉可疑的标签。这两个人大概也不是真的认为沙耶香家里有逃狱犯,否则就不会是两个人,而是更多的警察涌进来,也不会等自己回来了。他们顶多只是因为收到的众多通报的其中之一过来而已。

这样的话或许还有办法。他们大概只会大略看一圈房间,判断没有人在家后就会回去了吧。当然,这么做有风险,但总比真的被贴上"需要观察"的标签好。

沙耶香下定决心,一定要突破现况。

"我知道了。"沙耶香叹了一口气说,"我配合。"

从刚才到现在，又贯第一次露出笑容："真是帮了我们很大的忙。"

"可是，请跟我保证，你们看完后马上回去。"

"是的，我保证。"

他们再次走到入口大厅，沙耶香从包中拿出大门自动锁的钥匙，当她准备将钥匙插入钥匙孔时，又贯从旁制止了她："等一下。"

"可以帮我按一下门铃吗？"

"为什么？"

"以防万一。"

沙耶香和又贯直直对视。

"我不想做没有意义的事。"

沙耶香插入钥匙，打开大门自动锁，她不敢看又贯的表情。让他们进来家里果然是错误的决定吗？但她已经无法回头了。

他们穿过自动锁大门，一起走进电梯。

"对了，我还没问，你们追的到底是什么嫌犯？"

电梯上升时沙耶香试着询问。

"是扒窃惯犯，那家伙是个很差劲的浑蛋。"年长的男人说。

还真是睁眼说瞎话。警察才不可能从民众那里收到那种小角色的密告吧？

"一般这种通报多吗？"

"嗯，多得要命。"年长的男人夹带着叹息苦笑，"虽然很感激，但我们人手不够，每天都忙得人仰马翻。"

"神警官。"又贯出声劝阻。

第三章
逃狱第117天

网络新闻说，有关镝木庆一的通报从全国各地涌进警察局，目击情报多如繁星。虽然大概是少年死刑犯逃狱这件事耸动视听的缘故，但也有一部分是悬赏金大幅调高害的吧。上个月，警方终于对镝木庆一的人头祭出了五百万元的赏金。听说因为这样，使得目击情报真真假假，难以辨别，反而阻碍了侦查，本末倒置。

出了电梯，穿过走廊，一行人站在沙耶香住的403号室前。

"我屋里晒了内衣裤，请让我先把那些收起来。"

沙耶香转头道。

又贯像是确认真伪般盯着沙耶香的眼睛。接着，他转向年长的男人，以眼神打了个暗号。年长的男人马上说了一句"我先离开"，便掉头离开。

"他要去哪里？"沙耶香看着年长男人的背影问道。

"我也不知道，大概是忘了什么东西吧。"

沙耶香忍住咂嘴的冲动——绝对不是忘记东西。他是要那个人绕到大厦后面，以防万一真的有嫌犯，嫌犯会从阳台逃走吧。

"那我就在这边等你。"

沙耶香取出钥匙，解开门锁。她将门微微拉开，侧身滑了进去。沙耶香立刻锁门，穿着鞋直接走进客厅。

那须刚说出"你回——"，就止住了话语。

因为沙耶香把食指抵在唇上。

那须看着穿着鞋子的沙耶香和她脸上的神情，大概是察觉到状况，瞪大了双眼。

沙耶香紧紧抱着那样的那须。

"听我说，"沙耶香在那须耳边低语，"现在刑警在门外，等一下一定要进来。没事,他们只是接到通报过来确认而已,没有觉得你真的在这里。因为我坚持说自己一个人住,只要明白这点,他们应该就会回去了,好吗?你等一下躲在我房间的衣柜。我三分钟就赶人走。"

"……"

"绝对没问题,绝对。"

沙耶香像是在说给自己听一样。

"沙耶,你果然发现——"

"你是那须隆士,对我而言就是这样。什么过去都没关系。"

"……"

"这样一来,就必须搬家了呢。我们去远一点的什么地方生活吧。"

沙耶香放开那须后,两人迅速但安静、小心翼翼地动作。那须打包自己为数不多的行李,沙耶香则将准备好的饭菜一盘盘丢进垃圾袋。尽管心痛却不能说出口。将垃圾袋紧紧打结避免泄漏味道后,沙耶香开始收拾厨房周边。不能留下一点痕迹。沙耶香浑身爆发肾上腺素。

她环顾四周,触目所及的地方大致上都整理好了吗?这样能让人相信是一个女人独居的样子吗?

接着,沙耶香推着那须来到卧房。她打开衣柜,把干洗店塑胶套包着的长大衣类拨开。

"你躲进去。虽然觉得警察不可能开我的衣柜,但万一打开了,你只要把气息藏好就好,我会说不准碰我的衣服。来,进去。"

然而，那须没有移动，他手抵着下巴，凝神看向漆黑的衣柜深处。

"快点。"

尽管如此，那须还是没有动作。

接着，那须迅速转身，离开卧房。

"等一下，你要去哪里？"沙耶香着急地追在那须身后，"阳台不行啊，还有一个警察——"

然而，那须的目标是洗脸台间。他打开洗脸台旁的洗衣机，将里面的衣服全部拿出来。

"不会吧？你难道想进去？"

就算这是台大型洗衣机也不可能吧？如果是自己的话或许还有办法，那须虽瘦，身高却有一百八十几厘米，理论上是绝对不可能的。

然而，那须不理会沙耶香的制止，单脚伸进洗衣机中，接着，他将双脚都放了进去。那须弯曲膝盖，硬是蹲了下去，尽管发出咔啦咔啦的闷响，他还是进去了。那须的身体真的完全收进了洗衣机里，沙耶香觉得自己好像在看某种特技表演。

"沙耶，把你的内衣裤尽量都塞进来。"那须表情痛苦地说。

沙耶香马上理解他的意图，听从那须的吩咐行动。她从抽屉柜里抓出全新的内衣裤，塞进洗衣机盖住那须。就算警察打开洗衣机，看到是女性的内衣应该不会碰才对。

沙耶香拼上性命。一个大人做这种可笑又疯狂的事，却是再认真也不过。

最后，沙耶香关上洗衣机盖，将那须稍微冒出的头压下去。

洗衣机在构造上应该无法从里面打开。

"你呼吸得到空气吗?"沙耶香担心地问。"没问题。"洗衣机里传来闷闷的回答。

沙耶香离开洗衣机,最后再检查了一次客厅和卧房后走向玄关。总共花了三分钟,不,五分钟。以只是收内衣裤的时间而言或许有点久,但应该也不会不自然,沙耶香这样对自己说。

她深呼吸,解锁,打开家门。门外是又贯,从表情看不出他的情绪。

"久等了,请进。"

"打扰了。"又贯马上踏进屋内。

"好漂亮的房子。"又贯脱鞋,说着客套话,像是来参观的人一样边点头边穿过走廊。

"好大的客厅啊,这里有多少坪啊?"

"很普通吧,没什么特别的。"

"您是什么时候开始住在这里的呢?"

"大概五年前。"

"住很久了呢。"

"是啊——啊,请不要随便乱碰。"

又贯正将手伸向空调遥控器。

"安藤小姐,您是什么时候开冷气的?"又贯看着遥控器问。

"啊?"

"房间很凉快。以你刚刚回来开冷气而言,房间凉得很快呢。"

多讽刺的口吻。不过,这是在动摇沙耶香,对方大概只是想看她的反应而已。

"冷的话要关掉吗?"

"不,这样就好,因为外面还是很热。"

之后又贯在客厅到处走动,行为举止实在很厚脸皮。尽管沙耶香表示拒绝,又贯却像个物色目标的小偷,一个个打开抽屉,确认其中的内容。与其说他在找人,不如说是在寻找痕迹。还好那须的行李极少。

"可以请你有点分寸吗?你没有说会这样翻东西啊。"

沙耶香实在看不下去,表示抗议。

"抱歉。"

尽管嘴上这样说,又贯却没有收敛的样子。

又贯接着走进厨房,目光落向水槽,在这里停了下来。沙耶香很讶异。她刚才清理过,水槽里应该什么都没有才对——她在嘴里喷了一声,又贯或许是对湿答答的水槽感到介意。

此外,又贯还频频抽动鼻子。他在闻味道。饭菜应该都丢了,但是不是还微微残留了一些味道呢?

沙耶香提心吊胆地看着又贯的一举一动。拜托,快点走——

接下来,又贯打开窗户来到阳台,沙耶香也跟上前。沙耶香把头探出去一看,栏杆外,那名年长的警察正在下方的立体停车场抽烟。果然是这样。"神警官。"又贯从上方发出谴责,年长的警察连忙熄掉香烟。

又贯从阳台回到屋内。

"已经看够了吧?"

沙耶香一开口,又贯便说:"方便的话,我希望也能看一下卧室。"

"这实在是……你可以不要这样吗？我是女生欸。"

"这样的话，我们之后就得再来府上打扰。我们也希望今天看完就好。"

沙耶香缓缓叹了一口气表示自己的不悦："请。"

将又贯带入卧房后，又贯说完"好大的床呢"，便立即觑向床底。

"下面没有空间放人。"

又贯不予回应，起身后指向衣柜道："可以打开这边的衣柜吗？"

"就算我说不行你还是会要我打开吧？"

"抱歉。"

沙耶香打开衣柜，把挂着的衣服向后压，表示里面没有藏人。还好那须没有躲在这里。对方应该想不到洗衣机里有人吧？

现在，那须正在逼仄的黑暗中屏息以待，对他而言，一定每分每秒都宛如拷问般煎熬。沙耶香必须尽快赶走这个男人。

又贯究竟怀疑自己到什么程度呢？他真的觉得镝木庆一在这里吗？不，绝对不可能。他大概只是觉得沙耶香举止可疑，有事隐瞒。尽管沙耶香竭力试图冷静，但内心的动摇大概隐藏得不够彻底吧。

此刻，又贯停下动作，盯着枕头不放。他在看什么呢？又贯伸手捏起了什么东西。他的指尖上有丝金发。沙耶香倒抽一口气。

"这是？"又贯将指尖移向沙耶香。

"只是头发吧？"

"是金发呢。我们正在追捕的男人现在可能是金发。"

"你想说什么？"

"为什么一个单身居住的黑发女性床上，会有金色的头发呢？"

"我说过了吧？偶尔会有男生朋友来家里。"沙耶香自信地笑道，"那个人是金发。"

"但是，为什么那位的头发会在这张床上？"

"也是有这种可能吧，大家都是成年人了。"

"原来如此。"

沙耶香懊悔不已。由于太过慌乱，她不小心采取了类似反驳的态度，她应该表现出一问三不知的样子敷衍过去就好。过度回应反而会有反效果。尽管理智上明白，内心却无法保持冷静。

又贯调查完卧房后——

"好了，请回吧。"

"最后，也可以让我看看厕所和浴室吗？"又贯说。

"你无论如何都想坐实我藏匿嫌犯这件事吗？"

"不，没这回事。"

"是吗？我觉得你简直把我当犯人对待。"

"您觉得不舒服吗？"

"这是当然的吧。"

又贯低头道："这是最后了。"

沙耶香已经到极限了。这个男人故意用这种口气动摇沙耶香，自己为什么不能更沉着地面对呢？

沙耶香先带又贯来到洗脸台间。

这里是关键——沙耶香的心脏如牛仔竞技赛中的动物般狂暴，

仿佛就要从干燥的嘴里跳出来。

沙耶香站在洗衣机前转身。她的背后是那须。

"你反正也是要看浴室吧？"

语毕，沙耶香主动打开浴室的磨砂玻璃门。绝对不能让这个男人将注意力移到洗衣机上。

"失礼了。"又贯踏入浴室，掀起浴缸的盖子确认。

接着，他拿起T形剃刀问沙耶香："这是刮胡刀吧？"沙耶香几乎要咂嘴了。那是那须的刮胡刀，她刚才没有注意到这边。

"是用来脱毛的，这把很好用。"

不知道又贯是否接受这个答案，他模棱两可地点点头。

前所未有的紧张感令沙耶香恶心反胃。拜托！自己的正后方、屁股碰到的这台洗衣机，千万不要发出任何声音。沙耶香带着祈祷的心情拼命维持平衡。她感觉自己只要一放松，就会当场瘫下来。

"好大一台洗衣机呢。"

又贯一出浴室便看着沙耶香的身后道。

"嗯，因为我都假日才一起洗衣服。"

"我们家有四个人，这台洗衣机比我家的还大。"

"很方便啊，大一点什么都能装。"

糟了，刚才这句话是多余的吧。又贯的眼睛眯成一条线。沙耶香受不了又贯那种打量的目光，避开他的视线说：

"你不要叫我让你看里面啊，我还放了内衣裤之类的。"

"嗯，我不会做到那个地步。"

沙耶香以眼神示意又贯离开，又贯转身。就在沙耶香松了一口气时,她和又贯透过洗脸台的镜子视线交会,沙耶香安心吐气的样子被看到了。

又贯停住脚步。

"请快点出去。"

又贯顿了一下,迈出脚步离开。他直接步向走廊,打开厕所门往内看了一眼后迅速关门,走向玄关。

结束了。这样就结束了。

"感谢您的配合。"又贯套上皮鞋后转身道。

"你可以留下名片吗?我等一下要跟你们局申诉。"

"如果造成您的不愉快,我在这边道歉。"

"要道歉的话,就不应该这么乱——"

"请理解,这就是我们的工作。"

又贯语气强硬地说,从胸口取出名片递了过来。沙耶香收下名片看了一眼。

　　警视厅世田谷警察署　刑事部二课　警部组长　又贯征吾

这么年轻就是警部[1],还是组长。沙耶香虽然完全不了解警察

---

1. 日本警察的官职等级之一,位于警视之下,警部补之上。

系统，但这家伙是所谓特考组[1]的人吧。不管怎样，她肯定在哪里看过又贯这个奇怪的姓氏——

沙耶香随手将名片丢到柜子上。

"请不要再来了。"

又贯深深一鞠躬，开门而去。

沙耶香立刻将门锁上，然后像失去支撑般瘫坐在地。膝盖碰到冷冽的瓷砖，寒意蹿了上来，她拼命吸入氧气，手掌按压左胸。心脏不停狂跳，仿佛要冲出来似的。

虽然又贯逗留的时间不过几分钟，却让沙耶香感到宛如地狱般煎熬，沙耶香从来不曾觉得时间过得这么慢。

沙耶香一惊，急急忙忙起身，快步走向洗脸台间。

一进去，沙耶香马上掀开洗衣机盖。接着，那须金色的头颅马上像地鼠从地底探头般跃了出来，哈、哈、哈地大口喘气。

"已经没事了。"

那须轻轻点头，额头上渗出豆大的汗水。

那须大概花了一分钟的时间从洗衣机出来。由于本来就是勉强塞进去的，所以现在不太能拉直身体。那须的脸皱成一团，一定非常痛吧。

那须费了一番功夫，好不容易从洗衣机里解放出来后，沙耶香和他一起走向客厅。那须耗损严重，脚步摇摇晃晃。虽说只有

---

1. 在日本，任职警部有两个途径：一种为普通组，警部补任满4年后，先研修3个月、实习8个月，再研修1个月后，晋升为警部；另一种为特考组，即国家公务员，在基层警察署分局实习满9个月即可升为警部。

几分钟,但在那么狭窄的空间里胶着不动,会这样也是理所当然的。

那须仰倒在沙发上,沙耶香控制力道,轻轻覆在他身上。

沙耶香和那须都没有开口。两人默默感受着彼此的体温和鼻息。

那须在发抖。不,发抖的人或许是沙耶香自己。两人像是要分摊又像是要平息那份颤抖似的,抱着对方不放。

就在这个时候,玄关响起笃、笃、笃的敲门声。

沙耶香和那须停下动作,屏住气息。

接着,他们同时起身。

"谁?"

沙耶香自言自语般地动了动唇瓣低语,接着她看向那须说:

"保险起见,你先随便找个地方躲起来。"

语毕,沙耶香走向玄关。她中途回过头,看见那须走进了卧房。

沙耶香从大门猫眼看向外面的走廊,门外站着几分钟前还在屋里的又贯。

沙耶香啧了一声。这个男人这次到底要干吗?

沙耶香微微开了个门缝露脸。

"怎么回事?我说过请你不要再来了吧?"沙耶香一开始便气势汹汹。

"实在很抱歉,我的警察证好像落在府上了。"又贯冷静地说,"大概是刚才走来走去的时候掉到了哪里——"

"我们家没有那种东西。"沙耶香打断又贯,她很想朝他大喊,你在搞什么鬼！

"您怎么知道呢？"

"那你又怎么知道是掉在我家呢？"

"因为掉在府上的可能性最高吧。我来这里前，警察证的确在身上。"

"可是没有就是没有。"

"能不能让我稍微找一下呢？没有警察证，我会很麻烦的。"

开什么玩笑？沙耶香怎么可能让他进来。

"反正你这一定是借口吧？明明没有掉那种东西。你的意思是还没调查够吗？"

"不，我的警察证是真的掉了。"

"如果是这样的话，我帮你找。"

"那怎么好意思。"

又贯微笑，然后——他突然粗鲁地拉开门。在门内抓着门把手的沙耶香被门扇拉了出去，上半身冲向外走廊。

又贯钻过沙耶香身侧，走进屋内。

尽管因为又贯突如其来的举动吓傻眼了，沙耶香还是马上回过神来。

"你在做什么！"

沙耶香朝又贯的背影大喊。

"我说请你——"又贯边说边脱鞋，"让我找警察证。"

"我说我不想吧？请你不要这样。"

沙耶香抓住又贯的手臂却马上被他甩开。这男人是怎么回事？他真的是警察吗？又贯大步穿过走廊。"我要告你非法侵入！"沙耶香拍打又贯的背,又贯头也不回地说:"我会以妨害公务罪逮捕你。"

又贯直直走进洗脸台间,迅速回头。

"刚才盖住的洗衣机盖子现在打开了,里面空空的。"

他虽然面对沙耶香,却像在自言自语。

"那又怎样?"

"不,没什么。"

又贯用力推开沙耶香。这次,他走向客厅,双手一口气拉开窗帘,打开窗户,探头到阳台。他迅速左右扫过一遍后再度转身。

一连串的动作明显是在找人。到底怎么回事——这个男人实在太离谱了。沙耶香站在卧房前喊道:"够了,住手!"

又贯笔直地走向沙耶香。

两人面对面僵持着。又贯虽然不高,体格却十分壮硕,眼瞳充满令人害怕的血丝。

"可以请您让我进去吗?"又贯瞪大眼睛道。

"不可以。"

"我的警察证一定是掉在卧房了。"

"不关我的事,你快点出去。"

又贯叹了一口气:"请闪开。"

"啊?"

"给我闪开!"

又贯在近距离内朝沙耶香大吼,口水往她脸上飞溅。这个男人有哪里不正常,他疯了。可是,沙耶香绝对不会让他通过。

沙耶香张开双臂,摆出"禁止通行"的姿态。然而,一切毫无意义。又贯抓住沙耶香的双肩，奋力将她甩到一边。

跌倒的沙耶香马上站起身，追向又贯。

又贯粗暴地扯开床上的棉被，再次觑向床下。

接着，又贯双手伸向衣柜。沙耶香双臂圈住又贯的腰制止他，却马上又被狠狠摔到床上。

又贯用力打开衣柜。

瞬间，又贯的身体飞了起来，朝沙耶香身上落下。沙耶香立刻抬起双臂保护脸部。

那须就站在那里。衣柜打开的同时，那须以身体撞向又贯。

"镝木——！"

又贯大喊。吼声响起的同时，那须冲出卧室。马上站起来的又贯追在他身后。沙耶香也起身，继两人之后离开卧室。

客厅里，那须和又贯隔了大约三米的距离，以备战姿势对峙。那须手里握着酒瓶，是沙耶香刚才买回来放在桌上的酒。今晚，本来预定要用那瓶绪帝罗庄园葡萄酒干杯的，两人应该共度甜美夜晚的。

结果却是这副德行。沙耶香对眼前的光景感到难以置信，没有一点真实感。

又贯和那须睁大了眼互相瞪视对方。那须甚至露出龇牙咧嘴的模样，那是沙耶香至今从未看过、宛如野兽般可怕的样貌。这就是那须真实的样子——？

"你已经逃不掉了，放弃吧。"

又贯说，把手伸向西装内侧。接着，沙耶香的身体条件反射似的动了。

第三章
逃狱第117天

那是下意识的举动。等回过神，沙耶香已经冲向又贯。

"快逃！快逃！"

沙耶香和又贯缠在一起，用尽力气大喊。

那须转身，打开身后的窗户，冲出阳台。他踏上围栏扶手，用力站起身躯。

有那么一瞬间，那须回头，和沙耶香视线交错。不要。声音出不来。

"让开。不要——！"

又贯喊道。

仿佛被那道声音推了一把，那须隆士的身体轻飘飘地飞向天空，消失在扶手另一侧。

第四章
逃狱第283天

WANTED
ZHENSHI SHENFEN

17

啊！才这么惊觉，偌大的厨房便响起刺耳的哐啷声。

主厨从里面冷着一张脸探头出来，原本大概是想抱怨吧，但看见罪魁祸首后便一声不吭地退回去了。

渡边淳二自言自语地说着"对不起"，开始收拾地上散乱的盘子残骸。这是他连续第二天打破盘子了。开始工作后的这一周内，他已经毁了五个盘子。

淳二过去五十三年来，从来不知道刚从洗碗机拿出来的瓷器会这么烫。由于和自己一样在这里打工换宿的年轻人全都若无其事地触碰那些餐具，淳二不禁怀疑是不是只有自己的皮肤特别怕烫。

不过，这些都构不成理由。工作就是工作。

"Don't mind. Don't mind."

脸上化了浓妆的亚美鼓励淳二，鼻翼上的鼻环闪闪发亮。

亚美正在淳二身边将腌菜放到大量的小碟子中，但这原本也是淳二的工作。做完自己工作的亚美看不惯中年男子吃力的样子才来帮他。

在这里，不仅是二十三岁的亚美，每一个人对年长的淳二都

第四章
逃狱第283天

很体贴。感激的同时,淳二的心里也很难受。

我到底在这种地方做什么?即使淳二要自己别想太多却还是办不到。淳二是抱着觉悟,知道一定会有这种痛苦的心情开始工作的,但现实却远比他预想的严峻,做每件事时都有一股难以言喻的空虚和自怜向淳二袭来。

五十三岁在旅馆打工换宿——凌晨太阳还未升起便开始准备房客的早餐,九点开始收拾善后与打扫客房,大约在中午过后告一段落,接着有五小时左右的空当,下午五点开始准备晚餐,接着又是收拾善后。结束所有工作是晚上十点。每天都是一样的生活。

"不知道今天雪况怎么样呢。"

亚美望着小窗外,夹杂着叹息说道。小窗外是一大片纯白的滑雪场,身穿鲜艳滑雪服的人们正在上面滑行。

"你还要去滑吗?"

"当然啰,我就是为了这个才在这种地方工作的。"

淳二一回应,亚美马上小声道,说完呵呵笑了起来。亚美几乎每天一到休息时间就会扛着自己的滑雪板前往滑雪场。

位于长野县菅平高原的旅馆"山喜庄",会发给打工换宿的人免费的缆车通行券。虽然淳二这样的人完全不觉得这有什么值得感激的,但亚美却充分享用了这个恩典。因为她本来就是以此为目的才来到这间旅馆的。

顺带一提,亚美说她夏天时在冲绳离岛的某间民宿工作,在那里也每天玩潜水,所以简而言之,她大概十分热衷季节限定的运动吧。亚美说她追求的是如何能够更便宜地享受这些运动,结果就变成现在这样了。

不过，亚美身边没有合得来的朋友，总是只身前往目的地，是个充满冒险心和行动力的小姑娘。"我也一个人去拉面店。对我来说这就只是去拉面店的延伸而已。虽然也有人说我很奇怪，但诚实面对自己的生活方式比较幸福不是吗？"露出虎牙笑着这么说的亚美，真的非常潇洒。

同时，淳二也感到沮丧无比，感叹同样是打工换宿，境遇竟然会如此天差地别。尽管自己一开始比较的对象就很奇怪，却还是忍不住意志消沉。

今年三月前，淳二在东京都内一间中型律师事务所工作，是货真价实的律师。

不过，淳二不擅长说话，觉得自己有社交恐惧症，年轻时不停后悔自己为什么会选择这份工作。淳二也曾被揶揄为"手帕律师"，因为他在法庭上会一直擦拭额头上的汗水。

相反，淳二很擅长数字，对企业财务和金融案件很有信心，在业界也获得了一定的评价。这种类型的案件是和庞大的资料作战，那样单调的作业比较适合淳二。

律师没有退休年龄，淳二原本打算只要还有余力就会一直做下去，以为自己会在司法界结束这辈子。

然而，一切却轻而易举地瓦解了，因为那起噩梦般的事件……

之后，淳二一直把自己关在家中，一步也不肯踏出去。

看着这样的丈夫，淳二的妻子应该十分焦虑吧，一有机会便会对淳二说些鼓励的话。或许是担心哪天连这些鼓励也会成为丈

第四章
逃狱第283天

夫的负担,也或许是觉得外行人无法处理丈夫的问题,妻子搜集了附近心理咨询诊所的宣传单,放在淳二看得到的地方。一方面为了让妻子放心,另一方面也抱着"如果能让心情稍微轻松点也不错"的想法,淳二真的去了诊所一趟。光是这样,他就已经用尽所有的勇气了。

负责淳二的资深心理咨询师是位女性,果不其然,非常善于倾听。不知不觉间,淳二便将一切坦诚相告。一旦将事情说出口后,累积在心底的情感便决堤而出。尽管淳二是名律师,却和"条理分明"差了十万八千里,不断任由情感带着自己说话,落下一颗颗眼泪。

淳二觉得自己得救了。他活到这把年纪才知道,说出自己的心情以及有人接受这份心情是如此令人感激的事。

然而在最后,咨询心理师一句不经意的话毁了一切。

"渡边先生,已经没事了,你不会再犯错了。"

说出这句话的瞬间,咨询心理师露出"糟了"的表情,察觉到了自己的失言。"不,我不是那个意思——"尽管对方说了各式各样的借口,淳二却什么也听不进去。

心理师一定是松懈了吧。即使再怎么专业,淳二滔滔不绝超过了原定的咨询时间,对方大概也觉得很厌烦吧。

不过没关系。因为咨询心理师吐露的这句话一定是她的真心话。

到头来,她并没有相信淳二。明明淳二说的应该是,自己没有犯任何错。

淳二跟妻子说:"还好去了,我得到了一些鼓励。"大概是没有察觉丈夫的勉强吧，妻子毫不掩饰地露出放心的表情。

不过，淳二也微微觉得，或许真的是"还好去了"吧。因为，这让他再次认识到没有人愿意相信自己的事实。

即使是妻子，淳二也不知道她真正的想法。口中说着相信丈夫的清白，却不知道她心里是怎么想的。这一点，和夫妻俩住在一起、今年二十四岁的女儿也一样。

丈夫（父亲）是不是真的做了那件事呢——

自杀吧。淳二也曾冷静地这么想过。然而，那是丧家之犬做的事。一旦死了，就会变成承认自己没有犯下的罪行。即使不可能洗刷污名，他也必须相信自己——你绝对没做！

既然不能死，理所当然就只能活下去了。淳二缜密地在笔记本上写下回归社会的计划。这让他得以全神投入。能够写这些东西的话，自己的精神应该正在一点点好转。

当然，有时候淳二会觉得那份计划是迂腐的梦话，有时几乎要被负面情绪压垮。然而隔天他又会充满没有根据的自信，相信自己能东山再起。淳二的心情就像骰子一样，每天变来变去。所谓的躁郁大概就是这种状态吧——自己若能够稍微冷静地分析，便是淳二的救赎。

就这样，日复一日，时间终于来到了年末。在淳二拟订的计划里，他会在今年踏出回归的第一步。淳二的本能告诉他，他不能就这样过年。过了年，自己的这个状态可能会继续拖拖拉拉下去，永远出不了门，他可能会完全脱离社会。淳二已经休息够了，一定没问题。

既然如此，就必须采取具体行动。淳二下定决心应聘地方的打工换宿,大约是十天前的事。招聘信息上写着:募集十八岁以上、六十岁以下的健康男女。纯体力活、包三餐,额外附赠滑雪场免费缆车券,可使用旅馆内的温泉。相对地,日薪很低,但无妨。虽然能拿到钱再好不过,但幸好淳二也不是处于经济上走投无路的状态。

不过,这个时间点已经大幅偏离计划了。淳二本来的计划是在通勤范围内担任补习班的兼职讲师。不过他仔细思考后发现,担任补习班讲师有几个障碍。首先,理所当然必须讲自己兼职的原因。这把年纪应聘补习班讲师一定会被探究过去。即使淳二随便找个理由搪塞,运气好获得录用,但万一补习班的人看了那个四处流窜的东西,学生觉得自己是罪犯的话——一思及此,淳二便打从心底感到恐惧。

果然,回归社会的第一步还是在没有人认识自己的地方比较好,在不会有人对自己是哪里的什么人有兴趣的环境比较好。首先从和人与社会产生连接开始。淳二调查后发现,菅平这个地方似乎海拔一千三百米,位于云端之上。这种远离尘世的位置正适合现在的自己。

老实说,淳二也是想离开妻子和女儿。用如坐针毡来形容或许有点夸大,但自己在家里的确没有容身之处。妻子和女儿说的话或是不经意的举动,都令他感觉好像在怜悯自己……这或许是淳二的被害妄想,但他暂时想要一个人。他想重新检视自己,仔仔细细将支离破碎的心拼凑回来。

然而,现实果然残忍又残酷。

为什么自己要在这种地方?为什么必须做这种事?淳二不停

地想着这些问题。

不，忍耐，现在要忍耐。淳二一边努力地拿抹布擦着热盘子一边对自己说。

只要想成是在这个年纪做新的社会学习就好。这份经验一定可以成为复活的垫脚石。

可是，真是这样吗？就算认真做这份工作，回到东京不还是一样吗？不是回到起点而已吗？那么，这段时间不就没有任何生产性、毫无意义了吗？

不，不是这样的。淳二踏出了第一步，这会成为迈向第二步的力量，是正式回归社会的助跑。

仿佛有两个自己在打躲避球，淳二无止境地自问自答。

太阳下山后，工作暂时中断。因为所有打工换宿的人都被叫去后方的办公室集合。说是所有人，其实也只有六个人。由这么一点人手负责照料旅馆内三十间房间和大约一百名的房客。

"——就是这样。有人想到了什么吗？"

和淳二同年龄层的旅馆老板娘环顾所有人道。

根据老板娘的说法，刚才有位男房客申诉钱包被偷了。那位男房客说，他吃完早餐和朋友一起去了滑雪场，傍晚回到屋里后，放在背包里的钱包就消失了。

"你们都没有嘴巴吗？"老板娘像是在骂小孩一样，"大前提是，旅馆对客人的遗失物品没有责任，也没有义务赔偿。我对客人粗心大意把贵重物品放在房里就出去这点也不太能认同。但就算不管这些，这也是件大事。因为，客人确实将房间上了锁。这样的话，小偷就变成我们这些能够拿到钥匙的工作人员之一了吧？今天打扫211号房的人是谁？"

"是我。"

举手的是一名叫袴田勋的高个子青年。

"你进去打扫的时候钱包在吗？"

"我不知道。除了寝具和卫生用品，其他东西我都没碰。"

"你也不知道房里有钱包？"

"对，不知道。"

"我可以相信你吧？"

老板娘的话实在太过分、太无礼了，淳二义愤填膺地想。明明这种时候才更应该谨慎再谨慎才行。

"我觉得袴田不是小偷。"

大概是看不下去，亚美插嘴。

老板娘摆出有如夜叉般的表情瞪向亚美。

"一般人不会偷自己打扫的房间。因为那样的话，不就会被怀疑——"

"没错，所以我才请你们全部的人集合。因为你们谁都可以拿到钥匙。"

全员再次陷入沉默。

旅馆的工作人员不只淳二他们吧，包含主厨在内的厨师们也是工作人员，另外也有几名地方上的主妇来这里工作。重点是，就可以拿到钥匙这点而言，老板和老板娘自己也有嫌疑。

而那位老板现在正在办公室后面安静地做着文书工作，同时偷觑着这边的情形。

之后，老板娘一个个质问大家中午过后的休息时间在哪里做了什么事，调查不在场证明。但老板娘不是警察，应该也不知道大家证词的真伪。

然而，淳二却对某个人的证词有些介意。那是位三十多岁，名叫三岛花苗的女人的证词。她说："我一直在房里睡午觉，没有走出房间一步。"

那是骗人的。因为休息时间淳二要去公共厕所时，在走廊上看到了这名胖胖的女人的背影。但他并不打算在这里提起此事。

淳二他们这些打工换宿的人，每个人也都配有一间房间，不过与客房不在一处。两坪多的房间里仅仅放了寝具、电视和小型煤油暖炉，十分简朴。话虽如此，房间既没有不干净，从小窗户望出去的景色也很好，没什么好抱怨的，唯一令淳二感到不满的，只有必须男女共享一间位于走廊上的厕所这点。他只是单纯会在意这种事。

淳二在走廊上看到花苗时，她站在离厕所跟房间都有些距离的位置，所以淳二当时以为花苗大概要去哪里。

"大家都没有什么印象是吧？"老板娘手臂交叉点头道，"好，我相信你们。不过，只要发生这种事，第一个会被怀疑的就是你们。这点请大家好好放在心上。好，可以回去工作了。"

说完，老板娘自己先行离开了。

众人因为老板娘那过分的说法错愕不已，呆愣在原地。

"这又是怎么回事？"

最后，亚美露出气愤的表情。

"又不是我们做的。"

第四章
逃狱第283天

"就是说啊。"花苗道。

此时，在后方处理文书工作的老板弓着身体走过来，一脸愁容。

"对不起，因为平常很少发生这种事，我家那位一定也很惊慌，才会用那种说法……"

淳二第一次见到这位老板时，十分敬佩他谦和的态度，但经过一周后，淳二已经知道老板只是单纯很懦弱。淳二看过好几次老板被妻子老板娘痛骂的场面。

"被人那样说真不爽。"

说话的是一位和花苗同年龄层，名叫茂原一马的男性。茂原操着一口博多腔，平时沉默寡言，眼神锐利，但黄汤下肚后就会像换了个人似的，变得开朗又能言善道。三天前的深夜，茂原突然单手拿着一瓶一升的酒，来找几乎没怎么讲过话的淳二说："边哥，来喝一杯吧。"幸好茂原没有发酒疯缠着人不放，但因为他待了很久，那晚淳二没有获得充分的睡眠。

顺带一提，茂原的背部和肩膀上文了满满的和风图腾。淳二是使用旅馆内温泉时恰好遇到茂原也在场，才会看到他赤裸的身体的。要是知道这件事的话，老板娘刚才的态度大概也会有所不同吧。

"本来客房钥匙放在那么明显的地方就不太对啊。那样谁都可以快速拿走，只要再偷偷放回来的话，谁都不知道吧？"

指着办公室后面发言的是十八岁的田中悠星，也是打工换宿里最年轻的一员。他很自豪地跟亚美说他在一年前高中辍学时，一旁的淳二也偷偷听到了。悠星虽然不是不良少年，却给人一种憧憬不良少年的印象。大概是因为这样，悠星莫名地仰慕茂原，总是跟在他身边。

悠星指出的问题再正确不过。客房的备份钥匙就并挂在办公室后面的墙上，只要是工作人员，任何人都可以轻易拿走。因为这间办公室大部分时间都没有人。

"的确是呢。那个样子很难说是在保管钥匙。"花苗说。

"以后客房清扫请我们之外的人做不就好了吗？找你们可以信任的人。"

亚美讽刺地说。

"这个方法好。"悠星像是听到妙计似的立刻同意。茂原和花苗也频频点头称是。

成为众矢之的后，老板显得不知所措。和自己同个年龄层的男人遭到群起挞伐勾起了淳二的怜悯之心。

正当淳二看不下去，准备开口之际——

"发生过的事已经没办法了。"

一直沉默的袴田说道。口气虽然冷静，却有着能够压制住全场的音量。所有人的视线自然而然地聚集到这名年轻人身上。

"以后，请你们严格保管客房钥匙。我们要拿钥匙时，也希望能采用许可制。老板和老板娘那里可以明确知道是谁、什么时候、拿走哪间房钥匙的话就省事多了。只要彻底执行，我们也可以不用蒙受不白之冤，能够放心努力工作。那么，我们回去工作了。"

语毕，袴田立刻潇洒地离开办公室。所有人都呆愣着一张脸目送他的背影。

现场的气氛因为这么一搞而有些尴尬，余下的人叹了一口气，纷纷对老板说"真的拜托了"之后，离开了办公室。

"啊——好不成熟啊。"

亚美停下手中的扫把感叹。话语回荡在空荡荡的餐厅里。

房客们刚结束热闹的晚餐，淳二他们着手打扫餐厅。淳二将一张张椅子搬到餐桌上，亚美负责跟在他身后扫地。其他人也在各自负责的区域进行今天最后的工作。

"怎么了？"淳二回问。

亚美有自言自语的习惯，大概是受不了把话憋在心里吧。

"我不小心霸凌老板了。"

淳二马上知道亚美指的是傍晚的事："我觉得还不到霸凌的程度啦。"

"不，那是集体霸凌，把对老板娘的怒气撒到了老板身上。明明老板又没什么错。"亚美深深叹了一口气，"我还做了类似煽动大家的事。啊，'煽动'用在这里对吗？"

"嗯，对。"

"我真的很糟糕。"

"没有，你太夸张了。"

亚美恢复停下的动作，再度开始工作。

亚美天真烂漫、自由奔放，当然，那大概也是因为她不虚伪造作，但原来她也会这样反省自己，心情低落。淳二欣慰地想着。

没多久，亚美突然坦承：

"我念书的时候曾经被霸凌过。"

这次她边扫地边说道。

"应该说是我不太擅长配合身边的人，总是单独行动，结果不知不觉间就变成目标了。"

"再加上，感觉你很醒目吧。"

淳二边抬椅子边说。

"不过，忍耐一阵子后大家就换目标了，开始霸凌另一个人。"

"这种事常听说呢，说霸凌的目标就像接力比赛一样，一个接一个。"

青春期的孩子经常误把他人当作发泄压力的出口。因为无法只靠内心处理开始萌生的自我和欲望，便以扭曲的形式释放出来。

"没错，结果就是接力。只是，我把那根棒子交出去以后，自己也变成霸凌人的那一方了。"

"咦？你吗？"

"嗯。把人家的拖鞋藏起来，或是在对方抽屉里放写满坏话的信。我问自己，明明不讨厌那个人，为什么要做这种事？我想，还是因为不想又变回被霸凌的那一方吧，还有，一定是我内心某处感受到了霸凌人的快感。"

淳二的手自然而然地停了下来。

"不过，不知道从什么时候开始，那个人也从霸凌目标中除名了，棒子又回到了我身上……可是这时候，那个人完全没有加入霸凌的行列，不仅如此，还会私底下跟我说话。"

"哇，真了不起。"

"我超羞愧的。怎么说呢，就像是身为一个人类彻底输了一样。"

淳二应和，催促亚美说下去。

"所以，我那时候就发誓，也要成为一个能理解他人痛苦的人。可是，我傍晚的时候却没有做到。那时候，我没能站在老板的立场思考。"

亚美是个本性单纯又直率的人吧。第一次见到亚美时，淳二因她花哨的外貌而产生了偏见，淳二暗暗为自己感到羞愧。

"这一点，渡边先生你就很了不起呢。"亚美突然这么说。

"我吗？为什么？"

"因为那时候你没有加入我们。"

"那不算什么——不，这么说的话，我觉得袴田更了不起。"

"为什么？"

"他那时候不着痕迹地救了老板吧？"

"救了老板？"

"他不是这样说了吗：'我们要拿钥匙时，也希望能采用许可制。'我认为，那是委婉地在向老板传达'我们不会抵制你'，以及要大家别那么做。"

"咦？是这样吗？"

"我想一定是这样吧。小小年纪却这么厉害，我很佩服他。"

这是淳二的肺腑之言。淳二认为，那名青年以最高明的方式解除了危机。亚美他们那时火上心头，不惜发动抵制，再怎么安抚也只会产生新的争议。因此，他坚定地向老板提出要求，表示只要老板能彻底做到，大家就会照常工作。当时，他说了好几次的"我们"，一定是故意的吧。

然后，他像是在说"就这么决定了"一样，迅速离开现场。如果这一切都是经过计算后才做出的行动，那他真的是一位相当优秀的青年。

"啊,说到救——"亚美食指轻轻抵着下巴说,"在那之后,袴田跟我道谢了。"

"道谢?"

"老板娘怀疑袴田的时候,我不是说'我觉得袴田不是小偷'吗?"

亚美的确那样说过。

"他说他很高兴。"

"啊,原来如此。"

"可是,应该说我有点承受不起吗……因为,我不是特别要帮他说话,只是想跟老板娘传达,如果偷了自己打扫的房间的物品,自己一定会被怀疑,应该没有人会做那种蠢事吧?可是,他却特地过来跟我说我救了他,甚至还鞠了躬。明明不是什么大不了的事。"

"嗯。"

"那个人看起来虽然不坏,但有点怪呢。"

"是吗?我觉得就是一般的年轻人啊。"

"你不觉得他看起来不像是会在这种地方工作的人吗?有种知识分子的感觉。"

淳二脑海里浮现袴田的姿态。袴田年纪大概跟亚美差不多吧,身材纤细高挑,剃了个帅气的三七分头,鼻梁上挂着一副小小的圆框眼镜,嘴边留着精心打理的络腮胡,是时下年轻男生常见的风格,感觉的确比较适合脑力劳动的工作。

尽管如此,袴田却比任何人都工作得得心应手。淳二来山喜

第四章
逃狱第283天

庄时，袴田就已经在这里工作了，一开始教淳二工作方法的人就是他。袴田似乎从十一月中就来了，是打工换宿者中最资深的元老。

"嗯，但你好像也是这样。"

"嗯？"

"我是说，你也不像在这种地方工作的人。"

淳二语塞。

"茂原先生、三岛小姐，还有悠星，感觉就像是会在这里工作的人。还有，说这些话的我也很像。"

之后，两人默默工作，打扫告一段落后——

"啊，关了。"

亚美看着窗外说。窗户外是一整片滑雪场，原本一整排亮着的夜间照明就在刚刚熄灭了。

"能不能快点放假呢？"

亚美迫不及待似的眯起了双眼。只在休息时间滑雪似乎还是不能让她满足，亚美说她打算下次放假时一整天都待在滑雪场。就算再年轻，可这么娇小的身体是从哪里冒出这种体力的呢？淳二每天都觉得疲惫不堪，别说是休息时间，平常只要找到片刻闲暇，就会专心让身体休息。

"我没有特别的意思，只是滑雪哪里好玩呢？"

淳二随意一问，亚美便像在说"问得好！"一样，眼睛闪闪发亮。接着，她语气激动，滔滔不绝地叙述了滑雪有多好玩："你会变成风，和雪一起跳舞！"亚美这番帅气的发言不禁令淳二笑了出来。

"话说回来，渡边先生没有滑过雪吗？"

"嗯，如果是双板的话，滑过一点。"

"咦？真的吗？那我们一起去滑嘛。"

"不，我只是有滑过的经验，不代表我会滑雪啊。"

淳二这个年代的人，谁都有滑雪的经验吧。大约在淳二二十岁时，《带我去滑雪》这部电影大受欢迎，日本因此爆发滑雪热潮。大家争先恐后来到雪山中，别说是滑雪场了，甚至演变成连高速公路都封锁起来的事态。

尽管如此，也不是人人都会滑雪。当时，淳二也在大学友人的邀约下挑战了几次，不过他完全不行，就像是专程去把自己摔到硬邦邦的雪里一样。

顺带一提，这股滑雪风潮维持了不到十年便一路衰退，完美吻合泡沫经济描绘出来的曲线。如今，听说连年轻人都不玩冬季运动了。

"这样的话，就再挑战一次嘛，这次玩单板滑雪。"

"不，我都这把年纪——"

"啊，不可以拿年纪当借口啊。"

"咦？"

"人类不管几岁都可以尝试新事物，都能改变。"

"……"

"不是很多人都这样说吗？名人名言之类的。"

亚美调皮地笑了笑。

"说得没错。"淳二点点头，"不过，滑雪就让我拒绝吧。你去邀更年轻一点的人怎么样？这种事就应该邀请袴田他们。"

"那个人看起来很讨厌运动吧？"

"这样的话我也是啊。"

"那如果袴田滑的话你就滑吗？"

"不，重点不是这个——"

"那我去邀邀看。"

"等一下，亚美。"

亚美向淳二眨了一下眼睛，拿着扫帚和畚箕离开了餐厅。淳二伸出去的手停在半空中，无处可去。

太神奇了。这孩子为什么会照顾他这种陌生的中年男子呢？不只如此，亚美在工作上也经常帮淳二的忙。淳二一方面感激，另一方面却百思不得其解。这可以用一句"怪人"来解释吗？

淳二吸了吸鼻子，迈出步伐。他把手伸向墙壁，"啪"地关上餐厅电灯。餐厅笼罩在黑暗中，显得更加寂静了。

18

亚美不容分说地让淳二一起去滑雪。

隔天下午，淳二穿着从雪具出租店租来的深蓝色朴素滑雪服，扛着过去从未碰过的滑雪板，被带向银白色的世界。

不过，不只淳二，还有一个跟自己一模一样打扮的男子——袴田。

一问之下才知道，袴田也是被亚美硬拉来的。淳二感到抱歉，袴田会出现在这里都是自己提了他名字的缘故。

"看，开始兴奋了吧？"

亚美在三人座缆车的中间晃动双脚，喜滋滋地说。

淳二的心情跟兴奋还有很大一段距离。淳二本来就怕高，他已经三十年没有坐过摇摇晃晃的缆车了，最先感受到的情绪是恐惧。下方几米处铺着一片纯白的雪地毯，看起来虽柔软，但摔下去会怎么样呢？

平常这个时间他都在房里休息的。淳二因炫目的太阳眯起眼，叹了一口气。重点是，等会儿还有工作在等着他。

坐在亚美另一侧的袴田则是频频上下左右转动脑袋，原以为他兴致缺缺，但或许意外地并非如此。据说，他之前从来没接触过冬季运动，连缆车都是第一次搭。

"缆车很晃呢。"

袴田看向淳二这边说道。大概也是跟雪具出租店租的吧，袴田戴了一副遮住半张脸的大雪镜，由于是反光型镜面，上头映着亚美和淳二的脸。

缆车沿着斜坡缓缓上升，随着升高，视野也渐渐开阔，能望到遥远的另一端。放眼望去，群山皆覆盖上一层白雪，朝两旁绵延的崎岖棱线隔开了蓝天。天上的太阳为这一切照下光芒。尽管早已熟悉，淳二却再次震撼于眼前壮阔的景色。

他们现在已经远离地面好几百米了吧，淳二发现云朵如薄雾般缭绕在缆车旁，仿佛与他们同高，又好像微微在他们之下。

初来菅平高原时，淳二便马上切身体会到了它的海拔高度。

不管打开几次耳咽管，里面马上又积蓄了空气，那一整天都为耳里"叽——"的声音所扰，造成心理上的负担。此外，一踏入那唯一的便利商店，就看见所有零食包装都胀得鼓鼓的样子，造成这些现象的原因可想而知。淳二很担心自己是否能适应这个地方。

然而，淳二的身体根本不理会那份不安，马上就习惯环境了，不仅耳鸣消失，也不再有倦怠感。他深深体会到原来人类的身体构造是如此柔软有弹性。

和身体相比，内心就差远了。尽管对不习惯的劳力工作感到不知所措，但淳二和亚美以及周遭的人们之间没有什么特别的问题，可以说每天都过着安稳的日子。但无论如何，只要一想到自己被逼到这般田地，内心就会涌起一股难以形容的激动和自怜。

"咦？那我比你大欸。"

亚美惊讶地说。

她刚知道袴田今年二十二岁，比自己小一岁。

"你给人感觉很稳重，我还以为你大概二十五岁呢。"

以他的岁数而言，这个青年待人处事的确非常沉稳。不过，仔细看的话，他的肌肤还有少年的紧实和光泽，是知识分子风格的眼镜和络腮胡让他看起来很成熟吧。

"袴田，你是学生？"

淳二稍微探出脑袋问。

"对。我在都内念大学。"

淳二一问大学的名字后吓了一跳，因为袴田现在念的竟然是自己的母校，是淳二三十年前念了四年的大学。所谓的巧合实在太惊人了。

不过，袴田显得比淳二更吃惊。

顺带一提，袴田现在大四，利用寒假来这里打工。

"你是哪个学院的？"

"理工学院。"

"那在生田。"他们似乎不同学区，"我是法学院的，在骏河台。"

沉默降临。袴田和亚美脑海里大概都浮现了为什么这样的人会在这种地方打工换宿的疑问吧。

"反正我是高中毕业啦。"

亚美嘟着嘴开玩笑地插入话题。亚美的这种温柔再次令淳二感到凄凉。

缆车终于抵达中继站，在这里下车的话就是初学者路线，继续向上则会被带向进阶者路线。当然，淳二他们预定在这里降落。

"懂了吗？像这样左脚在前，落地的瞬间把右脚放到雪板上。这样板子就会自己向前滑，顺利下车了。"

讲得还真简单。光是这样淳二就紧张得全身僵硬了。

然后就是现在，左脚先让雪板碰到雪面，再将自由的右脚放到雪板上，"咻"地站起来。啊，成功了。

然而，下个瞬间，淳二便失去平衡，摔得四脚朝天。缆车发出"哔——"的声响，同时停了下来。

人已经在前方几米的亚美拍手大笑，身边还站着袴田。看来，袴田似乎漂亮地下来了。

"固定器没扣紧的话，板子滑到一半就会松开。"

三人并排坐在起点的一个角落。淳二边听亚美的滑雪讲座，

第四章
逃狱第283天

边将右脚固定在雪板上。举目望去,周围虽然也有和淳二同样年龄段的人,但似乎都是和家人一起来的。而他们的脚上都是双板,滑单板的大叔一个也没有。这样一来,如果滑得好的话还颇像那么回事,但淳二的情况并非如此,所以显得很悲惨。

淳二再次俯瞰眼前一整片的下坡雪道。由于是初学者路线,坡度很缓,但他无法想象自己在上面滑行的画面。

准备完毕后,亚美利落起身。

"那我们先从直线滑行开始,看我做。"

语毕,亚美原地轻盈地跳了一下便直接滑下雪坡,前进约十米后轻轻一个回转,扬起雪尘,面向淳二他们停了下来。

"来,你们试试看。"

就这样,亚美的滑雪课开始了。当然,辛苦的是淳二。因为他虽然能前进却无法刹车。淳二停下雪板的方法只有屁股着地这个选项。

"真是的,我都说几次了,刹车的时候身体要这样转。"

亚美叉着腰说。

"就算脑袋知道,身体却不跟着照做嘛。"

淳二倒在雪地上哀怨地说。他在这一个小时内究竟躺在雪中几次了呢?

"不要找借口,你这样永远不会进步。"

淳二本来就没有想进步的欲望。撇开这些不论,原来亚美竟是个斯巴达式的老师。

"你看袴田。"

亚美指着下方,袴田正在那里缓缓地连续转弯。尽管动作生涩，却巧妙地保持着平衡滑行。

"那个人很强嘛。"

亚美佩服地说。

"你拿我跟那样的年轻人比也没用。"

淳二忍不住不服气。

话虽如此，但就算排除年轻这点，袴田的学习能力还是高得惊人。他能立刻理解亚美教的东西，自然而然地实践出来，他一定本来运动神经就很好吧。淳二就算变年轻应该也做不到那种程度。

尽管因为毛帽和雪镜看不到表情，但袴田很明显乐在其中。他已经一个人搭缆车来回好几次了。

"渡边先生，你要躺到什么时候啊？来，快起来。"

过了一段时间后，淳二也稍微会滑了。尽管刹车和转换方向的样子都很难看，但已经办得到了。一切都是亚美的指导和自己努力的成果。他也可以稍微从容地开始享受速度了。

"那之后请你自己努力啰。"当淳二沉浸在这股喜悦中时，亚美突然宣布要放他一个人滑了。

这无可厚非，亚美自己也想滑。只是这样当中年男子的保姆很无聊吧。"谢谢你，你好好玩。"淳二送她离开。

就这样，前往进阶者路线的亚美走了以后，大家便以各自的步调继续滑雪。淳二和袴田虽然同样都在初学者路线，但因为技术已经有了差距，淳二也觉得分开滑比较轻松。

淳二在缆车乘车处遇见了袴田，两人便一起搭乘。三人座椅上，他们空下中间，分坐两侧。

第四章
逃狱第283天

"老实说,我本来是不情愿被迫过来的,但滑雪其实还不赖。"

缆车开始上升,淳二主动开口。

"对啊,真的。原来这世界上还有这么有趣的东西。"

袴田夸张地说。

"你迷上滑雪了呢。是不是明天开始就会天天来滑雪场报到啊?"

"不,我只今天滑。"

"为什么?"

"每天滑的话会没钱。"

原来如此。即使有折扣,但滑雪服和雪板的租金可不是开玩笑的。像亚美这样自己有一套雪具则另当别论。

"我也只今天滑吧,我是没体力。"

脑海里闪过之后等着自己的工作,忧郁突然袭来。因为今天他们也还是得工作到很晚。

此时,一名看起来不到十岁的男孩正以飞快的速度通过缆车正下方。动作明显很熟练,一定是当地的孩子吧。

"这儿附近的小孩儿都很熟悉雪地吧。"

"感觉是这样。"

这次,换成一对年轻的情侣并肩滑了过来。女生缩手缩脚地大喊"好可怕",带她的男生发出笑声。

"这么说来,下周就是圣诞节了。"

"啊,这么一说……"袴田现在才想起似的。

"平安夜和圣诞节当天的房客好像大部分都是情侣。"

前几天来旅馆打工的地方主妇们这样说过。

"好像会很吵闹的样子。"

袴田的口气似乎不太喜欢。

"袴田没有女朋友吗?"

淳二以轻松的心情问道。袴田瞬间沉默下来,接着冷冷地说:"前阵子分开了。"

"啊,这样啊,抱歉。"

"不会,没关系。"

两人沉默了片刻。由于讨厌这样的沉默,淳二又开了多余的玩笑:"亚美感觉还不错啊。"

"玉代小姐是很棒的人,不过她也有选择的权利。"

袴田在打太极。玉代是亚美的姓。

"对了,你们感情很好呢,是以前就认识了吗?"袴田问。

"怎么可能?我们是来这里才认识的。而且说是感情好嘛,该怎么说呢……是她不知道为什么在各方面都会帮助我,我也觉得很不可思议。"

"因为玉代小姐是很亲切的人吧。"

"嗯,虽然有时候很强势。"

两人笑了开来。

"说到这个,亚美是说什么邀你过来的?"

一听到淳二的问题,袴田勾起嘴角说:"她说:'如果我是你的恩人,你不是应该听我的话吗?'"

淳二放声大笑。说是恩人吗?因为小偷事件袴田第一个遭到怀疑时,亚美出声替他说话。顺带一提,事隔一天后,他们现在还是没有找到钱包,当然,窃贼也一样没有找到。

"偷东西的事不知道有没有报警啊。"淳二自言自语道。

"听说还没有。"袴田回答。

"为什么不报警呢？"

"好像是因为钱包里面只有六千日元，被偷的客人也觉得报警手续很麻烦就算了。"

"麻烦？不是只要去派出所就好了吗？钱包里应该还有一些卡吧？"

"菅平没有那种派出所啊。离这里最近的是下山后的上田警察署，他们应该是权衡过报警要花的力气和损失的金额吧。不管怎样，只是钱包被偷，警察应该也不会帮忙侦查，最后只能被当成遗失物品，等人家送回来。被偷的客人会不会认为既然这样，之后再报警也不迟。"

原来如此，很合理。想下山不是要开车就是得搭一天只有十班的公交车。光是这样，单程就要花上将近一个小时。被偷的客人大概是不希望报警这件事夺走他们珍贵的旅行时间吧。话虽如此，让淳二惊讶的是，袴田还真是消息灵通。

"到底是谁偷的呢？虽然感觉老板娘一开始就认定小偷在我们之中。"

"因为是从上锁的房间里不见的，怀疑我们也情有可原。"

"你真成熟。"淳二笑道，"啊，对了。"

淳二开了个头，讲出三岛花苗的事，说自己在走廊上看到声称没有出过房门一步的她。

结果袴田说："其实我也看到了。"

"那，该不会就是她——"

"这个嘛——"袴田打断淳二,"可能单纯是三岛小姐记错了,或是她不想被怀疑才那样说,大前提应该是以无罪推定为原则。"

淳二点头同意,反省自己的莽撞,他不该散布轻率的谣言。重点是,那是被推定为有罪的自己最不该做的事。

不久,缆车来到了中继站。看时间这应该是最后一次了。当淳二摆出落地的姿势后,袴田说:"那先再见了。"

"你要直接去进阶路线吗?"

"嗯,想最后挑战看看。"

"这样啊,你已经是去那边比较好的水平了。那等会儿见。"

就这样,淳二先行下了缆车。袴田的背影随着上升的缆车,渐行渐远。

滑雪后的工作比平常加倍地令人疲累。淳二的身体发出前所未有的悲鸣。"马上就肌肉酸痛,证明你还很年轻啊。"尽管亚美说得轻松,淳二却很害怕明天的到来,酸痛情况一定会比现在更严重。

"你怎么了?"

淳二在电话中跟妻子传达自己初次体验单板滑雪后,她的第一句话就是这个。不过,她的声音也带着欣喜。这几天淳二都没有联络妻子,妻子一直很担心。

"你那边的冷应该是东京完全无法相比的吧?"

"嗯,晚上根本没办法出去。不过,我一天中有一半以上的时间都在室内。"

"你有好好吃饭吗?"

"旅馆提供了员工餐，很好吃。"

"这样啊，太好了。"淳二知道妻子深吸了一口气，"那个啊，郁惠说有个人想让爸爸见一下。"

"那是……"

"嗯，应该是那样。"

淳二盘腿坐在坐垫上慌慌张张地撇开视线。简陋狭窄的房间里，只有煤油暖炉的运转声。

淳二隐隐约约知道女儿郁惠有交往的男朋友。不过，女儿才二十四岁，他自己觉得结婚还为时尚早。因为郁惠刚大学毕业，在日本桥的制药公司当业务员还不到两年。

"什么时候呢？我今年年底前都必须在这里工作，得等过年之后才能回去。"

"所以对方说想年初的时候来家里打招呼。"

"嗯，那个时候就没问题。"

"你可以吗？要不要我跟郁惠说再晚一点？"

"不用，我没问题。不过，他们会不会突然说要结婚什么的？"

"郁惠说，结婚好像还要再等一下。不过，他们是以结婚为前提交往的，说想明年开始同居。"

原来如此，对方是想来为同居的事打个招呼吗？淳二稍微松了一口气。

"对了，对方是做什么的？"

妻子沉默下来。

接着以"瞒你也没用"开了个头道："我就说了，听说是在补习班兼职当讲师。"

"兼职？"淳二忍不住重复，"意思是没有固定工作吗？"

"这是有原因的……"妻子吞吞吐吐，"那个人好像想当律师，现在在准备司法考试。"

淳二倒抽一口气，咽下唾液。女儿的男朋友想当律师……？

"今年二十六岁，现在好像在冈山。"

"冈山——那应该是他来东京对吧？"

"不，是郁惠去冈山。"

"你是认真的吗？"

"其实郁惠一直很烦恼，觉得跟公司合不来，所以想趁这个机会辞职，在冈山重新找工作。"

淳二的脑袋一片混乱，各种信息接二连三地涌来，他的思维跟不上。

"郁惠烦恼的事我之前都没听说过。"

"嗯，她一直在忍耐，已经快到极限了。"

"你之前就知道了吗？"

"大致上知道。"

"那为什么不跟我商量呢？"

"因为……你也为了自己的事很辛苦啊……"

淳二发出急促的呼吸声。

"难得可以在好地方上班，不是很可惜吗？"

"那里对郁惠来说不是好地方。"

"那她要去冈山做什么？"

"所以才说去那边之后再考虑——"

"我不太认同这样仓促决定过去。郁惠本来就只在东京生活过,突然要去外地住是不是太欠考虑了?话说回来,那个男人也还没有正式的工作——"

"等等,你不要对我发脾气啦。"

淳二拿开电话,用力吐出紊乱的气息。他现在心乱如麻,女儿要辞职离开家,开始跟住在外地的男朋友同居。他实在太震惊了。

不,不是这样。他现在最不安的,是女儿的男友想当律师这件事。

淳二并没有因为这样就觉得讨厌,他绝没有这种想法,但内心为何无法保持平静呢?

最重要的是,淳二该如何面对那个男生,该以什么表情和他抗衡。无论是问他还是自己被问到工作上的事都令人难受。重点是,女儿的男友知道吗?知道交往对象的父亲曾经是律师,以及被解雇的理由吗——

不行。淳二完全没办法见那个男生,无论对方知不知道都一样。

"抱歉。他来打招呼时,还是要请你自己应对,可以吗?我不是不允许他们同居……"

"……嗯。"

"也帮我跟郁惠说声抱歉,我之后一定会好好跟他见个面。"

"我知道了,我一定会跟郁惠说。"

"真的很抱歉。"

"不会啦,你不要心情不好。郁惠也不是小孩子了,她会理解的。"

妻子最后以"再跟我联络啊，小心不要感冒了"结束了通话。

淳二就这样握着手机，一动也不动地坐在棉被上，仿佛在思考，却什么都无法想。

过了一会儿，淳二觉得有些呼吸困难，他站起身。由于他是在狭窄的房间内开煤油暖炉，不勤快点为房间通风的话就会引起一氧化碳中毒。

淳二看向起雾的窗户，上头模模糊糊映着一个凄惨的男人，正以悲哀的眼神看着自己。

淳二抹了抹窗户后，男人的身影消失，露出外头的景色。细雪正缓慢、不间断地从夜空中飘落。

淳二将窗户打开几厘米，仿佛雪女气息般冷冽的空气马上袭来。淳二站在窗前将自己暴露在寒冷的空气里，直到脸颊发痛。

19

三百六十度绕了一圈，许许多多的人围着淳二，其中有他认识的脸孔，也有不认识的，还有无脸妖怪。因为被团团围住、无法后退，淳二只能原地打转。不过，大家似乎没有敌意，只是用可怜的眼神静静盯着中间的淳二。

淳二知道这是梦，身体确实在睡觉，却有一部分的大脑是醒着的。淳二从来没体验过这种状态。不过，即使他知道是梦，恐惧依然存在。

不久，淳二发现某个人的嘴巴在动，定睛一看，是自己学生时代的恩师。如今，他们虽然只剩下互赠贺年卡的来往，但仍然有联系。恩师的嘴唇断断续续地开合，淳二听不见声音，只是凝视着对方的嘴巴。最后，淳二明白恩师在说什么了，他说"很遗憾"。

老师，不是这样的——淳二想诉说却发不出声音。

接着，恩师两旁的人也开始张开唇瓣，不，是所有人都在说话：

很遗憾。很遗憾。很遗憾。
不是，不是我。
很遗憾。很遗憾。很遗憾。
我没有做，没有。

淳二想大喊却不知道该怎么发出声音。他陷入困境。

突然，淳二在众人中发现了妻子的身影，但妻子也和周遭的人一样。

很遗憾。很遗憾。很遗憾。
只有你一定要相信我，我没有那样做。

淳二踏着摇摇晃晃的脚步走向妻子，抓住妻子的双肩。妻子的身体不动如山，连表情也没有改变，只有嘴唇像其他生物一样不停开合。

淳二想捂住她的嘴巴。接着，他发现了一件事。

妻子，不，其他人也一样，原来他们不是在说"很遗憾"。他们说的是——

你是犯人。

战栗的同时，淳二的身体从被窝里反射性地弹了一下。接着，身体渐渐不听使唤，从脚尖到头顶，淳二的所有神经都麻痹了。

这就是所谓的鬼压床吗？淳二只有视觉正常运作，他看见黑暗中低矮的天花板，连四处的污渍也都看得清清楚楚。房间冷得刺骨，全身上下却汗水淋漓。

这样的状态持续了一分钟左右，尽管身体还是一样动不了，淳二却渐渐恢复了冷静。一定是疲劳累积的关系吧，两天前去滑雪可能也有影响。淳二至今还在肌肉酸痛，所以才会做这种噩梦，出现鬼压床。

当淳二能够这样分析状况后，他的指尖可以稍微动作了，接着膝盖也可以弯曲了。身体的神经一点点恢复正常，不久，淳二已经可以翻身，接着很快就完全恢复正常了。

淳二安心地叹了口长气后起身，打开房间的电灯，发现自己穿的不是睡衣而是工作的衣服。他搜寻着记忆。

对了，他没洗澡。昨晚工作结束后，淳二在房里稍微躺了一下，结果就那样睡着了。

淳二拿起枕边的手表一看，已经凌晨三点了。他喷了一声，醒在一个不上不下的时间。由于五点要开始准备早餐，淳二平常都是四点半起床。淳二该继续睡还是洗个澡呢？

一阵犹豫后，淳二决定去洗澡，毕竟躺下去也不知道睡不睡得着。他想洗去昨日的污垢，加上现在也是满身大汗的状态。

淳二拿着换洗衣物来到走廊，听见某间房里传来男人的谈话声。是茂原的房间。听起来，悠星似乎在茂原房里。

就在淳二打算经过时，茂原的房门打开了，悠星探出头。

"啊，你好。"悠星点头打招呼后，马上转身向在房里的茂原报告，"是渡边先生。"

"边哥要不要也来喝一杯？"淳二准备离开时，走廊上响起茂原洪亮的声音。

走廊上只有他们脚步声的回音。原本走在茂原身后的淳二稍微加快脚步，移动到他的斜前方。茂原身上的酒臭味实在太重了。

当淳二以要去洗澡为由婉拒茂原的邀约后，茂原回道："那我们也去泡个澡醒醒酒吧。"两人一起跟了过来。

"你们每天晚上都喝到这个时候吗？"

淳二问。由于周围一片静悄悄，说话声听起来特别响亮。

"不，今天特别。我听这小子说话结果就搞到这么晚，我可是很想睡的。"

一旁的悠星苦笑。其实，应该是悠星被茂原逮住不放吧。

顺便说一下，悠星没喝酒。虽说他已经十八岁，喝点也是可以理解的，但没喝酒的理由很有趣，好像是茂原跟他说："未成年给我喝果汁！"

不久,写着"男""女"的门帘出现在眼前。旅馆内的温泉大众浴池,除了对房客开放的时间,员工都可以自由使用,这是他们小小的奢侈。不过,淳二第一次在这样的深夜使用。

淳二他们掀开男大众浴池的门帘,一走进更衣处,悠星便说:"咦?有人在里面。"几个篮子中,的确有一个里面放着叠好的衣服。

"啊,是那家伙。袴田小哥。"茂原道,"那家伙都是在这种时间洗澡。"

淳二之前都不知道。这么一说,淳二从来没在大众浴池里遇到过的人只有袴田。

悠星喷了一声。淳二讶异地看向悠星,茂原豪爽地笑着说:"因为是情敌啦。"

茂原一脱掉衣服,背上威风凛凛的文身便露了出来。虽然淳二已经是第二次看到,但还是感到魄力十足。仔细一看,茂原的腰际也有伤疤。

"果然好酷啊。"悠星叹息,"我以后也一定要文。"

"你不要,只会不方便而已。"

"我是要刺青啦。"

"那也不要——对吧,边哥?"

"呃,那个……还是仔细考虑后再决定比较好。"

"边哥,大人讲话要更干脆一点。要是可以洗掉的话,我倒是想洗掉。"

"这样啊?"

"是啊,我已经退休了。"

光溜溜的三人前往大众浴池，里面确实有个像是袴田的背影，在蒸腾的水蒸气之间泡着半身浴。

察觉到淳二他们气息的袴田猛然回头，惊讶得瞪大了眼睛。大概是没有眼镜的关系，袴田看起来感觉跟平常不太一样。

"嘿。"淳二微微举手，"我们等一下也要来泡。"

"这样啊。我差不多要起来回去了。"

说完，袴田站起身，却被茂原打断："小哥，我们好歹是吃同一锅饭的伙伴，你不陪我们一下吗？"这个男人一喝酒就会变成这样。

"抱歉，我泡得有点晕了。"

"不，不行——悠星，你也有话要对袴田小哥说吧？"

被点名的悠星尴尬地低下头道："我没有什么话要说。"

"搞什么？你刚刚还气呼呼地说要决斗什么的，真丢人。"

决斗？淳二不明白他们在说什么。

结果袴田被迫留下来陪淳二他们，四人泡在大众浴池中间宽敞的池子里。在温度恰到好处的白色池水里，硫黄的香气通过鼻腔，全身的肌肉渐渐放松。

"——事情就是这样。袴田小哥，你怎么说？"

茂原愉快地向袴田问道。

"问我怎么说也……至少我并没有那种想法，你可以放心。"

袴田的后半句是对着悠星说的。由于袴田头顶垂着一条手帕，从淳二的位置看不清他的表情。

看样子，悠星似乎迷恋上亚美了。不过，这个少年怀疑亚美是不是喜欢袴田，一直在吃醋。淳二心不在焉地听着。

顺带一提，说到悠星是从哪里产生这种想法，似乎是因为两天前亚美邀去滑雪的人不是他而是袴田。要说亚美邀的人，淳二也是，不过悠星似乎实在没有必要把这个中年男子看成竞争对手。

"悠星，这样的话只能正面对决了吧？去给亚美小姐一个突击！"

茂原朝悠星背后拍了一掌。

"可是我比亚美小五岁，感觉她不会把我当对象。"

悠星忧心忡忡地叹了口气。

"你又说这种话！跟你讲几百遍了，谈恋爱跟年纪没有关系，只要你表现得像个男人就好。"

青春正盛的少年接受金盆洗手的流氓恋爱指导的画面实在很有趣。

不过，悠星之后还是犹豫不决，茂原朝他泼水。

"渡边先生，你可以帮我试探一下吗？"

悠星拿毛巾擦了擦脸道。他似乎是想请淳二不着痕迹地询问亚美对自己的看法。不过为什么要找淳二呢？

"因为你和亚美感情最好不是吗？"

"就算这样，找我做这种事……"

淳二这把年纪实在不想搅和进年轻人的感情问题。不过，悠星一直"拜托啦，拜托"死缠烂打地恳求，淳二最后也只好讲了"好吧，如果只是问问看的话"，接受了请求。但后悔马上袭来——自己已经这把年纪了，还要被拜托这种事情。

"啊——真丢人。是男人的话，就应该像野猪一样勇往直前才对吧？听好了，我年轻的时候——"

第四章
逃狱第283天

接下来茂原开始讲过去的事。茂原以前喜欢的女人对药物成瘾，还让混混包养当情妇，身心破烂不堪。茂原说他让那个女人戒了毒，赶走了混混，把她从深渊中拯救出来，还和那个女人结了婚。淳二有种自己被迫听了什么童话故事的感觉。

"一开始，她连瞧都不瞧我一眼。可是我每天黏着她，不停对她说情话，结果她不知不觉就喜欢上我了。顺序就是这样。"

"这不是洗脑吗……一不小心就会变成跟踪狂吧。"

"跟踪狂？很好用不是吗？只要最后赢了就好。"

"可是，最终那个女人在你服刑的时候跑掉了吧？"

悠星有点挖苦地说。小子不知天高地厚也要有个分寸。不过，茂原似乎并没有因此不高兴。

"唉，没办法，因为我放她一个人在那里十年啊。"

茂原露出有些忧伤的表情。

话说回来，这个男人到底做了什么才被抓呢？大概是淳二的表情浮现出疑问的关系，悠星莫名骄傲地告诉淳二："他去敌对帮派的办公室射喷子，然后对方的成员全灭，当——阿弥陀佛。"悠星的脑袋马上挨了一拳。

"小孩子不要讲喷子什么的这种行话！"

"而且没人'挂'掉，不要随便把人变成杀人凶手。还有啊，真正干那档事的人不是我，是我大哥。我只是因为他答应会照顾我老婆和小孩才顶罪的。结果他只有一开始的几个月给我老婆寄了生活费，后来就一副不关他的事的样子。我绝不会原谅那个男人。"

此刻，茂原的脸上透出狠厉，淳二干咳一声撇开了视线。

悠星还是一样说了多余的话："那你一定要找出那家伙做个了断吧？"

"我不会找他。"

"为什么？"

"见面的话，我又会回去蹲牢房了吧。所以我不想见到他。"

茂原眼神缥缈，掬了一把热水抹了抹脸，接着又补了一句："反正现在见到面我也认不出来他是哪一个。"

悠星询问理由后茂原回答：

"听说他几年前被发了票子，之后就换一张脸逃走了。现在大概在某个地方用不同的身份过日子。"

一直沉默不语的袴田开口："票子是指通缉令吗？"

"对。那个男人是犯了重罪的通缉犯，你们可能也在派出所之类的地方看过他的照片吧。"

"那样的人有办法去整形吗？"

"怎么样都有办法吧？当然，不可能在什么正经的地方做。"

"也就是俗称的密医吗？"

"嗯。内科、外科、整形外科医生，在世界的灰暗面里也很齐全。"

"不怕那些人去报警吗？"

"基本上不会。要是被发现他们告密的话之后就没办法再做生意了，而且那些家伙去掉密医这个身份，本来就都是垃圾，不会跑去报警的。"

袴田点头听着，表情被挡在手帕下，看不清楚。

"我泡得差不多了。"袴田起身，先行离开了大众浴池。大概是因为他真的泡了很久，茂原也没有再阻止。

"那个小哥，身上有隐情。"

茂原看向更衣处说。磨砂玻璃后，袴田正在穿衣服。

"怎么说？"淳二问。

"没有根据，但我就是知道。"

淳二不是很明白，但仍出声应和了一下。

接着，三个人在池子里，茂原继续话当年，淳二则是被迫听着那些内容。不过，茂原很会说故事，把悲惨的过去说得像相声一样有趣好笑，淳二也因此渐渐消除了对这个男人的恐惧。

"啊——酒醒得差不多了。现在几点啦？"

"大概刚四点吧。"

"那数到一百就起来吧。"

"一——二——三——"

"你不会在心里数吗？吵死了。"

淳二愣愣地眺望天色未明的夜空，不知不觉也开始在心里默数起来。

仿佛裹上银纱的星星一闪一闪发亮，每一颗都比淳二在东京看到的还清晰。在这样的夜里，甚至是在这样的雪山中，和茂原、悠星这样的人一起泡温泉，是多么不可思议的瞬间啊。

数字数到七十时。

"亚美什么时候洗澡呢？"

悠星盯着层层堆叠的石壁，仿佛要看穿石头似的说。石壁对面是女汤。

"这个小色鬼，之前好像爬到那边的石头上去偷看。"茂原勾起嘴角向淳二说道,"结果吓了一大跳,因为在那里的是没穿衣服的三岛阿姐。"

淳二忍不住笑出声。悠星皱着眉头说:"那根本是噩梦。"

"你那是报应。不过,你应该付那个阿姐钱,因为你白白看了人家身体。"

"开什么玩笑?谁要给那个肥婆小偷钱。"

"小偷?怎么回事?"

"啊,是那家伙啦,偷钱包的人。"

由于悠星说得轻巧,淳二吓了一跳。

"你怎么知道?"

"茂原哥说的。"

悠星看向茂原,茂原咧嘴笑着说:"十之八九是她。"

不过,茂原也没有证据,只是又搬出一样的话:"我就是知道。"

淳二决定不向两人提及自己在休息时间看到三岛的事,以免流言变得更有可信度。

从大众浴池出来后,淳二速速开始了这一天的工作。总觉得身体比平常轻盈,早上泡澡似乎也不错嘛。

终于,房客用完了早餐,淳二开始在厨房善后。他和亚美站在一块儿,勤奋地擦盘子。

"对了,"淳二看着手边的盘子打开话题,"悠星好像也想滑雪啊。"

不着痕迹地试探亚美对他的印象——毕竟已经答应人家了,

就必须说到做到。尽管如此，淳二却不知该用什么方法试探。总而言之，只要制造两人独处的时间，他就算完成任务了吧。

"啊，那就去滑啊。"

淳二侧眼觑向亚美。他还以为亚美一定会干脆地回答："那我去邀他。"

"他好像也没有经验，是不是也需要老师教啊。"

"他那么年轻，看旁边的人滑，自己就会了。"

看来，亚美似乎没有要带悠星入门的意思。她之前明明一直缠着自己去滑，为什么会有这种差别呢？

淳二苦思时，亚美抢先一步说："我不是来这里交男朋友的。"

淳二停下手边的动作，看向身旁的女孩。

"是悠星拜托你的吧？他好像对我有兴趣。"

"不是，那个……"

"呵呵，渡边先生，你是那种想法全都会写在脸上的类型。"

淳二搔了搔脑袋。要是淳二说别看他这样，自己之前可是律师的话，亚美会相信吗？

亚美"呼——"地叹了一口气。"好，我会去邀他滑雪。不过，请你一定要先跟他说好，我没有在找男友。"

"啊，好的。"

这下麻烦了。淳二可以照实跟悠星说吗？悠星意外地似乎是个性纤细的人，感觉他会很沮丧。

之后，在无声的工作中，亚美用几不可闻的音量低喃："我对年纪小的男生没兴趣。"淳二假装没听到。

不会吧？有些女生对年纪大到可以当父亲的男人抱有好感。

亚美是不是有那种癖好呢？

不不不，他在想什么。不管谁来看，他都是个平凡无趣的中年人，亚美不可能喜欢他这种男人。

亚美像是连淳二这样的想法都看穿似的说："不过，年纪太大也没办法就是了。"制止了淳二的臆测。淳二很担心自己有没有脸红。

"大概还是同年龄层的比较好吧。"

"那像袴田呢？"

"他也比我小啊，小一岁。"

看来，袴田也不在亚美的考虑范围内，淳二打算把这件事告诉悠星。不过，亚美又说：

"老实说，我原本觉得他不错，但袴田有喜欢的人了。"

"啊，这样啊。"

"他有个不久前刚分手的女朋友，他说自己还喜欢着对方。"

这么说来，袴田之前说过类似的话。

"他们好像有部一起看的连续剧，只剩最后一集没看就分开了。他说希望将来有一天能够和对方一起看。我看他还念念不忘的样子，瞬间就熄火了。"

亚美一定是追根究底问出来的吧。无论如何，悠星的感情路似乎会很崎岖。

不过，一到休息时间，悠星便来到淳二身边，眼神闪闪发亮，握着淳二的手说："渡边先生，你真是神啊。"

亚美好像马上就去邀悠星滑雪了。看着悠星欢喜兴奋的样子，淳二实在无法跟他说他没希望这种话。相反，淳二默默在心中为悠星加油，因为也不是完全没有可能。

接触到年轻人的青春气息令淳二想起久远的过去，他的确也有酸酸甜甜的青春时代。他开始渐渐觉得，能来这里真是太好了。

20

圣诞节的山喜庄正如听说的一样，涌进了大批年轻情侣。打扫完客房后，三岛花苗鼓着腮碎念："这里又不是汽车旅馆！"

这一天，悠星一早就比平常更加闹腾。他似乎请了十天才能有一次的半休，从中午到晚上都要在滑雪场度过，和亚美一起。

从上周起，只要一到休息时间，悠星便经常和亚美一起去滑雪场。他甚至砸下所有打工赚来的薪水，买了一套雪板和滑雪服。由于他对滑雪本身兴趣平平，所以应该是把那些当作追求恋爱的一种投资吧。

淳二开始准备这天的晚餐。亚美和悠星以外的打工换宿者在各自负责的区域勤奋地工作。由于有两个人不在，当地的打工主妇今晚也加入支援，但因为不熟悉工作内容，似乎做得很吃力。也是因为这样，今天的工作结束得比往常还要晚。

淳二在房里稍作休息后准备去洗澡，结果像往常一样，一出走廊就被茂原逮住。"难得的圣诞节，来喝一杯吧。"淳二被茂原拖进房里。

就在淳二和茂原开始饮酒后，穿着滑雪服的悠星走了进来，不过，却是一脸垂头丧气。悠星有气无力地宣布："我被拒绝了。"

"不行不行，你这样没有传达出诚意。而且，亚美小姐也不会觉得你在告白。"

茂原一张脸红通通地纠正道。听悠星说，他用了"我可能喜欢上你了"这种暧昧的说法，亚美的回应则是"哦"了一声。

"我喜欢你——你别管那么多就跟老子交往！老子一定会给你幸福——来，说一遍！"

"我喜欢你——你别管那么多就跟老子——"

"你不会用自己的话说吗！"

"我喜欢你——"

悠星重复了十次后，茂原朝他摆摆下巴说："好，去讲吧。"

"现在吗？"

"当然啦。等到明天你又会怕东怕西。你看，圣诞节的魔法就快要结束啰。快去！"

悠星磨磨蹭蹭了一会儿，最后像是下定决心般还莫名向淳二他们敬礼，离开了房间。不过，他马上就回来了，亚美不在房里。

"奇怪，难道她还在滑吗？"

"你们没有一起回来吗？"

"没有，我因为被拒绝很尴尬，自己先回来了。"

"她不可能还在滑。"淳二插嘴，"夜间照明早已经关了。"

"那就是去洗澡了吧。"

"对啊。"

就这样过了一个小时,悠星再次前往亚美的房间,但她依然不在。

"我去后门看一下。"悠星说。他说亚美平常都会把滑雪板立在那里。

"不会是遇难了吧。"茂原说着不吉利的话。

淳二笑道:"怎么可能?"

不过,几分钟后淳二就笑不出来了。因为回来的悠星脸色苍白地说:"亚美的雪板不在那里。"

沉默笼罩了整个房间。淳二看向窗外,外头还刮着风飘着雪,虽然不大。接着他看向手表,就快要十二点了。

"也就是说,她还没回来吗?"

茂原静静地确认后站起身。

"悠星,你没有亚美小姐的手机号吗?"

"我知道社交账号,但她怕手机坏掉,滑雪时没带在身上。"

茂原啧了一声。"总之,先去问问看袴田小哥和三岛阿姐吧。"

淳二一行人前往两人的房间,但他们也都没有看到亚美。茂原支使三岛花苗去女汤看看,但她回来后干脆地回报:"亚美不在里面啊。"

"都怪我自己一个人回来。怎么办?"

悠星一副快哭出来的样子。据说,他在和亚美分开大约五分钟后,听到了滑雪场播放的闭场旋律。闭场是晚上九点。假设亚美遇到危险的话,代表她已经在这极寒的夜晚雪山里徘徊三小时以上了。

淳二脑海里浮现出亚美挨着冻,独自走在雪地里的身影,咽下口水。

"现在还没确定亚美小姐遇难了吧？"

"可是，没有雪板代表她真的没有回来啊。"

"一般人不会在滑雪场里遇难吧？"花苗说，"又不是去登山。"

"我们今天去的是叫达沃斯的山区，有很多种滑雪路线，也有很多岔路。而且我们滑的时候，最后的地方几乎没有什么人了。"

"可是，那里也有雪场员工和救援队的人吧？"

的确，他们在闭场前应该会巡一圈。

"或许——"袴田抚着下巴说，"玉代小姐可能去了工作人员看不到的禁滑区。她那样的进阶者或许是想挑战那种地方吧，然后在那里遇到什么意外，身体动不了之类的。"

"啊，有可能。"茂原大力点头。

"如果是这样就分秒必争了。我们联络警察，请他们派救援队吧。"

悠星马上拨打110。接通后，茂原说着"给我，我知道怎么跟他们打交道"，抢过了手机。茂原冷静仔细地说明状况，最后说了声"那就拜托了"，便挂掉了电话。

"他们说会派救援队过来，好像还会出动直升机。"

事情好像瞬间闹大了。要是亚美此时突然回来的话会怎么样呢？不过，就算淳二他们鲁莽误判状况也无妨，之后能把一切当作一场笑话是最好不过的。

"好，我们也去找人吧。"

茂原环顾众人后说。

"三更半夜的，一般人没办法做这种事吧。"花苗说。

"你就算不怕我也不会带你去。你在这里等，只有男生去。"

第四章
逃狱第283天

"气象预报说菅平接下来的天气会变差。"袴田以冷静的口吻道。

"这样更应该去吧？人越多越好——悠星，你会去吧？"

"当然。"

"边哥呢？"

"我也去。"

淳二毫不犹豫马上回答。出去找人或许危险，但他实在坐立难安，就这样在这里等待简直是酷刑。虽然淳二才认识亚美不到一个月，却一点也无法将她当成毫不相干的人。

"袴田小哥，你怎么样？"

茂原询问。袴田沉默不语，没有回答。

"那袴田小哥、三岛小姐，你们就联络老板和老板娘，然后请他们也拜托当地居民帮帮忙。"

"不——"袴田说，"我也去。"

就这样，四个男人从山喜庄出发前往雪场。大家都穿上了防寒衣、雪地专用长靴，手里拿着山喜庄的雪杖。另外，还各自借了一把手电筒以防停电。他们用手电筒照亮前方，用力踏在积雪的道路上前行。光线中，无数白雪纷飞，即使淳二不断揉眼睛，视野依旧湿润模糊。因为，附着在睫毛上的水汽瞬间便会结霜。茂原和悠星也一样。

四人中，唯有袴田得以避免。上次滑雪时戴的雪镜似乎是他自己的，他戴着那副雪镜还戴了口罩，不说话的话根本无法判断他是谁。

走了约莫十分钟，一行人抵达悠星所说的达沃斯山入口。滑雪场一片漆黑，缆车也没有运转。黑压压的山脉高耸在眼前，仿佛在拒绝人类的入侵。

"救援队的人好像还没到。"淳二说。

"他们慢吞吞的，在搞什么？这样会耽误救人时机吧！"

耽误——绝不能有这种事。

"亚美——"

悠星朝雪山放声大喊。然而，声音却消逝在风中，完全传不出去。

"好，上去吧。"

总之，一行人决定顺着缆车方向爬到能爬的地方为止，之后再兵分两路边搜索亚美边下山。

沙、沙、沙。他们一步一步攀登雪坡，各自出声呼唤。

每三分钟就会有人失足跌倒。脚上的长靴虽然适合高低落差很大的积雪道路，但毕竟还是平地专用。带雪杖来是正确的，没有雪杖的话，淳二他们根本连好好爬坡都办不到吧。

过了三十分钟左右，淳二他们大概爬到了一半。尽管下半身已经在哀号，却不能说丧气话。

此时，后方传来"啪啪啪"切开空气的声响，耳膜捕捉到那道声音后，声响瞬间变大，最后，一台直升机从空中现身，照下光束。是救援队的直升机。

淳二他们朝上挥手，接着，直升机发出的光线朝他们照了过来。刺眼的光芒令人睁不开眼睛。茂原手脚并用，向上面的人传达他们一行人正在搜寻亚美的信息。大概是理解了他的意思吧，直升机往上方飞去。

几分钟后,滑雪场的夜间照明亮了起来,缆车也重新启动,山下传来好几台雪上摩托车的引擎声,还看到了十多个人影。搜索行动正式展开了。

淳二他们也在途中搭上缆车,前往山顶。他从来没想过自己会在这种情况下再次搭上缆车。

"趁现在大家交换一下电话号码吧。"淳二说。

茂原和悠星拿出了手机,唯有袴田没有动作。一问才知道,袴田的手机最近不见了。

"没关系,只要能联络到边哥就够了。"

他们是兵分两路搜索,淳二和袴田一组,茂原与悠星一组。

下了缆车后,淳二和茂原他们道别,开始搜索。绝对要找到亚美。

搜索行动进行约一个小时后,凌晨两点半,众人顺利找到了亚美。她果然如袴田所料,位于禁滑区一处到处长着白桦树的地方。亚美好像是在那里滑行时狠狠撞上一棵树,摔倒失去意识。尽管亚美没多久便清醒过来,下半身却连着滑雪板深深陷入新积的雪中,因为雪的重量无法将脚拔出来。入夜后,气温下降,大概加上雪也变硬了,亚美一个人束手无策。她一边和死亡的恐惧战斗,一边祈祷救援队的到来,持续等待。

发现亚美的是救援队队员,他们在禁滑区找到滑雪板通过的些许痕迹,顺着痕迹找到了亚美。淳二他们应该也经过了那儿附近却没注意到。果然专业的就是不一样。

亚美看到淳二他们时虽然虚弱,意识却很清醒,还能吐着舌头说："今年圣诞节是最糟糕的一年。"不过，在挨了茂原一记低吼"小妞，给我差不多得了"后，亚美马上向大家道歉："真的非常对不起。"

圣诞节的骚动就这样平息了。

幸好亚美似乎没有明显的外伤，也没有冻伤的迹象，不过保险起见，她还是被送上救护车，前往菅平高原下的上田综合医院。陪同她一起去的有悠星和淳二。尽管茂原对淳二说："边哥，这种时候不是要有眼力见儿一点吗？"但淳二觉得不能只有未成年的少年随行，还是决定一同前往医院。

顺道一提，说到袴田，在收到救援队发现亚美的通知后便一个人回山喜庄了。他身体似乎不太舒服，留下一句"我先回去休息"，便和淳二他们分别了。

亚美的母亲也赶到了医院，不同于女儿，她似乎是个朴实的妇人。她和淳二聊了几句，淳二这时才知道亚美的父亲不在她身边。

虽然不知道容易得意忘形的悠星是怎么看待这次骚动的，但他的脑袋里似乎全都是未来的事，说着："感觉我现在告白的话，好像会成功。"一切都是因为亚美平安无事。亚美活下来，真的是太好了。

亚美只住院检查一天便马上回到了山喜庄。她的合约到二月底，似乎是想完整地做到那时候为止。不过她说这个冬天都不会再滑雪了。

而淳二在山喜庄剩下的生活还有五天，合约到年底，除夕夜傍晚他便会搭乘新干线回东京，与共度大概一个月、彼此渐渐了解的大家分开。淳二今后恐怕再也不会见到他们了吧。思及此，他的内心泛起淡淡的哀伤。

21

不久，十二月三十日来临，包含今天在内，淳二在云上的生活只剩下两天了。这天，亚美的样子有些奇怪，淳二总觉得她对自己很见外。平常的她总是话匣子停不下来地找淳二闲聊，今天却是在淳二旁边工作也完全不说话。虽然淳二开口的话她会有回应，却十分冷淡。问她是不是发生了什么事，她也只是露出僵硬的笑容说："什么事都没有。"

奇怪的不只是亚美，茂原、悠星、三岛也一样，这三个人明显在躲淳二。三岛毫不避讳地用嫌恶的眼神看着自己，淳二最后问悠星"我做了什么吗"也遭到无视。淳二完全摸不着头绪。

"袴田，可以来一下吗？"

确认四下无人后，淳二将在厨房工作的袴田带到刚关门的餐厅。所有人之中只有袴田以平常的态度对待淳二。

"其实，昨天晚上——"

淳二把事情说出来，问袴田知不知道些什么后，袴田尴尬地开口。

他说，昨晚悠星去了每个人的房间，也到了袴田那里。然后，他叽叽喳喳兴奋地说："我找到了很不得了的东西，这个，这个。"悠星握着手机说，"总之，你先看。"袴田便在半强迫的情况下看了视频。

视频里——播放着那天的淳二。

淳二几乎快当场瘫坐在地,感觉身体的某处开了一个洞,不停地流出血液。

悠星一定是偶然发现的吧。事件发生后,那则视频马上在网络社群中传播开,也被转到了视频网站上。淳二曾看过一次,视频显示的观看次数高得令人发晕。

"渡边先生,你没事吧?"袴田屈身,担心地看着淳二。

淳二有点喘不上气来,心脏怦怦怦地剧烈跳动。

"你先回去。"淳二捂着胸口说。

"可是——"

"拜托,让我一个人静静。"

袴田垂眸,最后离开了餐厅。

淳二重重地靠在墙上,滑落般蹲坐下来。他双手抱头,用力揉着头发。

淳二的大脑无法顺利运转,陷入了短路。

当激动平息,猛烈的心跳平复后,淳二打从心底冷静地想要一死了之。淳二心里一直有这个想法,却不曾像此刻这么清楚地意识到"死亡"这件事。

到头来,只要有那个东西在就不可能顺利。无论做什么、怎么挣扎都无济于事。

大约十个月前,淳二跌进了泥淖里。一潭黑漆漆的、深不见底的泥淖。一旦掉落,再怎么挣扎最后也无法抽身。

既然如此,只有放弃抵抗,任由身体下沉,直到头顶被淹没。

第四章
逃狱第283天

冰冷的房间里,淳二将棉被盖在头上,蜷缩起身体。在黑暗中,他如走马灯般回忆自己过往的人生。

淳二的人生或许在他人眼里不值一提,但他依旧有属于自己的跌宕起伏,其中存在着许许多多的喜怒哀乐,也有好几个只有自己才知道的故事。

这段人生并不差。淳二遇见了许多朋友,找到了伴侣,上天还赐予了他孩子,也能陪伴父母走完最后一程。

尽管在最后的最后遭遇了悲剧,但就当没那回事吧。不可以添进他的人生史里。

一路走来好歹跟司法有关系的人或许不该自杀,这么做或许违反了人伦道德。淳二过去其实也一直这么相信。然而,这个想法是不是错了呢?自杀或许是上天特别赐给人类的专属恩惠。

话虽如此,淳二并不是个信仰虔诚的人,因此也不会想象死后的世界。死掉的话,肉体将回归尘土,灵魂离开,成为完全的虚无。这样就好。他只是想结束,想赶快逃离这样的现实。

"你大概也不想被曾经作恶多端的男人这样讲吧?但只有那种行为我怎样都不能接受。"

刚才,茂原和淳二在走廊上擦肩而过时这么说道。茂原大概是想表达"大家躲你是有理由的"。

淳二没有否认,反正茂原一定不会相信自己。

看了那则视频后,到底有谁会相信淳二呢?如果淳二是局外人的话,应该也会跟大家一样嫌恶这个男人,不想接近他吧。因为那件事无论谁来看,都会觉得淳二是犯人。

淳二迅速合上眼帘,将自己带向更深层的黑暗。

"你刚刚摸我了,对吧?"

眼前的人捉住淳二的手腕说。穿着制服的女高中生眼睛充血地瞪着自己。

淳二无法理解她对自己说的话是什么意思。

"请在下一站跟我下车。"

手腕被抓得牢牢的。周围的人对自己投以冰冷的视线。

淳二解释,女高中生却不愿意听。

淳二完全无法冷静,陷入焦虑。他做梦也没想过自己会被卷入这种冤枉事中。

当时,淳二完全忘记自己是个律师了。

不久,电车到站,车门开启。女高中生拉着淳二的手腕强迫他下车。

此时,淳二采取了一个连自己也无法相信的举动。一回神,淳二撞开了女高中生。女高中生跌倒在地,淳二则是敏捷地冲出车站闸口。不过,他马上被周围的男子捉住,被警方逮捕。

之后,恢复冷静的淳二坚决不认罪。尽管他真心对撞开女高中生逃走这件事感到抱歉,但他打死也没办法将"没摸"说成"摸了"。要是说了的话,最后他就会变成罪犯。回想自己的行动,情况虽然对淳二不利,但只要他不承认就一定是无罪,也不会引起诉讼。

那名女高中生刚开始虽然大喊:"不要找借口!"但在淳二仔细说明状况后,最后也承认过失说:"有可能不是这个人。"

然而,问题不在这里。整场骚动被周围的人用手机录了下来。撞开女高中生逃走的男人怎么看都是色狼。即使法律上无罪,在

第四章
逃狱第283天

世人的眼中也有罪。而这就是全部。

视频以惊人的速度传播开,这件事是一名认识的律师告诉淳二的。不知道是谁将淳二是律师的事也查了出来。

怎么会冒出这种横祸呢?谁又能想象自己会因此而绊倒?所谓的晴天霹雳、人间地狱即是如此。

当然,淳二竭尽所能地删除视频,不过却没完没了。无论他怎么删,视频还是以令人望尘莫及的速度被转发、传播出去。这就叫"数字文身",曾经在网络上公开过的东西永远也不会消失。

所以,已经够了。所有能做的事淳二都做了。他想打起精神像这样重新出发,最后却还是成了过街老鼠。他的未来完全毁了,人生已经破灭。妻子和女儿一定能体谅他。

接下来就只剩什么时候、在哪里了结了。

淳二缓缓从棉被里爬出来,默默做出门的准备。他穿上防寒衣,戴上毛帽,在拿出好几个暖宝宝时笑了出来。这种东西带了也没用。

就这样,淳二只身离开了山喜庄,将钱包和手机都留在房里。

淳二一步一步踏在寒冷刺骨的积雪道路上。由于时间将近晚上十点,路上几乎没有行人。今晚没有风,细雪从夜空轻轻落下。一整排间隔相同的路灯将雪花照得更加清晰寒冷。

淳二边走边吐出白色的哈气,感受神奇的命运。自己是不是为了今天要这样死去才会来到这处雪国的呢?尽管觉得有些牵强,但也不禁感受到冥冥中的安排。

淳二的心情不可思议地恢复了平静。虽然对死亡有所恐惧,但活着更可怕,只是这样吧。

"渡边先生。"

身后突然出现一道声音。淳二屏住气息，停下脚步，慢慢回头。袴田站在自己后方几米处，淳二刚才完全没有发现。

"我从房里看到你出门。这么晚了，你要去哪里？"

袴田以温和的眼神问道。

淳二无法回答。

"你身体怎么样了？"

因为淳二称自己身体不舒服，申请工作早退。袴田才刚结束工作不久吧，他的身上还穿着工作服，显然不是外出的衣服。

"托你的福已经好多了，所以才想去散个步。毕竟这是我在菅平的最后一晚了。"

尽管淳二这么回答，袴田却没有回应。

沉默在两人之间流转，没多久，袴田以中指推了推眼镜，再次开口：

"我一个晚辈这样说很抱歉，但别那么做。"

做什么？淳二问不出口。

两人再次沉默，只是双双吐着白气，紧盯着彼此。

最后——

"……我没有做。"

淳二突然说道。那不是他的意思，嘴巴自己动了起来。

袴田不语。

"如果我说那是冤枉的，袴田，你相信吗？"

"那是冤枉的吗？"

"嗯，我没有做。"

"那我相信。"

淳二对袴田干脆的回答嗤了一声:"没关系,你不用勉强。"

"不,我相信。"

"够了。"

"我相信你。"

"我说够了。不要随随便便……说那种话!"淳二的胸口突然升起一股激动,一口气爆发,视野湿成一片,"你、你懂我的心情吗?你懂因为根本没犯过的罪受到制裁的屈辱吗?从以前累积到现在的一切瞬间消失……有、有这么不讲理的事吗?呜呜……我、我什么都没做。可是为什么,为什么——"

淳二跪倒在雪地里。他压低脸,两只手撑在肮脏的雪面上,泪水落在双掌间。无处宣泄的愤怒与悲伤的泪水不停泛出眼眶,每落下一滴泪,便在雪地上留下一个小窟窿。淳二恸哭的声音回荡在四周。

最后,袴田"沙沙沙"地踏着雪,来到淳二面前。淳二缓缓抬头,发现袴田和自己一样泪流满面,盈满的泪水再度从他的双眼落下。

袴田双膝轻轻跪在地上,然后抱着淳二。

"我懂。"

袴田在淳二耳边低语,虽然带着哭腔却不可思议地有力。

淳二虚脱无力,连一根手指都动不了。淳二将自己交给袴田,任他散发的温暖包裹自己,就像受到保护一样。淳二完全使不上力,内心也是,朦朦胧胧,逐渐放松。袴田的体温与鼻息确实令淳二松了一口气,得到疗愈。淳二像个被母亲拥抱的孩子。

袴田是个年纪还不到自己一半的年轻人。他现在是带着什么想法拥抱自己的呢？是知道了中年男子的悲剧，触动感伤而同情淳二吗？淳二不懂袴田的真实想法，只知道内心祈求着他能再这样抱着自己一会儿。

是住在雪山里的野兽吗？远方传来高亢的嗥叫声。明明不可能有那种野兽，但这么一想，所有的现实感都离自己而去了。

22

营业用洗碗机响起"哔——"的声音，淳二迅速从洗碗机里拿出杯盘。所谓的习惯真的很厉害。尽管餐具依旧很烫，但淳二现在已经耐得住了。回想起来，这一星期他都没有打破盘子。

回东京后也买一台家庭用的洗碗机吧。妻子从来没有用过，大概会对洗碗机的便利大吃一惊。

"亚美，可以帮我拿一下那边的抹布吗？"

亚美将抹布交给淳二，不过却一言不发，连看都没有看淳二一眼。

事到如今，虽然已经无计可施了，但可以的话，淳二原本希望至少不要让亚美知道那件事。他希望两人能和乐融融地分别。

淳二叹了一口气，开始擦起盘子。这间厨房也要在今天分别了。傍晚，淳二会搭新干线回东京。从明天起，再次开始过去的生活。

第四章
逃狱第283天

还好他来到这里,来到菅平高原了。因为淳二认识了袴田勋这个人。

如果他当时没有拦住自己的话,淳二现在会成为附近雪山里的一具尸体吗?还是途中会因为恐惧而自己停下脚步呢?虽然再怎么想也没有意义,但昨晚的自己是真心寻死的。

不过,淳二也觉得,只是被一个刚认识不久的年轻人拦下就断了寻死的念头,昨晚自己的觉悟到底算什么呢?然而,袴田的拥抱就是有那样的说服力,具有一股难以名状的力量。

当时,淳二和袴田的心灵是相通的。他觉得袴田能够深深理解自己的痛苦、愤怒和绝望。不是妻子,也不是心理咨询师,而是那名青年,只有他能够理解。

接下来,自己还是会面临障碍,会烦恼吧。淳二所处的状况并没有改变。或许,当他意志消沉、叹息度日时,会再次向死亡伸手。尽管如此,淳二还是觉得每到那个时候,他一定会想起昨晚,不会跨越那一条线,可以再坚持下去。淳二现在真真切切地这么认为。

望着小窗外的滑雪场,淳二眯起双眼。虽说是除夕,滑雪场上却人山人海,好不热闹。他们打算在这里迎接新年吧。

再过不久,2020年就要来了。淳二真心期望明年会是美好的一年。

中午过后,淳二结束在山喜庄的最后一件工作,正当他开始打扫住了一个月的房间时,老板来到房里。

老板又是来说服自己的吗?淳二的心情有些沉重。旅馆似乎还没找到接替淳二的打工换宿员,从上周起老板便不停拜托淳二,希望他能做到旅馆找到人为止。不过,那也是因为淳二的态度暧昧不明吧。其实,淳二内心某处原本觉得再延长一下工期也无妨。不过,现在那则视频已经流传到了这里,已经没有这个选项了。

然而,老板来找淳二完全是为了别的事。

"啊?意思是?"

淳二讶异地寻求解释。

"所以就是,没有。"

老板以几不可闻的声音说道。

他说,淳二工作至今的薪水没了。准确来说,应该是装有老板准备好的现金薪水的袋子不见了。

薪水袋似乎是保管在办公室老板的桌子抽屉里。

"其他人的薪水呢?"

"我还没准备其他人的份。因为你要先离开,我就提前准备了。"

"你的抽屉上锁了吧?"

"那个……"

老板说,桌子抽屉是有锁的,但钥匙在几年前就不见了,所以,也就是任何人都能打开的状态。

淳二实在无语,轻忽随便也要有个底线。虽说是低廉的日薪,但他这一个月以来几乎都没有休息,少说也有快二十万日元吧。竟然将这么一大笔钱放在没有上锁的地方保管。何况,旅馆没多久前才刚发生过盗窃案。

"所以,你希望我怎么做?"

第四章
逃狱第283天

"我当然会付薪水,不过想请你给我一些时间。能不能之后用转账的方式……"

"这样的话,可以给我一个期限吗?"

淳二绝不是为了钱在这里工作的,但事情讲得不清不楚的,他也很困扰。他今后需要钱。因为,淳二选择了活下来。

结果,老板答应淳二一周内会支付薪水。此外,淳二也要求老板立下字据。

老板最后这么说:

"请务必对我太太保密,拜托了。"

"保密是没问题,但你不报警吗?"

考量到受损金额应该立刻报警才对。然而,老板却说不会那么做。一旦报警,老板娘自然就会知道,老板将会被恐怖的妻子究责,这是老板最讨厌的事了吧。

"还有,可以麻烦你这个吗?"

老板拿出一张薪水收据,希望淳二在上面签名盖章,好骗过妻子。

淳二当然拒绝了,他无法在签名上造假。

"也是啊。"老板垂头丧气地离开了。

然而,过了一段时间后,老板再次来到淳二房里。原以为是他找到薪水袋了,结果并非如此,而是要所有打工换宿的人都到餐厅集合。可能是老板娘马上就发现真相了。淳二一询问,老板便面容憔悴地点点头。大概是因为淳二没有在收据上签名吧。

在各自房里休息的人都来到走廊,前往厨房。全员都在,一个也没少。要是之前,亚美休息时都会去滑雪场,但自从那次意外后，亚美便离雪板远远的。当然，悠星也没有滑雪的理由了。

餐厅里，怒气冲天的老板娘正红着一张脸严阵以待。她让淳二他们坐在椅子上，站在众人面前开口道：

"这到底是怎么回事？"

开响第一炮的老板娘还是像上次一样，一开始就认定小偷在淳二他们之中，完全失去了理智。找不到薪水袋就是旅馆的损失——老板娘情绪化地控诉理所当然的事。

其间，淳二用视线余光捕捉到茂原不停瞄向三岛花苗的画面。照茂原所说，上次的偷窃事件是三岛花苗干的好事，虽然无凭无据。

"好过分，为什么只怀疑我们呢？说到底，东西被偷是你们的疏忽吧？"

亚美发出不满，悠星跟在后面说着："没错，没错。"

"这也没办法吧？因为你们最来历不明。"

老板娘这番发言令现场气氛紧绷。

"等一下，这句话我不能当没听到。"茂原以低沉的声音插嘴，"你说我们来历不明？够了，我现在立刻走人。"

"卑鄙小人。"

"卑鄙小人？"茂原扯翻椅子，猛地起身，"大姐，你再说一遍试试？"

"你是做了亏心事才想逃走吧？"

"你这个臭老太婆，我受够了。你想挨揍吗？"

"茂原先生，你先冷静一下吧。"

淳二伸手制止，茂原粗暴地挥开淳二的手。

第四章
逃狱第283天

"边哥，其实是你自己偷的吧？"

突然被这么一说，淳二手足无措："为什么我要做这种事——"

"你就是那种行为卑鄙的人。"

胸口窜过刨心般的痛楚。

"不……不是我，我什么都没做。那件事我也没做。"

"渡边先生，你这样有点勉强啰。"花苗轻蔑地说，"那件事不管谁来看，都是你做的吧？"

"不是，我没有。"

"那你为什么要撞开那个女生逃走？真没做的话，堂堂正正面对就好了吧？"

"那是因为……我当时陷入惊慌状态。可是我真的什么都没做。"

"是吗？"花苗冷笑，"就像茂原先生说的一样，做那种事的人也会偷钱吧？"

"你们到底在说什么？"

之后，众人持续着幼稚的口舌之争。悠星像是想到什么，突然说了一句："三岛小姐果然很可疑。"歇斯底里的花苗极力争辩，场面越发混乱。

淳二也是，比起偷窃这件事，已经更执着于陈诉自己的冤屈，不断振声疾呼："我绝对没有做！"

"够了！"老板娘大喊，压制场面，"我要报警，请警察把你们一个一个调查清楚。"

"啊，好啊。管他条子还是流氓，尽管过来。"

"你们不要逃！"

老板娘撂下这句话后,大步流星地离开了餐厅。一直缩着身体的老板追了上去。

留下来的淳二等人默默无语。餐厅只剩下空调运转的声音。

最后——

"那个……我大概一年前偷人家东西被逮到,当时对方报警了……"

悠星自言自语。

"所以?"亚美回应。

"警察不会怀疑我吧……"

"你那样说的话,第一个会被怀疑的人是我。只要发生事情,大家一定都会注意有前科的人。"

亚美惊讶地看着茂原。她不知道茂原的事吧。

此时,始终安静的袴田迅速起身。

"小哥,你要去哪儿?"

"我去洗手间,马上回来。"

袴田开门步出餐厅,淳二不自觉地目送他的背影。那是淳二看到袴田最后的身影。

之后,他再也没有回来。

23

不久，警察来到山喜庄，进行了非常干脆利落的问案，因为每个人都认定小偷是消失无踪的袴田。只有淳二无法相信。他怎么想都认为袴田不会做那种事。"没想到是那个小哥做的，我看人也不准了吗？人心难测啊。"尽管茂原这样说，淳二还是无法接受。就算是袴田偷的钱，应该也有一定的理由才对。因此淳二才会像现在这样还留在山喜庄，祈祷袴田再次回来。

淳二取消了原本预定搭乘的新干线，向妻子报告要再留在山喜庄一天，为自己让妻子孤单过年的事道歉。

由于确定了犯人，先前的争吵也就不了了之，此外，老板娘算是赔罪，让大家傍晚后再开始工作。由于一个劲儿干等也无济于事，淳二决定也去工作。不过，他一直心不在焉。如果是袴田偷钱的话，淳二想听袴田说他这样做的理由。要是那个理由自己可以接受，淳二觉得就算把钱给他也无妨。

淳二就这样机械式地完成了工作。当他一个人走回房里时，在走廊上遇到了茂原、悠星、亚美和花苗。四个人像在谈论什么的样子。

"喂，你听说了吗？"茂原大声问道。

淳二歪着脑袋表示不解。

"偷钱的人不是小哥。"

"真的吗？"淳二的音量也不由得大了起来，"那到底是谁？"

"是老板。"

"老板？"

"嗯。说是本来就没有准备你的薪水。那个大叔自己盗用旅馆的钱，手上又没钱给你就自导自演。他在说明的时候前后矛盾，警察一追问，就什么都招了。"

也就是说，一切都是那个男人的骗局，所以他才会那么执拗地拜托淳二留在旅馆。因为淳二离开这里的最后一天才会一次性领取全部的薪水。那个男人一副好好先生的样子，结果差劲透顶。

不过，比起生气，淳二更像是松了一口气。因为袴田不是小偷。

可是，这样的话他就更搞不懂了。袴田为什么会突然失踪呢？意义不明啊。

"可是老板说之前客人钱包失窃那件事不是他做的。"

"是这样吗？事到如今，就算他那样说也没人会相信他了。"

"话说回来，那个人为什么要做这种事呢？最后都是由旅馆承担这笔钱，他早晚都要拿钱出来不是吗？"

"小妞，对那种男人来说，最可怕的是老婆啊。那个人应该是不想被太太发现自己盗用公款吧，他想的都是这个才会搞么一出。那对夫妻以后会很悲惨。"

就在众人谈话间，淳二插嘴道："那袴田去哪里了？"

茂原耸耸肩。

袴田究竟为什么会消失呢？是突然发生什么事了吗？

正当淳二苦恼之际,亚美说道:"啊,警车的声音。"淳二侧耳倾听,远方的确传来警笛声,声音越来越大,是朝旅馆而来吗?所有人的视线自然而然地转向窗外。

当看到来到旅馆的警察数量时,所有人都怀疑起自己的眼睛。两台警车、两台貌似侦查车的轿车停在大门前,从里面冒出好几名男子。

"这是怎么回事?"

茂原双手贴着窗户低喃。

"老板要被抓了吧?"

"白痴,那种事情严正警告一下就了结了。警察不会为了那个大叔这么大惊小怪。"

"那现在是什么情况?"

"不知道。"茂原眯起眼睛,"简直像是大型逮捕行动。"

警车的红色灯光在黑暗中发出威严的光芒。

24

再过三十分钟,日本各地便会响起跨年的钟声。但就连这种事,淳二都觉得很遥远。为什么呢?淳二陷入一种仿佛只有这里被世界遗忘、隔绝在外的愚蠢错觉,因为他一直没有什么真实感。

不只是淳二,大概所有人都处于类似的状态吧。惊讶、迷惑、不安，在经历一轮这样的情绪后，如今每个人都松了一口气。

袴田勋就是镝木庆一——轰动社会的逃狱犯、死刑犯。

警察会发现这件事是因为悠星拍的视频。当初，由于袴田有窃盗嫌疑，警察请淳二他们提供能辨识袴田长相的资料，但袴田没有在这里拍过一张照片，淳二等人完全没有那种东西，除了悠星。

淳二来到山喜庄不久，打工换宿者聚在一起吃员工餐时，悠星悄悄用手机拍了视频，说穿了就是偷拍。虽然视频的目标是亚美，中间却偶然拍到了袴田的身影。

得到这则视频的警察一定也没有马上察觉袴田的身份，才会隔了一段时间才赶来。淳二他们立刻开始接受侦讯。警察们的表情明显不同于几个小时前问讯窃盗案时的样子，全都瞪大了眼睛聆听淳二他们的话。

旅馆客人好像也察觉到了这股骚动，但由于老板娘向警察要求"请对客人保密"，所以房客们并不知道详情。当然，淳二他们也被下了封口令。不过，到了早上，全日本都会知道这件事了吧，因为已经有貌似媒体的人到这里来了。2020年的一月，新闻谈话节目一定会赢得高收视率。

现在，淳二这些打工换宿者围在餐厅的桌子旁。不是谁集合了大家，而是大家一个个自然而然地聚集到了这里。

餐厅内，空气凝重，除淳二以外，所有人都一脸疲惫，沉默不语。至于淳二，他正瞪着手机画面，忙碌地移动手指。淳二正在搜寻镝木庆一案的相关信息。

"怎么会没有发现呢？"

发出咕哝的人是悠星。

"其实我一直觉得那个人像谁，可是没想到——"

"马后炮。"茂原打断悠星。

沉默再次降临。

淳二他们没有发现也不奇怪。袴田勋的容貌跟外头流传的镝木庆一的照片简直完全不一样。虽然以先入为主的观念看，会知道两者是同一人，但不知道的话根本察觉不出来。尤其是淳二。

这一年来，淳二彻底逃离电视、杂志和网络的世界，刻意远离那些媒体，以免看到刺激性的信息。镝木庆一成功逃狱，举世哗然那时也是。因为几天前淳二自己才因为那起被冤枉的事件而处于糟糕的状况中。当时，无论爆发战争还是经济萧条，对淳二来说都是细枝末节的小事吧。

就算这样，淳二也隐隐约约知道镝木庆一犯下的案子和逃狱戏码，可想而知所谓媒体的力量有多强大。尽管不愿意看，信息也会单方面砸过来。不过，淳二现在想准确地了解那些信息。

"欸，我可以抽烟吗？"

花苗问。尽管没有人回答，她还是自顾自地点了火。由于这里是房客使用的餐厅，照理说应该不能抽烟，却没有人有责备她的意思。

"那个男人现在会在哪里呢？"花苗吐着烟低语。

当然，警方应该严阵以待，布下重重临检站了吧。然而，袴田离开山喜庄已经是十个多小时前的事，有这些时间的话，想去日本的哪个地方都可以。

过了一会儿，茂原向花苗要求"可以给我一根吗"，也点了火。他深深吸了一口烟，自言自语："十年没抽啦。"

不久，茂原将烟蒂丢进空罐，一个人离开了餐厅。几分钟后，再次返回餐厅的茂原手上握着一瓶一升的酒。"要喝吗？"尽管发出邀请，众人却摇摇头。

茂原咕咚咕咚地将酒倒进杯子里一饮而尽后，又再次把杯子斟得满满的。

"虽然这样说有点那个，但那个男人真的很了不起，总是在千钧一发的时刻逃走，是不是永远抓不到啊？"

花苗又点了一根烟道。

"他上次好像是从大楼跳下来的吧？"亚美说。

"对。他之前藏在女人的房子里，在那里和警察搏斗，跳下阳台逃走了。四楼欸，四楼。"

没错，镝木庆一从阳台跳下来，掉落在下方的车顶上。当时虽然也有一名警察在那里待机，最后却被镝木庆一摔了出去，让他逃了。

"而且啊，有传言说现场两个条子其中之一是警察厅官房长官的儿子。"

"是这样吗？"

"实际上怎样我不知道。不过，如果是的话，就是那对父子的奇耻大辱。毕竟老爹是警察的门面，被媒体和人民批得那么惨，儿子为了老爹一定会拼了命吧！但结果也只是更丢人现眼罢了。"

就算不是那样，警察的脸一定也全丢光了。

"我记得那个住在一起的女人到现在还在帮他说话。"花苗叹了一口气，"很可悲吧？但总觉得能懂那个女人的心情。女人啊，不管是杀人凶手还是什么的，只要对方对自己温柔就好。"

"他在这里也是一个很正常的好人啊。我到现在还是无法相信那个人是杀人魔。"亚美说。

"是吗？我倒是一直觉得那家伙阴森森的。该说是不知道在想什么吗？就是那种笑里藏刀的类型。"

"悠星，这种人世上多的是。我身边都是那种家伙。"

"可是，他们攻击的对象也都是坏蛋吧？"花苗道。

"都是坏蛋吗？不过也是，我说的人里面没有连婴儿都杀的畜生，那是从骨子里就不正常。"

茂原皱着鼻子用力说道。

没错，镝木庆一连被害者夫妻的独生子——一个未满两岁的婴儿都下手了。

"可是，我记得好像也有报道说他头脑很好。"

"有有有。如果接受智力测验的话，应该会出现非常高的数字吧。为什么要把那样的头脑用在坏的地方呢？"

"哼！"悠星不悦地哼了一声，"不管怎样，他都是不该诞生到这个世界上的浑蛋。"

"各位，我可以说句话吗？"

再也忍耐不下去的淳二说道。所有人的目光都看向他。

"袴田——就让我这样叫他吧，他真的犯过罪吗？"

大家同时露出怔愣的表情，接着马上皱眉。

"你说的犯罪是指残忍杀害那一家子的事吗？他当然有啊。"

"可是，这世上也有很多冤狱。"

"就算是又怎么样呢？"

"我自己也因为完全没做的事被当成色狼抓起来。"

"你怎样我是不知道,但那个男人没有任何疑问吧?听说,警方赶到现场时,他不是浑身是血站在那里吗?新闻也报道了,说凶器上都是他的指纹。"

"就算这样,我还是无法相信。"

"边哥啊,你在这里跟我们发泄你的那种个人情感让人很伤脑筋欸。你想怎样?"茂原嗤笑,"你要那样想是你的自由,可是不要说出来,给我在心里想就好。"

淳二奋力拍击桌面,发出巨大的声响,惊得所有人弹了一下。

"我说自己那件事是冤枉的之后,他相信我的话,跟我说'我懂'。"

"所以说你想怎样啊?你想说你们同样都是被冤枉的受害者,所以互相理解吗?你现在说的内容跟小孩子说的没两样,不要突然讲蠢话!"

"他在法庭上说自己没杀人,主张自己无罪。"

"可是最后法官还是判他死刑吧?也没有重审。"

"他申请过重审,可是好像被驳回了。"

"所以,就是法官认为没那种必要吧?"

"从以前到现在,日本的司法犯过好几次错,而且连那种绝对不能发生、关乎一个人一辈子的事都误判了。过去也发生过好几次这种事。"

"欸,边哥,你冷静点。你突然怎么了啊?"

"而且,那个人不是认过一次罪吗?结果却在中间开始主张无罪,是不是?我记得不是很清楚。"

第四章
逃狱第283天

"你也够了,不要再讲那些旧事了。"

"没错。"悠星朝三岛花苗探出身子,"镝木庆一一开始想假装精神异常来脱罪,但知道行不通以后,突然就说自己没有杀人。我对这个案子很有兴趣,在网络上查了一堆资料。"

"而且,我记得还有一个没有被杀死,存活下来的太太吧?好像是跟男主人住在一起的妈妈。那位太太不是说得很清楚吗?说那个男人是凶手。"

淳二咬紧下唇,视线锁定悠星道:

"悠星,如果有人让你背杀人犯的罪名,你会怎么做?"

"啊?什么啊?"

"我问你会怎么做。"

"当然是说我没做那种事啊。"

"如果跟你说你认罪就可以活下来,不认罪就杀了你的话呢?即使如此你也能继续主张自己是无罪的吗?"

"简单。我是不会向威胁屈服的。"

"如果知道那不是威胁,而是事实呢?所有的证据都指向你是凶手。即使这样,你也能为了正义而死吗?我希望你能发挥一下想象力。"

"……"

"人类是很软弱的。一旦被逼到尽头,就什么都搞不清楚了。更何况,被逮捕时他还是个十八岁的少年。悠星,跟你现在的年纪一样啊。"

"大叔,你够了啊。"茂原恶狠狠地说。"为什么我们一定要听你演讲啊?想说的话,你就去外面给我对着雪山吼!"

"茂原先生,你说过你因为自己没犯的罪而服刑,对吧?"

"我不要再跟你说话了。"

"你亲身经历过这种事,为什么就不能理解呢?"

"你这家伙,那件事和这件事完全不一样吧?"茂原不耐烦地说,"我那时候条子也很清楚我没做。可是啊,如果不牺牲谁,事情就没办法收场。黑道的世界跟这里完全不一样。"

"他也有可能跟你一样是在包庇谁吧?"

"那他为什么要主张无罪?"

"……"

"看吧,你已经没招了。好,没用的辩论大会结束。"

"我只是讲了好几种可能中的一种。"

"司法验证那所有可能性之后宣判他死刑了吧?又不是演电影,不可能逆转结果,变成无罪。"

"历史上也曾经发生过好几次不可能发生的事。"

"你真的很爱唱反调,你脑袋没问题吧?"

茂原咚咚咚地敲着太阳穴问。

淳二知道。他非常清楚自己并不冷静,也知道这些对话一点价值都没有。尽管如此,淳二还是无法不说出来。因为他无论如何都不想承认,他绝对不想承认袴田杀了人。

"三岛小姐,之前房客钱包被偷时,你说你没有出过房间一步,对吧?"

"干吗突然说这个?"

"我休息时在走廊上看到你了。然后,袴田也说他在旅馆内看到你了。"

"那又怎样？你想说我是小偷吗？"

"我那时怀疑你，可是他不一样。他向我提出'无罪推定原则'。"

"所以？"

"他是一个能那样思考的人，这种人会杀人吗？"

"就说他杀人了吧，你从刚才就一直在说什么啊？"三岛伴着叹息吐出烟雾，"话说回来，我们认识那个人才一个多月吧？这么短的时间是看不清一个人的人格的。"

"我看得出来。"

"是吗？你真厉害。"

"能不能看清一个人不是靠相处时间的长短来衡量的。"

"啊，够了，我放弃。我跟这个人讲话会发疯。"三岛起身，"渡边先生，一切就像你说的一样，你不是色狼，那个男人不是杀人犯，钱包是我偷的，这样你满意了吧？"

三岛丢下这句话，离开了餐厅。

"我们也走吧。"茂原朝悠星抬了抬下巴，"你就一个人在这里玩律师游戏吧。"

茂原也带着那瓶酒起身，朝门口走去。悠星看着留下来的亚美犹豫了一会儿，最后追上茂原。

寂静突然降临。亚美一直看着地面转移视线。淳二肩膀上下起伏，激动始终不肯平息。

最后——

"渡边先生，对不起。"

亚美喃喃道。

"我看了那则视频后，没有问你事情的真相就对你感到厌恶……可是，如果你说你没做的话，我相信你。"

亚美看着淳二的眼睛说。

淳二深深点头："谢谢。"

"可是——"亚美再次低头，"袴田他果然……"

亚美没有继续说下去。

淳二向亚美探出身子。

"亚美，你遇险的时候，最先提议向警察请求救援的人是袴田。"

"咦？"

"你觉得他为什么要那样做？"

"那是因为……"

"因为比起自己，他把你的生命看得更重要。"

"……"

"我相信他，就像你说愿意相信我一样。"

之后，大概过了五分钟吧，亚美起身缓缓靠近窗边，就那样望着外头的黑暗。

淳二再次用手机查询镝木庆一的信息。

"我爸爸在三年前离开了。"

亚美突然开口。淳二停下手边的动作，看向亚美的背影。

"他生意失败，破产了，后来，一直把自己关在家里不出门。我实在受不了看爸爸那个样子，有一次，豁出去跟他大吵，说了很过分的话。之后，爸爸就再也没有回家了。"

亚美以硬邦邦的口吻断断续续地说。

"他一定已经死了,因为他就是那样的人。自尊心高,绝对不会在别人手下工作。他常常说,不想活得那么凄惨。可是——"

亚美回头,看着淳二。

"我有种想法,或许爸爸和渡边先生一样,像这样在某个地方工作——很抱歉,擅自把你和我爸爸联想在一起。"

淳二轻轻摇头。

亚美再次转身,看向窗外。

"如果爸爸现在也在某个地方活着就好了。"

此时,角落的老时钟发出"当——当——"的低鸣,声音在宽敞的餐厅里回荡。

这一刻,旧的一年过去,新的一年来临了。

"到新年了呢。"

"是啊。"

淳二和亚美都没有向彼此说新年快乐,只是一直聆听时钟的声音。

第五章
逃狱第365天

WANTED
ZHENSHI SHENFEN

25

时钟的指针比预想的还要向后十分钟,近野节枝急急忙忙开始出门前的准备。她迅速梳了梳头发,随意抹上粉底后画了眉毛。今天的妆容就到这儿为止了。节枝确认了瓦斯炉和门窗是否关好,最后看向和室。

"爸爸,我出门了,傍晚回来。"

床上的公公只有脖子微微靠向自己这边,挤出一声"啊"。

节枝离开家门,坐进挂着天童市车牌号的大发牌米拉汽车[1],前往镇外的米诺利面包厂。那是节枝工作的地方,距离家里车程十五分钟。

节枝稍稍飙车似的奔驰在马路上。一个月后,两旁的樱花树应该会盛开,届时一定美不胜收吧。车子一下子就超过了一群背着皮革书包的小学生。

"——今天是死刑犯镝木庆一逃狱满整整一年的日子。该名罪犯仍然持续逃亡中,至今下落不明——"

---

1. 大发工业株式会社(DAIHATSU),是日本汽车制造企业,所属丰田集团。米拉系列(MIRA)是大发旗下一款核心系列车型。

车内的广播放着新闻播报,节枝却完全没有听进去。

当远远可以看到目的地的工厂时,车子被红灯拦了下来。"真是的。"节枝下意识出声咕哝。就算迟到一分钟,考勤卡上面也会记成十分钟。

正当节枝手指笃笃笃地敲着方向盘时,一辆熟悉的轻型车停在旁边的车道。是节枝在工厂的同事,大久保信代。

节枝和信代同时分别降下副驾驶座和驾驶座的窗户。

"早安,我一恍神出门就迟了。"节枝出声道。

"我是赖床,不小心就睡了个回笼觉。"信代苦笑着说。

尽管如此,信代的脸上仍带着明显的睡眠不足。信代比节枝年长一岁,今年五十六岁,一周有两天在别家食品工厂工作,那边似乎是夜班。可能是因为作息不规律,信代总是在打哈欠。

"不知道来不来得及……"

"来不及啰。"

信代笑着说道,在信号灯转为绿灯的同时"咻"地冲了出去。尽管节枝的米拉也跟在后面,却只能缓缓启动。节枝听说,如果在停止状态猛踩油门的话,汽油会耗得更快。虽然不知道是真是假,节枝还是会注意小心发动汽车。买下这台 L700 的米拉已经是十五年前的事,行驶里程数已经达到 14 万公里。

节枝开进厂区后,把车停在后方停车场,小跑着进入面包厂。

更衣室里,先一步抵达的信代已经穿好白色工作服。节枝也穿上工作服,将头发塞进帽子里,戴上口罩,再仔细以肥皂和酒精洗手,套上手套,前往作业区。途中,全身上下经过空气浴尘室设备的洗礼,之后一踏进作业区,便看到同事们都已经集合在一处了。总计四十人。

"现在开始点名——"

负责监督的工厂职员古濑双手背在腰后说道。好险,赶上了。

古濑一一点名,当喊到节枝时,她答了一声"到"。

"嗯——传达事项方面,今天也有几位派遣人员会来,其中有人是第一次做这样的工作,请兼职的各位教导他们工作流程和方法。另外,今天起会加入新产品葡萄干小餐包,这部分由我直接整合做法。最后,请蛋糕组的人再稍微提高草莓的挑选标准。外形不佳的草莓蛋糕卖不出去,听说有好几间进货厂商向总公司的人抱怨了,请特别注意。那么,今天也请大家好好加油吧。"

所有人解散,回到各自的岗位。

当人脑袋放空,手上却一个劲儿地工作时,会突然觉得自己好像变成了机器人。节枝在输送带运来的蛋糕上摆上草莓,好几个小时里只是不停反复这个动作。偶尔,她也会注意力分散,不小心弄坏蛋糕,而那些蛋糕会立刻被丢进垃圾桶。起初,节枝也会很心疼,觉得那样很浪费,但很快就没有任何感觉了。节枝在这间工厂工作已经三年了,属于兼职员工中资深的一群。

"要是那样的话,我们就'这样'了。"

信代用手做出砍脖子的姿势,接着咬了一大口菠萝面包。

节枝、信代和笹原浩子在餐厅里围着桌子坐成一圈。浩子是一位五十岁的女子,一年前左右来的,大概跟节枝和信代很谈得来,因而成了和她们一起吃午餐的伙伴。

顺带一提,餐厅里的瑕疵品面包是可以随便吃的。瑕疵品面包顾名思义，就是因为有某些缺陷而无法出货的面包，这里每个人都拿那些面包当午餐吃。虽然偶尔也会有人带便当，但光是那样就会被偷偷说成是"资产阶级"。

"不过，厂里现在人手不足，应该不会裁员吧。"节枝说。

"现在是这样，但明年就不知道了。"

根据信代的说法，工厂最近会更换新机器，更新后，过去靠人力进行的工作就不再必要，也不需要作业员了。因为其他已经引入新机器的工厂似乎展现出了成果，预估会大幅削减人力成本。

"如果那样的话就伤脑筋了。"

浩子表情凝重地说。

"工作固然也是问题，但因为我们家人很多，瑕疵品面包实在帮了很大的忙。"

"我们家也是。"节枝说，"在这里工作后，我没有再买过面包。"

瑕疵品面包是可以自由外带的。其实工厂规定了一个人最多拿三个，但没有人遵守。与其遭到丢弃，面包一定也觉得被吃掉比较幸福。

"啊，是古濑先生。"信代起身道，"古濑先生，你来一下。"

被点名的古濑走了过来。信代拉出身旁的椅子拍了拍，示意古濑坐下。

"古濑先生，听说这里也要采用新机器了，是真的吗？"

信代开门见山地问，古濑瞪大眼睛。

"不愧是大久保太太，知道得真清楚呢。"

"所以，是真的吗？"

"是的，不过我想应该还要好一阵子。"

"好一阵子是多久？"

"哎呀，像我这种一般员工要知道确切的时间有点难啊……"

"那如果进新机器的话我们会被裁员吗？"

古濑笑道："怎么会？到时候反而是希望你们介绍人过来呢。那我先走了。"

古濑说着站起身，逃也似的离开了。

"很可疑。"信代看着古濑的背影，眯起双眼咕哝，"那个男人说的话不能相信。"

三十九岁的古濑至今有三次无故缺勤的记录，失去了兼职员工们的信任。然而，古濑却会抱怨兼职员工迟到或请假，因此招致众人的反感。

话虽如此，古濑也有值得同情之处。管理兼职员工是他的工作，公司一定命他要严格监督吧。本来，古濑会无故缺勤就是因为他一直不断被迫听兼职员工发牢骚，以及被卷入员工间无聊的争吵而疲惫不堪，结果精神上出了问题。作为"夹心饼干"的中层主管实在很不容易。

"唉，讨厌。不久的未来，人类就要被机器人取代了。"

信代感叹，她咬一口面包，配着牛奶吞了下去。

节枝在厨房准备晚餐时，丈夫博回来了。虽然丈夫在地方的房产中介公司担任分店店长，近几年回家的时间却非常早。节枝曾问过他理由，但由于丈夫一脸不高兴地说："先生不可以早点回来吗？"从此就再也没过问了。不过，节枝猜丈夫一定很闲吧。

丈夫的薪水不断减少，去年甚至没有奖金。

听说，全日本现在有850万间空屋。过去身为房屋所有者的父母若过世，子女理所当然会继承。据说如今却不再如此，许多房子就被丢在那里无人管理了。随着人口减少，没有人要租房，更麻烦的是，要是把房子拆掉变成空地的话，便会有房屋税和地价税的问题，需要承担的金额则还要增加六倍，很多子女不想继承也情有可原。无论如何，房产中介行业的未来绝对不光明。

"你跟爸说了吗？"

节枝向对面的丈夫出声问道。丈夫边喝着气泡酒边回答："还没。"

"不快点说的话，那里可能也会额满，这样又必须从头开始找——"

"关于这件事啊，我们还是自己在家照顾吧。"

"……"

节枝有股丢筷子的冲动。他们之前讨论过好几次，最后明明决定要把公公送去养老院了。为此，节枝上周还请假，两个人一起去参观了养老院，结果却……

"老实说，我看了那边以后心里闷闷的。那么狭窄的地方躺了好几个瘫在床上的老年人，根本是战地医院了。一想到要把爸放到那里就觉得没有儿子这么不孝的。"

"可是，爸爸自己待在家里也是瘫着不能动，没办法吧？"

"话是这么说没错，可我还是觉得爸很可怜。"

还真敢说。博把照护公公的工作全都丢给节枝，完全没有想自己照顾父亲的意思。侍候公公吃饭、换尿布这些事从来都没做过。博的借口是:"爸也不想让儿子帮他做这些。"

"而且啊,"丈夫探出身子,"爸的日子一定也不多了,所以我们再稍微忍耐一下吧。"

忍耐的是我不是你!如果能说出来该有多轻松啊。然而,两人一直以来并没有建立那种夫妻关系。节枝扮演了三十年顺从的妻子,已经成为习惯了。

"对了,你这周末也要去那个奇怪的会吗?"

丈夫一脸不悦地转移话题。

"不是奇怪的会,是救心会。"

"叫什么会都不重要,我不准你加入啊。"

"都说不会加入了,我是陪信代去的。"

丈夫哼了一声:"那种东西一点用都没有。"

明明什么都不知道。节枝升起一股想反驳的心情。

上上个星期天,节枝和浩子在信代的邀请下,第一次参加了一个名叫"救心会"的组织举办的活动。信代是几年前入会的,说是"你们去一次看看,真的会有豁然开朗的感觉",一直缠着邀请她们。尽管节枝和浩子都兴致缺缺,却拒绝不了,便点头答应了。

最后,虽然节枝没有豁然开朗,但那却是个比她想象中更轻松自在的欢乐聚会。会长不在,但代理会长师父说的内容非常有帮助,他妙语如珠,时而带点幽默,一点都不会让人想睡觉,节枝回过神时才发现活动已经结束。至于一起参加的浩子,似乎比节枝更深受感动,问了信代许多关于入会的具体问题。

信代告诉她们,这周末救心会又会在相同地点举办活动。第一次参加虽然免费,但第二次开始就要付参加费五百日元。节枝虽然穷，但这点钱还付得出来。

结果，关于公公的安置问题不了了之，丈夫就先去睡觉了。丈夫回来后没有去看过一次公公。自己到底为什么会嫁过来呢？年轻时的自己做错了一个很大的决定。

节枝搭着信代的车一起前往活动会场。由于前往会场大约需要一个小时的车程，共乘比各自开车要省钱。不过，信代有收取三百日元当作油钱。

"只有会员可以见到会长。不过，实际上能见到会长的频率大概一年就一两次吧。"

驾驶座上的信代握着方向盘说。

"会长一定是很了不起的人吧？"坐在后座的浩子问。

"当然啦。我第一次见到会长的时候，眼睛自然而然地就泛泪了，因为觉得会长跟我们不是一样的人类。"

哇——节枝和浩子一起发出叹息，不过其中有一半是演的。信代习惯什么事情都讲得很夸张。

话说回来，所谓的救心会，是一个于七年前创立的民众组织。创会者在某天的修行中得到天启后开悟。他说，人们不该逃避俗世的苦恼和烦忧，唯有正面面对、划清界限后方能解脱。所谓的划清界限，简单来说就是宽恕。不是放弃，是宽恕。凡夫俗子的节枝还不是很能体会，只是因为代理会长师父说话很有魅力才会来的。照信代说的话，"一开始这样就好"。

不久，车子进入贯穿大片森林的道路，穿过知名的高尔夫球场。

坐在副驾驶座的节枝看向后视镜。大约在五十米的后方，还是看得到轻型摩托车的身影。节枝几十分钟前就发现这辆轻型摩托车了，这辆车一直跟节枝她们走同样的路线。虽然对方戴着全包式头盔，但从身形来看，应该是名年轻男子吧。

"后面的摩托车还是跟我们同路欸。"节枝说。

"啊，真的。可能是救心会的会员吧。"

"救心会也有男会员吗？"

"当然有啊，只是很少。"

当车子开到山脚下时，救心会的会场骤然出现眼前，外观构造就像老旧的公民会馆[1]。这里本来就不是救心会建设的会场，救心会只是将屋里留下来的设备继续沿用。至于这里之前是什么地方，节枝并不清楚。顺带一提，此处是救心会的分部，总部位于东京的秋留野市。救心会的分部遍布全国各地，会员数现在已经超过了三万人。

由于会馆的停车场已经没有空位，工作人员要节枝她们停在空地上。但那块空地也挤满了车辆，一行人为了找车位绕来绕去好几次。

就这样，三人进入会馆。一踏进铺着榻榻米的大厅，便看到比上次更多的人，热闹不已。总共大概有一百人吧。其中，大部分都是和节枝一样的中老年女性，男性屈指可数。

节枝她们找到空位后，铺好坐垫坐了下来。所有人都喋喋不

---

1. 为了提高民众的文化素养，日本各市、町（街道）、村级政府基于社会教育法建立的，用于举办各种文化活动的社会文化教育设施。

休地到处聊天，也有许多人和信代打招呼。会员彼此间好像感情很融洽。

代理会长尾根师父终于现身，场内的喧哗戛然而止，气氛变得严肃，仿佛学校的早自习时间。

尾根师父跟上次一样，身穿一袭刺眼的荧光黄袈裟。由于师父年纪大约六十岁，身材圆滚滚的，节枝第一次看到他时觉得他就像某种吉祥物，十分好笑。但神奇的是，第二次见到师父，便觉得他看起来神圣不可侵犯。

"欢迎大家来到这里。"

低沉的声音传遍宽阔大厅的每一个角落。尾根师父的特征就是中气十足，说话像开机关枪一样。

"哦，有好多人戴口罩呢。唉，现在这个时节空气中都是花粉，也没办法吧？顺便跟大家说，我不怕花粉。为什么呢？因为我眼睛小、鼻子塌，花粉根本没办法入侵。"

场内爆出哄堂大笑。的确，即使说得客气一点，尾根师父的长相也称不上端正，就像一只脸扁扁的狐狸。

之后，尾根师父继续以几个自嘲与时事话题逗大家开心，缓和会场的气氛，感觉就像在讲单口相声一样。

"好了，一直这样胡闹的话，会长会骂我的，差不多该聊聊正经事了。那，首先——来，眼睛看着我的佐藤太太。"

被点名的佐藤是一位三十几岁很朴素的女性。她迅速起身，将自己的烦恼赤裸裸地坦承出来。上一次也一样，活动的进行方式就是像这样，大家一起倾听会员们日常生活的烦恼，尾根师父再给予建言。

佐藤吐露的烦恼令节枝感同身受。佐藤的婆婆个性尖酸刻薄，煮饭、洗衣、打扫……对于所有家事一定要抱怨才痛快。佐藤的丈夫站在婆婆那一边，儿子也喜欢亲近宠孙子的奶奶。佐藤流着泪说自己每天都感到孤独和空虚。

节枝自然而然地应和佐藤。她也曾被婆婆欺负得很惨。节枝曾发现丈夫外遇，但当时，婆婆追究的人却是节枝，说所有责任都在节枝身上。当婆婆因病过世时，节枝在内心发出喝彩。

"我懂。"

尾根师父一脸凝重地说着那一百零一句台词。无论什么烦恼，尾根师父的第一句话都是"我懂"。

正如救心会创会者所说的，师父的建言就是宽恕。尾根师父说，不要心怀愤怒与憎恨，反而是宽恕能拯救心灵。

"当然，这并不容易。不只佐藤太太，大家也都还在修行的阶段——所以，佐藤太太，你不能忘记的是，你绝对不是一个人。无论在家里有多么艰辛，这里都是你心灵的家园，好吗？"

"好。谢谢师父。"

之后，也有好几人坦言自己的心事。尽管烦恼五花八门，但经济穷困可说是所有人一致的烦恼，甚至还有连电费都交不起的人。节枝家虽然没有窘迫到那个地步，却不改贫穷的事实。他们的存款从十年前开始便完全没有增加。

"接着是——来，大久保太太。"

信代被点到了。

信代也跟其他人一样，诉说经济上的穷困。她向尾根师父吐露不知道老了以后该怎么办，一想到未来就喘不过气等等，脸上是平常不会向节枝她们展现的脆弱。信代连现在工作的工厂引进新机器，自己就有可能被裁员的事也说了。

"我懂。"尾根师父深深点头，"虽然这样说有点夸大，但科学和技术的发展日新月异，不停提高我们生活的便利性，对吧？如果只有我们国家停下脚步，就会被世界抛在后头，排除在外。所以，每个国家都在竞相发明新技术，想要采用新科技，追求更加便利的生活。"

尾根师父缓缓踱步，边往大厅移动边说：

"可是啊，无论我们的生活变得多便利，富足的程度却无法成等比例提高。这边说的富足是指心灵的富足。请睁开眼睛看看这个世界，有好多惨案吧？此刻，世界各地也都有争执在发生。明明这个世界如此富裕和方便，现实却是如此，实在很不可思议吧？也就是说，如果以经济为基础来思考，无论多久都无法得到真正的富足和幸福。只有能用另一个层面思考的人才能获得幸福。那就是我平常一直在说的'解脱'。"

放眼望去，黑压压的人头如波浪般震动，人们频频点头。

"还有，我也常常讲，我不需要金钱。我啊，以前过的是相对富裕的生活，但从会长身上获得启示后，将所有财产都献给了救心会。虽然生活从那刻起变得贫穷，却得以安稳度日，能够像这样和各位联结在一起。我万万无法跟会长相比，各方面都望尘莫及，但也像这样体会到了解脱——大久保太太，请舍去你的烦恼，抛弃追求奢侈的心。"

"师父，我绝对没有追求奢侈的——"

"说得极端点，只要有水就可以了。"尾根师父明明白白地说，

"只要在日本生活,就绝对不可能饿死。请在最低限度的生活中一点一滴积德。最后,那将成为你心灵的支柱。明白了吗?"

"是,我明白了。"

"看,你这样就离解脱更进一步了。"

活动结束,出口的方向排了长长的队伍。尾根师父一一和众人握手,目送大家离开。

"怎么办,我这次要不要买呢?"

在队伍中等待时,浩子烦恼地说。她指的是救心会的念珠。上次的活动也有贩售,但节枝和浩子都没有买。

"可是买的话,就会顺势加入了不是吗?"节枝说。

"嗯,我在考虑入会。"

"浩子!我好高兴。"

信代在胸前双手合十,手腕上当然有念珠。

"啊,可是还没决定——"

"节枝,你呢?"信代忽略浩子未尽的话,向节枝试探。

"我还有点……"

"为什么?"

"我先生再三叮咛说绝对不可以入会。"

信代撑开鼻孔,重重喷出一口气:"节枝,你之前是不是说过你先生在打高尔夫?"

"嗯,那是他唯一的兴趣。"

"那个去一次多少钱?至少也要一万五千元吧?"

"我不是很清楚详细的金额……"

"救心会的会费是每个月三千元，有能力布施的人再布施就好。像我也加入四年了，只布施过两次，费用刚好就是一万元。"

"……"

"你先生那个只是兴趣，这边则是人生的指南，更何况金额只有他的五分之一，他没道理抱怨。"信代像个劝说客户签约的业务员，一句接一句地说，"你看看其他组织，每一个都是以赚钱为目的，一直吵着要人买这个、布施那个的。救心会从来没说过那种话，连会费交不出来都愿意让会员延后再交。"

"嗯、嗯。可是，我还是要再考虑一下。"

信代一脸不满意地咕哝："我是觉得越早加入越好。"

就这样，终于轮到节枝她们来到出口。

"哦，两位上次也来了吧？"

尾根师父看着节枝和浩子说。师父记住自己令节枝感到很高兴。

"是我带她们来的。"信代挺起胸膛说，"她们正在犹豫该不该入会，师父也推她们一把吧。"

尾根师父苦笑："我不会这样做，我希望大家依照自己的意志加入，请两位仔细考虑。"

"师父，我在想是不是先买念珠就好。"浩子说，"这样半吊子是不是还是不太好呢？"

"没这回事，我要跟你说谢谢惠顾呢。"

尾根师父打趣道。念珠的价钱是两千七百元，节枝虽然不清楚其他组织的状况，但这应该算便宜的吧。就如信代所说，救心会并没有以赚钱为目的。

浩子拿出钱包时，身后出现一道声音："我也可以买吗？"一回头，节枝发现她们后面站着一名高挑的年轻男子，白色口罩上是一双细长的眼睛，眼皮格外浮肿。男子的衣服让节枝想起，这个人就是节枝她们过来时在她们后面骑着摩托车的男子。

"嗯——你今天是第一次来对吧？"尾根师父说。

"是的，师父的话让我受益良多。"

"你是怎么知道救心会的呢？"

"我母亲的朋友是救心会的会员，所以她也很有兴趣，想来参加活动。可惜我母亲身体不太好，无法出门。所以就由我这个儿子代替她来。"

"原来如此，原来如此。"尾根师父嘴上虽这么说，表情却还是有些戒备，"真懂事。"

之后，浩子和年轻男子买了念珠，结果也当场入会了。虽然浩子是迟早都会入会，但年轻男子可能有一部分是被信代说服的。不过，会买念珠的话，代表他本来就有兴趣了吧。

两人在介绍人的部分填了信代的名字。节枝事后才知道，如果介绍两名朋友入会，介绍人似乎可以免一年的年费。这样一来就了解信代热衷让他们入会的理由了。

不过，这也不是坏事吧。因为救心会是个好地方。

节枝对自己的偏见感到羞耻。从前，她一直觉得所谓的新兴宗教是假借他人名义的敛财生意，持有偏见地认为热衷其中的人都是弱者，只是想依赖某种东西罢了。无知的自己实在愚蠢不已。

无论从哪个角度来看，救心会都不是以营利为目的，只是单纯地想将迷惘的人们引入正途。

第五章
逃狱第365天

我是不是该趁这次机会加入呢？节枝在回程摇摇晃晃的车上，有些后悔地想。

"你在开玩笑吧？你在想什么啊？"

当节枝透露想加入救心会的想法后，丈夫立刻停下手中的筷子，两眼瞪得圆圆的。

"就说了，那里跟你想的不一样，不是那种怪地方——"

"啰唆！"丈夫拍了一下餐桌，"我早就说了吧？我就是怕事情会变成这样。我说过，像你这种没见过世面的人去参加那种读书会的话，一定两三下就会被吸收。"

"不是读书会，是分享会。"

"管他什么会。说到底，你为什么要去听陌生人说教啊？你去把那家伙带过来，我来跟他说教。"

节枝错了。她不该跟丈夫说的，她是笨蛋。

"听好了，我绝对不同意。要是让我知道你偷偷加入那种会的话，我就离婚。这不是威胁，你给我做好觉悟。"

我才想离婚——节枝过去不知道想过多少次，只是没有行动的勇气。她没有那种胆量，也没有那种行动力。虽说薪资微薄，但丈夫每个月还是赚了生活费回家的。节枝光是想象经济无法独立的自己之后要一个人生活就忍不住发抖。

虽然照尾根师父说的话，这种想法就是被俗世的欲望所困，但如果节枝能舍弃那些的话，真正的幸福就会来到自己的身边吗？

"……节枝。"

和室拉门内传出微弱的声音，是公公。

"哎,在叫你。"

丈夫抬起下巴示意。节枝叹了一口气起身。

节枝拉开门,打开电灯后问:"怎么了吗?"

"我饿了。"沙哑的声音说。

"爸爸,您刚刚吃过饭了。"

"我没吃。"

"您吃了煮芋头、萝卜干丝,还有——"

"没有,我没吃。"

来了。公公这一年来痴呆症急速恶化,大概是连饱食中枢也受损的关系,再怎么吃也不会说自己饱了。

过去,曾经有搞笑艺人演出同样情境的短剧,少女时期的节枝看了捧腹大笑,但现在她绝对笑不出来。

"节枝。"

公公费尽九牛二虎之力移动右手,朝节枝伸了过来。节枝将那只手塞进棉被里。不知道是退化成了小孩还是源于男人的本性,公公变得异常想触碰节枝的身体。对此,丈夫一笑置之说:"太好了,证明你还是个女人。"

公公身上散发出秽物的味道,节枝打开窗,憋着气帮他更换尿布。过程中,公公仍不断喊着要吃饭。

处理告一段落回到客厅后,节枝没看到丈夫的身影。他已经逃去洗澡了。

此时,餐桌上的手机响起铃声。节枝一看,是儿子拓海打来的。

"爸在旁边吗?"

"他在洗澡。"

电话另一头的儿子松了一口气。

"妈，抱歉，借我三万元。"

果然，是打电话来要钱的。今年快满三十岁的独生子拓海，除了拿钱从来不会和家里联络。这个浪荡子上大学后去了东京，之后便一直留在那里，至今仍是单身，不停换工作。每次他都说"现在这个时代，去条件好的地方是理所当然的事"，将自己的行为正当化。因此，他的钱包总是空空如也。

节枝一问儿子借钱的原因，他果然马上以无所谓的口吻宣布："我上个月辞职了。"

"你不是说这次去的地方努力多少就能赚多少，很适合你吗？"

"进去之后才知道那都是骗人的，根本是间血汗公司。没脑子的主管不停开没用的会议，说大家都很散漫，明明他自己对业务一点干劲都没有好不好。还有，同事们也都是白痴，对那种主管说的话不停点头称是。"

拓海的个性大概是像爸爸。丈夫博平常也都瞧不起身边的人，随便就会说别人"没用"。因为他们认为，全世界"有用"的人只有自己。

"可是妈妈也没有钱啊。"

节枝没有说谎，家里真的没钱。

"至少比我有钱吧？而且我以后会还啊。"

"从以前到现在，你还过一毛钱吗？"

"我不是一直跟你说会一起还吗？"

"那是什么时候还？"

"所以啊——"

之后，节枝和儿子深谈了五分钟左右结束了通话，被迫答应明天要汇三万元过去。

不管是儿子还是自己都好丢人——一定是我把拓海养成这种人的，我真没用。

一想到儿子的将来，节枝的心情就沉落谷底。拓海挂掉电话前咕哝了一句："到头来，只要是领人家薪水就永远赚不了大钱吧。"如果儿子真的因为这样要创业的话就惨了。明眼人都看得出来会一败涂地，只有拓海自己不知道。

赚不了大钱也无所谓，节枝打从心底希望儿子能脚踏实地，只盼望他能过平凡的人生。

"欸——沐浴乳没了啊——有新的吗——"

浴室传来丈夫的呼喊。

"对不起，我明天去买。"

丈夫用力咂嘴，接着砰的一声，粗鲁地甩上门。

呼——节枝闭上眼睛，脑海里浮现的是不曾谋面的会长的身影。

26

隔周，节枝在工厂里发现了一名眼熟的青年。

"那个男生，我记得是活动——"

"没错，是我介绍来的，他说他在找兼职。"

这么说来，那天信代和青年交换了联络方式。两人当天才认识，青年却以信代作为介绍人入了会，或许是因为这样，信代才觉得这点忙一定要帮吧。不过，青年不是由米诺利面包厂直接雇用，而是通过人力派遣公司过来的。

"我跟他说不要去那种乱来的地方比较好，但他说如果是公司直接雇用，很快辞职的话会不好意思。"

原来如此，这是明智的判断。若是无法适任的话，没有什么工作比面包厂更令人追悔莫及了，甚至还有人因为这种工作而神经衰弱。

顺带一提，信代口中"乱来的地方"指的是把青年送来的人力派遣公司，那真的是间非常散漫的公司。听说他们虽然雇用了许多临时工，却总是不按工厂指定的人数派人过来，影响也波及节枝他们这些兼职员工。古濑每次都会向派遣公司表达不满，对方却说"临时工本来就是这样"，一点也没有不好意思的样子。尽管如此，由于厂内人手不足，好像也无法和对方中断合作。不过，等引进新机器后就难说了。当然,这点节枝他们也明白。

午休时间,信代邀青年加入,所以这天是四个人在餐厅围成一桌。

"我叫久间道慧,今年二十一岁,再次请大家多多指教。"

青年报出自己的姓名后深深鞠躬。他虽然眼神有些锐利,却似乎是个有礼貌的孩子。因为他是初中时搬来山形的,所以讲话没有口音。此外,节枝和浩子也都是嫁到丈夫的故乡才来到这片土地的,他们之中在山形土生土长的只有信代。

"这样说的话,久间很了不起呢。你比我们的小孩还小,却有心来这里。"

"我之前也参加过几场类似的活动,但都觉得不适合自己。救心会是最合得来的地方。"

"没错。其他那些都是骗人的。"

久间苦笑,咬了一口面包。大概是因为跟他说了面包可以随便吃,久间面前堆了座瑕疵品面包山。因为是年轻男生,不管多少都吃得下吧。

"这边的工作怎么样?一直在做同样的事很烦吧?"

"不会。老实说,这边的工作虽然无趣,但或许很适合我。因为可以一边发呆想事情,一边工作。"

"啊,太好了。不是这种个性的人就做不了这里的工作。"

"而且,有认识的人在果然会很放心。"

听到久间这么说后,信代眯起眼睛点头表示赞同:"因为我们已经像一家人啦,有什么烦恼都可以找我们商量。"

没错,节枝他们都在救心会这把伞下,以此来克服无谓的牵挂和纷争。

三天前，节枝加入了救心会，当然，她没有对丈夫说。绝对不能让他知道。不过一问之下才发现，救心会的会员中似乎也有许多人跟节枝一样，没有得到家人的理解，瞒着家人入会。

"这里也有其他会员吗？"久间迅速环顾一圈后问。

"没有，只有我们。啊，对了久间，我先跟你说，你不可以邀这边的人入会啊，被发现的话会马上被炒鱿鱼的。"

节枝和浩子互看一眼，露出苦笑。上个月，信代向工厂里的每一个人都出声询问，这件事似乎传到了古濑耳里，信代因此遭到严重的警告。古濑明白地告诉信代，要是再有同样的事就要请她离职。

"对了，你说你母亲生病……"节枝含蓄地问。

久间垂下眼睑，叹了一口气回答："对，是有点麻烦的病。"

"麻烦的病……你介意我问吗？"

"没关系，我不介意。大家知道早发性阿尔茨海默病吗？"

那瞬间，本来一直低着头吃面包的浩子猛然抬头，看着久间。

"当然知道，所以你母亲……？"

"嗯，她在几年前发病，现在正慢慢恶化。"

"可是啊，你妈妈比我们年轻吧？她今年几岁啊？"信代问。

"我母亲今年四十五岁。"

"啊，这么年轻？所以才说是早发性吗……"

据说，久间平常都在家里照顾母亲。他家似乎是只有母子二人的单亲家庭。

节枝打从心底同情久间，也能理解为什么一个才二十一岁的年轻人会来这里。久间一定是一心想找个什么来倚靠吧。

"下次让我们见见你妈妈吧,我们至少可以陪她聊天。"信代说。

"没关系的,你们不用太在意。"

"没事啦,不用对我们客气。"

"那之后就拜托了,我母亲一定也会很高兴。"

听了久间一席话,节枝为自己吊儿郎当的儿子感到羞愧,明明拓海都快三十岁了。

如果节枝罹患阿尔茨海默病病倒的话,拓海会照顾自己吗?就算不用每天看护,他会向自己伸出一点点援手吗?思及此,节枝的心情一片惨淡。

工作结束后,节枝邀浩子去咖啡厅。这间咖啡厅一杯咖啡一百八十元,可以免费续两次杯,店家似乎完全没有要赚钱的意思。咖啡厅由一对老夫妇经营,其实是出于兴趣才开的吧。店内摆设具有昭和时代风情,可以看到怀旧海报等物件。

节枝之所以会邀浩子,是因为觉得她今天一整天都很没精神的样子。如果有什么想不开的事,希望她愿意倾诉出来。尽管认识时日还不长,但浩子是节枝重要的朋友。

"没有,我没什么特别的事……"

"这样啊,那就好。"

"节枝,谢谢你。还有,不好意思让你为我担心。"

浩子郑重地说。

"那有什么,我们不是朋友吗?"

"嗯，谢谢。"

两人啜了一口咖啡。将杯子放回碟子上后，节枝问道："浩子，你要不要吃炖牛肉烩饭？"

"可是等一下就要吃晚餐了。"

"我也是，所以我们点一份分着吃吧，我之前吃过一次，非常好吃。"

节枝向老板招手，点了炖牛肉烩饭。餐点几分钟内便上来了。节枝将烩饭分成两半，装在小盘子里。

"啊，真的好好吃。"

浩子吃了一口烩饭后说。

"对吧，对吧？"

看到浩子展露笑容，节枝也很开心。她们这些家庭主妇很少有机会吃别人做的菜，所以偶尔像这样吃到便会更加充满感激。

吃完炖牛肉烩饭，稍微休息后——

"其实，我有个秘密瞒着你。"

浩子以凝重的表情说。

节枝和浩子四目相对，浩子的眼睛微微晃动。

"你愿意告诉我吗？"

"当然。"

"还有就是——"浩子微微皱眉，"可以帮我对信代保密吗？"

"嗯，好。"

本来节枝没有找信代就是因为只要有她在，浩子和自己就会有所保留。当然，信代也是她们喜欢的朋友，但只要信代在场，话题就总是围绕着她展开。

浩子和自己一定很像。她们都是从别的地方来到这里，胆小内向的个性也一样。

然而，浩子却忸忸怩怩，看上去不太能开口的样子，似乎在烦恼该从何说起。

最后她说："现在有个逃狱犯在到处逃对吧？"

节枝蹙眉。浩子为什么突然说这个呢？

"嗯——你是说镝木庆一？"

浩子点头。

"我当然知道这件事啊。"

虽然最近讨论的热度似乎终于降下来了，但还是会看到相关的新闻。这一年来，这个逃狱犯在日本引起了轩然大波。毫不夸张地说，人们只要碰面，谈及这件事的频率就跟讨论天气一样。不管怎么说，毕竟是少年死刑犯逃狱，而警方至今尚未抓到他。

"那个逃犯杀害的那一家人——"浩子突然眼眶泛泪，"是我的，亲戚。"

瞬间，节枝不知道这句话的意思，待她理解后又哑然语塞。过了几秒，节枝总算说出话——"怎么可能"。

之后，浩子拿手帕按着眼角，断断续续道出了一切。

浩子说，镝木庆一杀害的是她的外甥、外甥的妻子和孩子。与他们同住在一起的姐姐好不容易才逃过一劫。

虽然无法相信，却也只能相信。节枝竭力保持冷静，不让自己显露出惊骇，却没有自信做到。想不到浩子竟然是那起命案的受害者家属。

"我和外甥夫妇只是见过面的关系，所以听到他们被杀害时，老实说不太有真实感。当然我知道事情很严重,也很震惊。"

节枝应和,鼓励浩子说下去。

"对我来说,最担心的是小由。小由实在太可怜了。"

"小由是你姐姐吗?"

"啊,对。抱歉,忘记说姐姐的名字了。"

"没关系。"

浩子点头。

"那件事过后,姐姐在我家住了一阵子。"

"这样啊。"

"嗯。是我来米诺利面包厂工作前没多久的事情,因为姐姐变得无依无靠。本来,在那件事发生的几年前,她先生就因病过世了,所以她才会麻烦我外甥,住到儿子家。"

节枝光是听着都觉得不忍。

"而且,我姐姐生病了,是早发性阿尔茨海默病。"

节枝真的不知道该说什么才好,那是白天才刚听过的病名。

"不过,我姐姐没有那么严重,只是有点健忘而已。她很清楚我是谁,也能聊过去的事。身体方面也都很健康,自己的事都能独立完成。所以,我自己很想和姐姐一直生活下去。可是我家有先生和公婆在,最小的孩子才刚念高中,现实上还是……"

"你姐姐现在在哪里呢?"

"她现在在千叶县我孙子市那里的一间团体家屋。"

"团体家屋好像是老年人聚在一起生活的地方,对吧?"

节枝刚好因为公公的关系搜寻过照护机构,因此有过一些了解。比起节枝的公公,在团体家屋居住的是一些不太需要他人照顾的老年人。

"嗯，可是她能去的地方只有那里。那是我先生的远房亲戚开的，特别收容了我姐姐。"

"这样啊。不过，姐姐和老年人一起生活也很辛苦呢。"

"嗯。"

"而且千叶离这里很远。"

"嗯，很远。"

浩子低头道。

糟了，我干吗让浩子难过啊？节枝为自己的疏忽感到生气。

"你偶尔会去看她吗？"

"一个月一次，坐新干线去。我对自己的驾驶技术没自信，不敢开车出远门。可是，交通费加上要给那边的人伴手礼等，也很不容易。"

"这样啊，对啊。不能两手空空地去。"

稍微沉默了一会儿后，浩子突然跳了一个话题："节枝，你先生的公司在招人吗？"

"我记得你先生是在房产中介公司工作吧？"

"嗯，没错。"

"我先生的公司啊，大概最近会倒闭。"

"什么，你先生不是在大公司上班吗？"

"大的是母公司，我先生的公司很小，说是业绩不好，已经不行了。"

"那母公司什么的不能收留员工吗？"

"好像也不会这样。听说，他们好像介绍了一些年轻的员工去集团其他公司，但像我先生这种超过五十岁的就很难。"

"怎么这样？明明年纪大的人要换工作比较难啊。"

"真的。就是这样他才必须找工作。所以我才想问你先生那里有没有在招人。虽然我先生之前一直都是做业务，但他本人说只要愿意雇用，什么都做。"

"可是——"

"一定要有不动产经纪人资格才可以吗？真的没有机会吗？"

"那个……我想应该不是这样，只是我先生他们公司的业绩好像也不好，我才想或许也没有在招人。听说他们今年连一个新人都没招。"

"就算是这样，可以请你帮我问问看吗？"

"嗯、嗯。我知道了，但不要抱太大希望啊。"

浩子的表情沉重迫切得令人难过。

原来，浩子的处境比节枝更加艰难。虽然这样说不太好，但节枝以前觉得浩子是个生活更加有余裕的女性，结果却大错特错。浩子怀抱许多烦恼也无法告诉别人，一定很痛苦。节枝打从心底同情浩子。

还有，虽然没见过面，但浩子的姐姐也实在太可怜了。如果人生非得背负这种不幸的话，岂不是只有痛苦可言吗？和自己出生在同一个国家、生活在同一个时代的女性为什么会遭遇这么悲惨的事呢？

"我都会期待，将来会不会出现一个天才医学家，开发出那种像魔法一样能瞬间治好阿尔茨海默病的药。"

浩子看着远方说。

"这说到底只是一种逃避现实的想法吧？"

"不是。将来一定会有人开发出那种药，因为人类是很优秀的嘛。"

浩子孱弱地笑了笑。

"这样一来，你姐姐还有久间的妈妈都会痊愈的。"

"啊，久间的妈妈。"

"他也很辛苦吧，小小年纪的。"

"嗯，真的。"浩子吐出一口气，"不过我可能……有点怕面对那个孩子。"

"为什么？"

"我不太好说……还是算了。"

"什么？你说嘛。"

浩子微微皱眉道：

"一开始看到他的时候，我觉得他有点像那个凶手。"

"凶手，你说镝木庆一？"

浩子点头。

节枝在脑海里回想镝木庆一和久间的脸。

"完全不像吧？"

"嗯，仔细看后完全不一样，但我总觉得有那个样子。虽然这样说很失礼……"

"的确，久间有点可怜。"

"对吧？抱歉，忘了这些话吧。我一辈子都不会忘记凶手的脸。"

浩子说，审判时她曾经亲眼看过镝木庆一，说他长得十分冷酷，仿佛身上流的不是人类的血液。

"我姐姐跟我不一样，是一个笑口常开、很开朗的人。我无论如何都不会原谅夺走她笑容的凶手。"

"这是当然的。无论是为了姐姐还是为了你，都一定要赶快抓到他才行。"

"嗯。"浩子视线落到手表上，"啊，已经这么晚了！得快点回家准备晚餐了。"

"我也是，超市的限时特卖要开始了。"

由于是自己约的人家，所以节枝要来买单。浩子原本坚持说不行，但最后还是妥协说了谢谢，把钱包放回包里。

分开时，浩子叮咛："真的不要跟别人说啊。"当然，节枝完全没有打算跟谁说。这种事情，她绝对说不出口。

另外，节枝也觉得自己和浩子之间有了更深的羁绊。浩子只愿意对自己敞开心房。人类是互相扶持的生物，无法一个人独自生存。

晚饭时，节枝询问丈夫博工作的地方有没有在招人后，马上遭到了嗤笑。

"那个女人脸皮也很厚，一般人才不会跟朋友的先生拜托这种事吧。"

"没有那么夸张，她只是请我稍微问一下而已。"

"就算这样——"丈夫倒进杯子里的气泡酒逐渐增高，"又是邀你去奇怪的组织，又是要你先生介绍工作，你交的到底都是什么朋友啊？"

节枝虽然想反驳，但还是放弃了。不管说什么，她都讲不赢丈夫。

"而且，我们公司自己都在犹豫要劝退谁了。"

据说，丈夫的公司因为要削减人力费用想开除员工。

"你没问题吧？"

"我？我为什么要被裁员啊？公司都是因为有我在才能撑下来的。"

节枝听了都不好意思，她从来都不认为丈夫很优秀，丈夫只是一张嘴很会说罢了。况且，若丈夫的公司是因为他才存活下来的话，要怎么解释薪水都没增加以及没有奖金的事呢？

晚饭过后，节枝帮公公换尿布时发现公公身体出汗，肌肤发烫，正在发烧。用体温计一测，超过三十八摄氏度了。由于公公平常体温偏低，因此节枝十分担心。虽然公公本人似乎没有那种感觉，口里说着"没事"，但节枝还是放心不下，便对洗好澡的丈夫说想带公公去医院。

然而，丈夫却摆出一副拒绝的态度说："我喝酒了。"

"车子我来开，你只要一起过去就是帮忙了。"

"没有人三十八摄氏度就去医院的，你先让他吃感冒药。"

"年轻人的话可以这样，但爸爸年纪已经很大了，就算是小感冒——"

"那就叫救护车。"

比起愤怒，涌上节枝心头的更多的是空虚。前几天说爸爸去照护机构很可怜的那些话算什么呢？

"如果爸爸因为这样死——"

节枝没有再说下去,因为她的脑海里闪过一个邪念——假设这句话的下文成真的话,对节枝而言或许不是件坏事吧?甚至,正合她意,不是吗?

之后,一股极致的自我厌恶向节枝袭来。她觉得自己是一种丑陋不堪的生物。

节枝踏着不稳的脚步走向卧房,她已经和丈夫分房了。

节枝拿出藏在抽屉里的救心会宝典——《圣旨》。要是让丈夫听到就不好了,因此节枝只是开合唇瓣,专心无声地诵经。

27

之后,大约过了一个月。樱花花瓣坠落,天气也变得十分暖和。镇上的孩子们已经有人穿起短袖。

节枝这天休假。上午,她和救心会的干部在附近的咖啡厅面谈。听说,这种面谈是定期举行的,节枝今天是第一次。

中午回到家里稍微休息一下后,节枝接到了浩子的来电。

"节枝,你面谈怎么样?"

浩子今天也去了米诺利面包厂工作,因此是利用午休时间打电话过来的。她明天要面谈。

"大概一小时多一点点吧,一下子就结束了。"

"这样啊,他们问了你什么?"

"大致上就跟信代说的一样。感觉就是顺着先前提交的书面资料,聊聊家里的事和现在的烦恼。"

"会问得很细吗?"

"嗯,问得还挺细的。"

"你都照实回答吗?"

"嗯,算是吧。"

虽然干部是比节枝还要年轻一点的女性,但非常善于倾听。节枝在诉说烦恼的过程中情绪渐渐激动,将对丈夫的不满、对儿子未来的担心以及照顾公公的疲惫全都事无巨细地坦诚相告。

"这样啊,我能说到什么地步呢?"

节枝不知道该怎么回答。浩子担心的是,坦白家中情况和烦恼,与谈论她姐姐这件事密切相关。就算对方是救心会的干部,浩子一定也不想说。

"还有就是,如果让你觉得不舒服的话我很抱歉……"

"什么事?"

"节枝,我姐姐的事你没有跟任何人说吧?"

"我没说啊,我一句都没有跟别人提过。"节枝没想到浩子会这样问,不小心大声起来。

"对吧?抱歉,问你这种怪问题。"

"发生什么事了吗?"

一问之下才知道,原来,久间最近频繁在浩子面前谈论母亲的病情,浩子才会怀疑他是不是知道了些什么。

"该怎么说呢,总觉得他好像在试探我……刚才他还问我:'笹原阿姨，你身边有没有人跟我母亲有类似的病症呢？'我想他是不是知道些什么才这样问……"

"可是他之前也问过我一样的问题啊。他一定只是想要交换信息而已吧。"

"你说得对，一定是这样——啊，休息时间差不多要结束了。下班后我可以再打给你吗？"

"嗯。上班加油。"

结束通话，节枝嘘了一口气。久间最近和节枝她们在一起的时间变长了。因为他在同样的地方工作，也加入了救心会，这也是理所当然的。上周的活动，他们也是搭信代的车，四个人一起过去的。

久间的处境应该也很艰难，却总是保持积极正面的态度。他和节枝她们不同，不说丧气话，不发牢骚，也不会抱怨工作，小小年纪却能体贴他人，所以即使身在她们这群中年女子当中也能融入得很好，不显突兀。

这么令人有好感的年轻人却有一件令人匪夷所思的事，那就是他完全没有让节枝她们接近家里的意愿。去活动时，久间指定了远离家里的地方会合，送他回家时，尽管那天下着倾盆大雨，他还是说"在这边停就好"，不想让车子开到家门前。即使信代主动提起"机会难得，让我们跟你妈妈打个招呼吧"，也被拒绝了。

因此，节枝她们三人私下认为，久间其实可能不想让她们见母亲。尽管如此，久间却又经常在节枝她们面前谈论母亲的话题，这更令人想不通了。

"节枝……节枝……"

和室门内传来声音。节枝一惊,糟了,自己回来后还没去看过公公。

节枝拉开门,走近卧床的公公身边,确认尿布。尿布果然如预想的一样沉。节枝在罪恶感中迅速为公公换上新尿布。

然而,今天这样算好的了,平常节枝去打工的日子,会将公公丢在房里近八个小时——一个痴呆症卧床不起的老人。节枝知道这种事是不能被允许的,然而,若是一整天在家和公公相处的话,感觉会发疯的人是自己。所以,节枝会去打工兼职,除了为了家计,有一部分大概也是为了逃离公公吧。

果然,只能把公公送进照护机构,这才是妥当的处置。

丈夫回来后,节枝再次和他商量公公的事,结果丈夫立刻皱眉,明显地露出不悦的神情。

"结果你就想着摆脱爸而已。"

"可是,这样下去不好吧?爸爸一直一个人在家,要是发生什么事,我们都无法应对吧?"

"那你把兼职辞掉。"

"怎么能这样?"

如果辞掉兼职,以后要怎么糊口?

"或是换成在家里做的工作怎么样?"

这个人真的只会说些自私的话。

丈夫像是要结束话题般,离开餐桌,坐到沙发上打开电视。电视播着新闻谈话节目。节枝叹了一口气,准备做晚饭。每次都不了了之。节枝就是这点没用吧，尽管有自觉却改不了。

节目似乎正在探讨奥运会的问题。记者一脸得意地报道，专家预估奥运期间能给来访外国人提供住宿的地方会不足。事到如今才提出这个问题是不是太晚了？如果日本真的有那么多空屋的话，只要善加利用那些房子不就好了吗？然而节枝这个外行人的想法可能不太实际吧。

大概是看腻了这个话题，丈夫拿起遥控器转台。不过，这个频道也是在报奥运会的新闻。"为什么要在同一个时间播报同样的东西啊！"丈夫啧了一声。

但没多久，节目便切换成了今天的社会新闻。节枝一边做菜一边趁空当跟着看。

"昨日深夜，闯入群马县太田市民宅杀害母子二人的男性嫌犯，在警方追缉下，已于稍早被逮捕归案。"

"啊，抓到了。"靠在沙发上的丈夫探出身体道。

"咦？抓到镝木庆一了吗？"节枝从厨房问。

"不是镝木。说了是昨天晚上的命案啊。"

昨天晚上发生了那种命案吗？节枝完全不知道。

"凶手杀了太太和小孩吗？"

丈夫无视节枝的问题，入迷地盯着电视。节枝也走出厨房，在丈夫身旁坐了下来。

新闻切换到现场画面，不过，好像不是直播。画面上是一间独栋住家的门前，大批警察和媒体涌入，显得乱糟糟的。"警方现在进入男子家里了。各位观众可以看到，男子家附近聚集了许多人。"一名男性记者单手拿着麦克风，表情严肃地说。"啊，警察出来了。"画面中有七八名警察,正中间是一名身材纤细的年轻人,被两名壮硕的男子抓住手臂带着走。多到足以刺痛双眼的闪光灯朝他们不停地闪烁,镜头拉近,对准年轻人的脸孔。

那是个外貌随处可见、十分普通的年轻人。不过,他没有要遮脸的意思,面无表情的样子十分吓人。最后,年轻人被押入警车后座,途中,记者依然不停朝他按下连续快门。

警车发动后——有一瞬间,年轻人的嘴角看起来好像上扬了。

"那家伙刚刚笑了对吧?"丈夫似乎也注意到了。

之后,新闻也不停重播那个画面。年轻人的确笑了。他嘴角微勾,露出自信无畏的笑容。

年轻人名叫足利清人,二十四岁,无业。现在还不清楚他的动机为何。

主播一切换到下一则新闻,丈夫便叼着电子烟说:

"果然出现模仿犯了,我就想最近一定会发生这种事。"

"模仿犯?"

"镝木庆一啊。一年到头都在播报他的新闻,那种东西一直播的话,就会出现被感召的白痴。那家伙做的事一模一样啊。"

"那个人是模仿镝木庆一犯案的吗?"

"虽然本人和媒体都没有这样说,但这个凶手是下意识被洗脑了。"

尽管出声应和丈夫,节枝却不太能接受。镝木庆一做的事并不特别。虽然可悲,但闯入民宅杀人的人绝对不少。

不过,丈夫还是继续搬出"我早就说了"这句话,仿佛自己发表了什么先知灼见似的。

"说到镝木庆一,听说他的悬赏金额好像提高到七百五十万元了。"

只要报案,就能获得丈夫年收入两倍的金钱。

"他现在一定在某个地方过着平常的生活吧。"

"为什么他身边的人都没有注意到呢?"

节枝想起浩子。不管是警察还是谁都好,希望他们能尽快抓到镝木庆一。

"之前电视上有专家说,那家伙是变装高手。现在也一脸若无其事地在外头过日子——欸,再来一罐。"

丈夫轻轻举起空罐说。节枝起身,走向冰箱。

大概是两个月前,警方根据目前为止的目击证词画出了几张镝木庆一的肖像画,向大众公开。单看那些肖像画,根本看不出跟原本的照片是同一人,而且每一幅画感觉都像不同的人。专家说,镝木庆一巧妙地隐藏了自己的长相特点,并加上新特征以此欺骗他人,他在所到之处彻底变身成另外一个人。

节枝觉得镝木庆一还真厉害。比起变装的技术和巧思,他的心理承受力更为惊人。

节枝打开冰箱,把手伸进去后,身后的丈夫说:

"也有一个说法是他现在的长相可能已经变了。"

"意思是他整形了吗?"节枝走回丈夫身边问道。

"嗯。他前阵子好像在福冈,有可能在那里整形了。"

"可是,一个犯人有可能去整形吗?"节枝将气泡酒递给丈夫。

"有心的话,自己也办得到吧。"丈夫打开拉环,"你记不记得,大概十年前吧,不是有个家伙用刀片还是剪刀,自己换了一张脸到处逃吗？"

这么说来，很久以前也发生过这种案子。虽然不打麻醉药自己改变五官这种事令人无法想象，但确实有人这么做。节枝光是想象就不寒而栗。

"镝木要是那样的话就找不到了，会这样一辈子逃下去。"

"怎么会？不行。一定要抓到他。"

"嗯？你干吗生气？"

"我没有生气。可是，我不能接受逃走算赢这种事。"

丈夫停下动作，意外地看着妻子。大概是节枝难得会有这种发言吧。

丈夫喝了一口气泡酒说："我是觉得有一个这样的家伙也不赖。"

"什么意思？"

"如果他就这样逃掉的话很有趣啊，像电影一样。"

这个人，事不关己就在那里幸灾乐祸。

"一点都不有趣。"

丈夫愉快地笑说："你知道吗，现在竟然还有人成立了'支持镝木庆一'的团体呢。"

"支持？那是什么意思？"

"想帮助他逃跑啊。代表世界上真是有一堆怪人。"

如果是这样的话，那些人就不是怪人，而是一群胡闹又没心没肺的家伙。他们一点也没想过受害者遗属的心情吧。节枝的丈夫也是其中一人。凶手逃掉很有趣这种话，就算是玩笑也不该说出来。

浩子看到这则新闻一定很痛苦吧，大概也会想到自己的姐姐。

傍晚时，结束工作的浩子和节枝通了电话，说她即使跟救心会讲姐姐的病情，也会对命案的事先保密。虽然节枝觉得坦白可能会比较轻松，但她无法劝浩子。

"对了，拓海那小子新工作还顺利吧？"

"谁知道，才刚进去，应该是拼命在适应吧。"

大约两周前，儿子打来电话，说自己确定要去一家新成立的电子公司工作了。

丈夫哼了一声："那小子也快三十岁了，再不定下来以后就没有人要用他了。"

"这些话请你跟他说。"

"我说的话就会吵架啊。"

就是因为他一直以来都像这样逃避面对儿子，拓海才会变得吊儿郎当。不过，用丈夫的话说，是因为节枝太宠儿子了。到头来，是他们夫妻自己的责任吧。

只要看到眼高手低的拓海，就会觉得身边任何一个年轻人都很优秀。节枝甚至想拿久间给儿子做榜样，要他学学人家。

尽管如此，拓海是节枝和丈夫亲生骨肉的事实不会有任何改变。拓海会有懂事的一天吗？在节枝许许多多的烦恼中，这或许是最严重的。

28

　　五一黄金周过后，媒体只专注报道奥运会话题的情况又进入了一个新境界，因为再过两个月，世界上最大的运动庆典就要在这里举行了。就连节枝这个乡下地方的家庭主妇也日益兴奋，希望日本选手可以大展身手。

　　"久间，你平常不运动吗？"

　　在信代的车里，节枝发问。今天，四人的固定团体正前往活动。信代开车，久间坐副驾驶座，后座则是节枝与浩子。

　　"完全没有。我念书的时候也都是参加'回家社'。"

　　"哦？亏你个子很高，看起来很像会打排球什么的呢。你有喜欢的运动吗？"

　　"喜欢的运动啊……"久间陷入沉思，"硬要说的话，大概是滑雪吧。"

　　"滑雪？好意外啊。"

　　"虽然这么说，但我也只滑过一次而已。"

　　众人笑起来。

　　"不过，我们这次是夏季奥运会呢。"

　　"对啊，真可惜。"

　　车子就在这样的对话中前进。轻型车里坐了四个大人，车身有种沉重感。天空阴沉沉的，回程时一定会下雨吧。

"为什么抓不到呢？"

信代突然喃喃低语。直到刚刚，车里的广播一直播着新闻，探讨逃狱犯镝木庆一的事情。不过，由于节枝要求换一个频道，现在车里播放的是日本流行音乐。浩子现在也在场，他们不能谈论这个话题。

"广播刚才也说，希望警察一定要在奥运会前逮到人。总不能让外国人看日本的家丑吧。"

没有一个人回应信代。

"再这样放着他不管，以前说日本警察很优秀的这些评价也会改变吧？"信代的自言自语没有停止的迹象，"我啊，就算有救心会的教诲，也不能原谅这个凶手。因为他杀了好几个不认识的人，没有赎罪还逍遥法外。哪有这么便宜的事，对吧？"

车内依旧没有任何回应。

"嗯？大家怎么了？"

信代微微转向后方道。

"就是说啊，警察一定要快点抓到他。对了信代，昨天下班后你和古濑说了很久的话吧？你们在说什么？"

节枝转换话题。

"啊，对。"信代忽然想起似的用力点头，"昨天不是有个新来的兼职员工吗？我和那个人站着稍微讲了几句话，古濑就过来了，说：'你不是又在邀别人做奇怪的事了吧？'"

"什么啊？"

"真是的。虽然不管怎样提到宗教都很容易被讲得不好听，但这实在太过分了吧?最后古濑还说:'想信仰什么是个人自由,但请不要牵连别人,造成他人的困扰。'所以我也有点忍不下去——"

大概是回想起当时的心情,信代怒气冲冲地一句接着一句。其余三人一个劲儿地附和。

终于抵达救心会活动会场,活动开始了。这是节枝目前为止参加过聚集最多人的一场活动,大厅呈现沙丁鱼罐头般拥挤的状态。救心会的会员似乎一直在增加。

"——我真的觉得自己很没用,没脸面对天上的丈夫……我怎么会这么笨!"

一名六十多岁名叫山田的女人泣不成声,将最近遭遇的不幸赤裸裸地说了出来。身旁的人也都不禁为她感到难过。

这位太太的丈夫在上个月因病去世了,之后她收到了一封仓库出租公司的通知。通知上写道,她的丈夫在仓库保存了大量色情类的物品,想和太太商量要如何处置。具体而言,通知上以礼貌的文字写着他们可以帮忙处理,但在那之前,要山田太太结清丈夫长期拖欠的六十万日元租金,还说如果不付钱的话就要报警。

山田太太立刻付了款,过了一段时间才发现那是诈骗。

为什么会被这么无聊的话欺骗呢?虽然节枝对这位太太的肤浅感到无语,但也不是不懂她的心情。身为妻子,当然想掩埋亡夫的污名。

"通知上写了我先生的名字和出生年月日,也知道我们家的地址,所以我也没怀疑……而且,因为先生刚过世,我的心情也很沮丧……"

山田太太的辩解空虚地回荡在大厅里。

"我懂。"尾根师父点头,"这世上存在着这种抓住人性弱点的卑鄙之徒。虽然可悲,但就是有这样的人。在火灾现场趁火打劫的人、偷奠仪的人,听说最近甚至还有把受灾地区当下手目标的盗匪,真令人无可奈何。"

尾根师父十指交扣在腰际,以徐缓的步伐穿梭在信众间。

"可是要我说的话,做这些坏事的人也都只是无知罢了,他们只是不知道正确的事理。人类单凭借信仰和善行便能得救。只要知道这点,任何人都能理解,偏离人伦道理的人反而更吃亏。"

"师父——"此时,另一位年长的女性举手。

"照您刚刚的说法,如果那种坏人参加救心会的话,也能获救吗?"

"当然。"尾根师父毫不犹豫地回答,"不过,只是加入是不行的。若能虔诚信仰,学习正确的事理,谁都可以重新来过。如果各位身边有那样的坏人,请带对方来这里一次。"

尾根师父的玩笑引起了众人的笑声。

此时,坐在节枝身边的浩子突然说道:"伤害别人的人也可以吗?"浩子的声音绝不算大,尾根师父却似乎听见了。

会场鸦雀无声。尾根师父眯起眼睛,斜眼睥睨着浩子。

最后——

"对,即便伤害了别人也能得到救赎。"

浩子没有回应也没有点头。另一旁的久间侧目看着这样的浩子。

回程的天空如预想的一样下起了雨。漆黑的乌云一路压向远方，雨势渐强。车内弥漫着尴尬的气氛。

刚才，信代责备浩子，说她对尾根师父态度不佳，却遭浩子反驳："可是我无法接受。"浩子平常比任何人都要温和，她出乎意料的反驳令信代气愤难当。

不停左右摆动的雨刷"吱——吱——"地发出刺耳的声音，可能是橡胶老化的关系，拨水的效果很差，因此视线也不太好。然而，信代的车却开得很猛，一辆接一辆地超越前方的车子。节枝虽然想提醒她一声却说不出口，任由车子左右摇晃。

"浩子，对于救心会的教诲，你是心存敬仰的吧？"

身体前倾握着方向盘的信代突然开口。

"嗯，是没错。"

坐在后座的浩子回答。

"那你质疑尾根师父很奇怪吧？难道不是吗？"

"……"

"我认为大家都觉得你刚才的态度很失礼。"

几秒的沉默后——

"那是因为……你没有经历过亲人被杀害的痛苦。"

浩子轻轻低语。

疑惑的气氛在车内扩散。车内后视镜里映着信代讶异地看着后方的眼睛。

突然，副驾驶座上的久间大吼一声："危险！"车子紧急刹车，节枝的身体飞了起来，紧接着是砰的一阵冲击。

节枝的头部撞向副驾驶座的头枕。车子马上停了下来。

节枝晕头转向，视野摇晃不清，身旁的浩子似乎也处于一样的状态。

过了一会儿，节枝的身体稍微恢复过来，她看向挡风玻璃前方，随即瞪大眼睛，倒抽了一口气。

车头前方大约七八米的路上，躺着一把黑伞和一辆扭曲的自行车。自行车旁则倒着一名穿着制服的男生，看起来似乎是初中生。

久间猛力打开车门冲了出去。他奔向男孩，跪在马路上，在男孩耳边大喊。

"骗人……不要。"

发出声音的是握着方向盘的信代。

"不要，不要。"

信代宛如梦呓般喃喃自语。

她迅速看向后方，脸色苍白。

"是那孩子突然跑出来的，对吧？你们都看到了吧？"

节枝刚才并没有确认前方，因此不知道当时路上的情形。她唯一记得的是，那一瞬间车内后视镜里映着信代看向后方的眼睛。

"你们看到了吧？啊？"

信代瞪大眼睛，恳求般地说。

节枝和浩子都无法回应她。

此时，久间回到车旁，一打开车门便喊道："叫救护车！"他表情僵硬，水珠从刘海儿滴落。

"我来打。"节枝说道。

她刚从包包里拿出手机，久间便立刻关上车门，再次跑向男孩身边。之后，浩子也下车往男孩的方向移动。

"这里是119，您好，请问需要救护车还是消防车？"

节枝一边说明状况和所在位置，一边瞪向前方。不久，有好几辆车停下，人们下车聚了过来。

信代双手抱头，一直喃喃念着什么。直到挂断电话，节枝才知道信代口中念的是经文。

29

车祸后过了一周。被撞的初中男生虽然头皮裂伤、左手骨折，伤势并不轻，但还好没有性命之忧。据说，这名正在念初三的男孩隶属于学校羽毛球队，正以参加县大赛为目标努力练习，但这个梦想如今已无法实现。节枝去探病时，他显得非常沮丧。尽管怎么道歉都不够，节枝也只能不停说对不起。

相反，作为驾驶员的信代和男孩的父母大吵了一架。信代不承认自己有疏失，主张"是你们的儿子冲出来的"。关于这点，警察要求同乘的节枝和浩子说明情况。节枝她们跟警察说，由于当时没有看前方，所以不知道正确的情形。节枝没有说谎，她真的不知道。不过，她也没有将信代视线看向后方的事说出来。

另外，警察并没有第三名同乘者久间的证词。因为当救护车抵达时，久间不在现场。没有人知道他是什么时候不见的，他就像神隐般消失了。

自从那天以后，节枝她们便没有再见过久间。

"那孩子到底是怎么了啊？"

工作结束后，浩子在更衣室说道。那孩子指的当然是久间。

昨天，节枝和浩子前往派久间来面包厂的派遣公司说明情况，请公司告诉她们久间的住址。原以为这是个人资料可能会遭到拒绝，负责人却轻而易举地告知了她们。据说，这名负责人也正在头疼联络不到久间。

不过，那个地址和过去节枝她们去接久间的地方完全不一样。此外，那里也不是他家。节枝和浩子前往地址处拜访时，出来的是与久间毫不相干的陌生人。

"是有什么苦衷吗……"

恐怕就是这样吧。伪造住址是很不得了的行为。节枝和浩子是担心久间才来他家的，原本只是这样而已，然而却遇到了意想不到的情况，这令她们感到十分迷惘。

或许，连久间道慧这个名字也是假名吧。他的真实身份究竟是什么呢？

"不过，我觉得他一定不是个坏孩子。"先换好衣服的浩子说，"车祸时，看着那孩子拼命照顾伤员的样子，我觉得自己好丢脸，只是一直害怕不安，什么都做不了。"

"这点我也是。"

当时，节枝真的六神无主。不过，即使处在那样的状况中，依然有些许自保的想法。节枝的脑袋里有一个角落在思考，这场车祸会连累自己到什么程度。

"不知道警察有没有在找他。"

"很难说。他们连那间派遣公司都没联络的话,大概没有在找吧。"

据说,警察没有接触派遣公司的人。意思就是,他们认为从现场消失的久间并不重要吧。警察可能觉得车祸没有造成死亡,又已经取得三名共乘者中两名的证词,没什么问题,再加上双方已经和解了。

"信代会就这样不做了吗?"

自从车祸以来,面包厂也看不到信代的身影了。三天前,节枝和浩子去信代家拜访,信代却不愿见她们。信代可能因为节枝她们不肯为自己提供有利的证词,觉得遭到背叛了吧。

结果,整起车祸被判定为因信代的疏忽所引起。信代买了赔偿受害者的车险是不幸中的大幸。

救心会那边,信代和久间会怎么办呢?两人会就这样脱离吗?明明这种时候才更要寻求救赎才对。

两天后,节枝在家里用吸尘器打扫时手机响了起来,是不认识的号码。节枝接起电话,正讶异会是谁打来的,结果是一名在奇迹希望公司工作,名叫加贺的男子。奇迹希望是儿子拓海没多久前才入职的电子公司。加贺说他是拓海的直属主管。

"近野平常帮了我很多忙。"

"哪里,他才是受到您的帮助。"感受到电话那头非比寻常的气氛,节枝咽下口水,"请问,拓海做了什么吗?"节枝忍不住马上问了这种话。

第五章
逃狱第365天

"近野妈妈，能请你冷静听我说吗？"

加贺的这句开场白令节枝的心情沉入谷底，并且坐立难安。

加贺说，拓海盗用公司公款，金额是九十万元。

"拓海现在跟您在一起吗？"

节枝询问后过了几秒，拓海接了电话，不过拓海却哽咽得非常厉害，听不清他说的话，只知道他说了"对不起，我真的做了不好的事"。那个爱面子的拓海像孩子一样号啕大哭。

"你怎么会做那种蠢事呢？"

节枝也哭了出来。

加贺再次接回电话。

"幸好，公司还没发现。如果让上层知道的话，不管怎样都会变成刑事案件吧。还好第一个发现的人是我。"

意思是他愿意帮忙掩盖吗？节枝提出疑问，对方回答："当然，这事曝光的话，我也会被开除。"

节枝无言以对。如果事情变成那样的话，他们怎么赔都赔不了。

"没事，我一定会想办法的。"

节枝稍微安下心来。这位叫加贺的主管说话时给人一种精明干练的感觉。

"请问，我们该怎么填补那笔钱呢？"

节枝先一步提起。当然，钱是一定要还的吧。尽管是笔大金额，但如果是九十万的话还是有办法筹出来的。

"我现在马上汇到拓海的账户。"

"太好了。不过，近野的账户现在不能用。他好像昨晚喝醉酒，整个包都弄丢了，手机、钱包都不在身边。"

节枝扶住额头。到底是怎么回事？儿子的愚蠢没有底线。

"那我汇到您的——"

"这也不行。说起来不好意思，我的提款卡是由太太保管的，我太太也在工作，很晚才会回来。"

"那怎么办……这很急吧？"

"当然，分秒必争。所以，有一位叫平井的人现在正搭新干线过去。平井是我和近野的共同朋友，如果您能直接把现金交给他的话就方便多了。"

他都已经安排好了吗？

"平井大概再有两个小时就会到府上了。"

节枝表示自己会准备好现金后，要求道："最后可以再换拓海讲一下电话吗？"

"近野，你妈妈希望你接电话。"电话那头传来加贺的声音，但最后却被拒绝了。

"不好意思，他现在的状态好像不太能说话。"

拓海还在哭个不停吧。虽说是自作自受，但一想到他的样子，节枝的心便像被揪了起来。

"真的非常抱歉，给您添麻烦了。"

"近野妈妈，近野虽然犯了错，但工作上非常认真也很有前途。我一定会保护他。"

节枝再次表达歉意和感谢后挂掉了电话。

她抹掉眼泪，拿着提款卡和存折离开家门，驱车奔向银行。

30

握着方向盘的浩子不停说着无关紧要的话题，副驾驶座上的节枝嘴上虽然应和却心不在焉。浩子也是体贴节枝才说话的。

"节枝，要吃糖吗？"

被红绿灯拦下来后，浩子将装着糖果的袋子递给节枝。节枝摇摇头。

"打起精神来！今天活动结束后，你的心情一定会稍微轻松点。"

节枝无力地点点头。

节枝本来不打算去今天的活动的，浩子却说"你一定得出门"，强行将她带了出来。

五天前，节枝被诈骗了。自己为什么没有发现呢？如今想起来，过程中有好几个疑点。那个所谓拓海和加贺共同朋友的平井，是个感觉不到二十岁，将头发染成浅咖啡色的年轻人，看起来就像偷穿了大人的西装。节枝将装有九十万日元现金的信封以及五万元的车费交给了那位平井。面对不停道歉的节枝，平井只是像只鸡似的微微挺了一下下巴。

过了一段时间，感到不安的节枝打了电话给拓海，结果，拓海接电话了。儿子接起了那部理应不见的手机。"加贺？我没听过这个主管。"拓海说。节枝陷入绝望,一切都是骗人的。

为什么会把亲生儿子的声音和其他人的声音搞混呢?为什么当时不能再冷静一点呢?受害后的几天里,节枝遭到无尽的后悔折磨,除了不甘心还是不甘心,既懊悔又丢脸,感觉胸口每天都在承受千刀万剐。

丈夫大发雷霆,把节枝骂得体无完肤。节枝一句话也没有反驳。丈夫是对的,自己这种人就是不谙世事的愚妇。

绿灯亮了。

"对了,我先生找到新工作了。"

浩子发动汽车说道。今天阳光普照,从挡风玻璃照进来的阳光令人目眩。

"这样啊,太好了。"节枝坦率地回应。

"是西装礼服批发。因为工作性质的关系,比起年轻人,这一行好像比较想招中年人。不过,就是薪水大幅缩水。"

"即使这样也是好事吧?"

"嗯,真的。我先生也变得很有干劲儿。"

"你先生好了不起。一般男人到了那个年纪,要开始新工作很需要勇气。我觉得他很厉害。"

如果是节枝自己的丈夫的话,应该会自暴自弃吧。那个人大概无法放下自尊。

"我先生有段时间心情也很低落,有气无力的。没去上班后,一直躺在家里。虽然他每天会出去散步,但一定都在很晚的时间出门。我没问他理由,但我想他一定是在意邻居的眼光吧。"

节枝想象了一下,觉得浩子说得没错。想工作却无法工作应该很痛苦吧？尤其是男人，一定更加难受。"

"可是啊，偶尔他散步的时间会很长，出门两个小时都没回来。我出于担心，问他那么长时间都在做什么，结果他说他在跟陌生人抱怨和诉苦。"

"陌生人？"

"对，而且还是那么晚的时间。我问他对方到底是什么人，他说是个没多大的年轻男生。"

浩子耸了耸肩膀说：

"我先生偶尔会看到对方，后来那个男生主动跟他说'我们经常遇到呢'。以此为开端，两个人就在公园的长椅上天南地北聊了起来。"

"哦，感觉好有趣。"

"我说抓一个那么年轻的孩子强迫他听大叔的烦恼很不好意思吧，结果我先生坚称是对方想要听。所以，我们家那位忍不住连我姐姐的事也跟那孩子讲了。"

"咦？真的吗？这有点……"

"嗯，我也很生气。可是，我先生的确因此恢复了精神，所以我也没办法把话说得太强硬。我觉得，向别人倾诉是很重要的一件事。"

的确如此。节枝也一样，在向浩子坦承自己丢人现眼的事后，心情稍微轻松了一些。不过，距离伤口愈合还有很长一段路。

"那，要好好感谢那个男生才行。"

"可是，我先生最近好像都没看到那个男生了。他很后悔没有先跟对方交换联络方式——啊，又遇到红灯了。"

车子渐渐减速。霎时，节枝想到了什么似的，觉得有些在意。

"浩子，你先生说的那个男生大概是怎样的人？"

"咦？我想想他说了什么……好像是个个子很高，二十岁出头的男生吧。"

难道是久间——？不，不可能吧。如果是他的话，接近这对夫妇有什么目的？

车子停下来后，节枝坐的副驾驶座车窗响起笃笃笃的声响。节枝吓了一跳，看向车窗，外头是一名骑着轻型摩托车、戴着全包式头盔的男子。

男子拨开头盔镜片。对方是久间。节枝惊愕不已。

"久间！"

节枝和浩子异口同声。

节枝降下副驾驶座车窗。

"好久不见。"

节枝不知道该怎么回应。这段时间他都在哪里？为何失去了踪影？为什么突然在这种地方找她们说话？节枝的脑袋一片混乱。

"久间，你也是等一下要去参加活动吗？"

困惑再三后，节枝才说出这句话。

"不是。我有东西想交给你们。"

久间从背包里拿出一只褐色文件袋，递进车内。袋里装的似乎是文件，颇具重量。

"呃——这是？"

"是整理的救心会黑幕的资料。"

"咦？"

"救心会会彻底调查会员的个人信息，这是为什么？因为能赚钱。他们似乎将会员的个人信息卖给了强迫推销高价商品的公司、提案假投资的人和电信诈骗集团等等。对做坏事的人而言，个人信息应该是他们梦寐以求的东西吧。以民众组织为切入点聚集人群，获得信息再转卖出去，这世上似乎存在着这种恶性团体。遗憾的是，救心会是其中之首。"

久间以非常快的语速说道。尽管那些话语断断续续进入节枝的大脑，她却来不及消化。

节枝唯一清楚的是，自己已经被诈骗了，以及除了救心会的干部，节枝从来没有跟其他人详细说过家里的状况和儿子的事。

然而，这实在令人难以置信。

"近期内，他们做的坏事一定会败露在社会大众面前。两位也请多加小心。"

节枝不知道该怎么回答。最后——

"你为什么要做这种事？"驾驶座上的浩子战战兢兢地问，"难道你是为了调查这件事才潜伏进救心会的吗？"

怎么可能？他隐藏自己的来历就是为了这个吗？

这个年轻人到底是谁——？

久间吐了一口气，浅浅一笑。

"虽然我想做那种事，但一切只是自然而然就变成这样了。那么，我要走了。虽然相处的时间很短，但感谢两位的照顾。"

语毕，他拉下镜片，发动轻型摩托车，一个回转，驶入了对面的车道。

已经亮绿灯了。叭、叭，后头传来短浅的喇叭声。然而，浩子却没有发动车子的意思,节枝也茫然不知所措。

叭——这次是长鸣。节枝的耳畔不断响起听起来很遥远的喇叭声。

第六章
逃狱第488天

WANTED
ZHENSHI SHENFEN

31

"看护员？好强啊！"

对面的男子瞪大眼睛，周围的人也纷纷表现出兴趣，酒井舞赶紧补充："我才刚开始，还什么证书都没有。"

"那，我也可以请小舞看护吗——"男子开玩笑说。

"欸——彻，你明明有女朋友了。"彩菜用力指着男子。

昨天，从小认识的好朋友彩菜和裕美说："我们吃个饭，纪念舞从东京回来吧！"然而，直到前一刻为止，都没有人告诉舞这是一场三对三的联谊。尽管两人向舞道了歉，舞还是有一点生气。有男生在场她就会选别的衣服了，妆容也是。今晚，舞化的是女生聚会用的妆容。不过，舞倒是一点都没有想在这里找男朋友。

而且，照彩菜刚刚的说法，男生那边似乎也有女朋友，他们也只是为了好玩才来的吧。重点是，彩菜和裕美都有男朋友了。

"所以小舞，你是从那间美容学校毕业之后当了看护员吗？"

彻单手拿着啤酒杯问道。这里是地方上便宜的居酒屋，周围人声鼎沸，闹哄哄的。虽然三个女生都才十九岁，但只有舞一个人喝汽水。舞只要喝一口酒就会不舒服。

"我没有毕业，是念到一半回来不念了。然后就在想自己必须做个什么工作。"

"所以就当看护员了？"

"对，算是这样。"

"我没想毕业后踏入化妆师这一行。"

"是这样啊。"

"为什么？感觉化妆师不是很华丽、很有趣吗？"

"彻，你好像面试官啊——"

裕美吐槽，引起众人大笑。舞也露出笑容，却担心自己有没有成功笑出来。

高中毕业后，舞获得父母的同意进入位于表参道的美容专业学校，甚至请他们让自己一个人在东京生活。结果舞却中途放弃，回到茨城的老家。虽然母亲劝过她，但也只是走个形式而已。比母亲更加宠女儿的父亲对女儿的归来更是开心得手舞足蹈。虽然他们温柔地对舞说："没什么，就当作是人生的学费。"舞却对父母充满歉疚。

舞休学的起因是学校安排研习，让他们实际到现场实习了几天。那几天与舞理想中的样子大不相同。模特们耍脾气，擅自改变妆容，化妆师也会在背地里说"既然这样，一开始就自己化啊"，不停讲模特的坏话。舞看了好几个工作现场，都是大同小异。

当然，一定也有不一样的地方吧。舞梦想中的那种工作环境一定也存在。然而，她却无法想象自己身在其中的样子。技术是一方面。另一方面，舞也没有那么远大的志向。过去，舞只是隐隐约约希望能够在时尚的地方工作。"不只美容业，应该所有行业都一样吧？"有个同学无所谓地这么说。舞忍不住心想，只有这样的人才能在这个世界坚持下去吧。她领悟到自己终究无法那样。简言之，就是她窥见了社会的现实面，受到了严重的打击。

"可是看护会非常累吧？要帮爷爷奶奶换尿布吧？如果是我，死都办不到。"

舞过去也曾这么想。刚开始换尿布时，舞的手还沾到过排泄物，这让她很想放声尖叫。不过在做了几次后，很自然就习惯了。当然，这并不是舞会想主动做的工作，但她开始觉得，如果必须要谁来做这件事的话，那个人是自己也无所谓。

舞会在我孙子市的团体家屋"青羽"工作，是母亲看见招人广告后建议她去的。那个地方距离家里车程二十分钟左右。由于舞没有其他想做的事，便决定乖乖照办。老实说，舞一开始是想通过从事照护工作洗刷自己休学的污名。虽然不是洗白，但这么一来，休学就名正言顺了吧。

舞虽然是在这种动机下开始工作的，但现在她每天都很开心。即使休假的日子也会去青羽露脸。

舞的目标是打工兼职的前辈樱井翔司。舞没多久就喜欢上这个人了。无论问什么，他都会仔细地教导自己，却一点也没有高高在上的架子。

最重要的是，樱井有一颗美丽的心，舞深受吸引。樱井看入住者的眼神总是很温暖。

樱井有女朋友吗？这是舞现在最想知道的事。世界上所有的疑问和谜题都与舞无关，她只想知道这件事。当然，就算知道他单身，会不会和自己交往也另当别论。不过，舞打算全力以赴。

"啊，小姑娘，早安。今天一次就成功了吗？"

舞从轻型车下来后，在庭院里晒衣服的多梅出声问道。

"我慢慢进步了。"

舞把车停进停车场的技术很差，平常总是要来来回回停两三次，今天难得一次就停好了。舞是高中时考下驾照的，在那之后从没开过车。这辆轻型车上有许多划痕，是她停回自家车库时反复失败的痕迹。

"今天也要加油啊。"

"是的，谢谢您。"

多梅虽然很疼她，却是个不能大意的入住者。前几天听其他兼职员工说，多梅私底下似乎很不满意舞的指甲。舞只是涂了近乎透明的粉色指甲油而已。尽管他们跟舞说"背地里说人坏话是多梅奶奶的老毛病，不用在意"，但舞还是马上卸掉指甲油，把指甲剪短了。

一走进办公室，便看到对着电脑的正式员工四方田。打完招呼后，舞从置物柜里拿出围裙穿上。

"那我开始报告交接事项。三浦爷爷今天早上开始有点儿不稳定，说要回家，在房间打包行李，请再注意一下。还有，今天是沐浴日，服部爷爷可能又会耍赖——不过有你在，应该没问题吧。"

名叫服部的这位爷爷有时候很讨厌洗澡，不过不知为何，只要是舞去邀请，他就会立刻起身。

交接事项指的是传达入住者当天的状态，兼职员工到岗后一定要报告给他。

"小舞，独立协助沐浴对你来说还是很难吗？"

"是的，我还是会有点担心，对不起。"

"不会，因为协助沐浴很不容易啊。那我今天也请樱井负责，你就在旁边支援，跟他学习。"

太好了。今天的期待又增加了一个。

此时，四方田像是突然想到似的"啊"了一声。

"说到樱井，下周起他负责的区域要从一楼换到二楼了，在那之前如果一楼的事有哪里不明白的话，就趁现在问他吧。"

"咦？"

"因为最了解入住者近况的人就是他，加上他几乎每天都会过来。"

"……"

"嗯？怎么了？"

"不，没什么。"舞的精神瞬间萎靡，"请问，调换负责的楼层这种状况常有吗？"

"偶尔吧。"

"那，我也会有去二楼的机会……"

"你放心，不会的。"四方田露齿一笑，"因为你加入我们，樱井才会去二楼。"

糟透了，真是个坏消息。虽说在同一个机构内，但舞几乎没有和二楼的兼职员工交流过，顶多就是打招呼的程度。虽然和樱井不是分隔两地，但可以确定两人的距离变远了。

舞一垂下肩膀，四方田便喊道："小舞。"

"我想，这样的工作会有许多辛苦和难过的事。遇到这些事的时候别闷着，什么事都要跟我说啊。你在我们这里工作差不多快三周了吧？做看护这种工作，很多人在习惯之后内心便会开始感到疲惫。尤其是我们这里，从来没有像你这样十几岁的兼职员工……"

"……谢谢，我会说的。"

"嗯，照顾兼职员工的心理也是我的工作，真的不要客气啊。"

四方田温柔的话语也成了耳边风。因为舞的烦恼是恋爱烦恼。

离开办公室来到客厅，便看见樱井和入住者们并肩坐在沙发上看历史剧。虽然舞完全感受不到历史剧的有趣之处，但樱井意外地很喜欢的样子。他之前曾说："因为是惩恶扬善的戏，所以可以很放心地看。"舞立刻搜索了"惩恶扬善"的意思。

"早安。"

舞的第一句话是向入住者和樱井打招呼。只有樱井回她"早安"。对于入住者，如果没有一个一个看着他们的眼睛打招呼的话，是不会获得回应的。

当舞也一一向入住者打完招呼后，她向樱井问道："三浦爷爷怎么样了？"

"他现在在房里睡觉，醒来后可能又会说要回家。如果还是处于不稳定状态，洗澡后能带他去超市的话会很有帮助。"

"好。"尽管这样说，舞却感到伤脑筋。之前，三浦爷爷要让她买大量麸质点心，后来四方田好像拿着收据去超市退货了。

"酒井，你今天午餐要做牛肉乌冬面？"

"对，我是这么想的。"

"太好了，那是三浦爷爷最喜欢吃的。"

为入住者做饭是兼职员工的工作。早班负责午餐,晚班负责晚餐,夜班则是负责早餐。由于舞今天上的是早班,待会儿要做午饭。员工也会一起吃。

舞看了看时间,带着几位入住者去了厕所。尽管本人说不想上,但一坐上马桶就会排泄出来。痴呆症这种病似乎会让人连便意也变得迟钝。

过了一会儿,发生了一场纠纷。服部吵着说自己的拐杖被人调包了。当然,服部手上的拐杖就是他自己的。

"这不是我的,有人随便拿这个调换了我的拐杖。"服部拿着拐杖咚咚咚地敲着地板。

"可是……那是您的拐杖啊。"

舞指出事实,服部却不相信,怒气冲冲地极力争辩:"不是,你骗不了我的。给我去找出犯人!"

大概是看不下去了吧,樱井前来助舞一臂之力,他轻松地说:"服部爷爷,您的拐杖在我这里啊。您之前不是拜托我把拐杖擦一擦吗?"

"嗯……是吗?"服部疑惑地歪着脑袋。

"是啊。我现在去帮您换过来,可以先把这支拐杖借给我吗?"

语毕,樱井收下服部的拐杖,离开客厅。

几十秒后,樱井再次现身,手中拿的就是刚刚的拐杖。

"来,这是您的拐杖。"

拐杖没有任何改变,因为是同一支。然而,服部却绽放笑容说:"啊,就是这支。"拄着那支拐杖缓缓迈向走廊。

"谢谢你帮忙。"舞道谢。

樱井微笑道："不客气。"

"你真的很会说谎欸。"

看见樱井露出苦笑，舞急急忙忙改口："对不起，我是指很会安抚入住者。"

"但说谎这点还是没有变。虽然方便，心情却不会太好。"

"是这样吗？"

"嗯。说谎很累，如果可以的话，我希望不用说谎。"

之后，舞看准时间前往厨房准备做午餐，这也是必须尽早提升技能。由于舞有个很会做菜的母亲，所以最近即使在家她也会和妈妈一起下厨，接受指导。

"怎么样？"

舞将完成的牛肉乌冬面给樱井先试味道。

"非常好吃。不过，面或许可以再烫一下。现在这样虽然对我们来说刚刚好，但再稍微软一点的话入住者会比较好入口。"

舞遵照指示又煮了一次面，重新请樱井检查，得到"很完美"的认可后，开始分发午餐。"我的有点儿少吧？"名叫悦子的老太太一如往常地闹脾气，给她一大碗后，心情就好转了。不过，悦子的食量很小，每次饭菜都剩一半以上。

"丫头，给我拿七味粉过来。"

鹭生抬了抬下巴示意。起初，这位入住者粗鲁的言辞把舞吓了一跳，但他大体上是位和善的爷爷。虽然他会性骚扰其他兼职的阿姨，摸她们的屁股，但舞从来没碰到过这种情形。他大概会看对象吧。

"鹫生爷爷，您加太多了。"

樱井讶异道。鹫生撒的七味粉几乎覆盖了乌冬面的表面。

"这样才好吃。嗯，味道出来了。"

鹫生不是痴呆症入住者。相对地——虽然这样讲好像不太恰当——他因为右半身瘫痪，行动受限。因此，鹫生左手拿的不是筷子而是叉勺。

"对了翔司，有传闻说你要调去二楼，是真的吗？"

鹫生眯着眼睛说。樱井停下手边的工作："对，的确是这样。我原本打算最近跟您说的。"

"我不会答应这种事。"

鹫生很喜欢樱井。因为鹫生的兴趣是将棋，只有樱井能陪他下，两人总是在对弈。听说前阵子，在鹫生让子的情况下，樱井还首度获得了胜利。而舞对将棋规则一窍不通。

"很遗憾，这是已经决定的事。"樱井一脸无奈。

"哼，我会去跟老板和四方田说，阻止这件事。"

"我会常常来一楼的。"

"不行，不可以。我不让你去二楼。"

鹫生爷爷加油！舞唯有此刻为鹫生打气助阵。

就在这个时候——

"真让人伤脑筋，任性的爷爷。"

坐在稍远位子的多梅咕哝道。

"你说什么，老太婆？有什么不满就直接说！"

"去二楼是没办法的事吧？公司也有他们的考量。话说回来，这个世界并不是以你为中心——对吧，须田？"

多梅向隔壁的须田寻求认同，须田简短地答了句："对啊。"虽然须田并不明白多梅跟自己说了什么。九十岁的须田是青羽最年长的入住者，除重度失智以外，还患有糖尿病。

"还以为你只会在背后说别人坏话，看来不是嘛。我对你刮目相看了。"

多梅的脸瞬间涨红，拿着乌冬面的碗起身道："我要在房间里用餐。难得好吃的面都变难吃了。"

又来了。多梅和鹫生每次都这样破坏餐桌上的气氛。没有痴呆症也很让人伤脑筋。不过，据四方田和其他兼职员工说，多梅似乎开始出现轻微的痴呆症状了。

"鹫生爷爷，您说得太过分了。"多梅离开后，樱井叹了一口气劝道。

"是老太婆先找碴儿的吧？重点是，翔司，我是不会让你逃走的——对吧，小姑娘？"

"咦！"话题突然转到自己身上，舞动摇了一下。

鹫生眯着眼睛看向舞，露出别有深意的笑容吸食着乌冬面。

午后，舞和樱井一起帮助入住者沐浴，之后，牵着三浦的手前往超市购物。一如往常，三浦又想买一大堆麸质点心，但舞今天总算成功阻止了。"啊，有成长啊。"得到四方田的称赞，舞很开心。

在晚班兼职员工到岗后，早班的樱井结束了工作。不过，他没有马上回家，而是走向二楼。他总是这样。舞不太清楚樱井在二楼做什么。一次，舞有事到二楼，看到他和一位名叫井尾由子的入住者说说笑笑。

井尾由子——刚进来青羽时，舞还以为她是兼职员工。当知道井尾由子是入住者时，舞吃了一惊。听说她罹患了早发性痴呆症，但因为舞不曾和井尾由子接触过，不知道她病情的程度。她看起来明明是个五十多岁、极为平凡的阿姨，却待在这里，实在很不协调。

"小舞，下周起你要一个人值夜班，没问题吧？"

傍晚，结束工作的舞一到办公室，四方田便问道。

"我一个人……吗？"

光是想象就觉得紧张。舞只有三次值夜班的经验。

"本来应该等你更习惯之后再这样安排的，但我找不到人，很抱歉。"

四方田都这么说了，舞也没办法拒绝。舞如果说不行的话，一定是四方田替自己值班吧，如此一来，就剥夺了四方田的休息时间。听其他兼职员工说，四方田一个月似乎只休三天。难怪他看起来总是一脸疲惫。

"我知道了，我会努力试试看。"

听到舞这么回答，四方田露出松了一口气的表情。

"当天二楼是樱井值夜班，如果有什么困难就找他帮忙。我也会先交代他，请他注意一楼的状况。"

虽然能跟樱井一起很令人高兴，但舞的心情很复杂。樱井果然要转到二楼了。

"那个，今天鹫生爷爷说他不会让樱井去二楼。"

"他刚才也来找我了，说他会坚决阻止。"四方田苦笑，"那个

第六章
逃狱第488天

人真是很任性。"

"那怎么办？"

"我请鹫生爷爷一起搬到二楼了。他笑着说：'原来还有这招啊，哈哈哈。'"

四方田说，二楼前几天有一位入住者过世，空了一间房下来，所以让鹫生去那间房住。

这样一来，挽留樱井的方法都破灭了。舞的肩膀自然垂了下来。

"小舞，你好像没什么精神呢。"

"没有，没事。"

四方田担心地盯着舞。

"对了，下次要不要去吃点什么好吃的，转换一下心情？"

"啊，好，一定。"

敷衍也要有分寸啊。四方田又没有做错任何事。

舞向四方田道别，离开青羽。尽管已经下午六点了，天色还很明亮。湿热的空气黏在肌肤上。

前几天，时序来到七月，今年已经过了一半。时间一转眼就过了，有些可怕。不过按大人的说法，未来似乎会觉得时间越来越快。如果是这样的话，二十岁前的这最后一年或许很珍贵吧。尽管舞现在没有感觉，但总有一天她会发现这段时间就是青春吧。

舞坐进车中，系上安全带，发动引擎。

樱井又不是辞职，也不是以后都见不到他了。

舞对自己说道，小心地驶出停车场。

"还有三个星期吗?好久啊。"

吃完晚餐,开始小酌的父亲一副迫不及待的样子说道。这是父亲最近的口头禅。

父亲抽到了奥运会开幕式的门票。考虑到概率,这是宛如奇迹般的一件事。父亲高兴地感叹:"我用了我们家一辈子的运气。"不过,门票只有两张,是父亲和母亲的份。虽然他们说"你将来还有机会",但舞并不这么认为。不过,舞也不是特别想看开幕式,所以无所谓。舞觉得很神奇,父母明明不喜欢运动,为什么会那么想看开幕式呢?她也不觉得见证历史性的瞬间很有意义。

"那孩子如果能撑到那时候就好了。"

母亲忧伤的眼神落向客厅的角落,一只设得兰牧羊犬[1]趴在那儿。它是舞家的爱犬——波奇。

波奇来到这世上已经有十七年半的时间,换算成人类的年龄大概是九十岁。这一年里,波奇急速老化,别说是散步了,连饭都不太吃,眼睛也因为白内障而几乎看不见。

谁都明白,波奇大限将至,就算明天死掉也不奇怪。一想到波奇,舞的心便揪成一团。从舞有记忆以来,波奇就在家里了。舞的大半人生都是和波奇一起度过的,波奇就像她的弟弟一样。悲伤时,波奇总是在舞身旁听她说话;流泪时,波奇会轻轻为舞舔掉眼泪。

波奇若是不在的话,家里会消沉好一阵子吧。

---

1. 原产于英国设得兰群岛,一种小型牧羊犬。

"对了，舞，你工作怎么样？"

"我做得很开心啊。"坐在沙发上的舞边玩手机边回答。

"这是最重要的。你去做看护工作爸爸很放心。"

"为什么？"舞停下手中的动作，抬头问。

"这样我就不用担心老了以后要怎么办啦。"

"你想让我照顾你吗？我才不要那样。"舞皱起眉头，"照顾自己的家人非常辛苦啊。因为工作时的对象是陌生人，才可以将个人感情放到一边去照顾，但如果是自己的父母，每件事都会令看护者变得情绪化，会很累吧？就是因为这样，才会有照护机构的存在。"

四方田之前说过类似的话，舞是现学现卖。

"什么嘛，你好冷淡啊。"

"因为是事实啊。"

"没关系，反正爸爸打算活得比你久。"

听到爸爸的无聊玩笑，妈妈拍手大笑。真是的，我们家还真是一片祥和。

此时，手中的手机发出振动，是彩菜打了语音电话过来。舞离开客厅，边走向自己房间边接起电话。

"你还记得彻吗？头发挑染金色的帅哥。"

舞当然记得，前几天联谊时对自己问东问西的男生。他的确是帅哥，但不是舞喜欢的类型。

"就是啊，彻拜托我告诉他你的社交账号，我可以说吗？"

舞考虑了三秒后拒绝了。这世上没有比跟没兴趣的男生在线聊天更麻烦的事了。

"别这样嘛,彻好像对你有兴趣啊。"

"可是那个人有女朋友了吧?"舞坐到床上说。

"现在是有吧。不过,他好像想分手,正在找新女友。喝酒的时候他不是也说了吗?"

这么说来,那个人好像说过这类的话。不过舞当时没怎么认真听。

"这样的话,顺序上不是该好好分手后再说吗?"

"那我跟他说分手后再告诉他?"

"不要,那样我也很困扰。"

"为什么啊——又没关系,只是社交账号而已。"

在社交软件上,已读就必须回信息。舞半年前分手的男友,如果信息已读但没有马上回复的话,他就会不高兴地问:"为什么不回?"舞就是讨厌这样才分手的。到底是谁发明"已读"标示这种多余功能的啊?

"真是的,你太认真啦。"

"不是认真,是对那个人没兴趣。"

"你有什么喜欢的对象吗?"

"……嗯,不能说没有。"

"真的假的?谁?是我认识的人吗?"

"不,是你不认识的人。"

之后,彩菜展开一连串的问题攻势,舞便说出樱井的事。在分享的过程中,反而是舞越来越激动,满腔热情地诉说樱井有多好。

"嗯。可是你也不知道能不能和那个人交往,不是吗?"

"是没错。"

第六章
逃狱第488天

"顺便问一下,那个人几岁?"

"大概比我们大一点点吧。"

"大概?你不知道他几岁吗?"

"我问不出口嘛,突然问人家年龄什么的。"

关于樱井,舞知道的只有他的名字。既不知道他的年龄,也不知道他住在哪里。舞心想或许樱井有社交账号什么的,便试着在网上搜寻他的名字,结果完全找不到。

"可是啊,他是看护员而且还是兼职的吧?一定不是有钱人。"

"那不重要。"舞有些生气,"而且,联谊的那些人也不是有钱人吧?喝东西的钱也是平摊的。"

"彻他们还是大学生嘛,今后还有未来,但那个人此时此刻是看护兼职员工吧?我觉得,就算你们能交往,总有一天他也会离开你。"

"为什么?我也是兼职员工,跟他一样。你也是做类似的工作啊。"

"我们是女生啊,完全不一样吧。"

只要有这样的女生,男女平等的世界就不会到来吧。所以女生才会被男生瞧不起。如果女生不转变意识,男女受到的待遇也不会改变。

之后,彩菜的一句"我觉得彻是优质股,至少比那个人好"让舞真的怒火中烧。虽然彩菜是从小就认识的朋友,但舞打算思考今后要怎么和她相处。

挂掉彩菜的电话几分钟后,社交软件上面有个陌生人发来了一条信息:"嘿,上次见面很开心。"舞看了看名字,发现对方是彻。那个女人真的太夸张了。

不过，无视信息也很不礼貌，舞便回了一句"嗯，很开心"，加上一个表情包传回去。

此时，传来笃笃笃的敲门声。母亲探头进来问："我和爸爸现在要带波奇去散步，你要去吗？"

"嗯，我也要去。"舞马上回答。波奇剩下的时间不多了。

舞穿了件薄连帽T恤出门。夜晚的乡间小路充满温暖的空气，父亲和波奇打头阵，以悠哉的步伐前进。四周黑漆漆的，断断续续传来虫鸣声。波奇不时闻闻草木的味道，脚步却没有停下来。

"这小子今天状况很好呢。"父亲抚着波奇的头说。

最近散步时，波奇没走多远就会停下脚步不再前进。那时，就会变成父亲抱着波奇散步。波奇是只牧羊犬，过去都是蹦蹦跳跳、四处乱跑。当它去追投出去的球时，甚至跑得比风还快。

"对了，最近都没看到向田家的小花，不会是走了吧？"

父亲向母亲问道。邻居向田家名叫小花的柯基，年纪和波奇差不多大。散步时，两只狗经常碰面，波奇和小花总是会跑去互相闻彼此屁股的味道。

"没有，小花应该还很健康，是向田太太有点……"母亲意味深长地说。

"什么啦，向田太太怎么了？"

"我也是听邻居说的……"母亲开了个头后，微微蹙眉，"前阵子不是有个恶性团体的新闻闹得很大吗？叫什么会的。向田太太加入的好像就是那个。"

大约一个月前，名为救心会的民众组织引发了社会上的讨论。

这个组织好像暗地里做了许多坏事，有多名头目遭到逮捕。告发者为一名原本是会员的中年家庭主妇，她的个人信息似乎也被救心会卖掉，成了电信诈骗的受害者。

"你的意思是她因为受到打击无法出门吗？"

"向田太太也推荐了邻居入会，我之前顺利避开了，所以没听细节。但她大概是因为这样没有脸面对邻居吧。"

"原来如此，真可怜。"父亲叹气，"老婆，你最近带波奇去他们家看看吧。"

"嗯，我会去看看的。"

过了一会儿，波奇定住，不再向前。"很好很好，你今天很努力了啊。"父亲抱起波奇，掉头原路返回。

"舞，在外面不要玩手机啦。"妈妈受不了地说。

"因为社交软件有信息嘛。"舞嘟起嘴巴。彻从刚才开始就不停发信息，就是因为这样舞才不想给社交账号的。不过，她这样乖乖回复信息也很不应该。

"男朋友吗？"父亲问。

"不是，我现在没男朋友。"

"你好像说已经分手了？"

"已经分手半年多了啊。"

"咦？是吗？"

明明知道还故意装蒜。

"舞现在有有好感的对象吗？"母亲调侃道。

"妈。"舞加重语气。

父亲眯起眼睛："是什么样的人？跟爸爸说说。"

她的父母总是这样。母亲什么事都跟父亲说，父亲则是会想打破砂锅问到底。舞希望他们能更尊重女儿的隐私。不过，最后都说出来的人也是舞。

"你下次带他来家里，爸爸想见见那个男生。"

"都说了，我还只是在单恋。"

"舞要是和那个男生结婚的话，我们老后的生活就更安稳了，对吧老婆？"

"就是说啊，因为有两个看护专家在。"

真是的，随便吧。天底下没有夫妻像她家父母这么天真的。

不过，父母这样的夫妻关系非常理想。舞也想建构一个像自己家一样的家庭。虽然她还是个小孩儿，但法律上已经可以结婚了。将来，舞也想要有小宝宝，还想养狗。不过，这都是很久很久以后的事了吧。

32

今晚是舞首次单独值夜班的夜晚。她将事先写好的"早上前待办事项清单"放进围裙，每做完一件事就用圆珠笔在上面画两条线。虽说都不是困难的工作，但一想到这里只有自己一个人就什么事都很紧张。

就这样，凌晨两点，舞在厨房煮早餐要吃的芋头时，突然感到旁边有股视线。身穿睡衣的悦子从墙壁旁探出头，一直盯着这边看。"咦！"舞发出短促的尖叫。

"悦子奶奶，大半夜的，您怎么了吗？"

吓人也要有个分寸！虽然悦子奶奶本人应该没有这个意思。

像这样深夜徘徊的入住者并不少。他们会在静悄悄、黑漆漆的走廊上缓缓现身，让人感觉就像在鬼屋一样。

"哎，你知道我的存折在哪里吗？"悦子皱眉问道。

"奶奶的存折吗？啊，收在办公室里。"

"真的吗？"

"嗯，真的。"

假的。这里根本没有悦子的存折。那类贵重物品应该是由悦子的儿子在保管吧，但如果说实话，悦子一定会闹脾气。

不过，悦子似乎不太接受这个说法，这位老太太的疑心病非常重，此外，偷窃癖也很严重。若是发现厕所卫生纸消失，十之八九会出现在她的房里。

舞决定改变话题。

"对了，我明天想做抽绳袋，您能帮我吗？"

"抽绳袋？"

"对。我手很笨，没有信心可以做好。"

"可是我没有裁缝工具。"

"奶奶的裁缝工具也收在办公室。"这是真的。

"哎呀，这样啊。"

"请教教我吧，拜托您了。"

悦子露出得意的笑容："不论谁做了那么多个都会变得很厉害

的。那，你明天来我房间。"

"好的。现在已经很晚了，您也回房里好好休息吧。"

悦子和一分钟前判若两人，带着温和的表情走回房里。

呼——舞吐了一口气。她应对悦子的技巧也进步了。

悦子过去经营一间裁缝教室。据说，有许多学生想在悦子身边学习，因此，悦子一定是位了不起的老师吧。舞曾经亲眼看过悦子缝东西，那手艺让人佩服得五体投地。

当时的学生要是看到现在的悦子会有什么感觉呢？应该会受到不小的冲击吧。

之后，舞巡视了每一位入住者的房间，松了一口气，每个人都睡得很安稳。如果有人没了呼吸的话就不得了了，但只要继续这份工作，总有一天，舞也会经历那种事。到时候，她能保持冷静吗？迄今为止，别说是身边的人了，舞就连远亲中也没有人过世。舞不曾接触过人类的死亡。

时间来到凌晨三点半，舞在客厅的沙发上坐下，深深靠进沙发背里。由于一直处于紧张状态，尽管没有睡意，身体却疲惫不已。舞一直祈祷，希望能无事到天亮。

舞不经意看向天花板。樱井应该和自己一样在二楼值夜班，今天也是樱井第一次负责二楼的夜班。没有传出任何声响代表二楼也很平静吧。

舞叹了一口气。她好想见樱井，一瞬间也好，想要看看他的脸。如果有什么事的话就能找樱井帮忙了，但什么都没发生所以也没办法。舞也不能没事就跑去二楼——想到这儿，舞灵光乍现。假装味噌或酱油没了，上楼去借就好啦。想到这个主意的她或许是天才呢。

舞起身，走向位于走廊中间的楼梯。她来到二楼，楼上却不见樱井的身影，人也不在客厅和厨房。舞心想樱井或许在入住者的房里，她环顾走廊，看到一间泄出灯光的房间。舞不以为意地走近后，听见微弱的说话声。

直到舞站到门前，她才知道那不是说话声，而是女人的哭泣声。舞看向写有入住者姓名的门牌——井尾由子。

"没事的。"

是樱井的声音。舞偷偷从视线高度的玻璃窗觑向房内。青羽入住者的房门有着可以从走廊看见内部的特殊设计。

里面是樱井和井尾由子并肩坐在床上的身影。两人的手在樱井的膝盖上交握，樱井双手拢住井尾由子的手。

为什么呢？舞有种撞见不该看的画面的感觉。或许是因为这样，一回神，舞已经离开了那里。

舞悄悄走下楼梯，回到一楼。她坐在沙发上平复心情。

刚才那个画面是怎么回事？井尾由子的肩膀在颤抖，的确是在哭泣。

一定是发生了什么事吧，然后樱井在安慰她。没错，那顶多只是看护工作的一环。

然而……舞总觉得很难受。那种场面如果发生在其他入住者身上的话便完全不同。可是，井尾由子还很年轻。

舞用力甩了甩脑袋。她在想什么无聊的事啊？这不过是看护的一个场景吧？重点是，就算还年轻，井尾由子也比自己的母亲还年长。

"好。"

舞出声赶走歪念头，再次着手准备早餐。

当舞平安无事地迎接早晨，从拉开窗帘的窗户看见美丽的晨光时，浑身上下充满了难以言喻的充实感。因为，自己独立守护了一楼一夜。舞虽然还是个半吊子，但有种自己是个优秀看护员、获得认可的感觉。

早餐后来上班的四方田也大力赞扬舞的表现，一脸欢喜不已。大概是因为能够值夜班的兼职员工并不多，而若是舞能够独当一面，人员安排上就能透出曙光了吧。仔细想想，夜班时薪高，工作时间又长，最适合赚钱了。唯一的顾虑就是生活作息会乱掉。

工作快结束时，舞和樱井一起向四方田和早班的兼职员工报告各自负责楼层的交接事项。首先由舞一边看着笔记一边说出一楼入住者的情况。关于和悦子缝东西的约定，四方田说："虽然本人应该不记得，但要真的去做一下抽绳袋啊。"

接着是樱井报告二楼的交接事项。

"今天早上，园部爷爷似乎因为失禁受到打击，所以我就先装作没发现，请之后再趁园部爷爷不在时更换床单。另外，他应该是把湿掉的内裤和长裤藏在床下了。再来是川田爷爷，他半夜开了好几次窗户，手脚都被蚊子叮了，虽然我帮他涂了止痒药膏，但爷爷现在还是会去抓几下，白天时也请再注意一下他的状况。小山奶奶——"

一如往常，樱井的报告精准又流畅，不像舞会说什么"呃——""这个""那个"的，这一点再度让舞感到敬佩。

第六章
逃狱第488天

"——我的交接事项汇报完毕。"

舞侧眼看向身旁的樱井。他没有提到井尾由子的事，井尾由子半夜在哭。是忘记了吗？但是舞认为樱井不可能遗漏。

舞带着奇怪的心情和樱井一同离开了青羽。毕竟值了一晚上夜班，平常总是会在青羽待上很久的樱井似乎也马上就要回家了。

"辛苦了，再见。"

樱井冷淡地说。明明可以再多说几句的。他大概想都没想过眼前的少女对自己有好感吧。

舞坐进车中望着樱井跨上自行车的背影。

不知道是没有车还是根本没有驾照，樱井似乎是骑自行车前往我孙子站，再从那里搭电车回家。舞不知道他在哪一站下车。关于樱井，舞有一堆"不知道"的事情。

"不介意的话，我送你回家吧？"

舞一个人在驾驶座上试着说道。樱井骑着自行车的背影渐行渐远。

如果自己真的说得出口、樱井真的愿意坐进这个副驾驶座的话，那该有多幸福啊。

不过，事情要是真的这样发展，舞一定会坐立难安，她没有自信能好好开车。重点是，舞虽然有满满的干劲，却不知道该跟樱井说什么话才好。

舞打了个大大的哈欠。无论如何，回到家里她都要大睡一场。

舞从房间床上醒来时太阳已经下山了，她每次值夜班都是这样。尽管如此，一到晚上她又会再度产生睡意，或许她在睡眠这件事上很厉害呢。舞揉揉眼睛，下楼来到客厅，看到刚回家的父亲，便试着和他商量恋爱的烦恼。父亲也是男人，或许更了解男生的看法吧。

"所以我叫你带他来家里啊，爸爸会好好助攻的。"

舞找错商量对象了。这是父亲对于舞提出的"如果女生积极主动靠近的话，男生反而会退缩吗"的回答。助什么攻啊！

"别看爸爸这样，我可是很擅长这方面的事啊。"父亲边松开领带边说。

"怎么可能突然邀人家来家里啊？"

"只要一开始跨越高门槛，之后就轻松了吧？在我们家同吃一锅饭，就算不想，交情也会变深——"

"妈，你觉得该怎么办？"舞忽略父亲，将问题抛给在厨房的母亲。

"你知道他的联络方式吗？"母亲问。咚咚咚——菜刀在砧板上敲出声响。

"不知道。他的社交账号和电话我都不知道。"

"那首先要拿到才可以。"

"我有办法好好问出口吗？"

"对了，手贺沼的烟花大会不是快来了吗？"父亲插嘴，"你们两个单独去看烟花大会怎么样？"

舞再次忽略父亲。因为她正在寻求可以达到那一步的方法。父亲的建议跳过了过程。

"社交账号那种东西只要很平常地说'请告诉我'不就好了吗？"

"要是能那样我就不用这么辛苦了。"

"咦？舞这么胆小吗？你一直都是很积极行动的那一方，不是吗？"

"这次好像不行。"

"为什么？"

"就是有这种感觉。"

"总之，你先去梳个头，头发翘得乱七八糟的。"

母亲提起后，舞前往洗手间。一看向镜子，头发的确乱蓬蓬的，由于刚睡醒，眼皮也很浮肿。她死也不能让樱井看到自己这副模样。

舞想让樱井看自己好好化妆的样子。舞虽然中途休学，但在美容学校学会了技巧，对化妆很有自信。不过，舞又不可能以那样的妆容去青羽上班。

如果能像父亲所说，一起去看烟花的话……舞深深叹了一口气。真是的，我原来这么胆小消极吗？舞还一直以为自己是肉食系[1]的女生呢。

一定是因为对象是樱井。该怎么说呢？樱井是个难以捉摸的人。明明那么温柔，却总让人觉得难以接近，还有一种神秘的气质。

樱井的爱好是什么呢？他对什么有兴趣，会为什么而感动呢？他偶尔也会有捧腹大笑或是流泪哭泣的时候吗？希望有一天

---

1. 相对较温和被动的草食系，肉食系一般表现为性格开朗、行为大胆、对恋爱对象主动出击。

樱井能告诉她。再贪心一些的话，哪怕一点点也好，希望他能在舞面前展露那些样貌。

33

这一天是舞第二次值夜班的日子。由于已经有过一次经验，舞的心里也从容了一些。不过正因为这样，睡意不断袭来。舞从刚才开始就不停打哈欠。都怪她没有睡饱再上班。当然，夜班是不容许小憩的，因为一个人负责着九个人的性命。

今晚很手忙脚乱。本该就寝的入住者接二连三地爬起来，为各种各样的事闹脾气。虽说舞已经习惯哄他们了，但老实说真的很费力。舞很想大声斥责他们，但她知道那样做并不会有好结果。

顺带一提，今晚二楼也是樱井值班。舞打算如果有应付不来的事就去请他帮忙。

就这样，当时钟指针来到凌晨三点，舞在厨房为早餐备菜时，电灯瞬间熄灭了，接着，开始反复明灭闪烁。原本舞还想是不是灵异现象，但马上就明白只是灯泡坏了而已。可是也不用在这种大半夜坏掉吧？这里应该有替换的灯泡。舞找了一下，然后在柜子里发现了灯泡。

不过，舞不知道怎么换灯泡，在家里，这种工作全都是由父亲帮忙做。重点是，矮小的她就算站到椅子上，手还是碰不到灯。

舞稍微思考了一下，前往二楼。如果是高个子的樱井，应该轻轻松松就能换好吧。舞为有了个好借口而兴奋起来。

不过，跟上次一样，二楼的客厅依然没有樱井的身影。依然有一间泄出灯光的房间——井尾由子的房间。

又是这样？舞缓缓穿过静悄悄的走廊，没有刻意却还是蹑手蹑脚起来。

舞在房门前侧耳倾听。屋里传来两个人的说话声，是井尾由子和樱井。

尽管有些心虚，舞这次还是一样悄悄从玻璃窗往内觑。樱井又握着井尾由子的手。

"——所以啊，我最近在想，我会得这种病，或许就是老天爷巧妙的安排，让我可以不用想起那些记忆。"

井尾由子今晚没有哭。不过，她的侧脸却充满哀愁。

"可是，你没有忘记吧？"

樱井盯着井尾由子的脸说。樱井的脸看起来不可思议地严峻，至少，那不是他平常会露出的表情。尽管如此，舞完全搞不懂他们在说什么。

井尾由子虚弱地笑了笑，喃喃道："我忘不了啊，那种事。"

"我记得清清楚楚，仿佛才刚发生过一样。重要的事忘记了，想忘的事却不肯消失。老天爷果然很坏心眼呢。"

"是这样吗？"樱井若有所思地说，"你的那段记忆是不是能拯救某个人呢？或许，神明是为了这点才没有从你身上夺走那段记忆。"

"某个人……事到如今，能救谁呢？"井尾由子笑道，"你讲了很有趣的话呢。"

"……"

"而且我的记忆啊,在别人眼中是不可靠、模糊不清的。无论我说黑的还是白的,都没有可信度。"

"为什么?你的话明明说得这么清楚。"

"这个病就是这样。"

樱井咬住下唇。

"现在的我,是连晚饭吃了什么都想不起来的人,记不得昨天是怎么过的——樱井,这些你都记得吧?"

"你不是好好记住我的名字了吗?"

"那是因为你总是陪在我身旁。虽然可能是出于工作的关系……"

"不是因为工作。"

井尾由子不可思议地盯着樱井。

舞转身后退,悄悄离开门前。虽然舞完全搞不懂两人在说什么,但跟上次一样,她心中涌起一股罪恶感,像是目睹了不该看的场面。

"来,请慢慢地回想。"

背后微微传来樱井的声音,是一种仿佛在施展催眠术的口吻。

他们到底在说什么呢?樱井和井尾由子究竟是什么关系呢?

舞的脑海被这些问题占据不放。天空终于亮起,迎来了早晨。

然后,樱井这次的交接事项依旧完全没有提及井尾由子。

34

三天后，来上班的舞一到办公室，便看到一对六十岁出头、貌似夫妇的男女和四方田、老板佐竹站着谈笑的身影。狭窄的空间里站着四个成年人，令人感觉十分拥挤。

"啊，小舞，早安。"四方田道，马上向那对夫妇介绍："这位是最近刚加入我们的兼职员工，酒井小姐。"

"这样啊，这么年轻就从事看护工作。"丈夫佩服地上下点头，"我是服部的儿子，感谢大家这么照顾我父亲。"

夫妇俩双手拿着装满服部物品的纸袋。

听说，服部过世了。昨天傍晚，服部在客厅没了呼吸。据说，他原本在沙发上打盹，由于一直没起来，兼职员工便触碰他的脉搏，结果没有反应。

"家父能幸福地离开，都是托大家的福。"

尽管对方向自己深深鞠躬道谢，舞却感到十分无措，只能点头回礼。她完全没有真实感。

夫妇俩的表情看起来十分明朗，是因为服部已经八十六岁，寿终正寝吗？舞无法判断。

服部夫妇没多久便回去了，中间仍不停鞠躬行礼。那对夫妇不会再来这里了吧。

终于开始工作的舞最先前往服部的房间。

房间大概清理过了吧，干干净净的，只有本来就放在房里的床铺和衣柜，服部的物品一件也没留下。当然，这里也没有服部的身影，甚至连味道都不留。

明天似乎会有新的入住者过来。虽说这是理所当然的事，舞却因为整件事太过轻而易举而感到空虚，连沉浸哀伤的空隙都没有。

然而她又为什么这样想呢？看着这间单调的房间，舞的眼眶渐渐发热。

舞想起了服部沐浴时的笑容。只要舞邀服部沐浴，他便欣然愿意洗澡。面对舞做的餐点，服部会一边说着"好吃，好吃"，一边吃下肚。好不可思议，服部明明是很需要费心照顾的入住者，舞想到的却都是美好的回忆。

舞对服部没有特别的情感，他顶多就是青羽众多入住者中的一个，两人也才相处一个月左右，严格说起来是没有关系的陌生人。最重要的是，服部甚至不认得舞。

尽管如此，为什么悲伤会像这样不断涌出来呢？

"小舞，你在这里啊。等一下大家要——"

从身后传来的四方田的声音忽然中断了，大概是因为他注意到舞颤动的肩膀了吧。

四方田的手轻轻放在舞颤抖的肩膀上，这令她更加控制不住泪腺。舞的眼泪扑簌簌地落下。所谓的死亡，就是消失不在。舞活了十九年才知道，消失不在原来是件这么寂寞孤单的事。

那天是舞在青羽打工以来最痛苦的一天。那天并没有发生什么特别的事，跟往常一样，没有任何不同，即使有一个人消失不在也没有任何改变。就是这点令舞悲伤。

其他的兼职员工似乎已经习惯入住者的死亡，表现得泰然自若。至于其他入住者，大部分人都没有发现服部不在了。他们大概连服部这个人都不记得吧。沉浸在感伤中的人只有舞自己。

"酒井。"

工作结束后，舞在夕照下拖着无精打采的步伐前往停车场，此时，背后传来呼喊。舞回头，是樱井。上晚班的他还在工作，身上穿着围裙。

"服部爷爷的事，我很遗憾。"

樱井说。夕阳染红了他的脸。

"服部爷爷在最后的阶段能得到你的照顾，应该很幸福吧。"

"这样说的话，你的照顾也是。"

"嗯。我们和服部爷爷之间，一定有小小的缘分吧。"樱井微笑道，"请打起精神！"

舞目不转睛地盯着樱井的脸。樱井是注意到舞情绪低落，才找她说话的吗？

本来打算说"谢谢"的唇瓣却意外吐出别的话语。

"人总有一天会死，对吧？"

樱井不语地看着舞。

"抱歉，我在说什么废话。"

樱井摇头。

"这样说或许有点儿不恰当，但我认为服部爷爷离开的方式很理想。"樱井说。

"如果可以的话——"樱井眯起眼睛，望向舞的后方，"我也想那样死去。"

樱井的意思是寿终正寝吗？一定是这样吧。

希望不是生病或意外，而是享尽天年后离开这个世界。每个人都希望如此。就这层意义而言，服部离世的方式或许真的很理想吧。

最后——

"我还在工作，先回去了。"

语毕，樱井转身返回屋子。"谢谢！"舞朝着他的背影大喊。樱井回头，露出灿烂的笑容。

自己会感到悲伤，是因为和服部之间有小小的缘分。

一定是这样。

世上有许许多多的人，一生中能遇见的人微乎其微。不过，若是这样的话，就代表自己和樱井之间也有缘分。希望，这不只是小小的缘分——

35

难得休假，舞一整天都在家里无所事事。舞什么也没做，发个呆白天就过了，迎来了夜晚。平常工作那么努力，偶尔一天这样也没关系。不过，舞也有些后悔浪费了宝贵的假日。

第六章
逃狱第488天

不久，父母回到家中，三人一起用晚餐，并肩坐在沙发上看电视。这是酒井家度过夜晚的一贯方式。不过，舞忙着玩手机，没怎么看电视。因为懒得回信息把手机放了一天后，社交软件累积了上百条的信息。其中有一大半来自别人擅自将她拉进去的群组，她真的很想退出。

"这是应该的。"

身旁的父亲突然咕哝了一句。语气和平常的他不太一样，舞抬起头瞄了一眼。父亲正一脸严肃地盯着电视看。

舞的目光随着父亲的视线移向电视。直到刚刚为止应该还是奥运会倒计时特辑的节目，不知何时切换成了新闻谈话节目，播着年轻男子被警察带走的画面。那是大概三个月前的影像，就连不怎么看新闻的舞也看过好几次这个画面。看到画面下方的字幕，舞明白父亲说的意思了。

新闻报道，三个月前闯入民宅杀死一对母子的男人——足利清人，一审被判处死刑。报道说，回顾过去，没有这么快就定死刑的案例，因此此案极为特殊。

这起案件震惊社会的程度远高于其凶残性，因为凶嫌足利清人供称，自己杀害母子的动机是"很佩服镝木庆一"。也就是说，足利清人模仿了镝木庆一犯下的命案。

平成最后的少年死刑犯、逃狱犯镝木庆一——源源不绝地有年轻人憧憬这个人的现象引起讨论。当然，舞身边没有那种奇怪的人，但社会上似乎有不少人将镝木庆一当成领袖来崇拜。

"我认为，大家会产生某种镝木庆一在反抗体制的错觉。可是，他实际上是个凶残的杀人魔。镝木庆一没有任何信念，也没有抗争意识。最后,他逃狱并且逍遥法外——年轻人只把焦点放在这一点,将其神格化,信奉他的人越来越多。这种现象虽然奇特又诡异,但以年轻人特有的心理而言,或许不是什么怪事。"

这是其中一名评论员的论点,舞却完全无法想象。不过,只要看社群网站,的确会看到类似支持镝木庆一的发文。舞没有特意搜寻相关内容都能看到的话,意味着这类发言的数量相当多吧?当然,发言的人中有大部分都是为了获得关注,故意发表争议性言论的笨蛋。证据就是,那些人全都是匿名。

不过,足利清人被捕这件事,证明了世界上有真心憧憬镝木庆一,并深深为他着迷的人存在。这么一来,要担忧的就是下一起犯罪——也就是连锁效应。

关于这件事,镝木庆一有什么想法呢?舞希望警察在逮捕镝木庆一时,一定要问他这个问题。在处死他前,一定要问。

不过,舞对死刑本身持有疑问。她既不赞成,也不反对,因为她并不清楚。尤其是最近身边的事,神奇地迫使着舞思考"死亡"这个议题。

"爸,死刑是理所当然的吗?"

舞望着电视问道。

"嗯?当然啦。更何况这个凶手已经成年了。"

"我不是说这个人。我是在想,把杀人当刑罚对吗?"

父亲歪着脑袋看向她:"你是说赞成还是反对死刑吗?"

舞点点头。

父亲稍微停顿了一下。

"我赞成啊。一想到遗属的心情,就觉得死刑是必要的存在。

如果你被谁杀了的话,爸爸一定希望对方被判死刑。如果没有,爸爸就会去杀了那个凶手。"

父亲极为冷静地说着可怕的内容。

"可是那样我也不会复活啊。"

"是这样没错……"

不知不觉间,舞不再看着电视,而是盯着虚空。

"我开始做这份工作以后,发现人类是真的会死掉呢。就算放着不管,所有人终有一天也会死去。即使如此也要强行让人死亡,这样好吗?"

"不管那个人犯了什么罪吗?"

坐在另一边的母亲问道。

关于这个问题,舞没有答案。因为虽然她能想象受害者和遗属的心情,那种感觉却十分遥远。当然,舞从来不曾恨谁恨到希望对方被处死。

到头来,我是个天真的人吧,而且,也一定是个幸福的人。从未被谁深深伤害,没有经历过贫穷,也不曾对未来悲观。她就像这样,一直有父母守护在身边活到现在。

不过,死亡代表消失。如果有人"可以消失"的话,那他是为了什么诞生到这个世界上的呢?

舞之所以会思考这种根源性的问题,一定是因为从事了这份工作,时常与死亡为伍。这么说来,四方田说过,看护的工作会在"习惯之后内心开始感到疲惫"。

舞虽然没有感到疲惫,但或许有点忧愁吧。一想到自己如果因为这样而没有谈恋爱的话,便觉得有点儿可怕。

洗好澡后，舞和波奇一起玩耍。说是这样说，其实只是舞单方面来回抚摩波奇的身体罢了。虽然波奇一直毫无反应，但舞的心意一定传达给它了。这么一想，生命有终点的不只是人类。希望这条老狗能尽可能地长命百岁。

就寝前，舞在床上玩着手机。要是被社交软件绑住的话，她甚至都想删账号了。虽然好像有点过激，但她有种一旦删除便能意外获得自由的感觉。

"彻，你对足利清人被判死刑有什么看法？"

舞故意回了这种信息。由于彻发了"最近好热，都不太想动吧？"这种没意义的内容，舞便还以颜色。在这之前，舞和彻也净说些没有内容的话。尽管舞暗示自己有喜欢的人了，彻却毫不在意，令人十分困扰。他的神经到底是什么做的？

结果彻的回复完全超出了舞的想象。

"如果连这家伙都逃狱的话不是很好笑吗？"

舞愣住了。当然不好笑。不过，她也没有感到愤怒，只是冷静地心想：要和这个人保持距离。因此，舞决定不回了。

然而，彻又发来新消息："你对这种事有兴趣的话，看一下这个，超好笑的。"信息后附了一个网页链接，似乎是一个视频。点开后，视频中出现了一个平凡无奇的中年男子，舞姑且播放了影片。

视频明明应该是男子自己上传的，但他大概有社恐症吧，一张脸面红耳赤，讲话结结巴巴的。尽管男子自称是律师，但他说话远远称不上"流畅"。至于视频的重点，原来是针对镝木庆一的死刑判决提出疑问。不过，男子并不是说镝木庆一无罪，而是认为对他判处极刑言之过早，应该要更审慎评估才对。

视频的观看次数超过二十万次。这种视频为什么有这么高的播放量？舞一看留言区就知道理由了。这名中年男子过去好像因为色狼行为被抓过，收录整个过程的视频也四处流传。由于这样的人上传了视频，注意到这件事的观众便加入战局。"即使你这样说也没有说服力！"感觉最上方的这则留言道尽了真相。

不过，视频传达出了这名中年男子的拼命，大概就是这样看起来才很滑稽吧。

"完全笑不出来。"

舞毫不留情发了冷淡的回复后，把彻拉黑了，一点都不心痛。

明天上早班，得早点睡觉才行。舞将冷气设定为三小时后自动关闭，关上房间的电灯。

黑暗中，舞突然想到，樱井也会看视频网站吗？

36

"哎呀，真感动。"

浴缸里的三浦心满意足地说，蒸腾的热气里是他喜悦的笑容。舞已经可以独自协助入住者沐浴了。身为一个看护员，她在稳健地成长。

三浦在清澈的热水中抚弄性器官。由于这对三浦来说很稀松平常，舞并不以为意。不只三浦，其他男性入住者也老是会抚摸胯下。舞不太清楚这是由于痴呆症还是男人这种生物都是这样。

舞从一开始便对看男人赤裸的身体没什么抗拒感。她没有和任何人说过，这大概是因为她直到初中都还跟父亲一起洗澡吧。

"你来这里很久了吗？"

三浦突然问道。除了多梅和鹫生，其他入住者从没喊过舞的名字。

"才一个多月。"

舞边用毛巾擦拭额头上的汗水边回答。盛夏正午的浴室简直跟桑拿房没两样。炽烈的阳光从天窗照了进来。

"这样啊。很年轻啊。"三浦掬起热水洗脸，"我是什么时候来这里的啊？"

"我听说您是两年前入住的。"

"嗯，这样啊。"

"三浦爷爷，您差不多该起来了，不然会头晕的。"

其实是因为后面还有一位入住者在等待。由于必须让九个人都完成沐浴，因此必须精准掌握时间。当然，脱水症状很恐怖也是原因之一。

"还可以再泡一下吧？"

由于三浦板起了脸孔，舞便开朗地说："那，数到一百。"

没多久，三浦洗好澡，舞也接着完成了其他入住者的沐浴工作。当她在客厅喝着冰麦茶时，办公室的电话响了起来。铃声不断，也就是说，四方田好像外出了。舞小跑着前往办公室，拿起听筒。

第六章
逃狱第488天

"这里是我孙子团体家屋青羽,您好,我是酒井。"

舞按照手册上的指导应对。

"我是笹原浩子,我姐姐井尾由子平常承蒙你们关照了。"

是井尾由子的亲属。"啊,您客气了。"

"请问四方田先生在吗?"

"呃——"舞马上看向一旁的白板,四方田的栏位上写着"购物"。

"他现在不在,但应该等一下就会回来了。"

"这样啊。方便的话,可以帮我传个话吗?"

"请说。"舞打开便条纸,拿起笔。

"请跟四方田先生传达,我原本说明天过去,但临时有些状况,这么突然实在很不好意思,我想改到今天去看我姐姐,预计三点左右会抵达。"

"好的,我知道了。"

"临时过去,真的很不好意思。"

"不会,亲属什么时候来看家人都没有关系。"

只要不是深夜时段,探访入住者的时间是很自由的。因此也有亲属完全没有提前联络,顺道随意过来一趟。如果有需求,亲属甚至可以在青羽过夜。

结束和笹原浩子的通话后,舞想尽早通知这件事,便打给了四方田。

"今天来对我们反而比较好。"四方田说。

据说,明天预计还有两组其他入住者的家人要来,原本时间重叠在一起。

"小舞，井尾太太的妹妹等一下要来的事，可以也帮我跟田中和樱井说一声吗？我大概还要一个小时才回去。"

答应四方田，放下听筒后，舞马上前往二楼。今天二楼的兼职员工是一位名叫田中的中年女性和樱井。樱井一周到底上几天班呢？舞不知道他哪天有休息。兼职员工这么缺人吗？

舞向田中和樱井传达情况后，樱井的表情突然暗了下来。为什么？他看起来有些不安。

"樱井，怎么了？"

田中似乎也察觉到了。

"没什么。"樱井虽这么说，但明显不对劲，眼神游移。

四方田终于回来时，樱井从二楼下来，在走廊上向四方田搭话。人在附近的舞若无其事地注意两人的动静，但樱井说话的声音很小，舞不知道他们在谈什么。

"这样的话就回去吧。我会到二楼，后续的事你不用担心。"

舞隐约听见了四方田的声音。樱井不好意思地鞠躬。

接着，樱井走进办公室，四方田则朝舞走过来。

"樱井怎么了吗？"舞立刻询问。

"他好像不太舒服，所以我让他提前回去了。"

"这样啊。"舞担心和失望的心情各占一半。

"虽然好像没发烧，但他的身体第一次出状况，我觉得挺严重的，希望他能赶快好起来。"

真的。

"原本觉得是个好机会，想介绍樱井给笹原太太认识，现在也没办法了呢。"

"那个……"舞悄悄窥探道,"樱井和井尾太太感情很好呢。"

"嗯,樱井常常帮忙照顾她。井尾太太好像也对樱井敞开心扉,两个人很合得来吧。"

虽然的确是这样,但半夜里的那些对话还是个谜。

"井尾太太过去发生过什么事吗?"

一听见舞的问题,四方田的表情明显僵住。

"怎么了?"

"不,没什么。"舞瞬间词穷。她可以说自己在深夜看到井尾由子哭的事吗?可以把樱井和井尾由子的谈话说出来吗?

"你看见或是听见什么了吗?"四方田讶异地看着舞。

"那个,不是……"

四方田吐了一口气。

"井尾太太好像偶尔会想起一些过去不太好的事,有时候会因此情绪低落。不过,这种情况也不只是井尾太太会有啦。"

舞有种被敷衍打发了的感觉。井尾由子身上一定有什么不能对他人说的秘密。樱井是不是知道那个秘密呢?

那个让舞烦恼的樱井从办公室走了出来,他脱下了围裙,背着背包。

"不好意思给大家添麻烦了。"

"不会,你保重。"四方田说。舞也接着说:"保重身体。"

樱井点点头,转身快步走向玄关。

"樱井有好好在休息吗?"

舞目送着樱井的背影,向身旁的四方田问道。

"完全没有。我真的对他感到很抱歉。"四方田搔了搔脑袋,

"对不起,你的休假也很少。我们下周会再登新的招聘广告。"

"我没关系,我不是学生,也不是家庭主妇,如果没来青羽的话,就只是在家里无所事事而已。"

"谢谢你这样说。"

"而且,四方田先生,你才是最没有充分休息的人吧?"

"我是正式员工,和大家不一样。"

换好鞋子的樱井打开门出去了。舞悄悄叹了一口气。

此时,四方田咳了一声,以郑重的语气开口:"对了,小舞……"

"下星期海之日……要不要一起去看手贺沼的烟花?"

意料外的邀约令舞不知所措。

"那个,我那天值班。"

"是白天班吧?"

"啊,对,烟花是晚上。"

"我那天应该也能在傍晚下班,要不要一起去看?"

这是约会的邀请吗?还是四方田之前说的,照顾兼职员工心理的一环呢?

正当舞不知如何回答之际,"呀——"身后传来悦子尖锐的叫声。一回头,只见悦子和多梅就在一旁相互拉扯。四方田赶紧奔过去。

"我会被这个老太婆杀死——!"悦子尖叫。多梅也怒吼:"你才是老太婆!"

四方田介入她们中间,将两人分开。他问多梅:"发生什么事了?"

"这个人啊,偷了我挂在那张椅子上的手帕。"

"我没偷!"

"那你肚子那边凸凸的是什么?"

多梅指着悦子的肚子。那里的确鼓鼓的,罩衫下藏着什么。

四方田叹了一口气,耐心地说道:"悦子奶奶,那是多梅奶奶的东西,请还给她。"

"不要,这是我的。"

"一定是因为那条手帕和您的太像了才会搞混吧?可以请您再确认一次吗?"

悦子从怀里拿出手帕,睁大眼睛:"咦?真的欸,这不是我的。"

"你演什么演,太假了。"多梅不留情地说。

四方田安抚道:"好了好了。"

"快还给我。"多梅伸出手,"还有道歉!"

"吵死了!"悦子将手帕甩到地上,"这种东西我才不要!"

说完,悦子便快步穿过走廊,逃回自己的房间。

舞和四方田四目相对,露出苦笑。没有方法治治悦子那火爆的脾气和偷窃癖吗?

"真讨厌。人变成那样的话就完了。"

多梅摇头叹道。

之后,舞在四方田的指示下前往多梅的房间开导她。除了对悦子的愤怒,多梅也滔滔不绝地将日常的郁愤一股脑地发泄了出来。舞不断用"就是说啊""您说得对"这两句话应和。多梅的话里充满了记忆错误的部分,舞切身感受到这位老太太也开始出现失智的情况了。当然,舞并没有将错误指出来。

就这样忙东忙西到了三点,先前打电话的笹原浩子带着特产来到了青羽。笹原浩子大约五十岁,虽然五官和姐姐井尾由子不太像,气质和感觉却一模一样。

"啊,是刚刚接电话的那位,没想到这么年轻啊。"

舞在办公室自我介绍后,笹原浩子捂着嘴惊叹。入住者的家属几乎都是相同的反应。舞想,她这个年纪做看护大概就是如此稀奇吧。

"我姐姐平常承蒙照顾了,她应该没有给大家添麻烦吧?"

"完全没有添麻烦。"

舞惶恐地举起手在胸前挥舞。说到底,自己负责的是一楼,从来没有和井尾由子接触过。

"应该说,井尾太太还帮了我们员工的忙呢。"四方田从旁说道,"二楼入住者的衣服每次都是井尾太太帮忙叠的。"

"这样啊?"笹原浩子微笑。

"她现在在……?"笹原浩子指着二楼问。

"对,应该在房里休息。我们快点过去吧。"

在四方田的示意下,两人一起离开了办公室。"兼职员工里有位叫樱井的年轻男生,井尾太太和他感情很好。我原本想今天介绍你们认识的——"外头隐约传来四方田的声音。

舞也拿着收到的特产离开办公室。特产的名字叫"山形旬香果",是色彩鲜艳的果冻。也就是说,笹原浩子是千里迢迢从山形县过来看姐姐的吗?从山形来到这里要花多长时间呢?

原本打算明天拿出来的果冻在放入冰箱前就被入住者发现,

马上被用来当作下午茶的点心。确认数量后，舞决定也跟着一起享用。虽然不够冰，但是多汁的果冻里加了满满的当季水果，十分美味。员工们私底下都很期待入住者亲属带来的特产。

正当大伙在客厅吃果冻时——

"啊，什么什么？大家在吃什么好东西？"

老板佐竹来了。看来，舞刚刚听到的车声是佐竹的车子发出的。这个人总是说来就来。

舞告诉佐竹那是笹原浩子带来的特产，问他要不要吃后，得到"当然"的答案。佐竹甚至还指定了口味，说要樱桃的。

"舞舞，工作习惯了吗？"

佐竹用汤匙挖了一口果冻，咻溜一下吸入嘴中后问道。这位和舞父亲差不多年纪的老板亲昵地称呼她"舞舞"。他总是很关心舞，舞也很喜欢他。不只佐竹和四方田，青羽的员工没有一个人是令人讨厌的。

"这样啊，这是最重要的。"

舞回答自己工作得很开心后，佐竹眯起眼睛点头道。

"四方田在楼上？"

"是的，他应该是跟来访的笹原太太一起在井尾太太的房间。"

佐竹看着天花板问："今天二楼是谁负责？"

"是田中和樱井。不过，樱井身体不舒服，刚才早退了。"

"那小子？"佐竹瞪大眼睛，"怎么回事，是风热感冒吗？"

"我也不清楚，不过，他看起来不太舒服的样子。"

"这样啊。舞舞，你也要注意身体呀。你可能也知道，我们人手不足。"

"是的，我会注意的。"

"不过，绝对不可以勉强，尤其是感冒什么的。"佐竹迅速环顾四周，压低声音说，"如果传染给入住者的话，可是攸关性命的问题。"

没多久，吃完果冻的佐竹喃喃自语："这样啊，樱井不在啊……"

"老板，您过来是有事找樱井吗？"舞一发问，佐竹便说："不是老板，是佐竹先生。"每次见面，佐竹一定都会这样提醒舞。他似乎不喜欢被叫作老板。

"不是樱井，我是来看小舞的。"

"咦？我吗？呃——为什么呢？"

"开玩笑的。我是听说笹原太太来访才过来的，我有些事要和她谈。等一下要借用办公室。"

之后大约过了一小时，四方田和笹原浩子回到一楼。佐竹和他们彼此简单打了个招呼后，三人就直接去了办公室。连佐竹都特地过来加入谈话，一定是很重要的事情吧。

舞望向墙壁上的时钟，还有三十分钟她的工作就结束了。今天是沐浴日，所以时间过得很快。回家时她得去一趟超市，购买家里晚餐用的食材。今晚，舞计划挑战夏季时蔬肉酱咖喱。在青羽提供自己从家里学到的菜色，舞就是这样渐渐拓展自己的料理技能的。

就在舞想着这些事情时，身后传来一声"不好意思"。一回头，井尾由子正站在她身后。由于井尾由子平常很少来一楼，因此舞吓了一跳。

"请问小浩——我妹妹已经回去了吗？"

"她在那边的办公室和四方田先生他们谈事情。"

"谈事情？啊，对啊。"井尾由子想起来似的在胸前拊掌，"她刚刚才说过，我也真是的。"

"您有什么事吗？要不要我去说一声？"

"不用，我只是想她刚才明明还在我身边，跑去哪里了。她回去前应该会再来我房间一次，没关系。"

走廊传来匆忙的脚步声，二楼的兼职员工田中朝这里走来。田中看到井尾由子，松了一口气。

"太好了，您在这里。井尾太太，您要来一楼的话，跟我说一声嘛。"

"你以为我逃走了吗？"

"我没有那样想。"

"但我有啊。"

井尾由子开玩笑道，田中哈哈大笑。

看来，井尾由子似乎是个很开朗的人，外表怎么看都很正常。即使与年纪比她小的田中站在一起，看起来也更加年轻。

"难得下来，可以让我在这里等我妹妹吗？"

井尾由子说着，在舞的身旁坐下。

"麻烦你了。"田中在舞的耳边悄悄说道。

之后，井尾由子开始一个个同坐在沙发上的入住者说话，此刻正跟最年长的须田有说有笑，看起来就像一名看护员。

舞将冰咖啡递给井尾由子。井尾由子问她道：

"小舞，你今年几岁？"

舞才想着她为什么会知道自己的名字,但看到井尾由子的视线落在自己的胸前,所以她应该是看到名牌了吧。名牌上用平假名写着"酒井舞"。

舞回答"十九岁"后,井尾由子惊讶地瞪大眼睛"啊"了一声。

"这样说的话,跟我最后教的那届学生差不多大呢。啊,我原本是老师,文言文老师。你的文言文好吗?"

"完全不行。"舞难为情地说。

"那我下次教你。只要好好学的话,文言文很有趣的。"

明明话说得这么清楚,这个人真的得了阿尔茨海默病吗?

井尾由子用吸管喝了一口冰咖啡。

"对了,樱井今天休假吗?他今天没来吧?"

舞一告知她樱井刚才先早退后,井尾由子的表情瞬间蒙上一层阴影,垂下肩膀。接着,井尾由子便表情沉重,一言不发。

她这么喜欢樱井吗?不过舞稍微思考了一下后便明白了,井尾由子是因为别的原因意志消沉。虽说是早退,但樱井从早上就开始工作,其间也和井尾由子有过接触。井尾由子是对自己忘记这些感到失望吧。

"真的很讨厌。"

井尾由子浅浅一笑,无力地低语。

"小舞,你妈妈今年几岁?"

井尾由子突然问道。

"四十六岁。"

"呵呵,比我小十岁呢。这也是当然的。"

舞原本想问井尾由子有没有孩子，但因为有些失礼便作罢了。

"我还是回房间好了，谢谢你的招待。"

井尾由子匆匆起身，走向楼梯。看着她垂头丧气的背影，舞的心揪了起来。明明只是有点健忘，明明还那么年轻、那么有精神，却必须在这里和高龄的老人们一起生活。虽然井尾由子大概有苦衷，但舞还是觉得她太可怜了。

"小舞，你差不多该下班了。"

厨房里上晚班的兼职同事说道。舞看向时钟，已经超过下班时间了。

舞向入住者们道别，前往放东西的办公室，准备收拾东西回家。虽说他们在办公室谈事情，但进去一下应该没关系吧。

正当舞伸出右手打算敲门时——

"——儿子儿媳被杀害，是很严重的事。"

办公室传来笹原浩子的声音，舞僵在原地，停下动作。

"我很了解你的心情，但看护的方式根据是否知情也会有所不同。而且，负责看护的员工隐隐约约都有所察觉。"

这是四方田的声音。

"察觉命案的事吗？"

"不，是察觉井尾太太有很深的心理创伤，但不知道那是什么，只是疑惑越发加深。这不是一个好现象。"

舞抬起的右手无处安放。

"我不是不相信这里的员工……但我不想让媒体知道姐姐在这里，那些人到现在还会来我们家。要是那些人知道姐姐在这里接受照顾的话，一定会蜂拥而至吧。我不想让姐姐再痛苦了。"

"我们一定会严禁员工说出去。"

屋里沉默了一段时间。

"至少,等抓到那个凶手之后再说,不行吗?"

沉默再次降临。

"笹原太太,请你再和井尾太太商量一次怎么样?"这是佐竹的声音。

咔嗒。不久,办公室传出椅子的声响,有人站起来了。舞急急忙忙离开原地。

几秒后,以笹原浩子为首,三人离开办公室,穿过舞的前方步向走廊,朝楼梯走去。看来,好像是要去井尾由子的房间。

尽管如此,刚刚的对话——

舞在已经空无一人的办公室里匆匆收拾回家的东西,离开了青羽。

井尾由子的儿子和儿媳被人杀害,是一起引发媒体骚动的重大命案,凶手尚未被逮捕——舞无法克制地想象,那究竟是哪起命案。

回家的路上,舞握着方向盘不停思考这件事。本来途中应该去超市的,但一回神她就已经到家门前了。

今晚,酒井家的餐桌不同以往。大家虽然都拿着筷子,手上却完全没有动作。

"果然是那起命案吧?"父亲面有难色地说。

"只想得到是那个了。"母亲也接着说。

回家后,舞将在青羽不小心听到的内容告诉了父母,三人

第六章
逃狱第488天

展开了想象。

尽管只有零星的信息，但唯一能想到的就是那起命案。镝木庆一犯下的那桩灭门血案。

决定性的一点是，那起命案中有位唯一存活下来的女性。遇害的男主人的母亲跟他们住在一起，酒井家的三人猜想，井尾由子会不会就是那名女性。舞用网络查了一下，但报道没有公开该名女性的名字。不过，女子的年龄跟井尾由子完全一致，这下不会有错了。

没想到那起命案的受害者遗属就在自己身旁——

因杀害一对年轻夫妻及其幼子而成为少年死刑犯的镝木庆一，从铁牢中逃脱至今已经一年零四个月了。媒体每天不分昼夜地持续报道这起事件，一时之间，日本的大众媒体上清一色都是镝木庆一。

尽管如此，舞还是觉得这起事件发生在某个遥远的世界里，感觉人们在远离自己日常生活的地方骚动。而现在，那件事硬生生地摆到了她眼前。硬要说的话，就像告诉她原本的童话故事其实是部纪实片，片尾名单中竟然还放了她自己的名字一样。

"我懂她妹妹的心情。"母亲静静地说，"这种事，不会想让任何人知道。"

"我觉得青羽的老板和职员的判断是正确的。这种事果然还是得让身边的看护人员知道吧？虽然站在妹妹的立场会想隐瞒，但最重要的应该是当事人的照护。"

"我觉得妹妹当然也知道这点，可是媒体太可怕了。"

"也是。"父亲叹了一口气，"就算再怎么下封口令，也不晓得会从哪里泄露出去。就像现在，舞也知道了。"

"对吧——舞，你觉得呢？"

母亲把问题抛给舞，舞抬起一直低垂的头说："我不知道。"

舞是真的不知道谁才是正确的。话说回来，这件事无论好坏都是结果论，感觉没有正确答案，因为两边提的都只是一种解决方案。

比起那些，舞现在有件最在意的事，就是樱井知不知道井尾由子的过去。

她今天是意外得知的，但樱井是不是在更早之前就知道了呢？不然就无法解释两人深夜的那些谈话了。是佐竹和四方田单独跟樱井说了吗？虽然很难想象他们会这么做，但感觉只有这样整件事才说得通。

舞把屁股下的椅子推向后方，猛地起身。

"我去打个电话。"

"打给谁？"

"四方田先生。都已经猜到这种程度了，我想弄清楚井尾太太是不是真的是那起命案的受害者家属。"

还有樱井是不是知道这件事。

"加上我也想对不小心偷听的事道歉。"

"这样的话，可以吃完饭再打啊。"

"我已经饱了，谢谢妈妈。"

舞离开客厅前往自己房间。她拿起手机，从电话簿中寻找四方田的名字。这是她第一次打四方田的私人手机。

接起电话的四方田在自己家里，似乎正准备吃晚餐。

"不好意思,还是我等一下再打过来呢?"

"不用,别介意,只是用微波炉加热的方便晚餐而已。"四方田笑着说,"所以,怎么了?"

舞深吸一口气:"其实我今天——"

舞一五一十地将自己不小心听到四方田他们谈话,以及之后自己的联想都说了出来。四方田冷静地聆听,最后吐出一句:"伤脑筋啊。"

"对不起。"

"不,是我们大意了。这种敏感的话题,应该好好换个地方谈才对。"

电话那端的四方田叹了一口气。

"所以,井尾太太果然是那件命案的……?"

一阵沉默后。

"没错。"

咚!舞感觉心脏被撞了一下。

"因为再隐瞒也没用我就说了,那起命案的受害者是井尾太太的儿子、儿媳和孙子。"

果然是这样。

之后,四方田用稍许施压的口吻要求舞还是要对其他兼职员工保密。傍晚四方田他们离开办公室后,和井尾由子本人重新讨论了此事,最后似乎决定还是不告诉其他兼职员工。

"请问,这件事除四方田先生和老板以外,没有人知道吗?"

舞最想问的就是这件事。

"嗯,只有我和佐竹先生知道。"

这样的话，樱井为什么会知道呢？是井尾由子直接跟樱井说的吗？舞思考了几秒，觉得有这个可能。

不过，假设是井尾由子自己说的，那么又有无法解释的部分了——樱井为什么没有向四方田说这件事。在早上报告交接事项时，樱井也对井尾由子的事只字不提。就算是因为舞在一旁，也要另寻机会跟四方田说才合理吧？

"你跟井尾太太说过话吗？"

"今天你们在办公室谈事情的时候跟她讲了一点点。"

"感觉她很正常吧？"

"对，我是这么认为。"

接着，四方田顿了一下，吐露道："偶尔想到井尾太太的人生，我会觉得很难受。为什么只有她要承受这种灾难呢？"

"我也这么觉得。"

"井尾太太说自己很胆小懦弱。"

"为什么？"

"一定是因为儿子他们遇袭时自己没有去帮忙，以及只有自己活了下来。"

"那种事——也无能为力啊。"

"我也这么认为，不过，井尾太太不原谅自己。"

如果是她，她会怎么做呢？当父母遭到某人攻击时，舞有办法挺身而出、保护他们吗？

"井尾太太还说，如果她的症状变得更严重的话，希望我们让她死。她每次这样，我都会生气地要她别说奇怪的话……但我偶尔也会变得迷惘。"

第六章
逃狱第488天

"……"

"她说,快乐的回忆和幸福的记忆变得七零八落,却只有那件事无论如何也忘不了。我偶尔会想,如果最后井尾太太残存的记忆只剩下那件事的话,就算活着也只是无尽的痛苦,不是吗?"

舞不知道说什么才好。第一次有比她年长的男人这样跟她说话,虽然这或许是因为对方没有把她当小孩儿看待,但舞自认为并没有能承受这些的胸怀。舞对这样的自己感到羞耻。

"抱歉,让你听这种事。"

"不会。"她为什么不能说些更机灵的话呢?

"或许,心理需要照顾的人是我吧。"

四方田打趣。这句话舞也无法回答。

"对了,烟花的事怎么样?你还没回答我。"

对啊。那时因为多梅和悦子闹了起来就不了了之,舞彻底忘了这件事。

"小舞,你忘了吧?"

虽然被看穿了,但舞较真地说:"我没忘。"

"不过,如果是手贺沼的烟花,在青羽也看得到吧?"

"看不到的,只会听到砰砰砰的巨响,似乎不太能看到烟花。"

四方田好像知道一个无人知晓的秘密景点,据说那里完全没有人,却可以近距离看到烟花。

"所以,怎么样?"

舞思考了两秒。

"我去。"

"真的吗?太好了。"

两人说好那天工作结束后，搭四方田的车一起过去。像孩子般兴奋雀跃的四方田让舞觉得有些可爱。

不过，舞也有一丝罪恶感。因为她想一起看烟花的对象是樱井，如果四方田是对自己有好感的话就很抱歉了。四方田只是单纯想找一起看烟花的人而已——舞决定用她希望的方式解释这件事。

结束通话后舞前往客厅，简短地告诉父母，他们的猜想没有错。

"所以，爸爸妈妈绝对不可以跟别人说。你们两个都是大嘴巴。"

舞双手叉腰，严厉地叮嘱。

"我是没问题，但你妈妈就有点让人不放心了，感觉她会不小心跟邻居说漏嘴。"

"这么说的话你也是吧，在酒席上跟公司的人——"

"总之，真的不能说。如果谣言从我们家扩散出去的话，我就不能留在青羽了。知道的话就回答我。"

舞让两人说出"知道了"后，这件事暂且告一段落。

之后，一家三口又和波奇一起出门散步了。途中，舞说了自己答应四方田一起去看烟花的事后，父亲马上闹着说"花心鬼，花心鬼"，让她真的很生气。接着，父亲又说什么这周放假要和母亲一起去青羽参观，舞便威胁："如果来的话我就真的和你们断绝亲子关系！"波奇吐着舌头，抬头望着他们。

"小小的缘分啊……的确是这样呢。"

回程的路上，父亲抱着波奇仰望夜空道。舞将服部死后樱井对自己说的话告诉了父母。当时，舞既高兴又感激。

"樱井这个孩子，虽然年轻却讲了很了不起的话呢。老婆，为了看那个男生长什么样子，我们还是去一趟青羽吧。"

"好啊，好啊。"

"我是认真的，你们不要来。又不是教学参观，真的没有兼职员工的父母来上班的地方参观的。"

舞严肃地说。感觉一个不注意，这两个人真的会大咧咧地跑过来。

"对了，樱井和爸爸谁比较帅？"

"这个问题没有回答价值。"

老实说，樱井的五官并不端正。眼睛细细的，鼻梁也歪成"く"字形，下唇外翻。不过，这些都不重要，因为舞迷恋的并不是樱井的外表。

"舞，你照一张照片给我们看嘛。"母亲说，"一张就好。"

"要我说'请让我照一张照片'吗？不可能。"

"哈哈，他果然长得比我丑啊。"

舞使劲朝父亲的后背击出一掌，发出啪的一声。"好痛！"夜空里回荡着父亲的哀号。

37

第三次上夜班前，舞获取了充足的睡眠，因此不仅身体轻盈，头脑也很清晰，她的身体一定慢慢变成"夜型人"了吧。虽然不是件好事，但是为了工作，所以舞没有想太多。

而今晚负责二楼的人依然是樱井。由于其他兼职员工都是家庭主妇，夜班对她们而言很不容易。尽管明白这点，舞还是觉得她们太过把工作推给樱井了。有时候，樱井会接着继续上早班，也就是说，连续工作将近二十个小时。这样工作的话，为什么不当正式员工呢？舞虽然感到疑惑，却没有问出口。她想尝试缩短两人的距离，但自从樱井调到二楼后他们的交集减少，舞一直找不到攀谈的机会，就这样过了一天又一天。

午夜十二点后，一楼寂静得甚至可以听见自己的呼吸声。没有一个入住者起来。据说，傍晚大家好像去附近散步了，大概是累了吧。若真是如此，要是她每次值夜班，晚班的人都能带大家去散步的话，就太感激不尽了。

凌晨一点，舞开始在厨房为早餐备菜。咚、咚、咚，她有节奏地切着红萝卜与白萝卜，一边切菜一边思考井尾由子的事。自从知道井尾由子的过去后，舞便会不自觉地一直想着她。

前几天，井尾由子向舞搭话："你是小舞吧？我和你说过话，

第六章
逃狱第488天

对吧？"舞一告诉她"您的妹妹来访时，我们说过话"，井尾由子的眼睛便开心地闪烁着光芒。她大概是因为记得而高兴吧，舞也很高兴井尾由子记得自己。

前几天新闻报道称，镝木庆一的悬赏金额终于提高到一千万日元，再次引发热议。舞心想，他们有那么多钱的话就给井尾太太啊。青羽是自费照护机构，服务有多无微不至，相应地，每个月也就需要多昂贵的费用。

镝木庆一——只要住在日本，已经没有人不认得他的长相了。虽然不爽，但那个穷凶极恶的犯人有副端正的相貌，所以才会出现那些奇怪的信徒和想帮助他逃亡的蠢女人吧。要是镝木庆一出现在眼前，那些人一定都会逃走吧。舞很想对他们说："给我在杀人狂面前开那些玩笑看看！"

早餐备菜告一段落后，舞离开厨房，前往二楼。她今晚本来就有这个打算。

如果樱井和井尾由子又说了那些谜一样的话，那么舞今天就想知道真相。樱井为什么知道那件事？还有为什么要向四方田他们隐瞒？至今，这些问题舞还是不明白。

走上楼梯的舞站在原地，心想着，果然如此。

井尾由子的房间透出灯光。因为樱井又在那间房里。同样的事发生了第三次，舞只觉得不可思议。

舞屏息靠近。虽然偷听有种罪恶感，但好奇心战胜了一切。

舞一站到房门口便听见——

"可是，事到如今说这些也没用了。"井尾由子说。

"不，不是这样的。"

这是樱井的声音。

舞悄悄从玻璃窗往内觑。跟之前一样,樱井握着井尾由子的手,两人肩并肩坐在床上。樱井靠近房门,井尾由子则坐在里面,表情透露着疲惫。

"而且,我是阿尔茨海默病患者,说什么别人都不会相信。实际上,我并没有沉默,我跟警察说了好几次。尽管如此,他们还是说'遇害男主人的母亲罹患阿尔茨海默病',不采纳我的证词。"

"我相信你。所以,请再从头按照顺序——"

"不,不要,我不想回想。"

"我理解你的心情,可是,能不能拜托你试试呢?"

"樱井,为什么?为什么你对我的记忆这么执着呢?"

樱井没有回答这个问题。

井尾由子缓缓摇头:"话说回来,我对自己的记忆根本没有信心。"

"你刚刚不是说自己记得清清楚楚吗?"

"我怀疑,那一切会不会也是我自己创造出的幻想。"

"不是。你的记忆是正确的,没有任何错误。"

"你为什么能那么肯定?"

"我可以肯定。"

井尾由子悄悄松开两人交握的手,背向樱井。

"我不懂。我不懂你。你为什么这么固执呢?可是我拜托你,不要再继续了。"

沉默在房内持续了一阵子。

最后——

"因为我……没有时间了。"

这一瞬间，舞觉得她和樱井的视线交会了。

舞急忙缩回脑袋，保持弯腰的姿势离开原地。舞在走廊上快步移动，蹑手蹑脚地下楼。

大约走到楼梯中央时——"酒井。"头顶传来呼唤。

舞的脚步僵住，缓缓回头。

晦暗不明中，樱井的眼睛眯成一条细缝，俯瞰着舞。

"你有什么事吗？"

冷冷的语气。舞咕噜一声，吞下口水。

"那个，三浦爷爷尿床了，但因为看护垫用完了，我就想去二楼借一下……"

"看护垫？"

樱井看着两手空空的舞。

"可是，我上去没看到你，想说等一下再问……"

"原来如此，你等一下。"

语毕，樱井转身。舞待在原地无法动弹，心脏在胸腔内剧烈跳动。

几十秒后，樱井再次回来，手上拿着看护垫。收下垫子的舞，双手汗湿了一片。

"怎么样，一楼还好吗？"

"嗯，托你的福。"

什么托你的福啊？舞逃也似的离开了楼梯。

为什么舞会对樱井产生恐惧呢？那一定是对未知的恐惧。那段对话到底是什么意思？樱井想让井尾由子做什么？

舞坐在客厅沙发上,转动思绪。从刚才以及之前两人的对话来看,樱井似乎想让井尾由子说什么事。而那件事的的确确与那起命案有关。不过,舞完全想不到那究竟是什么事。话说回来,舞连樱井为什么想那样做都不知道。

难道说,樱井也是跟那起命案有关的人吗?若是这样的话,那他在这里工作就是为了井尾由子了,不可能是巧合。

不知道的部分实在太多,舞的脑袋一片混乱。干脆豁出去直接问樱井吧?或许,舞会得到出乎意料的答案。

关于那件惨案,舞知道的跟一般人……不,是比一般人详细两倍。自从知道井尾由子是受害者遗属后,舞对这件事进行了彻底的调查。

命案发生于2017年10月13日,埼玉县熊谷市的井尾宅邸。遭杀害的死者为男主人洋辅(29岁)、女主人千草(27岁)、两人的儿子俊辅(2岁)。

嫌犯镝木庆一(当时18岁)于下午四点,天色尚明时闯入井尾家,在客厅和女主人千草发生扭打后,用厨房里的鱼刀刺向女主人的腹部,将其杀害,接着将女主人的儿子俊辅摔到地上,持刀狠刺其胸口致死。

最后,当男主人洋辅回家后,镝木庆一再悄悄由后方接近,从背后捅死男主人。

事后,镝木庆一遭赶到现场的警察以现行犯逮捕。镝木庆一与女主人千草发生扭打之际,听到争执声响的邻居拨打110报了案。该名邻居在接受媒体采访时说:"我听到隔壁传

第六章
逃狱第488天

来玻璃破掉的声音和尖叫声，感觉很激烈就报警了。只是，我原本想是不是夫妻吵架吵得太厉害了……"

警方逮捕镝木庆一数日后，一直坚称"没有杀人"的他终于认了罪。之后，检察官决心起诉。然而两个月后，在刑事诉讼一审的法庭上，镝木庆一翻供，说先前的口供是因为警方施压，主张自己无罪。关于动机，本来说是企图对女主人千草不轨，但镝木庆一控诉，这也是警察"逼他说的"。

不过，当然没有人相信镝木庆一的话。因为那把凶器鱼刀上沾有镝木庆一的指纹，此外，他被逮捕时浑身是血。

最重要的是，与被害者同住的井尾由子提供了证词。在三名受害者遭到杀害的客厅旁有一间和室，井尾由子当时便屏息躲在和室的壁橱里。在儿子洋辅遇害后，井尾由子从壁橱里探出身体，自微微拉开的门缝偷窥，确认了凶手的长相。井尾由子做证，凶手就是镝木庆一"没有错"。

舞长嘘了一口气，她望着天花板，静静合上眼，眼前出现完全的黑暗。

舞在黑暗中体验奇妙的感受。七零八落的拼图渐渐拼凑起来——只是，那幅成品就像蒙上一层薄雾似的模糊不清。

迷雾渐渐散开，画面轮廓清晰起来。

这是——人脸？是谁？舞知道那是男人的脸，而且还是两个人。脑海里映着两个并排的男人。其中一个是樱井，另一个则是镝木庆一。

两人缓缓接近——最后重叠在一起。

舞立刻睁开眼睛，猛地将靠在沙发上的上半身立起来。

舞暂时停下动作，维持这个状态，呼吸却逐渐急促。

樱井和镝木庆一是完全不同的两个人，这明明是理所当然的事，舞的紧张却完全没有缓解的迹象。

镝木庆一理着白皙的光头，樱井则留着一头浅黑色短发，刘海儿盖到眼睛。镝木庆一的眼睛是深邃的双眼皮，樱井的则是微微上翘、有些浮肿的单眼皮。至于眉形，相对于镝木庆一浓密的弧形眉，樱井的眉毛是一双细长的八字眉。鼻子和嘴唇也不一样。镝木庆一的鼻梁又挺又直，樱井的则弯成"く"字形。镝木庆一的嘴唇丰厚，樱井的嘴唇外翻。樱井脸上没有镝木庆一左边嘴角那颗明显的痣，相反，镝木庆一也没有樱井右眼下的那颗大泪痣。

两人明明有那么多相异之处，舞为什么会感到如此强烈的焦躁？

没这回事，不可能有这种事。尽管舞这样告诉自己，却也有一部分的自己无法否定到底。虽然不想承认，但舞的本能在诉说——

樱井和镝木庆一是同一人。

因为，如果樱井是镝木庆一的话——

突然，耳朵深处发出"哔——"的声响，仿佛听力检查时细微的机械声，差别是现在那道声响十分清楚。

舞将手放到胸口上，心脏正以很高的频率反复扩张和收缩。

舞喘不过气，因为她没有在呼吸。不，准确来说她是不停在吐气，却无法吸入空气。前所未有的恐慌降临在她身上。

舞不记得她是怎么逃离那股恐慌的。回过神时，天已经亮了。她就像阿尔茨海默病患者一样，啪地丢失了一块记忆。

早上报告交接事项时，舞不敢看身旁的樱井一眼。樱井这次也没有报告任何关于井尾由子的事。

"对了，小舞，你还不回家吗？"

四方田停下打字的手，不可思议地问道。

时间已经来到十点，樱井也在一个小时前回去了。

"抱歉，我想待一下再回去。"

"你想待多久都没关系，不过，你应该很困吧？"

舞没有丝毫睡意。

之后大约过了十五分钟，四方田离开办公室。

舞等的就是这一刻。

她在一个人的办公室里迅速翻找四方田的办公桌。那张桌子只有最下面的大抽屉上了锁。兼职员工的简历应该就收在这里。

然后，舞开始寻找钥匙。由于必要时不能打开的话会很麻烦，因此四方田应该没有把钥匙带回家或是带在身上。钥匙一定在这间办公室的某个地方。

舞很快找到了那把钥匙——就放在柜子上的笔筒里。

舞打开抽屉锁，拿出里面的大资料夹，在桌面上摊开。就是这个。最新的一页是舞的简历，后面则是樱井翔司的。

舞用手机照下樱井的简历，将资料夹放回原处，锁好抽屉，再将钥匙归位。

舞离开办公室，小跑着奔向停车场，坐进车里，发动引擎。

拜托，希望樱井翔司一定要是樱井翔司——

舞在心中祈祷着踩下油门。

38

世界上有些事还是不要知道比较好，比如伴侣劈腿、食品成分，还有自己的平庸。

因为偷看男友的手机知道他有别的女人；因为好奇胭脂虫是什么而去查询后，不敢再喝最爱的草莓欧蕾；因为和周围的人比较，发现自己没有任何才华。

人类为什么就是学不会呢？明明不知道就能一直幸福下去。没错，明明过去有过好多次惨痛的经历了。

她这次为什么没有中途掉头呢？是从小到大培养的危险感应机制没有启动吗？

照亮黑暗之处会有更深沉的黑暗，会认识到夜晚存在着影子。

如果能实现愿望的话，舞希望能消除记忆。就算不是神明也无妨，谁都好，请将樱井翔司这个存在从她脑海里抹掉。

舞躺在房间的床上不停思考这些没有意义的事。她的思绪纷飞，不曾停留在一处，一直处于半梦半醒的状态。好想睡，好想睡，困得不得了。

看来，当人类面对巨大的高墙时似乎会很想睡觉。这一定是因为身体启动了防御本能吧。如果认真面对内心就会崩溃，为了避免这种状况，人体会无止境地思考，麻痹自己，好承受现实的痛苦。

舞突然想到，现在几点了呢？旋即却又觉得几点都无所谓。

她处于这个状态已经整整三天了。拉起房间的窗帘，也不开灯。

三天前值完夜班后——舞前往简历上写的樱井住的公寓，他房间的窗帘也一样是拉起来的。这是当然的，不是樱井不在家，而是那里本来就没有住人。住户门上贴着"待租"的字条。

舞还去了樱井的简历上写的毕业高中。她在访客窗口冒充妹妹的身份，说自己代哥哥来申请毕业证明，结果却没有成功。舞不是遭到拒绝，而是毕业生里根本没有樱井翔司这号人。

樱井翔司这个人一定不存在于这个世界上吧。樱井的那张脸孔不是他的真面目。因为，镝木庆一才是樱井翔司的真面目。

此时，敲门声轻轻响起，走廊的光线透进房里，门外是端着托盘的母亲。

"身体怎么样了？我煮了粥，你吃得下吗？"

舞跟父母说身体不舒服。过去，舞跟父母一直都是无话不谈，毫无隐瞒，却只有这件事没有心情说。老实说，舞现在不想见任何人，想一个人静静。

母亲将托盘放在房间正中央的矮桌上。热腾腾的粥冒着白色蒸气。

"你明天要上班吧？你要起来一下判断自己能不能去啊。总之，好好保重身体。"

母亲关上门后，舞喷了一声，这下子睡意不是都被赶跑了吗？

舞闭上眼，再次将睡意拉回来。她要将这副身躯交给住在沉睡森林的睡魔。

可是，舞被拒绝了。是因为她刚刚暂时离开了吗？沉睡森林连幻影都没出现，反而脑袋渐渐清醒。难以言喻的不安如海啸般席卷而来。

舞转瞬间就被吞噬，淹没在恐惧中，她全身发抖，在棉被里缩成一团。

之后，过了五分钟，还是过了一个小时呢？舞的时间感错乱，已经完全搞不清楚了。她唯一知道的只有时间不肯停止这件事。

矮桌上的粥早已冷却，吸满汤汁的米粒胀得鼓鼓的。舞原本一直出神地用视线一隅望着那碗粥，此刻，她瞬间离开被窝，就像是有人强迫拉起她一样。

接着，尽管那碗粥看起来一点都不美味，舞也根本没有食欲，她却不知为何拿起了调羹。舞从表面刮了一勺粥送进口中。咸味化作淡淡清甜在嘴里散开。

舞的右手不停重复上下移动的动作，回过神时，碗中已经一粒米都不剩。

舞吐了一口又细又长的气，感觉体内源源不绝涌出了力量。她不知道这股力量的源头是什么，虽然一点都不清楚，但可以肯定的是，自己不能再这样下去了。绝对不能。

舞起身走近窗户，使劲一把拉开窗帘。外头黑漆漆的，看来现在似乎是晚上。舞转身，从包中取出手机确认时间，凌晨一点。

接着，她按下110。

不过，在那之后的十几秒里，舞一动也不动，目不转睛地盯着发出白光的屏幕。

不行，她还没有任何确切的证据，只是自己在怀疑。

不，这样也可以吧？舞确信不疑，自己察觉了樱井翔司的真实身份。

舞滑动手指，将手机紧紧压在耳际。

39

蔚蓝的天空下，舞驾驶的轻型车在柏油路上顺畅地前进。透过挡风玻璃往外看，天空中有几只麻雀轻盈飞舞，一旁的人行道上，行人的阳伞将阳光遮得严严实实。

不久，舞被红灯拦下，目光不经意瞄向侧方。她看见旁边大楼阳台上正在晒衣服的人影。接着，她又远远看着大楼对面、位于另一侧的便利商店里，店员和客人互动的样子。如今，这种普通的光景令舞珍惜不已。

尽管从被窝起身后再也没有合眼，舞却没有睡意。半夜，她冲了个热水澡，沐浴后在带着冷意的房间中专心等待天明。父母看见舞狼吞虎咽吃早餐的样子，似乎也松了一口气。

舞按照预定时间抵达青羽，不过，此刻距离上班时间还有一个多小时。

　　进入办公室后,四方田已经来了。他大概也是刚到吧,身上还背着工作用的背包,后脑勺的头发翘了起来。

　　四方田也比平常稍微早来了一会儿,是舞事先拜托他的。

　　"早安,我现在准备,你稍等一下。"

　　结果,舞没有打给警察,而是打给了四方田。不过,她没有讲任何详情,只是跟四方田说自己有事情想在这天上班前直接跟他商量。

　　舞想先跟可以信任的人坦承一切,这是她现在所能做到的极限。舞绝不是打算把问题丢给他人,她只是认为,这是最正确的选择。

　　没多久,舞和四方田面对面在椅子上坐了下来。四方田的表情微微僵硬,她的表情一定更明显吧。

　　当舞思考着该如何切入话题时,四方田以温柔的口吻道:"是不是开始觉得痛苦了呢?"

　　有一瞬间,舞不知道四方田指的是什么,但稍微思考一下后便明白了。四方田是误会舞想辞职了吧。舞那么郑重地说有事情要商量,他会这么想也无可厚非。

　　舞摇摇头,垂下脑袋。明明想说的事情只有一件,她却找不到抵达那一步的方法。舞紧闭双唇,打从心底对自己事到如今还在畏缩不前而感到丢脸。

　　或许,舞是害怕一旦说出口就代表自己承认这个事实了吧。如果是这样的话,那就更讨厌了。她明明是做好思想准备才出门的。

　　"难道是……今晚的事吗?"

舞抬起头："今晚？"

"我们不是约好要一起去看烟花吗？是不是这件事让你觉得困扰……"

"啊。"舞发出呆愣的声音。

舞完全没有想这件事，她彻底忘了。

"不是的——"

舞用丹田发力。结果不知道是不是反作用，泪水突然沿着双颊流了下来。

这样的舞令四方田手足无措。

"……是关于樱井的事。"

面对蹙眉的四方田，舞斟酌着字句，断断续续道出了一切。

四方田双手紧紧抓着裤子听舞说话。或许是不知道该说什么吧，他并没有在中途打岔。

舞的话告一段落后，四方田稍微和舞拉开距离，露出极为扭曲的笑容。

"这种事……怎么可能？"

"……难以置信对吧？"

"因为实在太异想天开了……"

"可是，这是真的。樱井——那个人毫无疑问是逃狱犯。"

说出口的瞬间，舞的心脏刺痛了一下。

"等等，你让我整理一下。"四方田将双掌伸向舞说道，"虽然有很多想说的，但首先，樱井和那个犯人的长相完全不一样吧？关于这点你——"

"是整形。"舞抢先一步说，"大概。"

"大概……可是这种事……"

不是办不到。媒体也不断提到镝木庆一已经整形的可能性。

舞彻底调查过了。她了解到除了那种单眼皮割成双眼皮的一般整形手术，也有相反的手术。当然，她并不知道樱井是怎么去整形的，不过他那细长的单眼皮显然是人工的产物。或许，他那歪成"く"字形的鼻子和不自然外翻的嘴唇也是自己动的手脚。而右眼下那明显的泪痣不是化妆就是刺青吧。

说到这里，四方田拿出手机搜索，以便确认镝木庆一的长相。

"乍看之下，他们的确不像同一个人，但仔细看会发现两个人非常像。"

四方田紧皱眉头，死盯着屏幕画面。

墙壁上的挂钟发出秒针转动的声音，门外，走廊的方向传来入住者们的笑声。

最后，四方田无奈地摇摇头。

"我看不太出来。"

感觉四方田不是故意这样说的，这是他真正的想法吧。看不出来的人就是看不出来。

"在你眼里看起来很像啊。"

"对，看得出来是同一个人。身高也一样，而且惯用手也都是左手。"

一起工作时，舞看过好几次樱井使用左手的瞬间。虽然樱井平常是用右手拿笔和筷子，但偶尔会用左手。如今回想起来，那都是需要精细动作的瞬间，而且只有在没人注意的情况下才看得到。

第六章
逃狱第488天

舞知道这件事,因为她的注意力总是在樱井身上。不过,舞之前对于这件事并没有那么在意。舞身边也有左右手都能用的人,顶多只是觉得樱井的双手很灵活而已。

四方田似乎也想到了什么,嘴巴半张,僵在那里。

突然,四方田以几乎要扯掉头发的力道胡乱抓起自己的头发。

"我实在是——因为,那种家伙不可能在这里工作吧?你告诉我理由。"

舞第一次看到四方田这个样子。平常的他总是沉着稳重,泰然自若。

不过神奇的是,面对这样乱了方寸的人,她自己反而能冷静下来。

"我不知道理由,但我想他一定是为了接近井尾太太。"

"为什么要接近?打算把井尾太太也杀掉吗?"

"……"

"如果是这样,他早就动手了吧?机会要多少有多少,为什么要一直照顾她呢?"

"四方田先生,你小声一——"

"那你说为什么?为了赎罪?想获得宽恕吗?啊?"

四方田探出身体,涨红了脸,激动得口沫横飞。舞将手按在四方田的肩膀上。

"拜托你,冷静一点。"

四方田急促地呼吸。

舞将四方田肩膀上的手重新放回自己的大腿上。

"就像我刚才说的,那个人想让井尾太太做某件事,我亲耳听见他真的那样说了,听得清清楚楚。"

四方田露出痛苦的表情,从喉咙深处发出长长的呻吟,接着喃喃说了句:"抱歉。"

舞侧首表示不解。

"我果然还是无法相信。不是不想相信,是无法相信。"

"……"

"虽然时间不长,但我一直在旁边看着他,他不是那种会杀人的人。所以,我不会报警,我不想因为误会伤害他。"

四方田明确且苦口婆心地向舞说道。

明明对方不相信自己的话,然而在这一瞬间,相比失望,舞反而神奇地有种松了一口气的感觉。她因为四方田不相信,而莫名得到救赎。

可是——舞已经知道了。

知道樱井翔司就是镝木庆一。

"不过,我会不着痕迹地试探樱井看看。当然,我绝不会提到你的名字。确认认错人的话你也能放心吧?樱井今天傍晚会上班,我答应你,到时候会跟他谈谈。"

"那如果,确定没有认错人的话——四方田先生,可以请你报警吗?"

四方田看着舞,咽了一口唾沫。

"拜托了。"

舞深深低头。

"我想问一件事。小舞,你为什么没有自己报警呢?你三天前就发现了吧?"

舞抬起头。

"我……喜欢过樱井。"

这或许无法当成回答。

然而，舞之前毫无疑问，确实喜欢着樱井。

或许，她现在也还——

不知为何，四方田一脸茫然。他的眼睛虽然眨也不眨地盯着舞，却没有聚焦在任何一处。

之后，舞机械地完成了工作。就连平常会坐在沙发上和入住者聊天的时间，也硬是给自己找了工作，让自己活动起来。

"小舞，须田奶奶已经上不出来了！"

同为一楼兼职员工的木村说。舞正牵着须田的手前往厕所。

"你三十分钟前带奶奶去过厕所了吧？在那之前也去了两三次，不是吗？"

虽然舞没有意识到，但木村这么一说，或许是这样吧。

"你今天好像有点毛毛躁躁的。"

"对不起。"

"没关系，积极工作很好。"木村笑道，"来，差不多该吃点心了。冰箱里有前几天收到的水羊羹，须田奶奶和小舞都坐下来吃点吧，坐。"

舞看向墙壁上的时钟，不知不觉已经下午三点了。

樱井会几点过来呢？虽然夜班是下午五点开始，但那个男人总是会提前过来。

总之，四方田都那样说了，就全权交给他处理吧。舞就是想这样才找他商量的。

　　只是，四方田会怎么跟樱井开口呢？应该不可能直接问："你是那个逃狱犯吗？"但若是迂回试探，感觉又难以得到答案。

　　"我开动了。"

　　众人合掌说道，接着是叉子与瓷器碰撞的声音。

　　从"假地址"这类的话题切入吗？就算被问到这个问题，他也有办法搪塞过去，然后可能就会逃走了。说到底，趁现在报警才是明智的做法。

　　"你不吃吗？"

　　悦子两眼发光地看着舞的手说。舞手中的盘子盛着还没动过的水羊羹。

　　"悦子奶奶，不行，一个人一个。"

　　木村叮咛道。悦子一如往常，马上闹起脾气："这样不是很浪费吗？"

　　"您请吃。"

　　舞将盘子递给悦子，木村耸肩无奈地说："不用这样的。"

　　"小舞，你讨厌水羊羹吗？"

　　"不是讨厌……"

　　"啊，我知道了，你在减肥。"

　　"嗯，差不多。"

　　"你不需要啦，你现在就瘦得跟竹竿一样了。为什么现在的年轻女生每个人都想瘦成皮包骨——啊，三浦爷爷，你要去哪里？"

　　舞循着木村的视线看过去，发现三浦戴着鸭舌帽站在那里。刚才三浦将水羊羹一扫而光，一个人先回房里了。

"我要回家。"

三浦一副理所当然的样子说道。舞马上明白三浦现在状态不稳定，因为他正摩擦着双手，这是三浦陷入不稳定状态时会做的标志动作。

"今天？明天再回去吧。"

木村试图岔开话题，三浦立刻横眉竖目地喊："你昨天也说了同样的话吧？"

木村哑口无言。虽然不知道木村昨天有没有真的那样说，但三浦是第一次有这种反应。

之后，虽然众人轮番上阵试图说服三浦，但他今天却异常顽固，最后大家决定由木村送他到车站。当然，他不会带三浦去车站，也不可能让三浦回家，而是带三浦漫无目的地散步，看准三浦累了的时机再回青羽。

出门时，舞问木村昨天是不是说过一样的话。"我说了。没想到他会记得，我也吓了一跳。"木村瞪大眼睛说。

舞不晓得三浦是不是真的记得，但心想他们不能看不起入住者。舞平常也总是像呼吸一样自然地对入住者说谎。

回想起来，刚来青羽工作时，舞会因为敷衍入住者而产生些许罪恶感。曾几何时，她对这种事变得不再有任何感觉，认为反正他们会忘记所以没关系，只以解决当下的状况为优先。

——说谎很累。

忘了是什么时候，樱井曾说过这样的话。

——如果可以的话，我希望不用说谎。

他是以什么样的心情说出那些话的呢？

"我们十五分钟内会回来。"来到玄关时，木村在舞的耳畔悄声说，"如果待超过十五分钟的话，三浦爷爷真的会出事。"

的确，今天的天气酷热无比，大地笼罩在阳光中，即使不是老人家也很危险。下个月一定会更热吧。不过，对现在的舞而言，就连这么近的未来她都觉得遥远得没有尽头。

结果，两人虽然出了门却马上就回来了。别说十五分钟，根本连五分钟都不到。听说是三浦自己提出"差不多该回去了吧"。看来，他好像一下子就忘了自己出门的目的。

经过这场混乱后，舞的紧张感随着时钟指针的移动而越发高涨。她无法预测四方田和樱井谈话后的发展，光是想象这件事就很恐怖。

不久，在指针来到下午四点时，二楼的兼职员工田中来找舞，说是鹫生吩咐她叫舞上楼。

"鹫生爷爷说偶尔也想和年轻女生说话。我的年纪明明连他的一半都不到，真是失礼。"田中开玩笑道。

"所以，你就稍微陪他一下吧。"田中拍了拍舞的肩膀。

舞很久没和鹫生说话了，自从鹫生搬到二楼后他们平常只会打打招呼。但不管如何，舞现在都没有心情顾鹫生。

舞走上二楼，敲了敲鹫生的房门。

"啊，进来。"房内的声音回道。

舞拉开门走进房内，坐在轮椅上的鹫生正背对着她，眺望窗外。

"哟，小姑娘，你还好吗？"鹫生将轮椅转向她说道，"我不在，你很寂寞吧？"

鹫生说的尽是些没有意义的话，舞虽然姑且给予了回应，却始终心不在焉。

正当舞打算告辞时，鹫生突然问道："小姑娘，你是翔司的女人吗？"

"我不是。"

"可是，你喜欢他吧？"

舞想要否定却说不出话。

鹫生意味深长地笑了笑，看着舞说：

"那小子虽然现在还很嫩，但会成为一个好男人的。"

"……好男人是怎样的男人？"

"你眼前的男人就是好男人的典范。"

鹫生哈哈大笑。舞很生气，她没有心情陪鹫生开玩笑。

"那个，我还有工作要做……"

舞暗示自己要离开后，鹫生一脸严肃地说："支持他。"

舞歪着脑袋表示不解。

"所谓将棋，就是不断读取对方的内心。那样仔细聆听对手的心声后，就什么都知道了。翔司那小子大概很快就要离开这里了吧。"

"……樱井他这样说吗？"

"他没说，可是我知道。"

"……"

"虽然我不清楚他有什么烦恼，正为什么在苦恼，不过，要支持那小子的不是我这种路都走不稳的老头子，而是像你这样的年轻女孩。"

"……为什么我要那样做？"

"因为不论哪个时代，守护女人的都是男人，支持男人的则是女人。所谓互相扶持，本来就是这样。"

舞模棱两可地点点头。那种衣冠禽兽，她不想被他守护，也没有道理支持他。

"啊，才说着人就出现了。"

鹫生俯视窗外道。远方的确出现了樱井骑着自行车的身影。他的车子正一路扬起沙尘，在石子路上奔驰。

舞咽下口水，脉搏逐渐加速。

"我先下去了。"

舞向鹫生告辞，离开房间。

当舞走在走廊上朝楼梯移动时，眼前出现了井尾由子的身影。

"啊，小舞。你今天在二楼吗？"

井尾由子没看舞胸前的名牌便喊了她的名字。

"不是，我来跟鹫生爷爷说说话。"

"这样啊。下次也来我房间玩吧，我每天都好无聊啊。"

井尾由子露出爽朗的笑容说。

"井尾太太，请问……"

"什么？"

"你觉得……樱井怎么样？"

"怎么样……是什么意思？"

"……抱歉，问了奇怪的问题。"

舞行礼，经过井尾由子身边。此时，背后传来一句："是个好孩子。"

舞停下脚步回头。井尾由子脸上浮现忧愁。

"我觉得，他一定是个好孩子。"

舞再次行礼转身，奔下阶梯。

好男人——

好孩子——

这两句话不停在舞的脑海里重复。

一到一楼，舞马上向客厅里的木村询问。

"樱井？他刚来，进去办公室了。"

慢了一步吗？舞想看他一眼，想要看着他的眼睛打招呼。

虽然这个行为没有意义，但舞还是想这么做，在他和四方田谈话之前。

接下来的五分钟里，舞魂不守舍。现在，樱井正在办公室和四方田谈话。

现在是什么情况？樱井是以什么表情在说什么话呢？

舞坐也不是，站也不是，最后下定决心朝办公室走去。心脏跳动得更快了。

就这样，舞刚站到办公室门前，里头便传出两人的笑声。

为什么？就算是误会，谈话也不会出现笑声才对。

接着，又是一阵笑声。舞感到一片混乱。

此时，办公室的门朝旁边滑开，穿着围裙的樱井出现在舞眼前。

"啊，酒井。你好。"

舞没有回答，她抬首望着高自己一个头的樱井。

"怎么了吗？"

樱井盯着舞的脸，舞也从下方直勾勾地看着樱井，看着他眼睛深处。

不可思议的是，就算在这么近的距离下，舞也没有害怕。

最后，樱井脸上带着讶异从舞身旁离开了。

舞踏入办公室，将背后的门带上。

"你说了吗？"舞向办公室里的四方田问。

四方田摇头。

原来是这样，四方田还没说啊。

既然如此——

"虽然先前那样拜托过你，但还是……可以让我跟樱井谈谈吗？"

舞说。

她想亲耳听听——

他的话。

想直接知道——

他真正的样子。

四方田露出不知所措的表情，眼神游移。

"跟樱井谈过后，警察那边也会由我——"

"太迟了。"

"什么？"

"已经太迟了。"

40

舞脚上还穿着拖鞋便冲出玄关，强烈的阳光令她瞬间产生晕眩感。围绕青羽的树林传来阵阵狂乱的蝉鸣。舞不停转动脑袋，环顾四周。

外头没有任何人，一个人影都看不到。

然而，有一瞬间，前方的树丛似乎出现摩擦的动静。舞凝神细看，那里看不到人，然而，地面却有道延伸的影子。换个角度，可以看到树荫下有双脚——西装裤，黑皮鞋。

舞移动了几米，转换角度打量那个影子。这次，她清楚地看到了男人的身影。炎炎夏日里穿着西装，一定是警察。

舞仰望天空。四方田为什么会报警呢？他明明什么都没问，明明说过自己不会报警，明明根本不相信舞的话——

舞不知道四方田的心境有了什么变化，但事到如今就算想这些也无济于事。

此时，警察也注意到舞了。不过，大概是因为自己被发现了很不妙，所以看起来慌慌张张的。

"喂，喂。"

警察向舞招手。

舞一走近，便突然被拉到从屋子的角度看不到的树荫里。令人吃惊的是，那里有三个男人。每个人的额头都挂着豆大的汗珠，汗流浃背得西装似乎都要变色了。他们是从什么时候开始在这里监视的呢？

中年男子向舞出示警察证，说道："抱歉，吓到你了，你是这里的员工吧？"

舞点头。

"大约十分钟前，有个个子高高的男员工来上班，对吧？他叫什么名字？"

"……他叫樱井。"

三人相视点头。

"请问——"

"不用担心，我们只是有些话想问他而已。他是个怎样的人？"

"怎样的人……"

舞就这样沉默下来，这让警察一脸焦虑。

"长官，我们直接接触吧。"

三人中年纪最轻的男子杀气腾腾地说。

"等等。"

"怎么？目标就在那里，只要去盘问一下就好了吧？"

"没办法，这是命令。在指挥官抵达前待命。"

"说什么指挥官，为什么非要为了这种目标从警视厅派人来啊？如果扑空的话，就是大家一起丢脸。"

"吵死了，闭嘴。"

舞隐隐约约推测出状况。这些警察大概是接到四方田的通报

第六章
逃狱第488天

而来的,却被上头命令不准接触对方。现在,指挥现场的警察似乎正从东京赶来这里。

现在这个时间点,警察似乎还没有肯定樱井翔司就是镝木庆一。然而,事情闹得这么大,绝对是四方田仔细描述了内情的关系,一定也是因为井尾由子在这里。

从警方的角度来看,他们接获通报,遭杀害的受害者遗属身旁有疑似凶手的人,会过度反应也是可以理解的。

"等一下我们会进去和那名男性谈话,请你们像平常一样工作就好。"

"……好。"

"不过,我们在这里的事要保密,你办得到吧?"

舞想要笔直地点头,脑袋却斜斜落向旁边。

"警部。"

年轻男子用手指着远处。距离这里大约七八十米外的马路上前后停了两辆警车,警察从车中鱼贯而出。

"这也是一大群啊。"年轻男子露出讽刺的笑容说。

警车既没有鸣笛,也没有打开警示灯。在舞眼中,这样反而更可怕。

警察们排成一列,直直朝这里过来。

舞用力咽下口水。他们每个人看起来都像杀手一样,成群结队来夺取樱井的性命。

"回去吧。"

收到警察的指示后,舞转身迈向青羽。她每一步都踏得实实在在的才迈出下一步。

走了几步后，蝉鸣突然变得遥远。接着，舞渐渐失去脚踏在地面上的触感，双腿的神经好像麻痹了。

扑通、扑通，体内传来心脏跳动的声音。一回神，舞再也听不见任何蝉鸣了。

舞有种大脑缓缓融化的感觉，她脑海中的真实感跟蝉鸣一样渐渐消失——

"啊，小舞。"

一走进屋里，办公室前的四方田便出声喊住她。然而，舞没有停下脚步，她宛如梦游般以徐缓的步伐在走廊上前进，目的地是二楼。

上楼途中，舞和兼职员工田中擦身而过。田中用惊讶的眼神看向舞。她现在究竟是什么表情呢？

一到二楼，便看到樱井在客厅和入住者谈笑的身影，舞继续向前走。

樱井注意到舞，和她对上视线。

"屋外有警察来了。"

舞一站定在樱井面前便毫不犹豫地说。

时间仿佛停止般，樱井当场僵住，失去了表情。

"我知道你是谁。"

41

舞的话语一落，樱井立刻表情骤变。他猛然瞪大双眼，眉头上刻着重重皱纹。

接着，樱井以强劲的力道迅速抓住舞的手臂，将她带到走廊直接拖进给入住者使用的无障碍厕所。舞连出声的机会都没有。一进入厕所，樱井马上锁门。

樱井用力抓住舞的肩膀，将她压到墙上。樱井逼近舞，距离近到舞可以感受到他的鼻息，他的眼珠遍布着血丝。

"你知道所有事吧？"

舞以缓慢的速度用力点头。

樱井合上眼睛，几秒钟内一直维持那样的姿势。

杀了人的逃狱犯。那样的人就近在眼前，抓着自己的肩膀。然而，无论如何舞就是不感到害怕。舞没办法怕他。

最后，睁开眼睛的樱井问：

"警察是你找的吗？"

舞摇头。

"那——"

舞以为樱井要问是谁，但他从口中说出来的却是别的话语。

"你来我这里做什么？"

舞无言以对。她没有答案，无法解释自己为什么会采取这样的行动。

舞并不是站在樱井这一边，也不希望他逃走。

"……我不知道。"

樱井皱眉。

"警察有几个人？"

"很多。"

樱井脸色一沉，接着将厕所里的雾面玻璃窗微微开了一道缝隙，从那里俯瞰外面的情况。

大概是发现外面警察的身影，樱井的唇发出颤抖。

"你又要逃走了吗？"

舞看着他的侧脸问。

樱井没有回答。

"你不能自首吗？"

开口的瞬间，舞感到——就是这样，她一定是希望樱井去自首。

虽然在这种状况下，樱井就算乖乖束手就擒也不会被当成自首吧。但是，舞不想看到他抵抗的样子，不想看见垂死挣扎的樱井。

"他们抓到我的话——"樱井继续俯视着窗外说，"会杀了我。"

那一瞬间，舞的内心爆发出激烈的情绪。

"那也是没办法的事啊，因为你杀了人。"

"我没有！"樱井也转向舞吼道，"我没有杀人。"

舞和樱井互相瞪视，谁都没有移开视线一瞬，就在极近的距

第六章
逃狱第488天

离下瞪着彼此。

此时，厕所外传来敲门声。

"樱井和小舞？怎么了？你们在里面做什么？"田中担心地询问。

"没事，我们现在出去。"舞回答。

可是，哪里没事啊？舞自己都受不了自己。

舞将手伸向门锁，手腕马上被用力攥住。

"放开。"

"你愿意相信我吗？"

"什么相信，怎么可能——"

"请你相信我！"

那是迫切的眼神。

舞咬住下唇。樱井为什么要用这种眼神说这种话？她怎么可能相信嘛，怎么可能——

樱井抓着舞的手腕，再次从小窗户的缝隙觑向屋外，接着短促地低语："来了。"

樱井松开门锁打开门，把舞丢在一旁冲出无障碍厕所。舞急忙跟在他身后。田中和入住者们茫然地看着他们这副样子。

樱井飞奔的目的地是厨房，他打开流理台下的收纳柜，左手迅速从中拔出一把菜刀。舞倒抽一口气，这个人究竟打算做什么？

接着，樱井朝舞急冲。要被刺了。然而，樱井却略过舞，奔向走廊。樱井停下来的地方是井尾由子的房间。这个男人果然想杀害井尾由子吗——

他粗暴地打开房门。然而，井尾由子大概不在里面吧，樱井再次朝舞的方向奔来，冲进客厅。

他迅速环视附近一圈，向一旁的田中问："井尾太太呢？"田中脸色苍白地看着樱井手中的那把菜刀。周围的入住者似乎没有理解状况，一如往常地以呆愣的眼神看着樱井。

最后，田中用颤抖的指尖指向下方。

"刚才，四方田先生找她过去。"

樱井用力啧了一声，接着冲向楼梯，消失在墙壁围成的视线死角里。然而，樱井马上再次现身，返回楼梯。

舞马上明白了他这么做的理由。樱井身后有五六个男人朝他逼近，像是下一秒就要逮捕他的样子。是刚才在外面的刑警。樱井和他们在走廊上奔跑的震动也传到了舞的脚边。

樱井直直地朝舞奔来，舞害怕得无法动弹。

樱井绕到舞的后方，右手圈着她的脖子，左手把刀尖对准刑警。在场的刑警就像是玩"一二三木头人"般瞬间定在原地，屋里回荡着田中凄厉的尖叫。

"镝木——！"

发出怒吼的，是位于警察阵前方一名三十岁左右的壮硕男子。他将所有头发往后梳成油头，目光锐利。

"你死心吧。"

那个男人慢慢逼近，说道。

"不要过来。"樱井将刀尖转向舞，"还有，请把井尾由子带过来。现在，马上。"

比起恐惧，舞先产生的反而是困惑。这个人到底想做什么？

第六章
逃狱第488天

他想让井尾由子做什么？

在这股紧张的空气中——

"翔司，你在做什么？"

大概是觉得外面很吵吧，鹫生坐在轮椅上从房里出来，瞪大眼睛问道，正好站在舞他们和警察之间。

"那个人，退下！"

"翔司，到底发生什么事了？你拿着那种东西究竟想做——"

"喂，让这个爷爷退开！"

一旁的刑警从后方拽住鹫生的轮椅，与樱井拉开距离。

"不要碰我！"鹫生大吼。

尽管如此，两名刑警还是将鹫生连人带轮椅抬起，强制带走了。

接着，其他入住者也一样依序由警察疏散。大概是被判断行走有困难，所有人都像是行李般被警察抱起。

不过一瞬间，这里只剩下舞他们和警察了。

接着——

"我再说一次，请带井尾由子过来。"

樱井再次声明。

"镝木，放弃吧，乖乖放开那个女生。"

"我说带人过来。"

"带她过来要做什么？你不要再罪上加罪了。"

"够了，快点带过来——！"

樱井从体内深处吼道，音量震耳欲聋。

油头男将右手伸进西装内侧，掏出一把黑色手枪。尽管手枪并不大,但这是舞生平第一次看到,好像枪体本身正释放出不祥的杀气。

"又贯课长!"

站在后方的警察们出声制止。然而,被唤作又贯的男人依旧将枪口对准樱井。

"住手,不要开枪!"

舞立刻大喊。她的"不要开枪"指的是对自己还是对樱井呢——一定两者都是。

樱井抵在脖子上的刀和刑警对着自己的手枪,舞现在害怕的无疑是后者。

又贯啧了一声,放下手枪。舞的身体失去力量,几乎就要瘫倒。

不过,舞并没有倒下,因为樱井正支撑着这具身体。

舞的后背真切地感受到樱井身躯散发出来的热度。尽管处在这种状况下,她想的却是——这个人也是活生生的人类。

42

夕阳照进屋里后,一眨眼的工夫太阳便落下,黑暗覆盖了天空。

从刚才开始,拉拢的窗帘便不时浮现白光,警察定时从屋外

第六章
逃狱第488天

用探照灯照射这里。强烈的光线令遮光窗帘毫无用武之地，刺眼不已。

此刻，青羽被数量超乎想象的人群和喧嚣包围，上方还有直升机盘旋，螺旋桨"啪、啪、啪"撕裂空气的声音甚至侵入屋内。

而舞现在正从电视机里看着这幅光景，简直像个旁观者。一切实在太过神奇，以至于毫无真实感。此时，自己正处于电视画面中的建筑物里，在这混乱的风暴中心——和镝木庆一单独在一起。

每个频道都在播放这里的现场转播，本来预定播放的节目不得不被临时更换。不过，受影响最大的不是连续剧或综艺节目。明天，全国引颈期盼的东京奥运会即将拉开序幕，因此，无论哪家电视台原本都预定播出与奥运会相关的节目。那些节目一定从此束之高阁了吧。

电视画面将外面激昂沸腾的场面过分清晰地传达过来。手拿麦克风，拼命播报现场状况的记者身后夹杂着好几道怒吼与喊叫，还有满坑满谷展开应对的身影。警察、媒体以及接二连三涌入的人、人、人——

平成最后的少年死刑犯、逃狱犯镝木庆一，挟持一名女性为人质坚守在屋里。看热闹的群众不可能不聚集而来。

此外，今晚，在距离这里几公里外，将举办手贺沼烟花大会。附近一带的交通想必已陷入一片混乱了吧。

"烟花大会一定取消了吧。"

舞眯着眼睛看着电视，事不关己似的喃喃自语。

瞬间，坐在身旁的他停下握笔的左手。

他现在正将对警察的要求书写成文字,他的字美得惊人。一直以来,他的字即使客套也难以让人称赞出口。过去,就连这个缺点在舞眼中都显得温馨可爱,如今想起来,那是用非惯用手写的,很了不起。

不只如此,为了避免因微小的破绽暴露自己的真实身份,这个男人应该在各方面都下了不少功夫。

不久,他放下笔,仔细将纸折成一架小型纸飞机。他拿着纸飞机走到窗边,微微打开窗户,迅速将纸飞机从那道细缝射向窗外。

几秒后——

"啊!现在,一架纸飞机从二楼的窗户射出来了!"

电视机里的男记者大喊。

"这是第二架纸飞机!大家认为,这应该是写有犯人要求的信!纸飞机现在还在空中!"

摄像机镜头朝纸飞机渐渐拉近。他折的纸飞机乘风翱翔在夜空中。

原来纸飞机可以在空中飞这么久。舞心中浮现状况外的感想。

讽刺的是,纸飞机落在停车场内舞的那辆车顶上,仿佛本来就预定降落在那里一样。一名警察迅速捡起纸飞机。

站在舞身旁的他确认电视画面后问道:

"你要喝杯咖啡吗?"

"那我来泡吧。"

舞起身走向厨房,他也随后跟了上来。

舞停下脚步,回头盯着他的眼睛说:

第六章
逃狱第488天

"我不会逃走的。"

他撇开视线。

"你不愿意相信我吗？明明叫我相信你……"

两人并肩，在厨房等待热水煮沸。其间，他的眼睛片刻不离电视。

"你这次信上写了什么？"

舞侧眼看着他问。

"我写希望能和井尾太太通话，还有用电视播放谈话过程。"

警方会答应这么做吗？

"只能死马当活马医了。"

他夹杂着叹息说道。

顺带一提，第一架纸飞机上写的要求是带井尾由子过来，以及让一名新闻摄影师同行。这项要求当然被驳回了。方才，警方用扩音器回复，无法让一般民众前往危险的现场。

不管怎样，舞已经知道他为什么会提出这些要求了。

为了证明自己的清白。

为了让井尾由子说出真相，向全国民众证明自己的清白。

距现在大约一个半小时前——他手持利刃冲进井尾由子的房里。那并非怀抱杀意，而是要争取延长和井尾由子共处的时间。既然被警方包围了，唯一的方法就只有以她为人质。

然而，井尾由子不在房里。

不得已之下，他所选择的人质就是舞。

他将警察全都赶出房间，一个也不留，接着主动向舞和盘托出。

"那天——"以此开场的那段话,将舞引进一座昏暗的迷宫。

2017年10月13日,星期五,下午四点——镝木庆一走在井尾家前的某条路上。由于错过了本来打算搭乘的公交车,他正走路回家。那是从高中放学回家的路上。

镝木庆一居住的儿童福利机构"人之乡"位于隔壁的街道,从公交车站徒步要走两个小时以上。然而,这对镝木庆而言一点都不辛苦,他反而觉得这是一种心情上的转换,也是无比幸福的时光。镝木庆一从小就喜欢边走路边看书,这么一来,他便能忘却时间,沉浸在书本的世界里。

然而,这是第一个失算。

当镝木庆一将视线落在书本上行走时,一名男子快步通过他身边。由于是擦身而过的瞬间才察觉到男子的存在,镝木庆一并没有看见对方的长相。不过,他总觉得哪里怪怪的,那名男子好像在笑。镝木庆一停下脚步转过头。男子一蹦一跳地奔跑,就像在跨步跳跃,看起来十分奇妙。

那名渐行渐远的男子背影跟镝木庆一一样,高高瘦瘦的,穿着一身黑。远远看去跟穿着黑色学生制服的镝木庆一十分相似。

这是第二个失算。

再次迈出步伐的镝木庆一在走了几十米后忽地止住脚步。他的耳膜似乎捕捉到女子的哭声。他看向一旁,有户民宅玄关大门敞开,石头门牌上刻着"井尾"。

镝木庆一侧耳倾听,这次清清楚楚地听到,女性的哭声是从屋里传来的没错。

第六章
逃狱第488天

镝木庆一之所以会毫不犹豫地走进陌生的民宅，是觉得女子发出的哭声非比寻常。难以形容的哭泣中似乎带着某种疯狂。

镝木庆一在脱鞋处喊了声："不好意思，有人在家吗？"无人回应，但哭声却一直没有中断。

镝木庆一脱鞋，战战兢兢地跨过门槛。当他一脚踏进传出哭声的客厅时，见到了令人难以置信的惨状。那是一片血海。

镝木庆一怀疑自己的眼睛，失去了话语。他的思考中断，拼命保持理智。

一名浑身是血的年轻女子睁着眼睛和嘴巴仰倒在地，女子身边还紧贴着一名年幼的男孩，倒在那儿。两人后方是一名卧倒的男性，男性背上插着一把鱼刀。

此外，一名中年女子紧紧挨坐在男性身边。哭喊的人就是她。

"到底，发生了什么事？"

镝木庆一向女子问道。他双腿发软，无法靠近对方。鲜血的颜色和气味令他感到恶心，仿佛只要一松懈就会吐出来。

女子抬起涕泪交加的脸庞，颤抖着说：

"他还活着，还有呼吸。"

不会吧？镝木庆一一面寻找可以踩的地方，一面小心翼翼地靠近。然而，周围就像铺了一层血地毯，他的白袜立刻变了颜色。一种难以形容的不快从脚底攀升上来。

镝木庆一下定决心，跪在地上，靠近男子的脸孔。结果发现男子真的还活着，嘴唇确实在微微颤抖。

然而同一时间，镝木庆一也察觉到男子已濒临断气。他勉强睁开的眼睛了无生气，全身上下散发出明确的死亡气息。

不过，如果还活着，或许会有奇迹——

就在他这么想的瞬间，女子握住了男子背上的刀柄。

"就是被这种东西刺了，被这种东西——"

镝木庆一发现女子企图拔刀，他急忙从上方握住女子的手。

"不行，血会喷出来。"

当身体遭到利刃或异物刺入时，会因入侵物处于止血状态，绝对不能将其拔出来。虽然过去不曾有过这种经验，但镝木庆一知道这个知识。

而他的知识是正确的。大概是因为女子将鱼刀拔出了一半，血液从男子的伤口汩汩涌出。

"干净的毛巾，快！"

镝木庆一朝女子喊道。然而，女子似乎腿软了，就那样瘫坐在地，没有要起身的意思。

镝木庆一代替女子站起身冲向浴室，从架子上拿下毛巾。

他拿着毛巾再次回到男子身边，握住已被拔出一半的鱼刀刀柄，朝正上方拔起，接着立刻盖住毛巾，以双手加压伤口。他想，事已至此，不上不下的状态是最糟糕的，虽说是外行人的想法，但他认为这是现在所能做的最妥善的处置。

不过，这又是第三个失算。

他手上的毛巾迅速被鲜血染红，汗水不断从他的额头滴落，流进眼睛里。有一瞬间，他伸手擦脸。

镝木庆一一边拼命压迫伤口，一边再次向女子问："到底发生什么事了？"然而，女子只是摇头，没有回答。

"救护车什么时候会到？"

第六章
逃狱第488天

女子立刻回神般地吃了一惊。镝木庆一才发现她还没叫救护车。

镝木庆一气愤地心想，这个人到底在做什么啊？

"我来打，请你来接手，用力压住这里。"

镝木庆一拉起女子的手，让她压住伤口。

接着，镝木庆一从自己的包里取出手机。他的手沾满鲜血，手机从他的手中滑了出去。

就在这时，"不好意思——"跟刚才的自己一样，玄关传来一名男性的声音。

"我是附近派出所的人——"

"啊——！"

女子的尖叫声打断了对方。镝木庆一望过去，男子直到刚才还勉力睁开的眼睛完全合起来了。

"睁开眼睛，洋辅，求求你，睁开眼睛——！"

大概是从这句话中察觉到异样，急促的脚步声由玄关朝这里逼近。

现身的是一名五六十岁，穿着制服的警察。然而，这名制服警察一踏进现场便跌坐在地。他仓皇失措，嘴巴直哆嗦，惊愕不已。

接着，警察的视线看向镝木庆一。

此时镝木庆一还没发现，自己的脸也染上了暗红色的血液。

这名警察接下来采取的行动令镝木庆一不寒而栗。警察迅速拔出腰际上的枪，枪口对准他。

镝木庆一也反弹似的跌坐在地，地上的鲜血缓缓渗进他臀部的裤子，仿佛失禁一样。撑在身后的手碰到了什么，是已经断气的小男孩的身体。

"趴下，立刻给我趴下——！"

警察的怒吼响彻屋内，镝木庆一卧伏在地板上。警察一副若是他不从便会毫不犹豫开枪的气势。这名警察就是慌乱到这种程度。

"你误会了，不是我。"

镝木庆一趴在地上大喊。

"请你问那位太太。"

然而，女子却没有任何回应，只是一个劲儿地摇着男子哭喊，瞧都不瞧镝木庆一一眼。

在那之后，镝木庆一喊了好几次，要女子为自己解释。然而，女子仿佛失去听力般，不只镝木庆一，就连警察问话她也完全没有反应。

就这样，警察给镝木庆一的手腕铐上手铐，最后将他押进赶来支援的警车里。

面对这个异常状况，镝木庆一感到十分无措，难以置信。是搞错什么才会变成这样吗？不应该发生这种事才对。

然而，他还有机会。他想，误会应该很快就能解开。

即使在警车中，镝木庆一依然在解释。他从头开始，仔仔细细地说明这个诡异的状况。两旁的警察虽然冷静地聆听，没有否定他，眼神却在评估他话语的真伪。

民宅旁已经挤满了人，警车、救护车，甚至连消防车都赶来了。

第六章
逃狱第488天

最后，一名在外面的警察跑向他们所在的警车，将镝木庆一左侧的警察叫出车外。

两人就在车旁谈话，途中，好几次看向车内。此时，镝木庆一心想自己终于可以洗清嫌疑了。

短暂交谈后，警察再次回到车内。

他一上车便冷冷地说：

"详情到局里再听你说。"

那样是没关系，但镝木庆一拜托警察先将手铐解开。

然而却遭到拒绝。他向警察询问不能松开手铐的原因。

"那位太太说是你杀了她的家人。"

镝木庆一瞬间愣住了，脑袋一片空白。他完全无法理解自己身上发生了什么事。

警车在尖锐的警笛声和警示灯光中前进。在抵达警察局前的这段时间，镝木庆一的记忆模糊不清。他或许使出浑身解数拼命辩解，又或许只是安安静静地随着车子摇晃。

他唯一记得的，只有"他自己发出的"警笛声和警示灯光。

"当时，井尾太太并没有说我是凶手。"

他握紧的拳头颤抖着。

"井尾太太跟警察说，凶手是穿着一身黑衣，个子很高的男人。这点，附近的居民也做证说看到那样的男子在井尾家附近游荡。那个和我擦身而过的男人恐怕就是真凶吧。"

然而，警察认定那个人就是镝木庆一，不相信他说的，自己是在回家的路上碰巧遇见命案。因为没赶上公交车决定走路回家的这番话惹来警察的讪笑。

"下一班公交车二十分钟后就会来了吧？但是你却决定走路？走两个小时？"

他回答理由。

"看书是吧。"

警察一笑置之。

"基本上，有人会因为听到哭声就擅自进去别人家里吗？一般人不会做这种事吧？"

关于他残留在凶器上的指纹也是。

"不可能，不可能，第三者绝对不会去拔刺在被害者身上的刀。"

于是——

"镝木庆一，不管怎么想，所有的状况——"

都说明他是凶手。

而他最大的不幸，就是理应知道真相的井尾由子患有阿尔茨海默病。

此外，她还因为命案的冲击失去了记忆。

即便如此，他还是不断控诉，主张自己无罪。没事的，没事的，没事的。他在漆黑冰冷的看守所里祈祷般地反复思索——警方总会发现新证据，解开误会。真相会大白，他能恢复自由之身。优秀的日本警察不会让冤狱发生的。

然而，无论他怎么等，状况也没有一丝改变。不安和恐惧几乎要逼疯他。

他最后的指望——律师，这样告诉他：

第六章
逃狱第488天

"老实说，无罪胜诉是没有希望的。"

那是令人绝望的一句话。

律师的计划是，用他处于精神衰弱状态这点在法庭上抗争，也就是主张这起惨剧是因为事发时他精神异常所造成的。

这名律师也一样，打从一开始就不相信他的话。当他向律师陈述完所有内情后，律师说："你可以跟我讲真话，没关系。"这句话代表了一切。

他坚决不接受律师的这个诉讼方针。

"即使被判死刑也没关系吗？如果你以为你还未成年就小看这个状况的话，那你就大错特错了。这个国家，即使对象是未成年人，也会毫不在意地杀死啊。"

这句话重重压在他身上。死刑——？

因为根本没有犯的罪被究责、夺去性命。不可以发生这种蠢事，绝对不可以——

"酒井，你知道日本的冤狱吗？"

他眼神缥缈地问。舞摇头。

"在这个国家，有数不清因为莫须有的罪名被判有罪的案例。其中甚至还有被宣判死刑、被处死的。"

最后，他哭着认罪了。

理由只有一个，为了避免被杀害，为了活下去。

"可是，你为什么又……"

他在刑事诉讼一审的法庭上突然翻供。以律师为首，在全场一片手忙脚乱中，他哭喊着："我没有杀人！"大闹法庭。他不断叫喊，直到被法警制服、强制退庭的最后一秒钟。

　　结果，是不是因为这样不利于法官的心证[1]，他才被判了死刑呢——

　　"我发誓，将秉从良心据实陈述，毫无隐瞒，绝不造假。"

　　他面无表情，只有唇瓣开合说道。

　　"这是宣誓的誓词，法庭上规定都要说的。我在开口的瞬间，打从心底生出一股厌恶。我不知道过去有多少人跟我一样被类似的处境逼迫，忍辱求全，但他们都是逼不得已的。为了活下去。

　　"站上法庭前，我也和他们一样。只是，我实在无法忍受。

　　"我改变想法了。如果我堂堂正正奋战到最后一刻还是被宣判死刑的话也无话可说，只能接受这就是自己的命运。为了守护名誉而死，我求仁得仁。

　　"结果如你所知，国家对我宣判了死刑。虽然绝望，但对于奋战这件事我不后悔。所以我最后这样说——'我想称赞自己'。"

　　只是，他没有死。他做出了令人难以置信的垂死挣扎。

　　关于这点，他露出淡淡的笑容这么说：

　　"酒井，你曾经有过想死的念头吗？"

　　舞思考了五秒，摇摇头。

　　"我有。我自己也说不清楚，但隐隐约约有种念头，想把手伸向死亡的世界。据说，这叫自杀意念，和自杀意图有点不一样。我不知道自己为什么会有这种想法，也想过是不是跟自己的成长

1.指在查明事实和准确适用法律的基础上，法官基于内心的良知、经验、常识、理性等，对证据的取舍和说服力、被告人的定罪及量刑进行判断。

背景有关，但或许不是。不过，实际面临死亡时，我发现自己对于活下来这件事执着得惊人。"

他盯着舞的眼睛。

"所以，我逃狱了。"

水壶发出高亢的响声，盖子咔嗒咔嗒地跳动，壶口吐出滚滚白烟。

他们在一对茶杯里泡好咖啡，并肩坐在沙发上啜饮。电视上还是一样播着青羽外观的画面。"现在马上冲进去！""把他射死不就好了吗？"民众你一言我一语地呼喊。其他煽动性的话也不绝于耳。

他猜测警方之所以没有采取强硬手段，是因为在众目睽睽之下。这个案子受到全日本的瞩目，若是在此失败，警方的下场将会惨不忍睹。

此外，他将警察赶出去时声称："如果你们试图强行攻坚，我不能保证她的性命安全。"

舞偷偷觑向身旁瞪着电视画面的他。

这个人一定不会伤害自己。不知为何，唯有这点舞有接近百分之百的把握。

不过，即便如此，舞也不是完全相信这个男人。她虽然还是孩子，但并没有那么单纯。那些话有可能全都是假的，他说的话实在太像编的故事了。

然而，如果听到井尾由子说的话，情况会有所改变吗？井尾由子的口中真的能说出他说的那些话吗？

他似乎是这样相信的。

本来，他来青羽工作的目的就是这个。寻找井尾由子、不惜冒险也要接近她的理由，就是为了请她说出真相。

他说，这是一场赌局。他之前也不晓得井尾由子是否还留有当时的记忆。

"井尾太太曾经出过一次法庭。当时，她的证词是：'虽然我罹患阿尔茨海默病，有记忆障碍，那天的事却记得很清楚。这个人就是凶手。'那时，她咬着下唇，以一种哀伤的眼神看着我，看着她应该要仇恨的对象。我就是在那个时候确定这些话是检察官逼她说的，然后怀疑或许她有关于命案真正的记忆。"

若是这样，井尾由子为什么不将自己所见照实说出来呢？

"这是我前几天听井尾太太自己说的。她说，检察官跟她讲：'你的记忆错误可能会让眼前的凶手逃走，让那个杀了你重要家人的杀人魔逃走。'自从发病以后，井尾太太就对自己的记忆失去了信心。检察官诱导了井尾太太：'你的记忆是错的，其实应该是这样吧？'这样的事不该发生，这是非常过分的洗脑。不过，即使到现在，井尾太太还是记得当时的情况。"

每一晚，每一晚，他都拼命恳求井尾由子说出正确的记忆。他把自己和井尾由子所有的对话都用录音笔录了下来。

那支录音笔现在就放在他胸前的口袋。而现在这一瞬间，他和舞的这些对话也都在录音。

他拟订了一个庞大的计划。他说之后要在网络上公开这些录音，他要以舆论为后盾，让法官重审此案。

"如果能让大众知道井尾太太说的内容，一定会引发议论。不过,现在的状况还是对我不利。"

因为之前录下来的内容,有种他在暗中引导的感觉,井尾由子在关键处也还是含糊其词。

"所以,必须请井尾太太亲口说出'镝木庆一不是凶手,真凶另有其人'。"

可是,这已经很难办到了。他绝对不可能再接触井尾由子了吧。

舞说不出口。她不敢说自己找四方田谈话跟警察接获通报有关,不敢说斩断他计划希望的人是自己。

"警察没有回复。"舞看向电视说。

距离射出第二架纸飞机已经超过五分钟了。

电视中依旧夹杂着杀气腾腾的喧嚣。有多少人正在看这个画面呢?

舞想到了父母。两人现在是什么心情呢?女儿被凶残的杀人魔抓走了,父亲母亲或许都在哭。

不过,这并不是带着真实感的想象。大概舞到现在还无法将眼前的现实视为真正的现实吧。

所以,她才无法害怕这个人吧。明明处在他一伸手就能触碰自己的距离,她还是不害怕。

"如果按照你的希望,应舆情要求重新开庭审理的话……你就会无罪了吗?"

"很难说。要警察认错不是件容易的事,也有那种警方即使已经知道错了,却至今尚未承认的案子。但也只能试试看了。"

舞并不满意这个回答。她一开始的问题就错了。

舞真正想问的是——你真的没有杀人吗？

不过，就算抛出这个问题也没有意义。因为他已经说过好几次自己没有杀人了。

接下来，就只剩自己能不能相信了——

"镝木。"

舞第一次喊出这个名字。

"我之前喜欢过你。"

舞嘴唇颤抖地说。镝木的眼睛瞬间瞪大，盯着舞看。

"如果，我之前跟你告白，请你跟我交往，你会怎么回答？"

舞握紧拳头等待回复。

最后——

"我会拒绝你。"

他看着舞的眼睛明白地说。

"为什么？因为现在不是交女朋友的时候吗？"

"不是——"他轻轻闭上眼睛，"因为我有喜欢的人了。"

舞并不觉得失望。听了这些话，舞反而能够相信他了。

舞从一开始就知道这份感情没有希望，他对舞一点意思也没有。然而，如果他给的是有利于自己的答案，舞一定不能相信他吧。

砰！屋外突然传来一记爆炸声，舞吓了一跳，镝木立刻起身。那是什么声音？

过了一会儿，又是同样的爆炸声。这次是连续三声。

知道了，这是烟花的声音，舞心想。一定是手贺沼在夜空中燃放烟花吧。尽管在这种时候，烟花大会还是照常举行了。

第六章
逃狱第488天

之后，烟花接二连三地放个不停。虽然因为窗帘关着无法看见，但只是让他们远离外头扰人的喧嚣就很值得感谢了。

舞看向电视，心想或许新闻画面会稍微拍到一些烟花。

然而下一秒，电视画面和室内灯光却都突然消失，黑暗一瞬间笼罩了整个空间。停电了。

"跳闸吗？"

舞喃喃道。黑暗中，她自然地揪住了镝木的袖子。

"不——是人为断电。"

他飞也似的冲到窗边，拉住窗帘，说时迟，那时快——

哐啷！他的身体伴随强烈的破裂声飞向后方。同时，好几个黑色人影冲进室内。警方强行攻坚了。

过度的惊吓让舞连尖叫都发不出来。

黑暗中，他躺在地上，舞看到黑色的人影压了上去。

然而，舞的视野就此中断，因为她也被黑色人影压住了，身体被人紧紧抱住。

"确保——已确保人质安全——！"

男人在耳边叫唤。

那个男人抱着舞，就这样把她带走了。男人大概是想带舞撤离现场，但她不知道自己将会被带向哪里。即使睁开眼睛也什么都看不见。

舞在别人怀中激烈的摇晃下，捕捉到了一个声音。

那是不同于烟花绽开的硬邦邦的一声——"砰！"

第七章
真实的样子

WANTED

ZHENSHI SHENFEN

43

车内轻快地播放着父亲喜爱的歌曲,是披头士乐队的"Help!",握着方向盘的父亲只有在"Help!"的部分会跟着一起唱。

后座的舞放空地望着车外。车子驰骋在关越高速公路上,两旁不停延续着一成不变的单调风景。

他们已经在车上晃了两个小时,还有多久才会抵达茨城的家呢?如果能在天黑前回家就好了。

"来,最后一个。"坐在副驾驶座的母亲回头,递来一块三明治。

"不用了。"舞拒绝。

"这个是夹了芝士的哦,你不是喜欢芝士吗?"

"我已经很饱了。"

"我要吃。"父亲插嘴道,母亲将三明治塞到父亲口中,父亲的"Help!"因此停了下来。

"对了,老公,你有先好好打扫家里吗?你之前不是还说连走路的地方都没了?这么久没回家,家里脏兮兮的话很讨厌欸。"

"我昨天花了一整天打扫。"父亲边嚼着三明治边含混不清地说,"衣服也洗了,地板也擦了。"

"啊,了不起。冰箱里有菜吗?"

"只有啤酒。"

"我就知道。路上要去一趟超市。"

这一个半月来,父亲都是一个人生活。因为舞和母亲一起回了位于富山的外婆家。

因为离得远,所以之前舞和外公外婆没什么交流,不过一个半月来同住在一个屋檐下,舞和外公外婆变亲近了,所以今天早上分别时她非常感伤。外公外婆似乎也一样,还跟母亲开玩笑:"把舞留下来,你自己回去吧。"

这次回乡,令舞体会到血缘的羁绊以及家人间强韧的联系。外公外婆待外孙女慈爱又温柔,一次也没提过那件事。

舞稍微降下车窗。风灌进车内,吹拂她的头发。风里有股秋意初始的香气。

令日本长时间陷入疯狂的奥运会和残奥会似乎平平安安地落幕了。但舞几乎不晓得比赛的结果如何。好像有日本人拿到了金牌,但别说是选手的名字,舞连那是什么项目都不知道。

这段时间,舞没看过一眼电视,甚至连手机都关机了。在这之前,她无法想象没有手机的生活会是什么样子,不过人没有了手机还是能活。应该说,她觉得那样的生活更多彩多姿。

不过,这一切也都到今天为止吧。她又要开始跟之前一样的生活了吗?不,她能回到跟之前一样的生活吗?

家门前似乎已经没有媒体记者的身影了。事情刚发生时,情况非常惨烈。媒体即使面对父亲的破口大骂、警察的警告也没有减缓攻势。舞从窗帘缝隙觑向屋外的瞬间几乎要被镁光灯闪瞎眼。

舞睁开眼时，车子已在埼玉县内奔驰。她好像不知不觉睡着了。

车子就这样开了一会儿，最后下了筑波牛久交流道，进入国道六号。西边的天空一片火红，将熟悉的景色染得红通通的。

这样的光景令舞有点窒息，有种被拉回现实的感觉。

途中，他们顺道去了大型超市采购。父亲和母亲各问了一次"有什么想要的吗？"，舞回答没有。

就这样，他们到家了。看着从小到大居住的两层楼住宅，舞有种奇妙的怀念感，心头涌起一股感慨，仿佛好几年没回家了似的。

打开门，踏入玄关的瞬间，这种感觉更浓厚了。不，舞觉得哪里怪怪的，有种来到别人家的感觉——不，不是这样的，是过去一直存在的味道消失了。

因为波奇不在。

在那件事发生期间，波奇在这个玄关咽下了最后一口气。当时，父亲和母亲接到警方通知赶往青羽，波奇被留下来看家。

然后它死了。临终前家里没有一个人在它身旁，波奇孤独地迎接了死亡。"一定是波奇救了舞的命。"父亲说了这样的话，好像是指波奇替舞承受了灾厄。

"舞？"

跨过门槛的母亲回头叫她。舞穿着鞋子呆立在玄关。

"波奇不在了。"

舞喃喃自语。

第七章
真实的样子

母亲赤着脚跑向脱鞋处抱住舞。耳畔是母亲的啜泣声。父亲也将抱在一起的舞和母亲拥入怀里。父亲也在哭泣。

两人一直在忍耐吧，父亲和母亲不停流下泪水。

舞哭不出来。明明想哭却哭不出来。明明有很深沉的悲哀和失去感，却不知道该怎么流眼泪。

发生那件事以来，舞一次也没哭过。波奇死了却哭不出来，自己怎么了？到底怎么了？

父母亲的哭声回荡在玄关，久久没有停止。

隔天早上送父亲出门上班后，舞和母亲正喝着茶，门铃便响了。母亲神情戒备地站起身，瞪着安装在墙壁上的对讲机的屏幕。或许是媒体又来了。

"啊，这个人。"

母亲低语，看向舞。

舞也起身走到母亲身边。她看向屏幕，倒抽了一口气。屏幕里是穿着西装的四方田。

"他是青羽的人吧？"

母亲会认识四方田，代表他们在事发时见过面吧。

可是，四方田来做什么呢？自从那件事后，舞和四方田没有再见过面。

"虽然不知道他有什么事，但还是妈妈出去吧？或是当作我们不在家也行。"

舞思考了一下摇摇头，接着走向玄关。

舞打开门现身后，门外的四方田神情肃穆地向她行了一个礼。

舞也低头鞠躬。

"一点小东西,不成敬意。"舞在玄关接下煎饼礼盒,带四方田走进家里。

"你心情稍微好点了吗?"

四方田表情僵硬地说。两人隔着餐桌相对而坐,母亲正在厨房帮他们泡红茶。

舞点点头。

"太好了。"四方田露出松了一口气的表情。

"你是昨天回来的吧?"

"你怎么知道的?"

"我之前来拜访时令尊告诉我的,不过,他希望我能暂时让你静静。但我有事想尽快跟你说……突然跑过来,很抱歉。"

舞摇头。"你该不会也打了电话或是发了消息吧?"

舞的手机现在还是关机状态。

"嗯。但你别介意,我知道的。"

母亲将红茶端了过来,在四方田和舞的面前各摆下一只杯子后,拉开舞身旁的椅子坐了下来。

之后,四方田说了青羽的状况。青羽如今虽然恢复了本来的生活,但据说事发后关闭了两周。因为前来采访的媒体络绎不绝,那根本不是一个能过正常生活的环境。其间,他们将入住者安置在各自家人的家中。

"所有人的家人都异口同声地说已经到'极限'了,让人觉得有点哀伤,但也是没办法的事。"

入住者的亲属当初就是因为自己无法看护才会委托青羽的,

第七章
真实的样子

这真的是没有办法。实际工作后,舞非常明白看护工作的辛苦。这跟家里有婴儿是无法相提并论的。

"大家现在都已经回青羽了吗?"

"除了鹫生爷爷和井尾太太,其他人都回来了。"

只是听到井尾这个名字,舞的身体就紧张起来。

"鹫生爷爷在女儿那里,似乎没有再回青羽的打算,他女儿也说会继续照顾父亲。不过他女儿以前非常讨厌鹫生爷爷。你看,鹫生爷爷的家人一次都没来看过他对吧?"

"啊,这么说的话……"

"据说是因为他以前身体还健朗的时候任性妄为,总是给家人添麻烦。鹫生爷爷也说过自己是自作自受。所以这次回去,好像成了一个父女俩彼此靠近和修复关系的契机。"

舞模棱两可地点头,她不知道该有什么感想。

"有趣的是,鹫生爷爷不在后,最寂寞的人是多梅奶奶,她问了好多次:'那个老头子什么时候回来?'"

之后,四方田还讲到其他入住者的近况以及老板佐竹也去第一线帮忙的事。不过,关于井尾由子的事,他只字未提。四方田说有话想跟舞说,但一定不是这些事吧。

大约过了三十分钟。

"四方田先生,不好意思,"身旁的母亲插嘴道,"时间差不多了。"示意他离开。

"啊,不好意思。"四方田看了一眼时钟说,"那么,我就先告辞了。"他站起身。

舞和母亲跟在前往玄关的四方田背后。所以,他想说的话到底是什么呢？

"那个，四方田先生。"

母亲在玄关喊住穿好皮鞋的四方田。

"很抱歉，请让舞辞去青羽的工作。"

母亲擅自说道。舞明明没有跟母亲讲过这种话。

不过，舞没有否定。她已经不可能再到青羽工作了。

四方田顿了一下，点点头。

"我和丈夫都非常感谢青羽。舞这孩子休学回到家里后，有一阵子都很没精神。可是，自从得到青羽的工作机会后，每天都生龙活虎，总是跟我们说今天发生了这个又发生了那个的，眼神充满了光彩，我们也很欣慰。只是，发生了那种事，身为母亲，我不可能让女儿再回到那里工作了。"

"嗯，我了解了。"

"真的谢谢你们的照顾——来，舞也说几句吧。"

"……谢谢大家的照顾。"

舞说出口后觉得很难为情。她这样子不就成了一个爱撒娇的大小姐了吗？什么话都让母亲说……自己在干吗啊？

不过，另一方面她也觉得这或许是无可奈何的。因为她是个小孩，本来就没有什么能力。

最后——

"小舞，谢谢你一直以来的帮忙。"

四方田直直伸出手，要和舞握手。

舞回握，感觉掌心有股异物感。掌心里有什么。四方田递给她某个东西。

第七章
真实的样子

舞看着四方田的眼睛,他的眼神意味深长。

"那么,打扰了。"松开手后,四方田走出屋外。

之后,舞立刻前往厕所。她关上门看着手中的东西。那是一张折成四折的便笺纸。

吃完午餐,舞穿了件薄款连帽T恤离开家里。她跨上久久未骑的自行车,骑向最近的车站。

舞跟母亲说自己要去散步。可是母亲还是一脸担心地说:"等你爸爸回来,我们三个人一起去吧。"但舞以"我想一个人"拒绝了。

他究竟会跟自己说什么呢?踩着踏板,舞的脑海里思考的都是这件事。

四方田交给舞的便笺纸上只写了"下午两点SOEDA咖啡",意思就是要舞这个时间去那里吧。

SOEDA咖啡是间纯手磨咖啡店,位于舞他们家最近的车站旁。舞曾去过几次,那里有种古典宁静的氛围。大概是因为这样,很少有舞这样的年轻人去那里。

舞将自行车停在店门前。当啷啷——一推开门,门上的铃铛便发出清脆的声响。才踏进店里,咖啡和香烟的气味便扑鼻而来。

舞停下脚步。四方田坐在靠里面的座位,身边还有其他几名男女:一袭深蓝色老旧西装的中年男子,穿着灯笼工作裤、头发往后抓的年轻男人,身材有些丰腴、没怎么化妆的中年女子,穿着优雅简约、年过三十的女子。

这是一个感觉不太协调的组合。店里没有其他客人。

看到舞的四方田倏地起身，向她举起一只手。

舞戒备地走了过去。

"你来啦。谢谢。"四方田说。

"那个……"舞环顾在座的其他四人一圈。

"这些人是……呃，该从哪里说起呢。总之，你坐这边。"

在四方田的邀请下，舞缩着身体坐了下来。

"你要喝什么？"

舞摇头。

"喝一点吧。橙汁可以吗？"

四方田擅自帮舞点了杯橙汁。

这四个人到底是什么人呢？他们看向自己的视线好可怕。

老板立刻端了一杯橙汁过来。老板离开后，四方田下定决心似的开口道：

"这几位是为了救樱井——不是，是镝木庆一而聚集在一起的人。"

舞抬起垂下的脑袋。救——？

"那件事发生三天后——"

有位自称律师的男子联络四方田。由于对方说想见面，四方田便前往对方指定的场所。抵达后看到的就是现在在这里的四人。舞斜对面的中年男子似乎就是那位律师，名叫渡边。

"我起初也是半信半疑，老实说，是完全不相信。但是听了大家的话，我开始认为，镝木庆一或许——"四方田盯着舞的眼睛，"真的是无罪的。"

无罪——舞的头瞬间晕眩。

第七章
真实的样子

"详情就由我来说吧。"

渡边接道,向舞探出身子。他简单地自我介绍后问:"请问,关于整起案件,你了解到什么程度呢?"

"问我到什么程度我也……"舞一回答,渡边便垂下头说了句"唉,抱歉",重新叙述了案件的概要。

舞一边听渡边说话,一边觉得自己可能在哪里见过这个人。虽然想不起来,但她的确在某个地方看过这张脸、听他说过话。

"——因为上述状况,镝木庆一被判处死刑。然而,把他当凶手的检察官所提出的证据全都只是情况证据。所谓的情况证据跟直接证据不同,是为了认定待证事实、经过推理的证据。也就是说,只不过是让人觉得事实应该是这样的材料罢了。不过当然啦,即使只有情况证据,但若能有力推认出犯罪行为的话也会判有罪。"

此时,渡边坐直身躯。

"但是,对于那些情况证据,镝木庆一全都可以提出十分恰当的反驳。我照顺序说。

"其一,是他在被害者家附近行走,而该处距离他所住的'人之乡'十分遥远这一点。这只是因为他错过了回家的公交车,看书又是他的兴趣,才想既然如此就拿来当作看书的时间罢了。我去问了从小看着庆一长大的保育员,对方可以做证,庆一从小就有边走路边看书的习惯,尽管跟他说这样很危险,叮咛过好几次,但他就是改不掉这个习惯。

"其二,是他进入素不相识的被害者家里。这是因为他听到遇害男性的母亲发出不寻常的哭声。虽然检察官说什么就算这样也不会随便去别人家这种浑话，但若是我处于相同情况，或许也会多管闲事吧，更不用说是庆一了。他是那种无法对有困难的人见死不救的个性。啊，还没跟你说，我们所有人都认识庆一。我们是他在逃亡过程中分别认识的，虽然时间不长，却曾经很亲近。"

舞迅速看了其他三人的脸。

"其三，作为凶器的那把鱼刀上验出了镝木庆一的指纹。这是因为刺在遇害男性身上的刀子是他拔出来的，至于他为什么要这样做，是因为遇害男性的母亲企图帮助当时尚存一息的儿子，动了一下那把刀子，导致遇害男性出血增加，陷入更危险的状态，他才会不得不采取那样的行动。拔刀后，他进行急救处置，拿毛巾堵住伤口，阻止出血。实际上，当时用的毛巾掉落在现场，但检察官说那无法成为他进行了紧急处置的证据，法官们似乎也都认同。"

渡边露出愤慨的表情。

"接下来是第四点，镝木庆一的衣服上验出了三名被害者的血液。关于这点，是在刚才说的急救处置时，沾到了遇害男性的血液，而遇害女性与男童的血液，则是因为踏入现场的警察朝庆一举枪，他吓了一跳跌坐到地板上时沾到的。之后，警察命令庆一趴在地上，他便服从指令。现场地板流有一整片被害者的血液，衣服沾有被害者血液是理所当然的事。关于这部分，当时的警察也做出同样的供述，不过，这名警官说自己踏进现场时镝木庆一已经浑身是血。但这点很奇怪，因为庆一当时穿的是黑色制服，即使上面沾有血液也不明显，应该无法一眼就辨识出是否浑身是血。这只不过是因为庆一在做急救处理时突然用手去擦额头上流

第七章
真实的样子

下来的汗，脸上染了血，该名警察才会有那种先入为主的观念。此外——"

舞想捂住耳朵。这些事——她全都知道。因为，是镝木庆一本人讲给她听的。

"——而这一切，镝木庆一都有在法庭上控诉过，这才是事情的真相。然而，他的呐喊却传达不出去。一定是因为他曾经认过罪。关于这点，我敢肯定律师一定有问题。负责此案的律师从一开始就没想过无罪判决，从头到尾的目标都只是避开死刑。只要威胁说不认罪就会被判死刑，无论是谁都会咬牙接受。何况，他当时还只是个十八岁的少年。虽然我以一名律师而言绝对称不上优秀，但这件事我不知道想过多少遍了——我想为他辩护。"

舞想起自己在接受保护后被带到警局的事。她将自己成为人质时和镝木庆一交谈的内容、他所采取的行动毫无保留地说了出来，结果负责的刑警带着同情的表情对舞这样说："他是想拉拢你。"

"镝木是令人害怕的高智商犯罪者。那家伙就是靠着乘虚而入、控制人心才一路逃亡到今天的。"

那么，一切都是谎话吗——

"嗯，全都是天大的谎话。"

舞已经完全搞不清楚了。什么是正确的，什么是错误的，是黑是白，正义抑或邪恶，完全不明白。

同时，她也觉得这一切都无所谓了。不管怎样都无所谓了。

即使镝木庆一是无罪的，也没有意义了。

因为，应该被拯救的当事者已经不在这个世上了。

"——小舞，小舞。"

四方田拍了拍舞的肩膀，舞回过神。

"你还好吗？看你在发呆，要不要去外面呼吸一下新鲜空气？"

舞摇头。她其实想回家了。事到如今，跟她说这些又能怎么样？这些人说想要救镝木庆一，但人都死了要怎么救呢？

"所以，你实际上是怎么想的？"

此时，头发往后抓的年轻男子向舞问道，手上不知道什么时候拿了根点燃的香烟。

"你觉得是那小子干的吗？"

舞微微倾首回答："我不知道。"

"什么不知道？我是在问你是怎么想的。"

"……"

"这女人是什么情况？"

男子哼笑了一声，叼着香烟。

"和也。"尽管渡边要他注意分寸，被唤作和也的男子却不以为意。

"你如果没办法相信我们就算了。你回去吧，这样只是浪费时间。"他下巴朝店门口的方向示意。

"你相信他是无罪的吗？"舞问。

"不相信我会在这种地方吗？"和也哼了一声，"我是没办法像渡边律师一样说那些很复杂的话啦，但我知道，勉三不会杀人。"

和也说得斩钉截铁，将烟吐向天花板。

第七章
真实的样子

"和也他啊，在帮我们募集联名书。"渡边帮腔。

"联名书？"

"他一个一个去拜访相信庆一无罪的人，请他们签名。虽然现在是个网络社会，但亲笔签名还是很有力量的。"

"我过去因为这个吃过苦头，所以很清楚它的力量。"和也搓了搓鼻子，"渡边律师才是，你不是还在视频网站上努力吗？"

舞想起来了。对了，渡边就是那个在视频网站上一个人对着镜头说话，说镝木庆一的判决是否言之过早的男人。

"我也是因为网络视频吃尽苦头，亲身体验到它的可怕和威力，既然如此，没有不利用的道理啊。"渡边露出自嘲的笑容，"对了，这边这位近野节枝太太是在全国奔走演讲。"

听到话题转移到自己身上，中年女子急急忙忙在胸前挥手。

"我只是担任救心会受害者协会的代表，在集会的时候跟大家说，救了我们的人是镝木庆一而已。"

"之前我在外面听你演讲时，你还单手拿着麦克风大喊'绝对要赢得无罪判决——'"

"哎呀，那是因为我太激动了。"近野节枝满脸通红，"不过，我怎么想都不觉得那孩子会杀人。因为，尽管可能会暴露身份，但那孩子却不惜冒险也要让我们清醒过来啊。这么做明明对他没有任何好处。就在那个时候，我听渡边律师说到冤枉的事，之后就坐立难安——"

"赢得无罪判决要做什么？"

舞打断近野节枝的话，音量大得连她自己都吓一跳。吧台里的老板看向这里，担心发生了什么事。

"事到如今，就算知道那个人是无罪的，但他已经死了。"

"所以呢？"和也伸出手揪住舞的领子，"死了就可以这样算了吗？那谁来守护勉三的名声？"

"和也。"

四方田企图松开那只手，和也却不放开。

"那小子被诬赖是杀人魔，警察还像是要死无对证似的杀了他。如果不能帮勉三平反冤屈，我没脸面对他。"

舞撇开视线，沉默不语。

镝木庆一果然是被警察杀死的吗？

警方对外公布，由于镝木庆一挥舞菜刀抵抗，他们才开枪的。镝木庆一腹部中弹身亡。

可是，当时他应该已经被压制住了。舞的记忆确实是这样的。

而应该在他胸前的录音笔，警方则说"没有那种东西"。

"和也，放开她。"

沉稳发声的，是坐在舞身旁那位三十岁出头的女性。这位女性在此之前一句话都没有说。

女性执起舞的手。

"我叫安藤沙耶香，我跟他生活过一段时间。"

女性脸上泛起温柔的微笑说道。

"我之前一直以为他杀了人。我跟自己说即使那样也没关系，和他待在一起。我现在很后悔当初自己为什么没有相信他。分开那天，我跟他说'你有什么过去都没关系'。我打从心底后悔，为什么自己说的是那句话而不是跟他说'我相信你'。"

啊——舞懂了。那天，镝木庆一说的喜欢的人，一定就是这位女性吧。

"我，必须向他道歉。"

安藤的一滴泪落在舞的手背上溅了开来。

舞静静俯视着那颗水滴。

"安藤小姐是名自由作家，为我们撰写陈诉庆一无罪的报道。此外，她还整理了日本过去的冤狱案件，向世人传达日本的司法是如何一路犯错至今的。"

"我想让大家理解，司法并不是绝对正确的。因为是人审判人，所以会出错。只是，错误必须更正，我们就是为了证明这一点而奋战。我想让更多的人了解他真实的样子，了解真正的他。酒井小姐，你呢？"

"我……"

舞的话没有说下去。

44

车钱是两千零二十日元，出租车司机却笑着露出金牙说："给我两千元就好，小姑娘很可爱，给你优惠。"

舞道谢下车。车门砰地关上后，出租车扬长而去。

这么说来，这或许是她第一次一个人搭乘出租车。新干线也是第一次一个人坐。连来到这么远的地方，也是第一次。

舞眯起眼睛看向远方。低矮的群山勾勒出崎岖的轮廓向两旁绵延。大概是距离枫红时节还早，眼前的景色整体上还是以绿意居多。再过一个月，这里应该会染上火红的秋色，变得更加壮丽吧。

笹原浩子的家是铺着屋瓦的传统日本宅邸。庭院十分宽阔，主屋旁还有间小巧的别屋，跟母亲位于富山的娘家有种相似的氛围。

舞赶紧走上前。

"大老远过来，辛苦你了。"浩子仿佛等不及似的来到屋外，高兴地将舞迎进屋内。

"小由，小由。"

浩子在楼梯下呼唤，不久，井尾由子走了下来。

两个月不见，井尾由子看起来瘦了一些。

井尾由子眯着眼睛紧盯着舞瞧，接着说了句："欢迎你来。"舞不晓得她是否记得自己。

浩子准备了午餐，三人便一起吃起来。其实，舞在新干线上已经吃过便当，但还是勉强吃光了浩子做的料理。不过，聊天这方面很伤脑筋，因为浩子事先严肃地叮咛她，"不管哪起案件都不要提起"。这么一来，连青羽的一些事都不太能触碰，因为镝木庆一当时总是在她周围。

"姐姐的记忆现在是什么程度呢？"

用完午餐，井尾由子起身去洗手间后，浩子若有所思地说。

"虽然她没说出口，但不管是家人被杀害还是凶手把你当人质关在屋子里的事她或许都记得。当然，我问不出口。"

实际上是如何呢？她到底记得些什么，又记到什么程度呢？

"其实，我今天本来很害怕，担心让你们见面会勾起她痛苦的回忆。我绝对不是在说你不好，而是你发生了那样的事，不管怎样都会不小心有关联吧。但我告诉她你打电话来，说想跟她见面后，她说'好'。不过很抱歉，她不太有精神。"

的确，用餐时，井尾由子很少开口，谈话以浩子为中心。

"两个月前的那件事之后，她一直这样，变得死气沉沉。她本来是个笑口常开、很开朗的人，所以看了更让人难过。大概一周前吧，她突然开始打扫庭院，一直拔草拔到太阳下山。她说'我在这里白吃白住，得做点事才行'，这个家对她而言，一定不是个能舒舒服服安居的地方吧。"

舞不知道该怎么回答，唯有保持沉默。

"我有一次跟她说：'警察已经抓到凶手，他已经死了，所以你可以放心了。'但她只回了一句'这样啊'。凶手怎么样对她来说一定无所谓吧。因为对她来说重要的人不会回来了。"

浩子深深叹了一口气。跟两个月前在青羽遇见时相比，浩子看起来也更加消瘦苍老了。之前在电话中交谈时，她说自己辞去了原本在面包厂的兼职，现在每天在家。

而且，那位近野节枝之前似乎也在浩子打工的面包厂工作，也就是说，两人是同事。听说她们原本感情很好，现在则处于绝交状态。这也是近野节枝告诉舞的。

浩子相信镝木庆一是杀人凶手，从她的角度来看，朋友进行的活动是一种背叛，万万不能容忍。即使如此，近野节枝还是说："就算浩子恨我，我也必须揭露真相。"不只是近野节枝，那些人似乎都是抱持着某种思想觉悟在奋战。

至于舞，她还没整理好自己的心情，所以才会过来找井尾由子。不过，她不知道该如何向井尾由子开口。加上浩子也在一旁，她有办法谈到命案的事吗？

不久，井尾由子回到座位。

"天气很好，要不要一起去那边的廊檐晒晒太阳？就我们两个。"

井尾由子邀请舞。浩子露出不安的神情。

井尾由子打开窗，率先走向屋外。舞也假装没有注意到浩子的视线，跟在井尾由子身后。两人肩并着肩坐在木制廊檐下。

温暖的阳光洒了一地璀璨，天空万里无云，草木散发淡淡的香气。"这个庭院很漂亮吧？"井尾由子说。"我前天拔草了，所以昨天腰酸得不得了。"

庭院的确精心打理过，但她做那些已经是一周前的事了。

"在青羽的时候，您也帮了我们很多忙。"

"是吗？"一听到舞这么说，井尾由子将身体转向舞。

"嗯，虽然您待的二楼不是由我负责，但我看过好几次您帮忙的样子。"

"这样啊，我有好好在过日子啊。"

"是的，您做得很好。"

两人沉默了一段时间。

最后，井尾由子说：

"小舞，我好像记得你。"

"我没骗你，是真的记得一些。你来的时候，我就想，啊，我和这个女生说过话。"

"很高兴您还记得我。"

"对了，有个对我很好的男职员吧？"

"是四方田先生吧。"

"对对对，四方田，那个人我也记得很清楚。还有——"井尾由子抬头看向天空，"樱井的事也是。"

舞倒抽一口气。

远方传来鸟鸣。

过了一会儿，井尾由子问："那孩子，死了对吧？"

舞点头。井尾由子闭上眼，嘴唇微微动了一下，低语："是我害的。"

"为什么，这样说？"

井尾由子没有回答，又说了一次："是我害的。"

舞压抑体内升起的颤抖说："您……记得吗？"

"樱井——那个人，其实是无罪的吗？"

"……"

"请告诉我，拜托。"

然而，井尾由子还是没有回答。她一直闭着眼，抿唇不语。

舞咬着下唇，盯着她那张侧脸。

时间过了多久呢？天上的太阳稍许改变了位置，井尾由子脸上的阴影变得更深了。

突然，一阵柔和的风吹来，轻轻拂起井尾由子的刘海儿。

井尾由子半睁开眼，沉重地开口：

"发生那件事之后——

"——我的记忆变得模糊不清,像是蒙上了一层雾,即使拼命想也想不起来。所以,我按照检察官他们的指示做证。他们跟我说,如果不这么做,就会让杀了我家人的凶手逃走……要是事情变这样的话,不就无法挽回了吗?所以,我说那个孩子就是凶手。

"我在法庭做证后,那层笼罩记忆的雾渐渐散去,关于命案的记忆隐隐约约回来了。所以我重新跟警察说了想起来的事。但是,他们不愿意当一回事。他们说,我只是在法庭上听了凶手的辩解,自己认为那或许才是真相罢了,说我的记忆被取代了。所以我也决定这么想。我跟自己说,我的大脑很奇怪。因为如果不这么做的话我会受不了。

"可是,我一直很害怕。如果我和我的记忆才是正确的话……一这样想我就好像要疯了。因为,如果真是这样的话,那孩子就不是凶手,就没有杀害我的家人。

"之后,我开始不停做同样的梦。梦见一个穿着黑衣的无脸男攻击我的家人。我在隔着一扇拉门的地方,屏息看着一切发生。虽然想去救他们,身体却一动也不动。

"梦醒后,我好厌恶那样胆小的自己。就连在梦中,我也无法守护儿子一家人……

"然后,一股庞大的恐惧向我袭来。不是因为害怕凶手,而是因为凶手明明没有脸,我却不知为何明白一点,那就是——不是那个孩子。

"可是,我连这些都无法相信,也无法承认。我跟自己说了这样的借口——再明确的记忆对我而言都是不确定的。

"知道那孩子逃狱、四处逃亡的事时,我暗地祈祷他不要被抓

第七章
真实的样子

到。因为，若是那孩子被捕，大家又要挖掘那件事的话，我不就必须面对这份记忆了吗？一想到这里，我就打从心底感到害怕。因为，我这份不确定的记忆关系到一名少年的性命，我实在承受不了这种事。

"就在这个时候，一个不可思议的男孩儿出现在我面前。一个不知为何知道那件事，对我的记忆莫名执着的男孩儿。

"但是我想，樱井怎么可能是那个孩子……

"不，这一定也是借口。

"我一定察觉到樱井的真实身份了——"

井尾由子双手捂着脸。庭院里回响着她的呜咽。

"可是我却一直转移话题，直到最后的最后都无法相信自己的记忆。那孩子不停请我回想，请我帮他，抓着我的手不断地恳求我，可是我却，我却……"

舞在一旁听着井尾由子痛哭，一边落泪。

一直以来累积在内心深处的眼泪仿佛溃堤般涌了出来。

模糊的视线里浮现樱井翔司的脸庞。

过去，他是以什么样的心情不断逃亡？是以什么样的心情活着？然后，又是以什么样的心情死去的呢？

舞的胸口感觉到撕心裂肺地痛。

所谓的死亡，就是消失不在。原来，消失不在是一件这么痛、这么残酷的事。

然而就连这份痛，他都已经感受不到了。连这份痛都感受不到了……

45

舞在新干线山形站的站台打电话给四方田。

舞告诉他自己去见了井尾由子后,四方田十分惊讶。当她传达井尾由子的忏悔后,电话那头传来了四方田的惊呼。

"井尾太太一直说自己很卑鄙,或许是指这件事吗……"

"或许吧。"

"这不是无地自容或是无可奈何能一语道尽的。"

舞预计搭乘的车驶入站台,将舞的头发吹向一旁。

"我要帮大家。"

舞压着头发,为了不让声音被新干线的进站声盖住,她竭力喊道。

"为了那个人,我要尽我所能,做所有能做的事。"

"谢谢你,我当然也是这么想的。听了你刚才的话,就更不能袖手旁观了。"

新干线缓缓减速,终于停了下来。噗咻——车门开启,乘客鱼贯走了出来。

"虽然这样切入正题有点快,不过刚才渡边律师和我联络,啊,你还可以讲电话吗?"

"讲一下没关系。"

"谢谢。渡边律师说的,是足利清人这个死刑犯的事。"

"足利清人?"

"就是今年春天闯入群马县民宅——"

杀害该户一家人而被逮捕的男人,也是供称自己在模仿镝木庆一的男人。

不知道是不是因为这样,足利清人仅仅在案发后三个月便于一审被判处死刑,速度快得可谓史无前例。

"听说那个足利清人在狱中透露了自己其他的罪行。"

"其他的罪行?"

"嗯。虽然其他人认为他是为了延后行刑在胡扯一通,但这样一来,又和他没有上诉的决定相互矛盾。所以,渡边律师觉得他说的可能是真的。"

舞听不太懂:"意思是,这跟我们这边的案子有关吗?"

"或许有关。"

站台上排队等待上车的乘客依次进入车内。

"根据渡边律师的调查发现,足利清人犯下的案件跟井尾家的案子在手法上连极细节的地方都很相似。"

"可是,既然是模仿的话,相似也是正常的……"

"嗯。不过,渡边律师推测,只是推测——足利清人可能不是模仿,而是重现自己的犯罪行为。"

"这样的话,难道……"

"没错。当然,先入为主的判断是不行的。"

舞呆立在原地。

她明明要搭这班车,却没有踏出一步。

"还有，渡边律师还说，或许警察在逮捕足利清人时就察觉这件事了。如果是这样，警方杀害庆一，还有你说的录音笔不见的事也就说得通了。事情都已经闹得这么大却说是冤枉的话，日本警察将会信用扫地。足利清人会这么快就被判死刑，或许——"

四方田的声音变得很遥远。

取而代之的是咔咔咔的声响。舞口中的牙齿激烈地打战。

新干线的车门关闭，终于启动。

舞站在站台上，一直瞪着直线前进的那辆列车。

终幕
青天

WANTED
ZHENSHI SHENFEN

身穿黑色法袍的三名法官一入庭,法庭内充斥着的细碎耳语声便瞬间停止,空气沉重而凝滞。

旁听席人满为患。法院周围挤满了无法入内的大批媒体,他们似乎从昨晚就开始进行抢位大战了。

因为,全国都在关注这场审判。

酒井舞和左右两旁的四方田保、安藤沙耶香携手坐着。两人的热度从手掌传了过来。他们应该也感受到舞的热度了吧。

法庭内弥漫着骇人的热气,甚至令人难以呼吸。所有人都无法压抑内心的激动。

舞的脚底感受到微妙的震动,她看向一旁,野野村和也正轻轻上下抖着腿。像是要抑止这股震动,近野节枝将手放到了和也的膝上。

终于,法官就座,书记员宣布开庭。辩护人席上的渡边淳二看向这边,深深点头。

舞身体前倾,看向被告席。

那里没有被告人的身影。

不过，他一定在法庭里的某处，和舞他们一样守护着此刻这一瞬间。

镝木庆一——他的名字应该会被铭记很久吧。那个比谁都坚强、温柔以及高尚的人。

他绝不轻言放弃，无论处于何种状况都贯彻自己的正义，直到最后一刻。

肃穆的空气中，法官滔滔不绝地陈述案件概要，所有人屏气凝神看着这一幕。

不过，一切早已公之于青天白日下，在场的所有人也都知道法官之后会下达什么样的判决了。

尽管如此，他们没有一个人能放松。

他们终于要迎接这一刻。

"主文——"

法官朗读判决。

之后，全员起立。舞在模糊的视野一隅，捕捉到记者们条件反射似的冲出法庭的身影。

如雷般的喊叫、嘶吼震动整个法庭。

舞也叫了出来，使尽全身的力气不断大喊。

你能听到吗？

这些声音能传到你身边吗——